— '분열'과 '결핍 지향'의식을 중심으로 —

박상륭 소설
정신분석학적 읽기

— '분열'과 '결핍 지향'의식을 중심으로 —

박상륭 소설 정신분석학적 읽기

● 길경숙 지음

정신분석학은 심리적, 형식적 연구 방식으로 인물의 심리적인 원형 의식을 좀 더 세밀하게 규명할 수 있게 한다. 또한 지금껏 제한적인 시각으로 논의되어 온 박상륭 작품을 다른 각도에서 바봄으로 여러 각도로 해석할 수 있는 통로를 제공하고 작가의 의식을 새롭게 조명하는 새로운 방법론적 준거를 마련할 수 있다.

KSI 한국학술정보(주)

목 차

박상륭 소설
정신분석학적 읽기

I

서 론

❶ 연구 목적

박상륭 소설은 여러 종교적인 담론들과 이성적인 사유를 초월한 삶과 우주에 대한 그 나름의 독특한 해석학적 체계와 주체적 합성이 주를 이룬다. 따라서 그의 소설은 보편적인 사유체계 내에서 논리적으로 독해하는 것에 어려움을 준다. 그의 문학 세계는 재래의 사실주의적 관점으로는 규명하기 어려운 것으로 지적된 바 있다.[1] 그러나 그의 소설들이 체계적으로 되어 있지 않아서가 아니라, 그의 소설들이, 논리적 체계의 구성을 끊임없이 거부하는 그런 체계로 완벽하게 이루어져 있기 때문이다. 그의 소설들은 그 소설들 자체의 완벽한 구조, 그러나 굳어 있음을 거부하는 완벽한 구조로서, 그 소설들에 대한 논리적 해명을 거부한다.[2] 이러한 특성은 작품을 논리적으로 독해하는 것에 어려움을 준다. 하지만 작품 내의 구조를 천착하여 작품을 읽어나간다면 그의 소설은 해독될 수 있다.

그의 소설의 난해함은 결국 작품의 배경을 이루는 세계관과 인식론과 깊은 관련을 맺고 있으며, 그 작품 특유의 문학적 장치나 수법과도 관계를 갖는다. 따라서 이러한 접근 방식으로 작품이 갖는 내적 의미를 규명할 때, 박상륭 소설이 표명하는 형이상학적 사유와 존재 의식을 이해할 수 있게 되고 이와 함께 작품에 규명되어 있는 작가의 세계 인식을 관철할 수 있게 된다.

---

1) 천이두, <계승과 반역>, ≪문학과 지성≫, 1971, 4호, 888쪽.
2) 진형준, <연금술사의 꿈>, ≪박상륭 깊이 읽기≫, 김사인 엮음, 문학과 지성사, 2001, 104쪽.

　박상륭 소설 전반에 나타나는 존재의 본질에 대한 관심은 작품에
서 인물의 의식과 무의식 세계에 대한 탐구로 나타난다. 즉, 박상륭
소설은 인간의 의식세계와 무의식 세계를 구성하는 욕망과 죽음의
문제를 주요한 소설적 주제로 삼는다. 박상륭 소설의 주인공들은 인
간의 근원적 분열과 결핍지향의식을 지니고 있다. 이들은 언제나 채
워질 수 없는 '결여'를 안고 있는 주체들이다. 따라서 이들은 결핍을
극복하려는 의식을 갖는다. 결여는 욕망의 속성으로 완전하게 채워
질 수 없다. 이러한 결여의 근원은 라깡의 주체에 대한 견해와 상통
한다. 라깡의 이론은 자아의 결핍과 분열을 욕망이론으로 풀어가기
때문이다.

　라깡의 정신분석학은 인간의 정신세계와 사유에 관심을 가진 박상
륭 소설을 새롭게 바라볼 수 있는 방법론적 근거가 될 수 있다. 라
깡 사상의 핵심은 박상륭이 추구하는 소설 세계처럼 인간의 의식과
무의식 세계를 인간의 욕망과 죽음의 문제로 환원하여 언어화시켜
해석하기 때문이다.

　본고는 박상륭 소설이 추구하는 존재의 본질과 세계를 이해하는 방
식으로 라깡의 정신분석학적 이론을 원용하여 등장인물의 의식 구성
과정을 규명하는 것에 목적을 둔다. 작품의 논의는 박상륭 소설에
나오는 인물들의 의식과 무의식이 추구하는 세계를 규명하되, 세계
에 대한 자아의식과 세계의식을 언어체계로 끌어들여 해석하는 방식
으로 이루어질 것이다. 따라서 작품에 나타난 인물들의 죽음의식과
욕망의 구조는 자아 구성 관점에서 해석할 수 있다.

　작품 분석 방법으로는 우선 각 작품의 텍스트 분석을 위해 그레
마스의 기호학을 원용하여 작품의 내적 구조에 대한 구조적 분석을
할 것이다. 박상륭 소설 인물들은 주체구성 과정으로 결핍과 욕망,
욕망 해소의 방식으로 논의가 이루어짐으로 그레마스의 기호학이 적

용되는 방식도 주체의 결핍과 욕망의 충족과정 형식을 드러내는 인물들의 행위와 관계 양상를 이해하는 형식으로 이루어질 수 있다.

다음으로 정신 분석학적 관점에서 라깡의 이론을 작품 해석에 폭넓게 적용할 것이다. 이 과정에서 라깡의 상상계와, 상징계, 실재계의 이론을 적용하여 인물의 종합적인 의식을 해석할 것이다. 인물의 의식은 상상계와 상징계, 실재계와의 관계 속에서 자아의 결핍과 욕망 구조, 욕망 해소의 방식으로 주체 구성을 이룬다. 따라서 이러한 방식에 따라 인물의 결핍과 욕망 관계, 자아와 세계와의 관계를 해석할 때 주체구성의 의미를 이해할 수 있다.

정신분석학은 심리적, 횻식적 연구 방식으로 인물의 심리적인 원형 의식을 좀 더 세밀하게 규명할 수 있게 한다. 또한 지금껏 제한적인 시각으로 논의되어온 박상륭 작품을 다른 각도에서 바라봄으로 여러 각도로 해석할 수 있는 통로를 제공하고 작가의 의식을 새롭게 조명하는 새로운 방법론적 준거를 마련 할 수 있다.

② 연구사 검토

박상륭은 1940년 전북 장수에서 태어나 서라벌 예대를 졸업하고 경희대 정외과를 수학했다. 1963년 ≪사상계≫에 <아겔다마>로 신인상을 수상하면서 작품 활동을 시작했다. 1969년 캐나다로 이민을 가 1973년 ≪죽음의 한 연구≫를 발표한다. 이후 이십여 년 간 ≪칠조어론≫을 집필하면서 동서고금의 종교 신화를 아우르는 방대하고도 심오한 사유체계와 우주적 상상력을 보여주었고, 소설을 묘사하는 장대한 독보적인 문체로 한국 문학의 지평을 한 단계 끌어올렸다. 등단한 이후 지금까지 발표된 그의 소설은 단편집으로, ≪열명길≫, ≪아겔다마≫, ≪평심≫, ≪잠의 열매를 매단 나무는 뿌리로 꿈을 꾼다≫와 산문집 ≪산해기≫가 있고 장편으로는 ≪죽음의 한 연구 상·하≫, ≪칠조어론≫(1)·(2)·(3)·(4), ≪신을 죽인 자의 행로는 쓸쓸했도다≫등이 있다.

1963년 이후로 지금까지 작가 박상륭의 작품이 적지 않음에도 그는 오랜 기간 무관심과 냉대 속에 방치되어 왔다. 박상륭 작품에 대한 조명이 이처럼 부족했던 까닭은 그의 오랜 국외 체재와 그에 따른 독자와의 제한적 접촉과 같은 부차적인 이유도 개입했겠지만, 그보다는 독자나 평자 모두에게 낯설고 난해한데에 하나의 이유를 들 수 있다. 또 한편으론 사회의 모순들에 대해서 육성으로 직접 토로하는 현실 반영의 작품들이 쏟아져 나오면서 세상과 우주의 본질을 탐구하는 소설은 역사적으로 퇴행한 것으로 규정지으려 하거나 탈 역사적인 공간에 위치시키려 했던 그 시대의 문학풍토에도 기인 한다.3)

이에 소설이 생경스러운 반응을 불러일으키는 까닭을 성민엽은 "박상륭 문학이 대체로 전통적 서사 구조망으로 쉽게 파악되지 않는 존재론적·형이상학적 주제의 탐구에 집중되는 경향을 보임으로써, 독자들은 오히려 감당키 어려운 당혹·경이와 강렬한 인상을 체험할 뿐 쉽게 작품의 심층 의미에는 다가서지 못한 경우가 많았다."4) 고 하였고, 임우기는 "1960년대 소설의 전반적 경향은 산업화·근대화 속에서 인간의 소외 현상을 다루는 방향으로 흐르고 있었는데 박상륭은 이러한 흐름과는 동떨어져 보이는 쪽에 자리 잡음으로써 스스로 소외를 자초한 감마저 있다."5)고 하였다.

그러나 소설이 60년대와 70년대에는 크게 주목을 받지 못하다가 70년대 초반 "60년대 문학의 새로운 국면을 열어주는데 기여한 작가"6)로 평가되기 시작하면서 귀국 직전인 90년대 중반부터 그의 소설에 대한 논의는 활발해지기 시작한다.

지금까지 박상륭에 대한 연구는 10여 편의 석사 논문과 3편의 박사 논문이 있으며, 40여 편의 평론이 발표된 바 있다. 그에 대한 첫 논의는 박상륭 문학의 정신적 후원자인 김현에서부터 시작된다. 김현은 "박상륭 소설이 '산문의 품격'을 보여주고 있으며, '문학이라는 것에 대해 심각한 성찰과 반성을 요구한다.'고 보고, 이제는 19세기의 리얼리즘으로 부르조아지 문학의 극치를 이룩한 문학을 그대로 답습할 수 없다는 태도를 그 소설적 실험으로 드러낸다."7)고 말하였

---

3) 김명신, <말씀의 우주에서 마음의 우주로의 편력>, ≪작가세계≫, 1997, 가을호.
4) 성민엽, <존재론적 한계와의 싸움>, ≪문학의 빈곤≫, 문학과 지성사, 1988, 264쪽.
5) 임우기, <죽음의 현실과 생명성에의 희원>, ≪살림의 문학≫, 문학과 지성사, 1990, 149쪽.
6) 천이두, <불모의 신화−박상륭>, ≪종합에의 의지≫, 일지사, 1974, 337쪽.
7) 김현, <관심의 외야지대>, 김현 전집 15 ≪행복한 책읽기 / 문학단평모

다. 박상륭 문학에 대한 김현의 지지는 ≪죽음의 한 연구≫의 해설에서 "그것이야말로 내 좁은 안목으로는 70년대 초반에 쓰여진 가장 뛰어난 소설이었을 뿐만 아니라 ≪무정≫이후 가장 좋은 소설중의 하나였던 것이다. 이 글은 나의 감동의 소산이다."고 하여 박상륭 소설을 우리 문학에서 한층 높게 자리매김한다. 이러한 평가는 김현에 이어 김병익에 의해서도 나타나는 바, 김병익은 박상륭을 "언어미학에 역점을 두는 새로운 작가군에 포함시키며, 김승옥, 서정인, 이청준, 박태순, 홍성원 등과 더불어 전쟁을 일단 표면에서 뒤로 밀리는 대신, 인간과 인간 조건에 대한 천착을 시작하였으며, 샤머니즘의 세계 속에서의 인간 원형질을 탐색하고 토착어의 끈질긴 언어를 사용함으로써 제 나름의 언어미학을 구축한 작가"[8]로 평가한다.

그런가 하면 김윤식은 다른 관점에서 박상륭 문학을 바라보는데, 그는 전후세대와 60년대 작가들을 비교하면서 전후 세대는 "자신의 아픔을 진정하게 가져보지 못한 가장 안일한 몸짓으로 훌륭히 작가생활을 할 수 있었던 행운을 가졌다."[9]고 말하고, 60년대 작가들은 "자기 세대의 아픔의 문제, 그 질병의 문제를 향한 관심을 버리고, 한국소설의 질병, 한국소설이 앓고 있는 문제-'인간의 문제'에서 '예술의 문제'로 관심을 돌렸다."고[10] 본다. 그러나 그는 박상륭의 <열명길>에서 한국적 허무주의의 심연에서 예술주의를 건져낼 수 있다 하더라도 한국문학의 빈혈성은 그대로 남을 것이라고 하면서 박상륭 문학의 샤머니즘적 토대와 그 방법에 부정적인 시각을 드러내기도 하였다.

그러나 박상륭 소설에 대한 논의는 70년대 중반부터 80년대에 이르기까지 이루어지지 않다가 1985년 ≪죽음의 한 연구≫신판 출간

　　음≫중 문학단평모음 3부.
8) 김병익, <60년대 문학의 가능성>, ≪현대한국문학의 이론≫, 민음사, 1974.
9) 김윤식, <앓는 世代의 文學>, ≪현대문학≫, 1969, 10.
10) 위의 책.

과 ≪칠조어론≫이 발표되면서 다시금 진지한 논의가 시작된다.

위와 같은 논의는 주로 주제적 접근의 경향을 띠는데, 이러한 주제적 접근의 경향은 박상륭 소설을 이해하는 주요 방법론이 되었다. 형이상학적 집적물 내지 종교론에 대한 이해가 전제될 때 보다 깊이 소설을 이해할 수 있기 때문이다. 또한 박상륭의 소설에서, 신화적 모티프를 활용한 우주적 상상력과 종교적 이미지를 활용한 영원 회귀적 사유는 결국, 역사성으로부터 초월하여 원형성을 회복하고자 하는 데에 목적이 있다. 이를 초점화하고자 하는 서사전략이 곧 신화 또는 종교적 이미지, 상징 등을 통한 우주적 상상력의 발현이 되기 때문에 주제적 접근방식은 소설을 이해하는 데에 유효하다.

이대영은 "박상륭 소설이 이러한 저서의 내용을 패로디하거나 문학적 모티프로 활용하고 있음을 전제하고 초월적 세계 속에 내재된 이미지와 상징 등을 활용하여 존재의 원형성을 회고 하고 존재의 가장 내밀한 양상을 밝히며 인물의 정체성을 확인시키는 작업을 했다."11)고 보았다. 비슷한 관점에서 우남득은 "한 작가의 작품이 갖는 상상체계의 비밀을 밝혀내는 작업이 작가 특유의 개성적인 문학세계와 보편적인 원형을 찾아낼 수 있음을 전제하고 바슐라르의 물, 불의 의 이미지를 상상력의 이미지로 분석하고, 박상륭의 작품들이 갖는 물질이미지의 총체성을 요나 콤플렉스의 원형으로 파악하여 종합하는 논의"12)를 이루었다. 또한 박상륭의 <뙤약볕>연작을 중심으로 기호론적 공간을 통한 텍스트 분석을 시도하여 소설 공간의 병렬적 시차를 중심으로 구조화하고 공간 요소에 따른 의미작용을 분석하는 작업을 하였다.13) 김명신은 남도 연작을 통하여 "박상륭의 소설인물

---

11) 이대영, <박상륭 단편소설의 존재론적 사고 연구>, ≪한국언어문학≫ 제45집, 2000, 12.
12) 우남득, <박상륭 소설의 物質 想像力의 體系>, ≪이화어문논집≫11호 - 한국어문학연구소, 1990, 12.

이 존재의 변환과 전이를 통한 생명의 순환과 물질의 순환을 지향하
는 지극히 정신주의적인 관점을 취함을 발견하고, 박상륭 소설이 식
물적 순환과 상상력에 근간을 둔 작가"14)임을 논의하였고, 임우기는
"박상륭 소설의 주제의식과 문체의 문제. 문학사적 위상에 이르기까
지 전반적인 통찰을 시도하며 박상륭 소설에 이르러서야 한국문학
속에서 생명의 본질과 구조에 대한 탐구가 본격적인 주체로 다루어
졌다."15)고 기술하였다.

　　임금복은 "박상륭 소설에 나타난 주된 기조를 죽음의식이라고 보
고 김동리, 이청준 소설의 죽음의식과 비교 분석하며 박상륭 소설의
죽음의식의 특질을 철학적 재생의지로 규정하고, 그의 소설에 드러
난 죽음의식을 한국 정신사의 원형으로 인식하며 죽음의식의 철학적
재생의지는 60년대 상황이 내포한 불모성 극복을 위한 방법적 대안
으로 형상화된 것이라는 관점"16)으로 논의하였다. 조금 다른 관점에
서 임금복은 "≪죽음의 한 연구≫를 대상으로 남성 생명력을 1인자
로 세우기 위해 대속물로 그려진 여성 생명력이 억압되는 과정을,
관념적 작업이지만 실제적으로 여성을 살해하고 부정적 여성상을 그
려내지만 페미니즘의 시각으로 작품의 한 부분에 관념적 여성 구현
을 소설로 수용한 것"17)에 의의로 두고 논의를 세밀화했다. 변지연
은 "박상륭 소설들에 나타나는 몸과 영혼, 인간과 자연의 관계가 플
라톤적 관점에 의거해 쓰여져 있음을 발견하고 박상륭에게 있어 몸

---

13) 우남득, <현대소설의 기호론적 공간 연구>, ≪이화어문논집≫12호, 한
　　국어문학연구소,1992,3.
14) 김명신, <식물적 순환과 회귀의 역사>, ≪국제어문 제 20집≫, 국제어
　　문학회, 1999, 7월.
15) 임우기, <죽음의 현실과 생명성에의 희원>, ≪문예중앙≫, 1987, 겨울.
16) 임금복, <여자 살해와 부조리한 페미니즘>, ≪작가연구≫, 7.8호, 새미,
　　1999,10.
17) 위의 책.

과 자연은 불멸의 경지로 다시 복귀하기 위한 통과제의이며 그것이 담고 있는 고통과 죽음이야말로 그것을 가능케 하는 연금술적 독임에도 그것을 통하지 않고서는 어떠한 사유와 영혼의 자유도 성취될 수 없다는 이중적인 몸 관념에 대해 논의했다."18)

박상륭에 대한 학위 논문으로, 황경순은 "박상륭 소설의 근본적인 화소를 '죽음'이라고 보고 ≪죽음의 한 연구≫에 나타난 생명에 관한 모색을 위하여 신화적 순환관계, 연금술적 합일과 종교적인 탐구력, 불교의 윤회사상, 기독교의 부활신앙을 주목하여 고찰하는 박상륭 소설의 생명관"19)을 연구했고, 김창윤은 "일원론이라는 커다란 줄기로 박상륭 소설을 묶어 죽음과 재생의 의미를 연구하며, 심층적으로 性이라는 거대한 축을 중심으로, 박상륭 사유의 중요한 사상으로 작용하는 가학증과 피학증, 몸과 마음의 일원화 경향"20)을 살펴보았다.

백경혜는 "≪죽음의 한 연구≫를 대상으로 시간을 분석하기 전, 독특한 시공간에 대한 이해를 더하기 위해 박상륭 소설의 시공간을 신화적 성격과 실존적 성격, 닫혀진 시간성으로 나누어 연구하여, 소설 속 시공간을 주체의 세계인식과 자아의식과 연관시켜 해석"21)하였고, 신성환은 "박상륭 소설을 내적체험이라는 틀 안에서 인간의 유한성과 종교와의 갈등, 패배의 현실 속에서 인물들이 경험하게 되는 내적 체험의 양상, 내적 체험의 결정적인 계기로 에로티즘과 죽음의 다양한 국면으로 결론적으로 우주라는 큰 모성 속에서 이루어지는 삶과 죽음의 행복한 순환으로 집중됨"22)을 연구했다.

---

18) 변지연, <박상륭 소설에 나타난 '몸'의 의미>, ≪한국문학평론≫, 국학 자료원, 2003, 봄호.
19) 황경순, <박상륭 소설의 생명관 연구>, 동국대 석사논문, 2000.
20) 김창윤, <박상륭 소설 연구>, 강원대 석사논문, 2002.
21) 백경혜, <죽음의 한 연구의 시공간 연구>, 한국교원대 석사논문, 2002.
22) 신성환, <박상륭 소설 연구-초기 중·단편을 중심으로>, 한양대 석사 논문, 1998.

김명신은 "박상륭 소설을 추동하는 가장 큰 특질인 '죽음의식'의 전개와 그 양상을 이해하고, 그의 소설 구조를 복음서와, 체용론과 역학적 사유등과 구조적 상동성을 지니고 있어 그가 얼마나 인간의 존재론적 한계와의 싸움을 시도하며, 구원의 길을 모색하는 작가인가를 보여주었고"[23), 변지연은 "박상륭 문학이 '몸'의 발견과 '타자성'의 자각이라는 모더니티 테제를 작가 특유의 개성적인 방식으로 서사화함으로써 현대성을 획득해 내고 있음을 규명하기 위해, 박상륭 초기소설의 인식론적 출발점과 근대 비판, 근대 극복의 양상에 대해 논의하여 근대성의 형성 과정과 문학적 구현 양상"[24)에 대해 관심을 가졌다.

지금까지 박상륭에 대한 기존 논의를 살펴보았는데, 그에 대한 논의는 대부분 작품의 주제와 관련된 해독되지 않는 형이상학적 사유의 관념에 대한 해석과 인간의 존재와 죽음의식에 대한 사유에 집중해 있음을 알 수 있었다. 이러한 연구 경향은 박상륭 소설의 범위가 워낙 넓고 인간의 근본적인 존재 의식을 규명하는 데에 초점이 맞추어져 있기에 타당하다고 할 수 있다. 따라서 이러한 논의들은 소설을 이해하는 큰 줄기를 잡는 데에 많은 도움이 될 수 있다. 그럼에도 주제의식을 구현하는 것에만 논의의 초점이 맞춰진다면 소설이 지니고 있는 다양한 의미 고찰이 어려워지게 된다.

본 연구는 박상륭 소설을 지금까지의 주제 편향적인 논의와는 조금 다른 문학적 방법을 취하여 그의 소설을 읽어볼 것이다. 이러한 논의는 지금까지의 주제 의식 구현에 힘쓴 앞 연구자들의 연구 방법과는 다른 방법으로 접근하여 작품의 이해를 심화시키고, 또 다른 접근을 가능케 하는 의의가 있다.

---

23) 김명신, <박상륭 소설 연구>, 연세대 박사논문, 2000, 6.
24) 변지연, <박상륭 소설 연구-근대 근복의 양상을 중심으로>, 동국대 박사논문, 2002.

③ 연구 방법

박상륭은 선(禪)이라고 불리는 우리의 전통을 탐색하면서 고대의 무격(巫覡)과 근대의 기독고를 포함하는 보편성을 정립하려고 시도해왔다. 즉, 그는 예수와 혜능을 동일한 인물로 간주함으로써 온갖 신화와 모든 종교의 뿌리를 캐려고 한다. 그는 선을 불교의 테두리 안에 가둘 수 없다고 생각한다. 세계는 4대로 구성되어 있으나 인간은 '말'과 '몸'으로 구성되어 있다고 보면서, 인간은 '말'과 '몸'으로 '도'를 이해하고 '도'를 실천할 수 있다고 생각한다.

따라서 박상륭 소설에서 인간의 '말'과 '몸'의 의미는 소설에서 전체적인 구조로 작용한다. '말'은 언어적 질서로 인간의 의식세계와 무의식 세계를 반영한다. '몸'에 대한 탐색도 소설의 근거인 '사람에 대한 관심'으로, 나의 몸과 타자의 몸에 대한 관심은 몸이 갖고 있는 성욕을 기반으로 욕망의 구조를 읽을 수 있는 토대를 제공한다. 박상륭에게 의식의 영역은 언어의 영역과 동일하고, 신체의 지식은 언어로 구성되어 있다.[25] 박상륭 소설은 인물들의 의식세계와 무의식 세계가 언어처럼 구조화되어 있다는 것을 전제할 때 좀 더 텍스트에 충실한 해석이 될 수 있다. 따라서 인물의 의식세계와 언어의식을 동시에 조명하는 방법론적 준거를 마련할 때 소설의 내적 의미가 해독될 수 있다.

박상륭 소설은 인간의 의식세계와 무의식 세계를 넘나들며, 인간

---

25) 김인환, <독룡과의 동침>, 《박상륭 깊이 있기》, 김사인 엮음, 문학과 지성사, 2001, 361-363쪽 참고.

의 욕망문제와 죽음의 문제를 주요 쟁점으로 다룬다. 의식 세계는 무의식 세계의 규명을 통해서야 그 의미를 해독할 수 있게 된다. 박상륭은 무의식을 축생도라고도 부르고 뭇사람이라고도 부른다. 무의식이란 개인의 지식이 어떻게 제어할 수 없는 것이란 의미를 갖는다. 그에게는 남근과 하문도 무의식이고 역사도 무의식이다. 무의식에 대한 박상륭의 시각은 사람과 짐승을 포함하는 축생도에 기반을 두고 있음으로써 깨달음의 생물학을 목표로 하고 있다.26) 따라서 박상륭 소설에서 인물의 무의식 세계를 조명하는 것은 인물들의 정신세계를 이해하는 기틀이 될 수 있다.

인간의 정신세계에서 무의식 세계에 대해 최초로 관심을 가진 인물은 지그문트 프로이드(Sigmund Freud)이다. 정신분석자 프로이드(Sigmund Freud)는 인간의 심리 특히 무의식에 관심을 두고, 무의식이 인간의 정신세계를 크게 지배한다는 것을 주장한다. 프로이트는 마음의 지도를 의식과 전의식과 무의식이라는 세 가지 영토로 분할하였지만, 무의식이라는 미지의 영역은 감히 접근해 볼 수 없는 그런 곳으로, 다만 꿈이나 실언, 농담을 통하여 무의식의 심리활동을 읽어 낼 수 있을 뿐이라고 하였다. 이와 같이 인간에게 의식과 더불어 무의식이라는 이질적인 세계가 존재한다는 코페르니쿠스적 발견은, 의식의 수면 밑에 깊이 잠재된 무의식의 세계를 발견함으로써 인간의 의식은 무의식의 영향 하에 놓이게 되고 인간의 행위는 무의식에서 그 원인을 두고 해석하게 했다. 그의 무의식의 발견은 인간의 정체성뿐만 아니라 문학 해석에 대해서도 그 영향력을 미치기 시작했다. 프로이드가 명시적 꿈, 농담, 실언 등이 압축과 전치를 통해 생성된다는 것을 밝힌 이래, 라캉(Jacques Lacan)은 이러한 심리적 과정을 언어적으로 읽는다.

---

26) 위의 책, 364-365쪽.

라깡은 프로이트와는 달리 무의식의 출발을 오이디푸스 콤플렉스에 대한 억압으로 보지 않는다. 대신 주체가 언어를 습득하는 순간으로 파악하고 이로 인해 억압이 발생하고 무의식의 내용이 생성된다고 본다. 또한 언어를 습득하기 이전의 주체는 자신과 타자를 별개의 존재로 구별할 수 없고 거울 속의 이미지를 자신과 동일시하며 자기애적 상상계에 존재한다. 거울을 통해 자신의 모습을 보게 되는 주체는 자신을 통일성 있는 전체로 파악하게 되며 대상과의 일체감을 느낀다. 그러나 '언어와 언어의 구조는 개별 주체가 정신적으로 발달되는 어느 지점에서 언어체계로 들어가는 순간보다 먼저 존재'하고 있으므로 주체는 태어나면서부터 언어에 의해 구성되는 사회에서 언어를 통해 자신을 드러낸다. 그리고 언어를 습득하는 순간 대상과 자신의 구별이 가능하게 되며 자신의 고유한 이름으로 인해 언어구조에 종속된다.

라깡은 소쉬르(F. Saussure)의 기호에 대한 개념과 레비-스트로스(Claude Levi-Strauss)의 구조와 로만 야콥슨(Roman Jakobson)의 은유와 환유의 개념을 재구성함으로써 프로이드를 개진한다. 그는 압축과 전치를 언어학의 은유(metaphor)와 환유(metanymy)로 설명하고 무의식의 내용 또한 기표로 되어 있다고 함으로써 정신현상을 언어적으로 읽는다. 나아가 피분석자의 증상(symptom)과 욕망(desire)을 은유와 환유로 각각 읽어 냄으로써 정신분석은 언어학을 떠날 수 없게 되었고 문학의 정신분석 또한 그렇게 되었다.

라깡은 하나의 기의와 대응하고 있는 어떤 기표는 여러 다른 기표들로 언제든지 대체되고 미끄러질 수 있음을 증명하였다. 그리고 기표의 연쇄라는 끊임없는 순환과 반복에 의해 의미가 생성된다고 보았다. 또한 기표의 연쇄를 통해, 다시 말해서 기표들 사이의 관계를 통해 기의가 기표 아래로 끊임없이 미끄러져 내려가는 것을 꿈으로 보고, '기표의 활동은 무의식적'이라고 보았다. 여기서 라깡은 프로이트가 ≪꿈의 해석≫에서 무의식의 세계로 침투할 때 무의식의 내용을 왜곡 또는 변환시키는 주요한 방법으로 언급한 '압축'과 '전치'를 야콥슨의 '은유'와 '환유' 개념과 연결시킨다.

압축(Verdichtung)은 기표들의 겹치기이며 유사성과 더불어 은유 과정을 설명한다. 전치는(Verschiebung)는 인접성을 중심으로 환유 과정을 보여 주는데 환유개념을 갖는다. 전치는 프로이트가 처음으로 제시했는데 무의식이 검열자를 물리치기 위해 사용한 가장 적절한 수단으로 묘사된다.

라깡이 제시하는 은유 구조를 보여주는 연산식이다.

$$f(S' / s)S \cong S(+)s$$

여기서 좌변은 원래의 기표인 s가 횡선(장벽) 아래로 억압되고 새로운 기표인 S'가 원래의 기표를 대체하는 방식으로 이루어지는 의미 작용을 보여준다. 환유(장벽)를 가로지르지 않는 반면, 은유는 횡선(장벽)을 돌파하여 처음의 기표를 그것을 대신하는 다른 기표로 대체함으로써 한 때 기표였던 것을 기의로 만든다. 또한 우변의 괄호 사이에 +기호는 기표에서 기의의 단계로 내려가는 장벽의 횡단을 나타내고 이러한 횡단이 의미작용을 가능하게 함을 보여준다.

라깡이 제시하는 환유의 공식은 다음과 같다.

$$f(S\cdots\cdots S')S \cong S(-)s$$

위 공식에서 기표 S는 기표와 기표의 연결 고리 속에서 인접한 기표들과의 전치의 반복으로서 S'라는 새로운 기표로 대체된다. 또한 괄호 사이에 놓여진 기호 (−)는 여기서 장벽이 지속된다는 사실을 나타내고, 장벽이 지속된다는 것은 기표와 기의의 관계 속에서 의미작용의 저항이 이루어진다는 것을 의미한다.

이렇게 환유와 은유의 관계는 독립적으로 존재하면서도 연속적으로 작동하는 것이며 '하나의 과정에 속한 두 요소'로 파악한다. 이러한 환유와 은유의 언어학적 과정을 적용해서, 라깡은 기표들의 연쇄에 의해 의미작용이 가능해지고 이러한 의미작용은 끊임없이 미끄러지면서 의미의 연기를 초래한다고 보았다. 여기서 의미작용은 또 다른 의미작용을 통해서만 가능하기 때문에 기표는 기의의 전 영역을 대신하며 기의의 역할을 하게 되고 주체도 기표에 의해 지정된다.

라깡이 볼 때 주체는 또한 상징계 내부에서는 언어에 의해 지칭되는 하나의 기표에 불과하며 다른 기표가 기표들의 연쇄를 통해 의미의 형성이 가능한 것처럼 주체 또한 다른 기표들과의 관계 속에서 의미를 부여받는다. 그리고 이런 측면에서 의미를 결정하고 부여하는 절대적 주체로서의 데카르트적 개념은 라깡에 의해 기표이자 분열된 주체로 변환된다.

라깡은 주체가 어떻게 형성되는지를 무의식의 지형학을 통해 설명한다. 라깡의 이론에서 무의식이 존재하지 않으면 주체의 위치가 결코 이해되지 않게 된다. 무의식 속에 있는 그곳에서 주체가 무엇을 표출하는지 발견하게 되면 우리는 어떤 대가를 치르고 주체가 형성되었는지 알 수 있게 된다. 이와 같이 라깡은 무의식이 언어활동의 세계처럼 구조화되어 있다고 보았다. 다른 말로 언어활동이 무의식을 가능케 한다고 보았다. 프로이트가 무의식의 세계를 물리학의 에너지 법칙으로 설명하려 하였다면, 라깡은 그것을 언어학의 법칙으로 풀어나간 것이다.27)

---

27) 김형효, <라깡의 이해를 위한 통속적 엮음>, 계간 ≪현대시사상≫, 고

그는 무의식에 언어체계를 끌어 들임으로써 프로이드의 무의식을 의식의 차원으로 부상케 한다. 그리고 소쉬르를 언어체계로부터 기표의 우위를 내세운다. 이로써 주체의 본질과 욕망의 재현을 해명한다. 프로이드는 인간의 욕망을 충족시키는 유일한 대상은 죽음뿐이라고 함으로써 인간의 삶에 있어서 욕망이 차지하는 부분을 드러냈다. 그리고 그 욕망의 근원과 억압을 인간의 사회화 과정에서 보이는 오이디푸스 컴플렉스(oedipus complex)와 거세 컴플렉스(casttation complex)로 설명한다. 이때 욕망은 무의식의 차원으로 밀려난다. 이에 라캉은 텍스트의 표면에 드러난 기표에 관심을 기울이고 기표의 의미화 고리를 추적한다.

라캉은 주체의 대상에 대상 인식과 거의 동시적으로 무의식이 이루어진다고 한다. 그는 "무의식은 언어처럼 구조되어 있다."라고 하여 무의식을 의식의 차원으로 끌어올린다. 그러므로 라캉의 주체 개념은 근본적으로 무의식적이다. 이처럼 라깡은, 기표의 활동이 이루어지는 자리로서의 무의식을 언급한다.

즉, 무의식은 의식으로 환원될 수 없는 거기(there)에 존재하는 의미화 기제라고 하면서 '말하고 있는 나'와 언어 체계 속에서 '언급되어진 나'의 동일성을 문제 삼는다. 그는 언어 체계 속에는 이미 주체보다 먼저 존재하고 있는 은유와 환유 작용이 있으며 그것으로 벗어날 수 없다고 주장한다. 왜냐하면 '나' 라고 불려지는 대명사에는 '말하는 나'외에도 얼마든지 다른 기표들이 대체되어 자리를 차지할 수 있기 때문이다. 이와 같이 라깡의 이론은 인간의 무의식세계를 언어학으로 풀어나간다. 따라서 라깡의 이론은 인물의 의식구성 과정과 정신세계를 보다 깊이 이해할 수 있게 한다.

라깡은 인간의 정신영역을 실재계, 상상계, 상징계라는 세 개의 범

려원, 1994, 여름호, 62쪽.

주로 설정한다. 이러한 세 가지 범주는 어느 하나 독립적으로 존재하지 않고, 실고리 모양으로 서로 접합한 '보로메오 매듭(Borromean Knot)의 형태'로 연결되어 있어 어떤 고리 하나가 끊어지면 나머지 모두 풀어지는 구조를 지니고 있을 만큼 긴밀히 연결되어 있다. 라깡은 이 세 차원 중 어느 하나의 우월성을 피하고, 그들 세 차원간의 긴밀한 상호 관계 속에서 주체의 위상학이 결정된다는 사실을 보여주고 있다.

라깡은 프로이드의 초기 이론을 재검토하고 이를 바탕으로 인간 주체의 발전 단계에 대한 자신의 이론에 대한 토대를 마련하고자 '상상계'를 제시한다. 라깡에 의하면 인간은 하나의 주체로 탄생하기 이전에 상상계라는 충만함의 세계를 체험한다. 어린아이는 태어나서 상상계에 이르는 동안 자기의 몸이 해체되어 있다는 신체 분리의 환상과 불안에 싸여 있다. 생후 6개월에서 18개월에 해당하는 시기는 거울 단계로써 거울에 비친 자신의 모습을 보고 총체성을 경험하고 강렬한 나르시시즘을 경험하게 된다. 이때 자아는 타자와 구별을 못함으로 재투영된 '나'를 통해 자아를 인식하게 된다. 이것은 환영적 이미지에 의한 자기 착각으로 타자와 갖는 관계는 상상적 오인(imaginary misrecognition)으로 자아를 소외시킨다.

상상계에서 어머니와 아이의 관계를 '남근'의 개념으로 설명한다. 이때 남근은 기표의 의미를 갖는다. 상상의 단계에서 어머니는 아이를 자신의 결핍의 상징인 팰러스로써 소유하며, 아이는 어머니의 팰러스가 되는 것이 욕망의 목표이다. 아이는 자신을 어머니의 욕망의 대상인 남근과 동일시함으로써 자신의 욕망과 어머니의 욕망이 일치되는 기쁨을 맛본다. 아이는 상징계에 의해 상상계적 욕망을 거세당하는 통과 의례의 과정을 거쳐야만 사회적 자아 즉 주체로 탄생할 수 있다.

이때 상상적 자아는 상징적 아버지가 등장으로 욕망을 억압당한채로 상징계로 진입한다. 상징계는 사회적 상징, 문화적 상징을 포함하는 일체의 상징과 상징적 체계들의 기능과 관련된다. 이때 자아는 사회 속에, 문화 속에 가입되고 언어활동의 세계에 들어간다. 주체가 자신의 욕망과 감정을 나타낼 수 있는 것은 이 언어를 통해서이고 주체가 재현되거나 구성될 수 있는 것은 이러한 상징계를 통해서이다. 생물학적 아버지가 아닌 법으로서의 아버지(Law-of-Father)는 아이에게 금지를 가하기에 아이는 어머니에 대한 욕망-남근(Phallus)을 억압시키고 무의식을 형성한다.

상징계의 주체구성은 아이가 언어의 권위와 힘에 복종할 때 가능하다. 아버지의 이름은 어머니와 상상적 결합을 추구하는 아이의 욕망을 거세시키기 위해 강력하게 위협하면서 굴복을 강요한다. 그러나 아이의 어머니와의 상상적 결합은 결크 중단되지 않으며, 무의식 속에 상상계의 욕망을 숨기고 상징계로 진입하는 것이다. 이때 무의식에서 상상계의 충만함에 대한 욕망이 생기는 것이다. 라깡은 이렇게 무의식이 주체의 생성으로 생기게 된다고 한다. 이러한 과정을 거쳐 주체가 상징계로 진입한 이후에도 상상계의 총체성에 대한 욕망은 사라지지 않고 무의식에 숨어 있게 됨으로써 인간은 상상계와 상징계의 기로에 선 존재이며 이로써 주체의 원초적 분열이 필연적으로 이루어지게 된다.[28]

이때 아버지의 법의 출현에 의한 욕망의 억압구조는 언어의 구조와 같은 것으로 이때부터 아이는 언어를 구사하게 되고 상징질서(Symbolic Order)에 편입하게 된다. 언어를 구사하게 됨으로서 아이는 '생물학적 나'에서 '사회적 나'로 대체되고 상징계에 진입한 아이

---

28) 허영주, <최인훈 소설의 정신분석학적 연구>, 계명대 박사학위, 1995, 14-15쪽.

는 모체에 대한 욕망으로 결핍을 경험하게 된다. 그러나 인간은 '말하는' 주체로 살기 시작하는 순간 분열된 주체가 되고 욕망의 표현 그 자체 외에는 다른 대상이 없는 욕망을 따라 살기 시작하는 미망의 존재가 된다. 그러나 회복해야 될 대상-욕망의 대상은 언제나 저만치 한 걸음 앞에 있다.

즉, 욕망의 대상은 욕망에 만족을 주지만 완전한 만족을 주지 않기에 오히려 욕망을 불러일으킨다. 그래서 '대상a'는 욕망의 대상이라기보다는 원인이라 할 수 있다. 욕망을 불러일으키는 결핍의 언어처럼 욕망을 불러일으키는 '대상a'는 욕망과 동화할 수 없고 그렇다고 분리할 수도 없기 때문이다. 그래서 한 기표에서 다른 기표로 끊임없이 미끄러지며 자신과 타인 사이를 떠돌 뿐이다. 그러나 언어에 의해 주체에게 주어지는 것은 욕망의 대상이 아니라 그 대체물뿐이다. 그래서 언어에 의해 발화된 욕구는 주체로부터 소외를 겪게 된다. 따라서 언어에 의해 억압된 것은 주체에게 무의식이라는 의식과 이질적인 세계를 만들어 즈체의 분열과 전복을 끊임없이 꾀한다.

그러므로 주체가 추구하는 욕망(desire)은 '주체가 경험한 최초의 결여나 어머니와 결합하고자 하는 욕구(need)'를 의미한다. 상징질서로의 편입은 회복할 수 없는 욕망의 그림자를 아이에게 드리운다.

이처럼, 상징질서에 편입한 주체는 기표(signifier)와 기의(signified) 사이의 장벽의 빗장을 뚫고 기표의 연쇄를 따라 무한히 질주하는 욕망의 존재이며, 결핍에서부터 솟구치는 욕망을 따라 한없이 기표의 연쇄를 만들며 '말할 수 없는 것'을 말하려는 결핍의 존재가 된다. 이러한 과정을 거쳐 탄생한 주체는 채워질 수 없는 욕망을 안고 있는 근원적 결여를 가진 존재이다.

결국 상징계속의 주체는 법(Law-of-Father)을 내면화함으로써 아버지에 동화하게 되고 아버지를 자기의 모형으로 삼게 된다. 상징계

속의 주체는 이미 존재하는 사회적 역할, 성적 역할 관계에서 타인과 구분되는 자신의 위치를 인식하는 존재가 된다. 이렇게 라깡 사상의 핵심은 인간의 의식과 무의식 세계를 인간의 욕망과 죽음의 문제로 환원하여 언어화시킨다. 라깡의 이론은 인물의 의식구성과정을 분석하고 해석하는 데에 유용한 방법으로 폭넓게 적용되어 왔다.

따라서 라깡의 정신분석학은 박상륭 소설을 이해하는 주요 준거가 될 수 있다. 박상륭 소설 인물들은 결핍과 욕망을 지닌 인물들로, 자아의 형성 과정을 이해할 때 소설의 의미를 해석할 수 있기 때문이다.

박상륭은 모친의 나이가 45세일 때 태어나면서 '늙은 어머니로부터 태임 받았다'는 사실로 인해, 어머니 콤플렉스를 지닌다. '어머니 콤플렉스'는 박상륭의 소설 깊이에서 소설 구조화의 핵심적 추동력으로 작용하면서 변용된다.29) 따라서 어머니 콤플렉스라는 정신세계는 그의 작품에서 주요한 기제로 작용한다. 박상륭은 유년 시절, 모친이 죽으면 어쩌나 하는 죽음에 대한 두려움과 늘 맞대어 살았다고 한다. 아주 어려서부터 죽음의 공포를 대면해왔던 박상륭은 어머니의 죽음과 함께 고향을 등지게 되었다. 그에게 어머니는 평생 끊어야 할 집착의 끈이었던 것이다. 이러한 모친에 대한 집착과 '어머니 콤플렉스'에서 벗어나고자 하는 몸부림이 그의 작품 창작에 대한 투혼으로 연결되어, 대중에게 크게 주목받지 못한 상황에서도 그로 하여금 1960년대 이후 지금에 이르기까지 글쓰기를 계속하게 한 원동력이 되고 있는 것이다.30) 이처럼 어머니에 대한 집착과 '어머니 콤플렉스'에서 벗어나고자 몸부림치는 투혼은 그의 작품을 이루는 근원적 배경이 된다. 즉, 소설적 주체가 나아가는 것은 '어머니'라는

---

29) 김명신, <말씀의 우주에서 마음의 우주로의 편력>, ≪박상륭 깊이 읽기≫, 김사인 엮음, 문학과 지성사, 41−42쪽.

30) 위의 책, 43−44쪽.

모태에로의 귀속을 뜻하지만 동시에 어머니에게서 벗어나고자 몸부림치는 과정은 어머니와의 분리를 고통스럽게 나타내는 '죽음의식'으로 나타나기 때문이다. 어머니에 대한 의식은 곧 어머니의 기표인 여성과의 관계로 의미의 확대를 이루고, '죽음의식'은 어머니와의 분리로 인해 생긴 결핍을 욕망 추구로 이겨내려 하지만 극복이 되지 않음으로 죽음으로서 그 분리감을 풀어내게 한다. 따라서 '어머니 콤플렉스'에 대한 논의는 작가의 정신세계를 이해하고 작품을 이해하는 데 중요한 논거가 될 수 있다. 그러므로 박상륭의 작품세계를 라깡의 이론인, 어머니와의 동일시, 분리, 결핍, 욕망 해소 등의 질료로 분석하는 것은 작품 이해에 큰 도움을 주리라 생각한다.

또한, 박상륭은 소설 쓰기를, '세계를 좋게든, 나쁘게든 바꾸는 것은, 파탄잘리(요가 시스템의 기초를 세운 이)가 아니라 카필라(상키야 철학의 기초를 세운 이)라고 믿는 편에 속한다고 쓴 바 있다.' 즉, '요가, 참선 등은 개인의 구원이나 해탈로 이끌지 몰라도 (모두가 그 수업에 참여치 않는다면) 전체를 이끄는 것은 아닌 것임에 반해, 이론은, 혹간 그 개인을 구하지 못할지 어떨지는 몰라도, 전체를 이끄는 것'[31]으로 바라봄으로, 소설쓰기를 이론을 세우는 것에 더 중점을 둔다. 박상륭의 소설 쓰기가 이론의 세우는 면에 더 중점을 두고 있다는 점에서, 박상륭 작품의 의식세계를 라깡의 이론으로 적용, 규명하는 것은 방법론적인 즌거에 당위성을 실어준다고 생각한다.

본 논문은 박상륭 소설의 이해를 돕고, 작가의 작품 의도와 작품이 도달하는 세계에 대한 올바른 접근을 이루고자 한다.

작품 분석 방법으로는 우선 각 작품의 텍스트 분석을 위해 그레마스의 기호학을 원용하여 작품의 내적 구조에 대한 구조적 분석을

---

31) 김사인, <누가 저 공주를 구할 것인가 - 김사인과 박상륭의 인터뷰>, 《박상륭 깊이 읽기》, 김사인 엮음, 문학과 지성사, 29쪽.

한 뒤, 라깡의 정신분석학 연구로 폭넓게 적용하고 해석하는 방법을 취할 것이다.

그레마스 기호학은 텍스트 / 담론의 의미를 구조적이고 체계적으로 분석하여 담론의 심층구조를 살피고 이를 통하여 표층의 의미를 읽고 다시 텍스트로 표출되는 의미들을 구조적으로 파악할 수 있게 한다. 박상륭 소설 인물들은 주체구성 과정으로 결핍과 욕망, 욕망 해소의 방식으로 논의가 이루어진다. 따라서 그레마스의 기호학이 적용되는 방식도 주체의 결핍과 욕망의 충족과정 형식을 드러내는 인물들의 행위와 관계 양상를 이해하는 형식으로 이루어질 것이다.

서사 구조 분석은 그레마스의 서사기호학의 '표준 서술도식'을 따를 것이다. '표준 서술도식'은 계약·조종 → 능력 → 실행 → 비준·검증의 4단계로 구분된다. '표준 서술도식'이란 소설·영화·광고 등의 모든 텍스트의 내러티브 구조를 세분화하여 분석하는 도구이다. 소설의 구조는 이야기 단위인 시퀀스를 4단계로 세분화하여 표준 서술도식에 적용할 수 있다. 표준 서술 도식의 도움으로 텍스트의 표층구조를 구조적·합리적으로 이해할 수 있게 된다. 이러한 구조 분석은 인상주의 감상에서 구조적·합리적인 해석을 가능케 한다. 4단계로 구분되는 서술도식은 등장인물의 서술행로를 추적해야 한다. 그들의 서술 행로가 '계약·조종 → 능력 → 실행 → 비준·검증' 의 4단계로 드러나기 때문이다.[32] 등장인물의 서술행로를 추적하기 위해서는 인물이 설정하여 추구하는 대상이 구엇인지를 파악해야 하는데, 본문에서는 인물이 추구하는 대상을 욕망의 기표로 바라보고 해석하고자 한다.

소설에서 서술 구조 분석은 주체와 대상과의 상관관계를 다음의 주체, 대상, 발신자, 수신자, 적대자, 조력자의 관계 양상으로 요약하

---

30) 기호학 연대, ≪기호학으로 세상 읽기≫, 소명 출판, 2002, 89-91쪽.

여 정리한다.

발신자(sender) ➡ 대상(object) ➡ 수신자(receiver)
↑
조력자(helper) ➡ 주체 (Subject) ⬅ 적대자(opponent)

여기서 세로축은 주체가 대상을 추구하는 욕망의 축이다. 상부의
가로의 축은 발신자가 수신자에게 대상을 전달하는 전달의 축이다.
하부의 가로축은 주체를 낭해하거나 도와주는 능력의 축이다. 주체
(Subject)는 대상을 추구하거나 원하는 존재, 인간의 욕망과 관련시
킬 때는 그 욕망을 실현하는 자이다. 대상(object)은 주체가 추구하는
객체, 주체에 의해 원해진 존재, 욕망과 관련시킬 때는 욕망의 대상
이다. 발신자(sender)는 대상을 주체와 만나도록 이끄는 자, 욕망과
관련시킬 때는 욕망을 일으켜 발하는 곳이다. 수신자(receiver)는 주
체가 대상을 구현함으로써 그 혜택을 받는 자, 욕망과 관련시킬 때
는 실현된 욕망을 누리는 자이다. 조력자(helper)는 주체가 대상을
추구하는 것을 도와주는 자, 욕망과 관련해서는 욕구를 강화하는 자
이다. 적대자(opponent)는 주체가 목적을 구현하려는 행위를 방해하
고 주체에게 해악을 끼치는 기능을 수행하는 자, 욕망과 관련시킬
때는 욕망에 대한 억압, 꿈에 대한 형식을 구체적으로 표상한 자이
다.33) 소설의 서술 구조에서 주체와 대상과의 상관관계는 표준 서술
도식의 마지막 비준·검증 단계에서 주체가 설정된 대상을 획득했는
지 혹은 실패했는지에 대한 평가를 받는다. 즉 등장인물들이 설정한
대상을 획득하거나 실패하기까지의 과정이 서술행로가 발신자의 평

---

33) 이도흠, <현대 기호학의 흐름과 새로운 전망>, ≪한국학연구≫ 19호,
20쪽.

가를 받는 것이다. 그레마스의 기호학으로 텍스트 구조를 이해하는 것은 박상륭 소설의 서사 구조를 체계적이고 합리적으로 이해하는 데에 섬세한 시각을 제공해 주리라 생각한다.

텍스트에 대한 구조 분석을 선행한 다음으로는, 작품 분석한 것을 토대로 라깡의 이론에서 의식이 구성되는 과정인 '상상계', '상징계', '실재계'의 범주에 적용되는 부분들을 분석하여 인물의 의식 구성과 정을 살펴볼 것이다.

이러한 인간의 의식 세계를 구성하는 세 개의 범주는 박상륭 소설의 인물들의 의식을 규명하고 인물들이 나아가고 자 하는 세계를 명료하게 나타내 줄 것이라 생각한다.

각 작품에는 상상계와 상징계, 실재계적 요소가 서로 연결되어있다. 하지만 작품 분석의 편의를 위해, 1장은 상상계, 2장은 상징계, 3장은 실재계로 범주를 구별하여 위의 세 가지 범주 중 작품에서 두드러지게 나타나는 한 가지 범주를 선택하여 논의할 것이다. 그러나 소설의 형식상 상상계와 상징계, 실재계적 요소가 모두 구성되어 있으므로 장편 소설인 경우 각 범주에 포함시켜 논의하였다.

본론 (1)은 박상륭 소설에 나타난 '자아' 개념을 상상계에서 자아가 구성되는 과정으로 이해하여 자아가 형성되는 과정을 논의했다.

상상계는 거울 단계에서 발전한 것으로 그 개념은 성인 주체와 타자와의 관계로 확장되며, 환상, 이미지를 포함하는 세계이다.[34] 라깡은 어머니의 태반에서는 결핍이 존재하지 않는다고 한다. 그러나 출생과 더불어 겪게 되는 모체로부터의 분리는 결핍을 야기하고 어머니의 육체는 회복해야 될 대상-낙원으로 존재하게 된다. 따라서 자아가 추구하는 상상계의 이미지인 어머니와 여성의 의미는, 어머니로 표상되는 상상계적 의미를 자아구성과 관련시켜 논의 할 수 있다.

---

34) 이승훈, <라깡의 주체개념>, ≪과정으로서의 나≫, 푸른사상, 78쪽.

라캉은 '인간은 욕망은 다 타자의 욕망이다'라고 하는 것처럼, 주체의 욕망은 항상 타자를 호출해서만 구성될 수밖에 없으며 대타자의 질문에 주체의 대답이 오인에 기초하여 허구적으로 구축된다 하더라도, 이러한 근거로 주체는 자신의 욕망을 계속 유지할 수 있는 동시에 자기 스스로를 발견하는 존재 근거를 구축할 수 있게 된다. 이러한 차원은 거울상에서 만나는 소타자에 대해서 자기-통달에 이르는 주체의 허구적 자기-인식의 구조처럼, 대타자에게 귀속되는 욕망에 관한 지식이 완전한 것이라- 믿는 편집증적이고 환상적인 구조와 상통하게 된다. 이렇게 결핍을 근원적으로 갖는 아이는 거울에 비친 자신의 영상을 보고 총체적 자아감 즉, 이상적 자아(ideal ego)를 갖는다. 이상적 자아는 타자에 의하여 보여짐을 모르는 객관화하기 이전의 '나'로 '대상 a'의 관계, 나르시스적 관계에서 나타나는 심적 상태로 상상적 동일시의 효과를 갖는다.

상상계에 속한 거울단계는 한 자아의 정신세계가 타자, 즉 주변 세계와 관계를 갖는 데에 전반적인 영향을 끼친다. 자아의 구성 과정은 어머니와 동일시라는 타자와의 '상상적 오인'이 있기 때문에 가능함으로, '상상적 오인(maginary misrecognition)'으로 투영되는 주체와 타자의 관계는 허상과 실제의 변증법 과정을 거치면서 자아의 소외와 자아의 정체성을 획득해간다. 그러나 이러한 과정에서 의식 구성에 고착되는 지점이 생기게 될 때, 자아는 그 지점으로 나아가 회복되려는 욕구를 지니게 된다. 따라서 자아가 고착화된 지점을 밝혀 자아 분열 원인을 찾는 것은 인물의 주체구성 과정을 규명하는데 근본적인 단서가 될 수 있다. 따라서 박상륭 소설에서 상상계에서 자아 구성의 의미를 지닌 인물을 선택하여 자아가 추구하는 본래 모습을 밝혀낼 때, 분열과 결핍을 지향하는 주체의식을 알 수 있다.

본론 (2)자아의 이상은 3자적 관계로, 아버지의 이름 앞에 복종할 때 아버지를 모형으로 할 때 생기는 심적 상태로 아버지의 이름과 함께 아기는 자아의 정체성을 확립하고 자신의 이름과 위치를 인식하고 상상적 관계를 청산하고 언어활동의 세계, 문명과 법의 세계로 들어간다.

그러나 결핍을 경험한 주체는 욕망을 채우기 위해 끝없이 욕망을 추구한다. 박상륭 소설에서 주체 구성 문제는 라깡의 이론인 욕망 개념으로 논의할 때 주체 구성 과정을 이해할 수 있게 된다. 욕망은 언어처럼 무의식처럼 은유(metaphor)와 환유(metanymy)로 구조되어 있다. 주체는 욕망을 채울 수 있으리라는 환상 속에서 기표는 환유의 유희를 계속하게 된다. 주체의 욕망을 충족시킬 수 있을 것 같이 보이는 대상, 즉 대체가 가능하리라고 믿는 단계가 은유이고, 충족시키지 못하고 다시 그 다음 단계로 자리를 바꾸는 것이 환유이다. 욕망은 언어처럼 무의식처럼 은유와 환유로 구조되어 있기 때문에, 주체는 욕망을 채울 수 있으리라는 환상 속에서 기표는 환유의 유희를 계속한다. 이때 주체가 가진 기본 욕구는 은유에 의해 기표 속에 감추어져 있으므로 욕구는 잃어버린 대상을 대신할 수 있는 보다 적절한 대체물을 끝없이 추구하는 환유의 과정을 반복한다. 따라서 주체가 경험하는 최초의 결여원인을 찾고 욕망구조를 관찰할 때, 주체 구성 과정을 이해할 수 있게 된다. 이 과정에서 주체가 경험하는 최초의 결핍원인을 밝혀내고 욕망 추구 과정을 관찰할 때, 주체 형성 과정을 이해할 수 있게 된다.

박상륭 소설에서 인물들은 결핍에서 벗어나기 위해 자신이 남근이 되려 하거나 남근을 욕망함으로서 욕망을 충족하려 한다.

주체 구성과정에서 주체는 결핍된 타자의 남근(Phallus)적 기표(signifier)로 작용한다. 여기에서 남근 개념을 주체의 욕망과 연관시켜 논의했다. 어머니의 남근으로 작용하고자 하는 아들의 욕망은 상

상계의 범주에 속하지만, 남근적 기표로 작용하는 주체가 상징계로
로 진입하면 주체는 억압되면서 동시에 주체 구성을 이룬다. 따라서
억압된 주체가 욕망을 추구하고 충족되는 과정은 주체구성의 한 과
정을 이루며, 결핍의 극복과 새로운 주체 구성을 가능케 한다.

또한 욕망의 만족을 위해 인물이 도달하는 곳은 소설 전체의 서
사 구조가 될 수 있다. 따라서 욕망의 원인과 욕망을 이루는 방식,
욕망이 도달하고자 하는 목적지에 대해 논의를 할 때 주체가 추구하
는 대상의 은유적 의미를 이해할 수 있다. 또한 주체 구성은 환유적
형식으로 구체화된다. 그러므로 인물이 나아가는 행로를 주체 구성
의 관계에서 이해하고자 한다. 이때 욕망의 구조와 변형양상을 찾아
내어 그 의미를 규명하고, 욕망의 화현방식을 밝혀낼 때 주체 형성
과정을 여러 각도로 이해할 수 있게 된다.

다음으로 소설 인물이 떠도는 무의식 세계에서 자아가 고착화된
지점을 찾을 것이다. 상징계에 대한 논의는 인간의 의식을 구성하는
또 다른 범주인 '무의식' 세계에서의 주체 구성을 이루는 방식에 대
한 논의가 요구된다.

인간은 어머니의 모체로부터의 이탈에서 최초의 분열을 겪고 언어
를 발휘하게 됨으로써 의식의 주체와 더불어 무의식의 주체를 갖는
존재로 또 한번 분열된다. 무의식의 주체가 바로 대문자로 표시되는
큰타자(Other)다. 큰타자는 상징적 타자로서 나로 환원되지 않으며
주체에게서 또 하나의 중심을 차지하며 생각하지 않는 곳 즉 무의식
의 주인으로서 주체의 분열을 야기 시킨다. 무의식의 주체 즉 큰타
자와 의식의 주체와의 접촉을 막혀있다. 한 주체의 정신계의 Es,
ego, Other, other는 통일되어 있는 것이 아니라 분리되어 존재하고
주체(Es)와 큰타자(Other)와의 교류도 ego와 other의 상상적 관계
(Imaginary)에 의해 차단당한다. 주체는 상상적 관계에 의해 타자와

분리된 분열된 존재가 된다.

무의식의 주체인 큰타자는 여러 가지 의미를 갖는다. 나로 환원되는 큰 타자에 대한 욕망은 아이가 어머니로부터 분리되기 이전에 결핍을 갖고 소외된 것이기 때문이다. 이렇게 영원히 소실된 결핍과 욕망은 무의식에 각인되고 바로 타자에게 던져진다. 그래서 인간의 욕망이란 타자를 대상으로 삼아 자신의 결핍을 회복시키기 위해 욕망하는 것이다.

이때 주체는 자신의 욕망의 대상이 자신의 욕망을 완전히 채워줄 것이라고 믿는다. 그러나 대상이 완전한 만족을 주지 못하기에 주체는 대상에 대하여 욕망을 느낀다. 이때 실재라고 믿었던 대상이 대타자이고, 이것의 허구화된 대상이 소타자(objet pitit a)이다. 즉 환유된 욕망의 기표이다. 욕망의 기표는 기표가 가진 특성과도 같이 끊임없이 거의 광적인 자리바꿈이 이루어진다.

이렇게 인간의 의식은 상징계에서 언어에 의해 소외되고 억압되면서 무의식을 형성한다. 이때, 주체는 의식과 무의식이라는 이질적인 세계가 공존하게 되면서 욕망의 '무의식적인 의미화'와 '의식적인 의미화'라는 기표 고리를 갖는 존재로 분열된다.

라캉의 주체에 대한 아니카 르메르의 견해에 따르면, 기의와 동일한 것으로 간주될 수 있는 내적인 산 경험은 주체의 사유 속에서 시간이 지남에 따라 점점 더 많은 수로 대체될 수 있는 기표들과의 상호관계에 의해 중개된다고 한다. 이는 무의식의 차원에서 은유와 환유의 과정을 거쳐 의식의 차원으로 옮겨진 대상(a)에 대한 주체의 추구를 해명한다.

따라서 상징계에서는 소설적 주체가 욕망 충족을 이루는 과정에서 남근적 기능을 획득하는 과정과 획득의미를 주체구성과 연관시켜 논의할 것이다. 또한 주체의 의식이 고착화된 지점과 회복되는 과정이 무의식세계에서 이루어짐을 깨닫고 무의식세계에서 이루어지는 주체구성의 의미를 논의할 것이다.

본론 (3)은 실재계의 개념을 실재계의 표출양식과 연관시켜 논의하였다. 상상계가 대상을 실재라고 믿고 다가서는 과정이라면, 상징계는 그 대상을 얻는 순간이다. 그리고 욕망이 여전히 남아 그 다음 대상을 찾아 나서는 것이 실재계라 할 수 있다. 실재계의 여러 양상을 해석할 때 주체가 추구하는 세계의식과 형성과정을 이해할 수 있게 된다.

실재계란 주체가 상징계로 넘어가면서 억압되어진 것들로, 개념으로는 가공되지 않은 경험들이다. 실재계적 요소는 실재계가 어떻게 대타자의 기대에 맞추어 두의식중에 억압된 것들을 표출하는지 포착할 수 있게 한다. 실재계는 상징계와는 달리 가장 포착하기 어려운 개념으로 죽음이나 성욕과 관련된다. 또한 실재계는 주체 밖의 영역, 상징계 외부에 존재 / 부재하며 주체는 이 영역에서 해체된다.

그러나 후기 라깡에 이르면, 인간을 주체로 구성하는 상징적 현실이란 그 중심에 실재계를 배태하고 있다고 본다. 실재계는 인간의 존재근거나 정체성을 보장하는 상징적 현실의 완전성에 대한 인간의 '믿음'을 지속적으로 무화시키는 또 다른 현실이 되는 것이다.

라깡은 이 실재계를 상징계 한 복판에 뚫려 있는 구멍으로 규정하고, 상징계의 논리를 교란시키고 위협하는 실재계의 위협을 정신분석학적 용어로 외상성 사건이라 일컫는다. 이때 상징적 현실의 불가능성을 은폐하고 그 존재 기반을 지탱하는 것이 바로 판타지($◇a)이다. 이처럼 라깡에 있어서 상징계의 논리와 판타지의 논리 사이에는 어떤 상보성이 존재한다. 이 말은 라깡이 주체성을 구성하는 상징계의 논리, 담론에 대한 불신의 시선을 던지고 그 논리를 해체시키는 균열의 틈새에 집중함으로서 주체의 새로운 구성 가능성을

타진하는 '탈주체'의 의미를 갖는다. 이러한 새로운 주체 개념은 라
캉이 언급하는 '존재의 결여', '주체의 분열'을 판타지가 어떻게 은
폐할 수 있는지 제시한다. 라캉에게 있어 상징계가 판타지에 의해
지탱된다는 기본적인 입장은, 판타지는 사회적 장이 그것을 둘러싸
고 구조화되는 근본적 분열, 적대를 은폐하는 상상적 시나리오로 이
해되고 있다는 점이다. 즉, 상징적 현실이란 모순과 균열로 점철로
하나의 허구에 지나지 않는데, 라캉 이론에서 그러한 상징적 현실에
대한 불신이, 상징적 현실의 모순과 비정합성, 그리고 그러한 현실에
서 구성된 인간 주체의 분열을 은폐하기 위해 제시된 것이 바로 판
타지라는 정식이다. 판타지는 주체가 상징적 현실의 모순과 불완전
성을 인지한다 하더라도, 그럼에도 불구하고 그 균열지점에서 눈을
돌려 여전히 상징적 현실은 일관되고, 모든 것은 잘 되리라는 물신
주의적 믿음을 지지하는 방어기제로 작용한다.[35]

박상륭이 추구하는 세계는 종교적 언어와 관념적 언어형식으로 주
체의 변형 양상을 이룬다. 주체의 변이는 주체에게 환상적 세계의식
을 갖게 하고, 성적 환상과 죽음의 양식으로 구체화된다. 따라서 실
재계가 구체화되는 방식을 논의할 때, 그 변형된 의미의 존재의식과
현실의식을 밝힐 수 있다. 따라서 실재계의 여러 양상을 해석할 때
실재계의 의미를 규정할 수 있게 된다.

이와 같이 상상계, 상징계, 실재계는 주체 구성과정에 궁극적인 행
위의 동력으로 작용한다. 또한 위 세 범주는 박상륭 소설 인물 의식

---

35) 이상, 맬컴 보위 지음, ≪라깡≫,시공사, 1999년. (참고)
   자크 라캉, ≪욕망이론≫, 권택영 엮음, 문예출판사, 1994년. (참고)
   아니카 르메르 지음, ≪자크 라캉≫, 이미선 옮김, 문예출판사, 1994년.
   (참고)
   강선주, <자크 라깡의 판타지 $◇a연구>, 홍익대 석사논문, 2000, 6.
   (참고)

을 종합적으로 규명할 수 있게 한다.

따라서, 박상륭 소설에 나타나는 인물의 의식을 상상계와 상징계와 실재계의 관계에 따라 허석하는 것은 소설이 추구하는 세계를 보다 깊이 이해하도록 돕고, 지금까지의 연구방법과는 다른 방향의 연구로 박상륭 소설이 갖는 내면적 의미에 한층 더 다가서게 한다.

박상륭 소설을 이해하는게 라깡의 정신분석학학은 소설을 이해하는데 유용한 방법일 뿐 아니라 문학을 정신분석학과 연결함에 있어 파생되어지는 문제인, 정신분석의 대상으로 머무를 수밖에 없도록 하는 상황을 배제할 수 있게 한다.[36]

논문의 대상은 박상륭의 단편집 ≪아겔다마≫, ≪평심≫과 중편집 ≪열명길≫과 장편 소설 ≪죽음의 한 연구≫(상)·(하), ≪칠조어론≫ (1)·(2)·(3)·(4)를 연구 대상으로 삼는다. 전 작품에 대한 논의는 지금껏 이루어진 단편적인 연구의 한계를 넘어 소설 전체에서 흐르는 전반적인 의식을 연구하여 작품이 도달하고자 하는 세계를 보다 심도 있고 포괄적으로 논의할 수 있게 한다. 아울러 작가의 의식의 흐름이라 할 수 있는 소설의 흐름을 전체적으로 조명할 수 있게 한다.

---

36) 이호준, <거세와 공백 게우기를 통해 본 자끄 라깡의 정신분석비평에 관한 연구>, 연세대 석사논문, 1998, 4쪽.
－초기 프로이트 이론을 계승하는 라깡은 정신분석학을 소쉬르의 구조주의 언어학과 접목시ㅋ 정신분석학이 문학 비평의 도구로 효과적으로 활용될 수 있음을 보여주었기 때문에 라깡의 언어학을 차용해서 문학 작품을 분석할 때 정신분석학에서 놓칠 수 있는 구멍을 메울 수 있다.

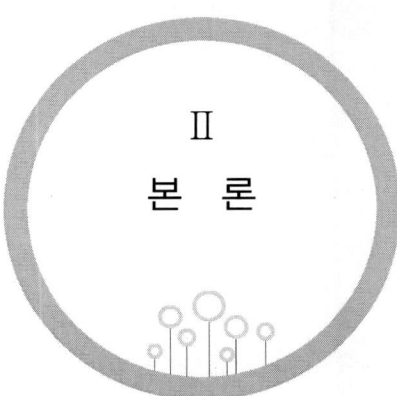

Ⅱ

본　론

❶ 상상적 자아의 구성과정

1) 허상적 자아와의 만남

라깡은 주체와 타자와의 관계를 상상계를 통해 설명한다. 그는 상상계에 대해서 자아가 거울 이미지를 자신과 동일시하는 이자관계 속에서 설명한다. 거울단계는 자신에 대한 성애적 매력으로 발전하면서 주체를 소외시킨다. 거울 단계에 속하는 아이는 신체가 통합적으로 기능하지 못하는 상태지만 이에 비해 상대적으로 시각이 발달한다. 이로써, 신체운동에 대한 통제를 획득하기 전에 거울에 비친 자신의 이미지를 통합된 전체로 인식하게 된다. 이 시기에 아이는 자신의 신체를 완벽하게 통제하지 못하는 상태에서 거울에 비친 자기 이미지의 통일성을 목격하게 되면서, 자신과 자신의 이미지를 동일시하고 자기애(Narcissism)에 빠져든다. 이러한 자기애적 환상은 유아에게 어머니가 오직 자신만을 욕망하기를 바란다. 이때 유아는 자신이 어머니의 욕망을 채워 줄 남근이 되기를 욕망한다. 그러나 거울단계에 머무르는 유아는 분열 없는 통일된 세계를 꿈꾸지만 그것은 여전히 오해의 산물이며, 주체가 자기 자신으로부터 소외되는 장소일 뿐이다. 왜냐하면 자신이 완벽한 것으로 인식하고 동일시한 것은 사실 자신의 이미지이며 허상에 불과하기 때문이다.

거울단계는 본질적으로 거울 속에 비친 자신의 이미지에 매혹되어 이미지와 자신을 동일시하려는 주체를 만들어낸다. 파편화된 육체의 이미지들로부터 통합적인 형태로 인식하는 일련의 환상들과 관련을 갖기 때문이다. 이러한 일련의 환상들은 자기 동일성을 가정하는 자기방어적인 형태를 띠고 주체를 소외시키는 역할을 하게 되는데, 바로 이 소외구조가 그 엄밀성으로 말미암아 앞으로 주체의 전반적인 정신발전을 규정짓게 된다. 이때 상상계에서 동일시의 효과는 자아로 하여금 이상적 자아를 갖게 한다.

거울단계에서 소외는 거울속의 자아가 사회적 자아로 굴절됨에 따라 다시 한번 발생한다. 즉, 거울단계가 끝나는 바로 이 순간 거울 속의 '나'를 사회적 상황과 연결되는 변증법이 시작된다. 변증법은 거울 속에 비친 영상과의 동일시 또는 원초적인 질투가 벌이는 극적 사건에 의해 이루어진다. 바로 이 순간에 타자와의 자기 동일시 현상이 일어난다. 인간의 모든 지식은 타자의 욕망을 통해 결정적으로 병합되며, 또 타자와의 협력에 의한 추상적 등가물 속에서 자신의 대상을 구하게 된다. 따라서 주체가 모든 본능적 자극에 대응하는 장치로 바뀌는 것도 바로 이 순간이다.

박상륭 소설에는 통합된 이미지를 갖지 못한 인물들이 많이 등장한다. 이들은 거울단계의 타자와의 동일시에서 소외와 결핍을 경험한다. 그러나 이들이 소외와 결핍을 극복하는 방법 또한 대상인 타자의 이미지와 동일시하는 방식으로 이루어짐에 따라, 이들은 다시 한번 소외와 분열을 경험하게 된다. 이러한 인물들의 소외의식은 <산동장>37), <쿠마장>38), ≪죽음의 한 연구≫39)에서 불구적 몸을 지닌 인물들로 나타난다. 따라서 박상륭 소설인물의 소외의식은 거울단계의 동일시 과정과 타자와의 동일시되는 과정을 통해 자연스럽게

---

37) 박상륭, ≪아겔다마≫, 문학과 지성사, 1997년.
38) 위의 책.
39) 박상륭, ≪죽음의 한 연구≫(상)·(하), 1986년.

규명될 수 있다.

(1) 파편적 자아의식과 무(無)의 지향

<산동장>의 구조는 '욕망의 결핍'과 '욕망이 지향하는 곳'이라는 이중적 서술행로가 중첩된 서술 구조를 지닌다. 주체는 계약·조종단계에서 '불구의 몸을 회복하는 것'에 대한 발신자의 제안을 수락한다. 이때, 선생의 건강한 몸이 욕망의 대상으로 설정되면서 능력의 단계에서 불구의 몸을 지닌 자들은 곧 선생과 함께 생활하며 잠재적으로 선생의 몸을 욕망하게 된다. 실행의 단계에서 화자 '나'는 결핍된 주체들은 선생의 몸을 취하여 자신의 결핍을 채우라는 말에 선동되어 선생의 몸을 나누어 제각각 가져가게 된다. 이로서 비준·검증의 단계에서 주체의 서술행로는 대상을 획득하는데 성공하지만, 이러한 방법으로는 불구의 몸이 회복될 수 없으므로 대상획득은 아무런 의미를 지니지 못한다. 위와 같은 내용을 도표화하면 다음과 같다.

<표준 서술도식>(1)
계약·조종(불구자들이 불구의 몸이 회복되길 욕망·대상으로 선생의 몸을 잠재적으로 설정) → 능력(선생을 따라다니며 선생과 함께 생활함) → 실행(화자 '나'의 충동에 따라 선생의 몸을 제각각 가지려함) → 비준·검증(대상 획득)

<행동자적 모델>(1)
발신자(불구의 몸 회복) ➡ 대상(선생의 몸) ➡ 수신자(불구자)
⬆
조력자(화자 '나') ➡ 주 체(불구자) ⬅ 반대자(선생에 대한 두려움)

　소설의 서사 구조는 신체 불구자들이 선생의 몸을 욕망하며 자신의 몸이 회복되기를 바라는 것이 주요 서술 구조를 이룬다. 그리고 화자 '나'가 불구자와 동일시를 이루어 결핍된 자가 되어 주체로 변모하면서 대상을 추구하는 이중적인 구조를 지닌다. 화자 '나'는 불구자들과 마찬가지로 결핍을 경험한 자로 발신자인 '결핍에 대한 욕망충족'을 수락하면서 대상으로 무균의 미소를 지닌 '언청이'를 대상으로 설정한다. 언청이와의 잠자리는 불구자들의 도움으로 쉽게 이루어지고(능력) 언청이와 잠자리를 가지며(실행) 어머니를 느끼게 된다. 그러나 언청이에게서 비어있는 공허한 눈을 봄에 따라 화자 '나'가 지향하는 욕망이 충족될 수 없음을 깨닫게 된다.(비준·검증)

　<표준 서술도식>(2)
　계약·조종(결핍충족·무균의 언청이에게서 어머니를 느끼며 대상설정) → 능력(불구자들을 위협해 도움을 받음) → 실행(언청이와 성적 결합) → 비준·검증(언청이의 눈에서 텅 비어있는 공허를 느낌으로 어머니와의 결합을 통한 결핍충족에 대한 욕구가 충족되지 않음)

　<행동자적 모델>(2)

발신자(화자 '나'의 결핍 회복) ➡ 대상(언청이의 몸) ➡ 수신자(화자 '나')

　　　　　　　　　　　　　　　　↑

　　조력자(불구자)　　　➡　　주체(화자 '나')　◀ 반대자(언청이의 눈)

　욕망의 통합적 축인 은유적 의미는 불구자와 화자가 동일시되고, 언청이와 어머니가 동일시되는 방식으로 결핍된 주체와 욕망의 대상이 설정됨을 알 수 있다. 위와 같은 과정에서 욕망의 계열체적 축을 환유적 변형과정으로 정리해 보면 다음과 같다.

1. 결핍된 주체: 불구자 → 언청이 → 화자 '나' → 어머니
2. 욕망의 대상: 선생의 몸 → 언청이의 몸 → 어머니의 몸
3. 욕망해소 방식: 불구자들의 식탐 · 성욕 → 왜곡된 방식으로 선생의 몸 욕망하기 → 언청이와의 성관계(상상계로 수렴) → 파편적인 자아 의식을 그대로 지님 → 무(無)로 지향하게 되는 계기 마련

이와 같이 <산동장>의 인물들이 '어머니 이미지'인 상상계로 수렴되는 구조를 지니고 있다. 따라서 자아와 상상계의 관계 양상을 논의할 때 인물의 자아 구성의 의미를 규명할 수 있다.

<산동장>에 나오는 인물들은 신체적으로 불구의 몸을 지니고 있다. 이들은 사회에서도 소외되고 버림받은 인물들로 장터를 떠돌며 생활한다. 이렇게 소외와 결핍을 경험한 인물들은 자신들과는 달리 건강한 몸과 늘씬한 키에 계집 같은 피부를 지닌 선생 곁에서 선생을 따르며 선생의 몸을 무의식적으로 욕망한다.[40] 그러나 허우대가 멀쩡한 선생을 동경하며 쫓아다니기는 하지만 인물들은 불구의 몸을 지녔기에 근본적으로 결핍을 지니고 있다. 따라서 소설에서 불구의 신체를 지닌 인물들은 자연스럽게 욕망의 주체가 된다. 소설의 주체는 자신들의 모습이 훼손되고 분열되어 있기에 선생의 몸에 스스로

---

40) 거울 단계란 개념에 비추어 보면 자아로부터의 소외는 1차적으로 자기애에서 비롯된다. 그러나 상상계에 속한 상상적 자아는 아직 주체가 형성되기 이전의 단계로서, 상상적 자아의 자기애는 거울 단계의 전단계인 어머니와의 동일시에서부터 형성될 수 있다. 이때 주체는 어머니의 통일적 형태를 봄으로서 자신의 모습을 모체와 동일한 모습으로 인식하는 동일시 현상을 갖게 된다. 따라서 자신의 모습을 통합적으로 인식하는 주체는 인간이 그 속에 스스로를 투사한 고정된 상이나 인간을 지배하는 환상들과 결합되어지게 된다.

를 투사시키면서, 선생의 말씀에 의해 건강한 몸을 얻고자 하는 욕
망과 희망을 끝까지 포기하지 않는다. 불구의 몸을 지닌 인물들은
건강한 선생의 몸을 통해 자신들을 통합적으로 인식하고 무의식적으
로 자신들의 모습이 통합될 거라는 환상을 갖는다.

> 맨 앞장서 걷는 놈은 대갈통 무게에 짓눌려 자라질 못하고 어기적
> 거리는 난쟁이였고, 그놈의 어깨를 정다운 척 끼고 있는 놈은, 한군데
> 도 올바르게 보이는 데가 없는 꼽추였는데, 둘이는 좋은 한 쌍으로
> 보였다. (중략) 그 다음으로 한 쌍은 핏기 한점 없는 장님과 외다리가
> 서로 허리와 어깨를 끼고 부족을 보충하고 있었고, 그 뒤엔 그의 소
> 싯적 흉년에나 빼어 먹어버린 듯한 외눈박이가 그 눈을 그나마도 반
> 쯤은 감고 외팔이와 나란히 서고, 좀 뒤떨어져 걷는 한 쌍은, 하나는
> 지나치게 여위었는데 육손이고, 하나는 비교적 정상적으로 보이긴 했
> 지만 무슨 갑작스런 사고나 놀람으로 해서 말을 잊어버린 벙어리인
> 것이 금방 알려졌다. 그는 들을 줄은 알고 있었던 것이다. 그 다음이
> 내게 명령했을 듯한 장닭같은 사내였는데, 그는 늘씬하게 큰 키에다
> 계집 같은 피부와 참으로 시원한 얼굴을 가졌고, 그 사내의 오른쪽엔
> 왼쪽 귀밑에 쇠불알만한 혹을 매단 사내, 왼쪽엔 코가 썩어문드러진
> 사내가 보위하고 있었다.(중략) 그 사내는 마누라 오줌에 영계처럼 튀
> 겨졌거나, 불붙은 성루를 용감하게 최후까지 지켰던 병사의 귀신이거
> 나, 화장독에서 반쯤 타다가 걸어 나온 놈임에 틀림없었다. 전신이 화
> 상으로 덮여 있었다.[41]

욕망의 주체들은 신체적으로 빼어난 그들의 선생과 함께 다니면서
더욱 자신들의 욕망을 포기하지 못한다. 그러나 현실적으로 선생의
몸을 욕망한다는 것은 불가능한 일이고 있을 수 없는 일이라 생각한
이들은 자신들의 비정상적인 몸이 주는 억압에서 벗어나기 위해 공

---

41) <山東場>, ≪아겔다마≫, 문학과 지성사, 1997, 109−110쪽.

짜로 얻은 순대국밥을 먹기 위해 몸싸움을 해서 결핍된 몸을 채우려 하거나 창녀와의 잠자리를 위해 흥정을 하는 등 생존하고자 하는 욕망과 쾌락을 추구하며 살아간다.

하지만 이러한 욕망 추구는 이들의 이상적 자아를 실현시키지 못한다. 이상적 자아란 상상계에서 나르시스적 관계에서 나타나는 심적 상태로 전능적 이상형, 상상적 동일시의 한 효과이다. 따라서 소외를 경험한 이들은 근본적으로 이상적 자아를 갖게 되는데, 이들에게 이상적 자아는 통합화된 몸을 소유하는 것이다. 이때, 소설의 화자로 등장하는 각설이인 '나'가 정상적인 몸을 지닌 선생의 몸에서 결핍된 부분에 해당하는 몸을 가져가라는 상징적인 해결책을 내놓는다. 이에, 욕망의 주체들은 자신들이 지니고 있는 이상적 자아가 선생의 건강한 몸이었다는 것을 인정하며 선생의 몸을 갖기 위해 선생을 기다린다. 하지만, 이들의 욕망 해소가 타자와의 동일시를 통해 이루어짐에 따라 소외를 경험한 주체들은 또 한번 소외되고 분열된다. 또한 욕망 획득 과정이 타자의 지시에 따른 충동적인 모습과 수동적인 모습을 지님으로써 욕망해소의 가능성에 부정적인 전망을 제시한다.

> "당신들은 선생에게로 가서 잃은 걸 찾거나, 선생이 버린 걸 되돌려주면 될 거요. 당신은 건강한 다리를, 당신은 키를, 꼽추 당신은 자살과 함께 그의 정신을, 당신은 그의 한 눈을, 당신은 그의 한 팔을, 당신은 그의 언어를, 당신은 그의 코를, 그리고 당신의 그의 사상의 찌꺼기를 그에게 돌리고, 당신은 당신에게 전가된 그의 탐욕을 돌리시오. 선생 그가 말한 바와 같이, 그가 당신들의 부족을 보충하는 것이 아니라, 당신들이 성한 곳을 뜯어서 그 불구자를 온전하게 만든 거요. 그는 원래 꼽추였음이 틀림없소. 그러니 그에게서 당신들의 것을 찢어오면 될 거고, 떼어서 주면 될 거요. 그것이 방법이오. 그뿐이

오. 그러니 당신들은 선생께로 가면 되고, 나는 이제 떠나면 되오."42)

화자 '나'의 해결책에 신체의 결핍을 지닌 사람들은 선생이 오기를 기다렸다가 선생을 보자마자 욕망을 이기지 못하고 이성을 잃으며 자기가 결핍된 부분들은 뜯어내기 시작한다. 화자 '나'의 방법은 현실적으로 어떠한 해결책도 될 수 없음에도 사람들이 화자의 말을 따른 것엔 상징적인 의미가 담겨있다. 인물들이 생각하는 이상적 자아 추구는 왜곡된 방법으로 나타나긴 했지만 스스로의 힘이 아닌, 타자와의 반영을 통해서 이루어질 수 있음을 상징한다. 즉, 선생의 몸과 마음이라는 완전한 형태인, 타자에 의해서 구원을 얻을 수 있다는 논리를 지니고 있다. 선생의 모습은 인물들의 이상적 자아이다. 화자는 인물들의 결핍을 해소해주는 중개자의 역할을 한다. 즉, 소외를 경험한 상상적 자아에게 이상적 자아에 대한 욕망을 불러일으키는 장본인이 된다.

화자인 '나'는 정상적인 몸을 지니고 있다. 하지만 백치이자 언청이인 한 여자아이를 좋아하고 집착하는 모습에서 결핍을 느끼는 인물들과 동일시된다. 이렇게 화자 '나'는 언청이 여자를 좋아하면서 불구자의 모습으로 전이된다. 따라서 인물들의 결핍요인은 화자인 '나'가 좋아하는 언청이와의 관계에서 소외와 결핍의 근본적인 원인이 밝혀진다.

나는 어이없게도 언청이를 사랑하고 있다고 생각했다. 아무 생각도 없으면서 생각에 묻힌 듯한 이 여자의 침잠한 분위기, 경련하듯 이따금씩 헬끔 웃는 웃음, 두려워할 줄도 교만할 줄도 모르는—바로 아기의 얼굴이며 동시에 어머니의 얼굴인 이 무균(無菌)의 명징(明澄), 아

---

42) 위의 책, 130－131쪽.

무엇도 이해할 수 없지만, 그러나 다 포용할 수 있으며, 무엇이든 다 주겠지만 그래도 마름을 모를 것이라는 이 비옥함, 그런 것들 그런 것 이상의 것들이 나를 그녀에게서 헤어 나오지 못하게 하고 있던 것이다.43)

화자 '나'가 언청이를 사랑하는 이유는 언청이의 얼굴이 '무균의 명징'으로 무엇이든 다 주고 포용하는 절대적인 사랑의 이미지를 지니고 있기 때문이다. 이러한 사랑의 이미지는 어머니만이 줄 수 있는 사랑의 방식이다. 따라서 화자 '나'는 어머니의 속성을 지니고 있는 백치 언청이를 사랑하는 것이다. 어머니의 사랑을 보여주는 언청이는 아무 생각도 할 수 없고 판단하지 않으며, 두려워 할 줄도 교만할 줄도 모르는, 이따금씩 웃음만을 보이는 순수 무구한 모습을 지닌다. 이로써 화자 '나'가 지니고 있는 어머니의 형상은 순수하고 모든 것을 포용하는 절대적 존재의 이미지라는 것이 밝혀진다.

화자가 어머니의 이미지를 지니고 있는 언청이를 사랑하는 것은 거세위협과 언어질서로 구성된 상징계의 세계에 대한 거부의 표현이다. 또한 언청이를 돈으로 사는 행위는 왜곡된 방법을 통해서라도 이상적 자아를 획득하고자 하는 욕망을 나타낸다고 할 수 있다.

화자 '나'는 "열심히 그녀를 보다가, 나도 어느덧 그녀처럼 되었다가 잠이 들며" 그녀와의 동일시 현상을 일으킨다. 그리고 그녀가 아이를 갖는다면 자신의 아이를 가졌으면 좋겠다는 소망까지 갖는다. 화자 '나'는 어머니의 이미지를 가진 그녀를 소유하고 그녀의 아이까지 욕망하는 형식으로 이상적 자아를 추구한다. 화자 '나'는 어머니를 소유함으로써 소외의식을 극복하고자 한다. 이러한 과정 속에 화자 '나'는 의식적으로 상징계의 질서를 거부하고 상상적 자아가

---

43) 위의 책, 124쪽.

충족되었던 상상계의 세계로 퇴화하는 현상을 보인다.

하지만 화자 '나'는 상상계로 '퇴화' 하는 상태를 견뎌내지 못하고 언청이의 목을 조름으로써 언청이의 눈의 내부를 바라본다. 이때, 화자 '나'는 소로(小路)였던 언청이의 눈의 내부에서 대로(大路)로 열리고, 불모하고 광막한 그 속에서 아무 신비도 없는 빔(虛)이 드러나는 것을 본다. 따라서 화자가 추구하던 어머니와의 동일시는, 곧 아무것도 없는 불모하고 광막한 어머니의 비어있는 속성으로 인해, 어머니와의 일체감에서 얻을 수 있는 환상과 충만함을 다시 잃어버리게 된다. 자아의 상상적 오인이었던 어머니의 형상이 완전히 비어있는 것을 본 것은 어머니 또한 자신과 마찬가지로 소외를 경험한 분열된 존재라는 것을 깨닫게 된다. 이로써 자아는 상상계 과정에서 요구되는 통합화를 통해서 오히려 이루지 못하게 된다.

즉, 상상적 자아가 추구하는 이상적 자아는 어머니의 이미지로 나타나지만, 어머니의 허상적 이미지를 경험하면서 통합화할 대상을 찾지 못하게 되면서 거울 단계 이전의 파편화된 상태를 유지하게 된다.

화자 '나'는 자아의 통합화를 실현할 수 있는 대상의 환유, 즉, 기표를 설정할 수 있는 새로운 '오브제 브띠 아' 를 확보하지 못한 것이다. 왜냐하면 자아는 허상이라 할지라도 어머니를 욕망함을 통해, 주체구성을 이룰 수 있으며 또 다른 어머니의 은유를 욕망하며 살아갈 수 있기 때문이다. 화자가 만난 어머니의 이미지가 통합적이고 충만하지 않았다는 것은 상상계속에서 자아가 근원적 결핍에서 일차적으로 통합되어야 과정을 겪지 못하고 또 다른 상실과 분열을 경험한 것을 의미한다. 이러한 자아분열의 인식의 소산은 소설 인물들에게 불구의 신체를 가진 형태로 표출된다. 텅 비어 있는 어머니의 이미지는 근본적으로 분열을 경험한 자아에게 다시 한번 자아상실을 경험하게 한다. 따라서 자아는 어머니와의 일차적 결합에서 자아통합화를 이루지 못하게 됨에 따라 자아의 고착화를 형성하게 된다. 이러한 자아 상실의 고착화는 소설의 인물들이 온전한 자아구성 과정을 거치지 못한 '불구의 이미지' 형태로 반영된다. 자아가 추구하는 세계는 어머니와의 동일시를 이룬 상상계적 세계이지만, 어머니의 모습조차 허구로 나타나는 텅 비어있는 세계임을 경험하게 되면서 자아는 거울 단계 이전의 파편화된 자아의식을 그대로 지니게 된다.

따라서 주체들은 상상계의 거울단계에서 어머니와의 동일시를 이루어지지 못하고 어머니의 비어있는 이미지를 봄으로써, 파편화된 자아의식을 지니지만, 그러한 비어있는 이미지로 나아가려는 주체의식을 갖게 된다. 이러한 자아의식은 박상륭 소설에서 타자와의 동일시로 인해 생기는 소외 등, 자아와 타자로 구별되는 이원적인 의식을 지양하게 한다. 즉, 자아와 타자의 구별을 원천적으로 거부하는 '무(無)를 지향하는 의식'으로 나아가게 한다.

(2) 타자의 욕망 실현 실패

<쿠마장>은 <산동장>과 마찬가지로 각설이면서 화자인 '나'가 장터를 돌아다니다 '독'을 관으로 파는 늙은이와 노인 옆에 붙어 있는 소년을 만나는 이야기다. <쿠마장>의 구조는 '영원히 살고 싶은 욕망'과 '치열하게 살고자 하는 욕망'이라는 이중적 서술 구조를 지닌다. 영원히 살고 싶은 욕망은 주체(독파는 노인)에게 발신자로 작용하면서 그 욕망을 따라 살아가게 한다. 능력의 단계에서 노인은 죽은 사람의 몸에 뿌린 씨앗으로 술을 빚어 먹으며 신기를 지속시키려는 의지를 보인다. 그러나 실행의 단계에서 영원히 살기 위해 이러한 행동을 지속해야 하지만, '장감독의 죽음'은 영원히 살고 싶은 욕망을 치열하게 살고 싶다는 욕망으로 바뀌게 한다. 이로서 비준·검증의

단계에서 영원히 살고 싶은 주체의 욕망은 실현되지 못하지만 치열하게 살고 싶은 욕망은 실현된다. 이와 같은 의미를 도식화하면 다음과 같다.

<표준 서술도식>

계약·조종(영원히 살고 싶은 욕망) → 능력(죽은 사람의 몸에서 난 씨앗으로 술을 빚어먹으며 신기를 지속시킴) → 실행(치열하게 살고 싶다는 욕망으로 바뀌면서 머리를 독에 찧으며 치열하게 죽음) → 비준·검증(죽음으로써 치열하게 살고 싶은 욕망 실현)

독파는 노인의 영원히 살고 싶은 욕망은 치열하게 살아보고 싶은 욕망으로 대체된다. 위의 두 욕망은 모두 타자와의 동일시 현상에서 비롯된 것이다. 그러나 '영원히 살고 싶은 욕망'이 타자의 욕망이 반영된 것으로 동일시를 통해 소외를 경험케 하고 분열을 갖게 한다면, '치열하게 살고 싶은 욕망'은 자아의 소외를 극복하려는 의식을 담고 있다. 죽은 사람의 몸에서 난 씨앗으로 술을 빚어먹으며 영원히 살고자 했던 욕망은, 타자의 반영을 통해 자아를 통합하려는 음모를 지니지만, 그로 인해 오히려 자아는 소외되고 결핍될 뿐이다. 그러나 스스로 죽음을 선택하면서 치열하게 살아보려는 욕망은 타자의 욕망 투영을 거부한 진정한 자아 찾기의 의미를 지니게 된다.

<행동자적 모델> 제 (1) 구조

발신자(영원히 살고 싶은 마을 사람들의 욕망)	➡	대상(영원성)	➡	수신자(독파는 영감) = 타자의 욕망 반영
		⬆		
조력자(마을사람들)	➡	주체(독파는 영감)	⬅	반대자(화자 '나')

<행동자적 모델> 제 (2) 구조

발신자(치열하게 살고   ➡   대상(치열한 삶)   ➡   수신자(독파는
     싶은 욕망)   ⬆   영감) = 자아 찾기

조력자(장감독의 죽음)   ➡   주체(독파는 영감)   ⬅   반대자(소년)

    욕망의 통합적 축은 마을 사람들의 영원히 살고 싶은 욕망이 독파는 노인에게 투영되어 노인의 욕망으로 은유된다. 그러나 독파는 노인은 고자이기 때문에 욕망도 없을 거라고 생각했던 장감독이 죽음을 선택한 것에 놀란다. 독파는 노인은 장감독이 자신의 욕망과 치열하게 싸웠음을 충격적으로 받아들인다. 그리고 지금껏 타자의 욕망에 의해 살아왔던 자신을 생각하며 타자의 의식이 반영된 허상적 이미지를 깨뜨리기 위해 죽음을 선택한다.

    위와 같은 의미를 계열체적 축인 환유적 변형과정으로 정리해보면 다음과 같다.

1. 결핍된 주체: 영원히 살고 싶은 마을 사람들 → 마을 사람들의 욕망의 반영인 독파는 노인 → 장감독 → 치열하게 살아보고 싶은 독파는 노인

2. 욕망의 대상: 영원히 사는 삶 →(장감독의 죽음) → 치열하게 사는 삶.

3. 욕망해소 방식: 죽은 사람의 몸에서 나오는 씨앗을 먹는 방식으로 삶을 지속 → 장감독의 아낸의 유산 →(장감독의 죽음) → 머리를 독에 찧는 죽음의 방식으로 삶을 욕망

    이처럼 <쿠마장>은 자아의 욕망이 타자들의 허상적 관계 속에 놓여있음을 깨닫고 그것을 깨뜨리려는 구조를 가지고 있다. 따라서 독

파는 노인의 서술행로는 타자의 반영에서 벗어나지 못한 상상적 자
아가 그 허구적 이미지에서 벗어나려는 의식을 담고 있다.

<쿠마장>에서 독파는 노인은 독을 관으로 판다. 그리고 시신에 씨
앗을 뿌려 맺은 열매로 술과 떡을 가져오게 하여 그것을 먹는다. 이
로써 죽음과 탄생을 지배하며 신기(神氣)를 지속시키려 든다. 신기란
다른 사람의 죽음이 낳은 씨앗에 뭉쳐있는 생명을 먹음으로써 영원
히 살도록 만드는 기운을 일컫는다.

노인은 평상시 자신이 파는 '독'속에서 생활하는데, '독'은 흔히
여성적인 이미지로 채운다는 의미와 통일된 세계를 상징하거나 탄생
과 죽음을 지배하는 상태를 의미한다.44) 따라서 노인이 독 속에 늘
상 들어있는 상태를 유지한다는 것은 타자와의 동일시라는 상상계적
의식 속에 갇혀있음을 나타낸다. 그러나 노인이 독안에서 지내며 신
기를 지속시키는 것은 마을 사람들의 영원히 살고 싶은 욕망이 투영
된 것으로써, 노인의 자아의식은 타자와의 관계규명을 통해서 밝혀
지게 된다.

　　"신기란 건 덩이가 아니다, 알겠냐? 그건 물에서, 불에서 흙에서,
바람에서 조금씩 뽑혀져온, 꿀 같기도 하고 푸른 아지랑이 같기고 하
고, 도대체 형상이 없는 형상이니라. 헌데 항아리는 그것들이 되돌아
가지 못하게 하고 한곳에 괴이게 해선 나중에 뽑아내게 하는 것이니
라. 한꺼번에 말이다."45)

---

44) 이승훈, ≪문학상징사전≫, 고려원, 1995, 515쪽.
　　금으로 된 항아리나 은으로 된 항아리는 흰 백합과 관련되어 종교나
　　도상의 경우 처녀를 상징한다. 중국 불고의 경우 뚜껑이 달린 항아리는
　　행운을 표상하는 여덟 가지 사물 가운데 하나이며, 하나로 통일된 세계
　　를 상징하거나 탄생과 죽음을 지배하는 탁월한 지적 상태를 의미한다.
45) 박상륭, <쿠마장>, ≪아겔다마≫, 문학고· 지성사, 1997, 93쪽.

노인은 '독'에서 나오지 않고 그곳을 집으로 생각하며 살아간다. 이것은 죽지 않고 영원히 살고자 하는 '이상적 자아' 실현의식이 상상계에서 자아 통합의 형태로 이루어질 수 있다는 것을 암시한다. 또한 자아 통합의 의미는 타-자와의 동일시를 통한 타자 반영의 의미를 지닌다. 따라서 노인의 욕망은 마을 사람들의 영원히 살고자 하는 욕망이 환유된 것이라 할 수 있다. 영감이 자신의 생명을 다른 사람들의 죽음의 결과로 생기는 낟알로 목숨을 이어간다는 것은 타자의 몸을 먹는, 즉 반영된 의식을 통해 이상적 자아가 실현되고 영원히 살수 있을 것이라고 생각하기 때문이다.

그러나 장감독은 노인과는 다른 방식으로 이상적 자아의식을 표출한다. 장 감독은 어렸을 때에 개에게 물려 고자가 된 이후로, 늘 어렸을 때로 되돌아가서 잃은 것을 찾아와야겠다고 마음 먹는 인물이다. 그러나 마음은 어린시절로 돌아가는데 반해 몸이 늙어가고 있다는 것을 깨달으며, 마음속에 있는 애기는 태어나게 하고 자기는 썩어졌으면 좋겠다며 며칠씩 울곤 한다. 장 감독은 자신이 늙어가는 것과 상관없이 해가 지날수록 근원 즉 어린아이에 가까워지게 된다. 이로써 장감독의 욕망은 거세되기 전의 상상적 자아상태를 지향한다.

그러나 장감독의 아내인 걸부가 목교를 건너다가 목교를 안고 핏덩이 하나를 다리 아래로 떨어뜨려 죽게 한 사건이 일어난 이후 장감독은 심리적인 변화를 겪으며 죽음을 선택한다. 장 감독이 어렸을 때, 개에게서 성기를 물려 고자가 된 것은 '거세 콤플렉스' 단계에서 '거세 위협'에 대한 두려움과 억압된 의식이 구체적으로 표출된 것이다. '거세 콤플렉스'는 상징계라는 아버지의 이름과 법 앞에 어머니의 남근이 되고, 욕망의 대상이 되려는 욕망을 억제한다.

그러나 장감독은 남근을 '거세' 당함에 따라 오히려, 어머니에 대한 욕망을 억제하지 않게 된다. 즉, 장감독의 의식은 '거세' 당함으로 상상계의 어머니와 일체감을 느끼며 어머니의 욕망의 대상이 되려던 의식으로 나아가게 한다.

장감독은 어머니의 은유인 아내가 사산 하자, 더 이상 자신이 어머니의 욕망의 대상이 될 수 없다는 것어 비관하여 죽음을 선택하게 한다.

의식으로부터 억압되거나 의식에서 다른 것으로 대치된 것은 무엇이건 손상되지 않고 남아 무의식에 잠재적으로 존재한다.46) '거세' 기제는 주체에게 억압과 불안을 불러일으킨다. 따라서 육체적으로 풍만하고 탐스러운 아내를 둔 장 감독은 늘 불안을 겪고 무의식적으로 억압당한다. 이때 아내가 아이를 사산한 것을 알게 되면서 불안이 현실화됨에 따라 자신이 타자의 욕망의 대상이 될 수 없고 남근이 될 수 없음을 깨닫고 죽음을 선택하게 된다. 장 감독의 죽음은 타자의 어떠한 욕망도 채울 수 없고 욕망의 대상이 될 수 없는 것을 깨달은 주체가 선택할 수밖에 없는 유일한 길이다.

죽음은 자아에게 불안과 고통에서 벗어날 수 있게 한다. 결국 장 감독의 죽음은 상징계의 주요 기표인 억압과 거세 콤플렉스가 무의식적으로 잠복해 있다가 표출된 것이다. 그러나 불안과 억압은 새로 생겨나는 것이 아니라 이미 존재하는 기억 이미지와 일치하도록 정서적인 상태로 복제된 것47)이기에 장 감독의 죽음은 예견된 것이다.

장 감독이 선택한 죽음의 행위는 독파는 노인에겐 하나의 충격으로 받아들여진다. 노인에게도 지금까지 장 감독처럼 타자의 욕망 실현이 자신에게 중요한 기표로 작용되어 왔기 때문이다. 노인은 화자 '나'가 들려주는 통소소리에 아픔을 느끼며 체면 같은 무의식세계에

---

46) 프로이트 전집 12, <매맞는 아이>, ≪억압, 증후 그리고 불안≫, 열린책들, 1997, 171쪽.
47) 위의 책, 225쪽.

서 깨어난다. 노인이 통소소리를 들으며 가슴아파했던 것은 노인이
추구하던 세계가 통소소리를 통해 드러나기 때문이다.[48] 즉, 타인의
죽음을 재생하는 방식으로 추구하던 이상적 세계의 모습이 통소소리
를 통하여 구체적으로 드러났기 때문이다.

> 통소는 나와 나를 휩싼 모든 것을 자기의 가느다란 관속에다 빨아
> 들여 넣곤 나와 나를 휩싼 모든 것을 아프게 짓짜고 비틀며 굴렸다.
> 그리고 불려나면 사라져버리는 소리 속에서 그것들은 산화되어버리는
> 것이다. 난 그 속에서 온갖 체험과 모든 삶을 다 살아버린다. 유년에
> 서 노년까지를. 그러다 음악이 죽고 통소와 내가 별개의 것으로 회귀
> 되었을 때는, 나는 다시 유년에서 노년까지를 구축해야 되었다. 나는
> 어떤 이끌어주는 것에 의해 계속되는 그런 삶을 사는 것이 아니라,
> 순간순간 스러져버리는 —그리고 그 전이(轉移)로서 사는 것이다.(중
> 략) 무주공산 비 흩뿌리는 밤 타령이 어디론지 사라져버렸을 때, 나는
> 칠십 년이나 그보다 많은 세월의 회분이 쌓인 속에 누워 있었다. 나
> 는 도대체 어디에 있었던지를 몰랐다. 하늘은 그저도 싸늘하게 푸르
> 고, 볕은 황혼과 섞여 미적지근히 붉다. 바람이 먼지를 쥐어다 뿌렸
> 다. 난 그제야 기억이 나서 관장수 영감을 찾았다.[49]

타인의 죽음으로 영원히 살고자 했던 이상적 세계란, 통소소리를
통해 순간순간 스러져 버리는 죽음과 죽음으로 전이되어 이어지는
삶의 진실을 깨닫게 한다. 이로써 노인은 그 세계가 도저히 도달할
수 없는 세계라는 것을 깨닫는다.

통소소리가 자꾸 익고 있었을 때, 노인은 자신의 소년 시절을 회

---

48) 장돌뱅이인 화자 '나'는 각설이 일기 <쿠마장>, <산동장>, <산남장>,
   <산북장>등에 등장하여 주인물들을 관찰하며 사건을 기술하고, 때에
   따라 구슬프고 아름다운, 신기에 가까운 통소를 불어 주인물들이 잊었
   던 과거의 시간을 기억나게 한다.
49) 박상륭, <쿠마장>, 《아겔다마》, 문학과 지성사, 1997, 95-96쪽.

상한다. 동네 사람들은 항아리 속에 앉아 있는 자신을 칭찬해주었다. 그 바람에 자신도 모르게 부락의 신기덩이가 되었다. 이러한 회상은 노인이 추구하던 이상적 세계의 실체를 드러낸다. 노인이 이상적세계로 생각했던, 신기를 통해 영원히 살고자 했던 욕망은 곧, 노인의 욕망이기 이전에 타인들의 영원히 살고자 욕망하는 기표가 노인에게 반영된 결과이다. 노인은 타인의 욕망을 자신의 것으로 오인하며 타인의 욕망을 채우는 데에 일생을 걸었고, 자신의 것을 위해 아무런 옷도 만들어내지 않았다. 그리고 사람들이 깍아 세워놓고 절을 하는 장승처럼 그들의 욕망대로 살아가며 자신도 죽지 않는다고 생각하며 살아왔던 것이다.

그러나 노인은 자신의 욕망의 근원이 되어왔던 마을 사람 중 한 명인 장 감독의 욕망의 실체가 자신처럼 타인의 죽음을 통해서라도 목숨을 오래도록 살려는 것이 아니라, 타자의 욕망의 대상이 되지 못할 때 죽을 수도 있는 주체적인 삶이었음에 충격을 받는다.

이러한 욕망은 장감독의 맘속에 거세되기 전의 아기를 태어나게 해서 그 아기를 통해 영원히 살고자 하는 방식으로 나타난다. 그리고 그것이 이루어지지 못함을 깨닫고 스스로 죽음을 선택한 주체적인 삶의 추구 방식이었다는 것을 깨닫고 자신이 추구하던 욕망의 실체가 잘못된 것임을 깨닫는다. 노인은 장 감독의 죽음으로 지금껏 살아오면서 추구하던 욕망이 잘못된 것임을 깨닫고 충격을 받는다. 노인 자신은 지금껏 마을 사람들의 영원히 살고 싶은 욕망을 자신의 것으로 오인하면서 평생을 독안에서 나오지 않으면서, 상상계적 의식에 갇혀있는 삶을 살았다. 그런데 장 감독은 거세된 자이면서도 그의 삶 전체가 치열하게 싸웠다는 점에서 자신과는 극단적으로 대립되어 있는 것에 충격을 받은 것이다.

따라서 노인은 지금까지 타인의 욕망을 오인하던 삶에서 벗어나기 위해 죽음을 선택한다. 이때, 노인은 장 감독이 목숨을 불길처럼 태우며 죽음을 치열하게 치루는 것처럼 자신도 머리를 항아리에 치대며, 지금껏 한번도 살아보지 못한 삶을 치열하게 살고자 욕망한다. 노인이 바라던 자아실현은 영원히 살고자 하는 타인의 욕망을 자신의 것으로 받아들이며 실행하는 것이었다. 그러나 지금껏 지닌 삶의 욕망이 도달할 수 없는 세계이고 오인된 것이라는 것을 깨달으면서 이러한 허상에서 벗어나기 위해 죽음을 선택한다.

하지만 상상계에서 타자와의 동일시에 실패한 자아는 주체로 구성되지 못하고 파편화된 채로 남아있게 된다. 타자의 욕망 반영은 자아를 소외시키지만 결핍을 경험하게 하지만 자기 동일화를 이루는 근거가 된다. 그러나 노인이 죽음을 선택한 것은 자기 동일화를 이루는 상상계적 반영의 세계를 거부한 것이다. 이로써 타자의 동일시를 통한 자아 구성 형식을 부정하고 새로운 주체 구성 형식을 추구하는 작가 의식을 알 수 있다.

타자에 대한 허구적 이미지를 거부하는 형태는 ≪죽음의 한 연구≫에서 새로운 주체 구성을 시도하는 적극적인 주체의식으로 발전되어 나타난다.

2) 상상적 동일시의 부정

<산동장>과 <쿠마장>에서 시작된 화자 '나'의 방랑과 고행, 구도에의 편력은 ≪죽음의 한 연구≫에서 유리라는 사막에서 40일 동안 겪게 되는 수도로 이어진다. 유리라는 사막에서 겪게 되는 수도는 세속적 삶의 현장에서 이루어지는 수도의 상징으로 그 각각의 장(場)에서 얻어진 귀결은 재생과 부활을 이루어내기 위한 요나의 고

래 뱃속 3일에 해당하는 것과 같은 구도의 여정을 상징한다.[50] 또한 죄과에 대한 형벌로 주어진 '마른 늪에서의 고기 낚기'와 나무 위에서 7일 간에 걸쳐 죽어가는 과정은 소설의 주된 모티프이다. 유리에서의 수도는 ≪죽음의 한 연구≫의 화자 '나'가 스승이 가라고 제시해준 '유리'로 길로 떠나면서 시작된다. 화자 '나'는 우연히 만난 늙은 도보 승이 늙어 죽어가는 모습을 보고, 연이어 만나게 되는 존자 승과 모도승, 그리고 죽었다고 생각했던 스승을 만나 살인을 저지르면서 형벌을 받게 된다. 그러나 이러한 고행 과정은 의미상으로는 인물의 주체 구성과정을 나타내고 새로운 주체 모색의 의미를 지닌다.

(1) 여로의 구도과정을 드러내는 예표

≪죽음의 한 연구≫는 40일 동안 유리(羑里)[51]라는 신화적 공간을 배경으로 화자 '나'가 첫째 날부터 40일까지 날짜별 흐름에 따라 이야기가 전개된다.

---

50) 김명신, 위의 책, 66쪽.
51) 김사인 엮음, ≪박상륭 깊이 읽기≫, <죽음의 한 연구>시론, -서정기, 문학과 지성사, 295쪽.작품의 무대인 유리는 중국의 주나라 문왕(文王)이 은나라 주왕(紂王)에게 잡혀 귀양살이를 하면서 도를 깨우쳤다고 하는 장소다. 유리가 '귀양살이'의 장소라는 사실은 작품 전체의 구조에서 중요한 의미를 지닌다. 즉, '나'는 지금 있어야 할 곳에, 내가 존재를 낯선 것으로 느끼지 않는 곳에 있는 것이다. 그러나 '귀양살이'는 사실은 '나'의 모색의 전제 조건이다. 도를 깨쳐야 하는 것은, 바로 이 형벌의 땅, 나의 아이덴티티가 뿌리 뽑혀 있는 땅에 내가 살고 있기 때문이다. '귀양살이'의 의미가 막바로 영적인 의미를 지닌다는 것은 부연할 필요조차 없다. 귀양살이의 끝은 바로 도의 깨우침일 터이다. 도에 이른 자에게는 도처가 집이기 때문이다. 이 귀양살이의 면모는 바로 유리에서의 물의 부재 상황으로 연결된다. 마른 늪에서 고기를 낚아 올려야 하는 주인공의 임무는 이 작품의 미궁 전체에 늘어뜨려 있는 아리안느의 실이다. 마른 늪은 불모성의 상징이다.

'유리'는 도보승의 말에 의하면, 바다가 사라지고 삼백 예순 날 퍼붓는 햇볕 아래 몇 가구안되는 어부들마저 대처를 찾아 떠나버린 다음, 농사를 지으려 해도 소금물에 찌든 흙 때문에 풀 한 포기 키워내지 못하는 죽음의 땅으로 변했다고 한다. 이에 어부들은 유리가 불모지가 된 까닭을 촌장이 늙은 데다 근에 창병이 들었기 때문이라고 한다. 그러자 당시 마을의 촌장인 불쌍한 늙은네는 몸에 삼베옷을 걸치고, 뻘밭 가운데 있는 작은 바위 밑 그늘에 가 죽을 때까지 식음을 전폐한다. 촌장은 그 변괴로 통곡하다 죽게 되는데, 그는 마을의 일조(一祖)촌장이 된다. 그 뒤로 이조촌장이 생기기까지는 수백 년이 흐른 뒤라고 한다. 이렇게 유리는 죽음의 땅으로써 촌장의 죽음으로 그 땅을 회생시키고자 하는 전례를 지니고 있다. 유리라는 죽음의 땅은 척박하고 결핍된 땅이다. 이러한 결핍된 세계에서 필요로 하는 것은 그 세계의 결핍을 채워주고 회생시켜줄 수 있는 촌장으로써 결핍을 회생시켜줄 수 있는 남근이다. 장래에 유리의 '육조 촌장'이 될 화자 '나'의 구도는 유리를 소생시켜주는 남근적 의미를 지님으로써 유리를 회복시키고 새로운 주체 구성을 모색하게 한다. 따라서 ≪죽음의 한 연구≫는 장래 육조 촌장이 될 화자 '나'가 남근적 의미를 획득하는 과정이 주요 서술 구조가 된다.

화자 '나'[52])가 유리로 들어가기 전에 치루는 사건은 유리에서의 구도방향과 의미를 상징적으로 예시해준다.

유리로 들어가기 전의 육조의 서술행로를 살펴보면, 육조는 발신자로부터 결핍을 회복시키는 남근적 기표가 될 것을 수락한다. 능력의 단계에서 샘가로 가 존자승과 모도승을 만나게 된다. 존자승은

---

52) 육조 촌장이란 지위는 화자 '나'가 해탈을 이룬 뒤에 유리를 회복시켰다는 영적인 의미를 지닌다. 그러나 논문 서술시 혼동을 줄이기 위해 화자 '나'를 육조라 명칭한다.

샘의 물에 비친 자신의 얼굴을 보며 동일시를 통해 주체구성을 꿈꾸는 허상적 이미지에 잡혀 있는 존재이고, 모도승은 존자승을 따르는 외눈박이 승이다. 실행의 단계에서 육조는 존자승과 모도승을 죽이고, 존자승이 지니고 있는 거울을 깨뜨려 버림으로써 타자로 투영되는 통합이미지를 부정해버린다. 이로서 비준·검증의 단계에서 육조는 동일시를 부정하는 방법으로 소외에서 벗어나려 한다.

<표준 서술도식>
계약·조종(결핍과 분리에서 벗어나고 싶은 욕망) → 능력(샘에서 구도하는 존자승과 염주승을 만남) → 실행(존자승의 거울을 깨뜨리고 존자승과 염주승을 죽임) → 비준·검증(상상계적 허상적 이미지에서 벗어나고자 하는 욕망과 실현과정을 예시함)

<행동자적 모델>

발신자(유리 회복) ➡ 대상(남근적 기표) ➡ 수신자(육조)

⬆

조력자(스승) ➡ 주체(육조) ⬅ 반대자(존자승, 모도승)

욕망의 통합적 축인 은유적 의미는 유리의 결핍을 해소하고 자아소외에서 벗어나 새로운 주체 구성을 이루는 것이다. 위와 같은 은유적 의미는 계열체적 축인 환유적 변형과정으로 나타난다.

1. 결핍된 주체: 모도승과 염주승 → 유리 → 육조
2. 욕망의 대상: 유리의 남근적 기표 → 새로운 주체 구성
3. 욕망해소 방식: 유리로 떠남 → 도보승의 죽음을 봄 → 존자승과 염주승을 죽임(상상적 동일시를 부정함)

도보승은 한 곳에 정착하지 못하고 끊임없이 걸음으로서 수도를 수행하는 스님이지만 그의 맘속엔 어디엔가 암자 하나를 지어 정착하고 싶은 욕망이 있다. 도보승은 육조와 짧게 만난 뒤 걸어가다 죽어가는 모습을 보인다. 그러나 육조는 도보승의 죽은 얼굴이 자신의 죽은 얼굴을 본 것처럼 느껴진다. 도보승은 입에 흙을 물고 죽는데, 육조는 도보승이 그렇게 갖고자 했던 흙벽 절간 한 채를 오장 육부에 넣어놓고 그것을 찾으려 했다고 생각한다. 도보승의 죽음은 육조의 죽음을 상징적으로 나타낸 것이다. 또한 정착하고 싶음에도 정착하지 못하고 길에서 죽어가는 도보승의 모습처럼 육조의 구도도 끊임없이 이어질 것이라는 것을 예시한다

도보승의 죽음은 유리로 떠나기 전, 육조가 스승의 죽음을 맞이한 후 얼마 되지 않아 경험되어진 죽음이다. 따라서 육조는 스승과 도보승의 죽음이 꼭 같은 사내의 안팎처럼 느껴지게 된다. 도보승의 죽음을 목격하면서 육조는 스승의 죽음을 회상한다.

스승은 육조가 '체(體)보다 용(勇)이 드세다며[53][54], 어릴 때 육조

---

53) 이대영, <박상륭의 칠조어론 연구>, 《한국문학이론과 비평》, 한국 문학이론과 비평학회, 2003. 6, 235-237쪽.
작가는 용(用)과 체(體)라는 상극적 질서의 원리를 설명해 나가기 위해서 신수(神秀)와 혜능(慧能)의 게송으로부터 논의를 진행한다. 작가는 신수의 게송을, 우리들의 '몸'이란 다름 아닌, '지혜의 나무', '순화(純化)의 나무'로서, 그 열매는 '해탈'이라는 의미로 해석한다. '몸'은 '생명'의 진화와 '퇴행'의 이전 조건으로 고(苦) / 쾌(快)라는 상극적 질서 속에 위치한다. 존자 스님, 즉 신수의 게송에서 우리는 '마음'이 아니라 '몸'이 '지혜나무'가 되었다는 점에서 '온육파'적 특징을 찾아 볼 수 있다. '몸'은 깨달음의 나무로서 부지런히 도에 정진하면 깨달음을 획득할 수 있다는 돈오점수의 사상을 게송으로 시화한 것이다. 이에 혜능은 '본성이 바로 부처이며 만물은 비어있다'라는 깨달음 하에 '불성이 물건이 아닌데 먼지에 더럽혀진다'는 신수의 글을 바로잡기 위해 게송을 짓는다. 육조가 의도했던 바는 몸(體)을 제거하고자 함이었다. 그러나 육조의 설 3행, '무엇보다도, 본디부터 한 물건도 없는 터에'에 이르러 本來無一物로 '우주'를 완전히 지워버린다. 이는 어선파(語禪派)에서,

속에 어떤 비명에 죽은 장한의 원귀가 흘러들어와 상극을 이룬다고 했다. 그리고 어떻게 해서 저 미친놈의 잡신이 '나'를 숙주(宿主)삼아 쳐들어 앉았는지 모르겠다며 걱정을 했었다. 그 뒤로 스승은 육조에게 사십 일 동안 유리에서의 광야생활을 권하며 유리로 떠나라고 종용했다. 따라서 육조의 '유리'행은 스승의 권유로 이루어졌으며, 육조에게 부족한 '체'의 거친 것을 얻고 '용'을 줄이기 위한 목적으로 이루어진, 스승의 계획에 의한 것이라 할 수 있다. 따라서 육조의 유리행은 '나'의 결여를 메우는 의미를 지니고 있고, 나아가 유리라는 불모지 땅의 결핍을 육조가 유리의 6조 촌장이 됨으로서 회복시키는 구조를 갖는다. 스승은 육조 앞에서 죽어가며 자신이 죽었을 때 자신의 곁을 떠나 유리로 떠나라고 명령했었다. 그러자 육조는 그런 스승의 주검 앞에 절을 하다말고 그의 죽장을 들어 죽은 대가리를 미친 듯 후려 패다가 떠나왔다. 그러나 이러한 행동은 스승에 대한 경애의 깊이를 보이는 역설적 행동이다.[55]

　육조는 '두 늙은이의 한 죽음의 의미가 무엇일까?' 를 생각하다

　'말'을 화현의 우주를 역행, 퇴화, 소급하려는 목적으로 사용하고 있기 때문인데, 색화공, 공화색의 언어로 비화현의 화현화 하는 언어적 특징을 보여준다. 그러기에 혜능이 우주를 '本來無一物'로 표현할 수 있는 것이다.

54) 체, 용: 고기와 남근은 체로서 형태를 갖추고 있다. 그러나 체(體)가 용(用)이 되어지지 못할 때 그것은 남근도 생명도 될 수 없게 된다. 따라서 남근이 남근으로서 작용하기 위해서는 여성과의 합일이 필요하게 되고, 그것이 이(利)로 작용하였을 때 낟근으로 작용할 수 있게 된다.
　또한 타원형 자체가 남근을 싸아안고 있는 요니라는 결론을 통하여 남근이 여성의 자궁으로 전이되면서 남근이, 남근을 감싸고 있는 자궁으로 전이된다.

55) 아버지를 척살(刺殺)하거나, 압살(壓殺)하는 관계의 연금술적 상징적 도식은, 필자가 되풀이하여 차용하는 것으로, 척살 또는 압살은, 우주적 형태로 이뤄진다고 할 때, 거기 '말씀의 육화(肉化)'가 실현되고 세상적으로 이뤄진다고 할 때, 그것은 반대로, 육(肉)에 억류되었던 '말씀'의 귀환이 이뤄진다고 이해한 것이다. -≪죽음의 한 연구≫(하), 375쪽, (주석 6번)

스승이 예전에 자신의 친구장례를 치르며 말하던 것을 생각해 낸다. 즉, 두개의 죽음이 하나로 완벽히 행해진 한 혈루병자의 시체와 그 시체 위에 그 죽음 냄새처럼 떠돌던 소문을 기억해낸다. 소문에, 그 혈루병자는 한 속녀(俗女)에의 애착을 못 여의어 환속했다가 오히려 고자로 지내다가 혈루병에 걸리고 나서야 아주 맑은 얼굴로 더러 웃었다고 한다. 그는 자기로서 불능스러이 해버릴 모든 것을 나중에는 손가락 하나 움직일 수 없는 지경이 되었다가 죽음에 이르렀다고 한다. 스승은 그 사람이 끝까지 여의지 못한 업으로 남업(男業)이 있다고 중얼거린다. 부(父)를 호애(好愛)하고 어미를 질투한 그가, 자신의 여인에 대해 멀리하면 할수록 바깥과 자기 사이에 혈루병의 울타리를 쳐두었음에도 불구하고, 저 재생(再生)의 문을 닫지는 못한 것이라고 중얼거리는 것을 들었다. 하지만 그의 중얼거림이 사라지기도 전에 혈루병자의 과택이 배가 불렀고, 혈루병자의 친구이자 육조의 스승이 그 장본인이라는 소문이 퍼졌었다.

장소로부터 도망치며 어쩔 수 없이 장소로 드는 죽음, 습속으로부터 계속하여 떠나가며 그 습속 속에서 죽는 죽음, 스승의 어휘로는, 계집으로부터 도피해 가며 계집의 자궁으로 드는 죽음, 세상으로부터 떠나며 세상으로 돌아오는 죽음, 이런 병인은 진맥키 어려운 듯하다. ─어쩌면 산다는 일을 고통으로 여기는 데서부터 비롯하는 것일지도 모르긴 하다. 그래서는 삶을 완전히 소멸시켜버리기를 바라는 것일지도 모른다. 윤회며 재생은, 그 가장 두려운 그러나 타도해버려야 할 적으로 생각되어진다. 그래서 그 고리로부터 영구히 벗어나는 일은, 자기 소멸을 완전히 성취해버리는 일처럼 여겨지는 것일지도 모른다. 나는 모른다. 아 그러나, 젠장맞을, 그러고 보니 나도, 이 늙은 중놈의 과택쯤이 그리워진다. ─방출의 뜨거움에 기갈든 계집이여, 하기 계집이여, 내 한번 품어주마, 하기 그래주마.

나는 그래서 한숨 따위 걷어치우고 저 주검으로부터 뛰쳐일어나, 입었던 옷 벗어 하나씩 하나씩 뒤에 던지고, 이를 드러내 웃으며, 유리를 향해 내달았다. 그러고 나니, 내 전체가 그냥 하나의 근(根)인 듯만 싶어 대단히 해탈스러이 홀가분했다.56)

장소로부터 도망치려하는 도보승의 길 위에서의 죽음, 혈루병자가 피하려 했던 남업을 털어내지 못하고 죽는 죽음 등은 결국 윤회와 재생의 고리들로, 이러한 고리로부터 벗어나는 일은 자기 소멸을 완전히 성취 할 때 이루어질 수 있다. 따라서 육조가 도보승을 죽이고 나서 옷을 벗어던지는 것은 모든 고리에서 벗어나고 싶은 마음을 상징적으로 나타낸 것이라 할 수 있다. 그러나 옷을 벗고 홀가분해진 몸이 하나의 남근으로 여겨지는 것은 욕망의 결핍을 채우기 위한 여로와 구도만이 윤회와 재생의 고리들로부터 자유로워질 수 있다는 것을 나타낸다.

(2) 거울 단계의 부정

≪죽음의 한 연구≫의 육조는 도보승의 죽음을 목격하고 옷을 벗은 나체로 유리를 향해 걸으며, 살해나 육교(肉交)를 위해선 완전무결히 좋은 밤이라고 생각한다. 그 때 전신을 장옷 속에 감추어 놓고 눈만 내놓고 있는 수도부(修道婦)와 만난다. 육조는 수도부가 목쉰 계집의 소리를 냄에 따라, 여자의 장옷을 벗기고 둔중한 엉덩이를 서른 차례로 손바닥 찜을 퍼부은 후 가던 길을 가려다 수도부를 계집으로 느끼며 강간을 한다. 육조는 수도부와의 잠자리에서 남자로서의 동정을 떼고 씻기 위해 샘으로 간다. 샘 근처에는 소나무 다섯 그루와 반석이 있으며, 완만한 경사진 반석 아래쪽에 한 멍석 넓이의 얕은 샘이 있는데, 그곳에는 모도 존자 스님과 염주 스님이 자리

---

56) 박상륭, ≪죽음의 한 연구≫(상), 문학과 지성사, 33쪽.

를 차지하고 있다.

> 몸이 보리수이니 / 마음은 밝은 거울 틀과 같네 /
> 때때로 부지런히 털고 닦아서 / 먼지며 티끌 못 안게 하세[57]

샘가에서 존자스님은 마음과 몸을 수도하기 위해 샘물로 끊임없이
몸을 씻고 닦는다. 존자 스님은 사물의 현상을 있는 그대로 반영하
는 거울이미지로 통합화하려한다. 이 과정에서 자아는 허상적 자아
의식을 가지며 소외된다.

거울단계에서 '나'는 타자와의 변증법적 동일시에 의해 객관화되
기 이전의 주체이며, 언어가 그 보편구조 속에서 주체기능을 부여하
기 이전의 주체이다.[58] 거울 이미지에서 몸은 통합화된 자아의식을
지니지만 소외된다. 존자승은 자신의 몸을 끊임없이 닦아냄으로 소
외와 분열을 해결하려 하지만 동일시를 통한 방법으로는 자아의 소
외를 극복할 수 없다. 따라서 육조는 거울 단계에 머물러 있는 존자
승의 이론을 파계한다. 그 예로 존자승의 거울을 깨뜨린다. 거울을
깨뜨리는 것은 자아를 통합하는 거울 단계를 거부하는 것을 뜻한다.
이러한 파계행위로 육조는 존자승의 '법수' 라 하여 허락을 받고 마

---

57) 앞의 책, 57쪽.
58) ≪자크라깡-욕망이론≫, 권택영 엮음, 문예출판사, 40쪽.
   이상적 자아는 리비도의 정상화 기능들과 연관을 맺고 있는 이차적 동
   일화의 원천이 되기 때문이다. 그러나 거울 속에 머무는 존자승의 형태
   는 자아가 사회화되기 이전에 허구적 성향을 갖는다. 자아가 갖게 되는
   허구적 성향은 개별적 차원에서는 해결될 수 없는 것으로 남게 되면서
   주체가 끊임없이 점근선적으로만 자신을 구현할 수 있도록 한다. 주체
   는 거울단계의 나의 형태로 자신과 자신을 둘러싸고 있는 현실 간의
   불일치를 해결해야 한다. 주체는 변증법적 종합이라는 형태로 불일치를
   해결하려 하지만 그것이 성공한다 할지라도 여전히 그는 이미 완성된
   것이 아니라 끊임없이 완성을 향해가는 자신에 만족할 수밖에 없다.

셔야 하는 규범을 어기고 샘물을 마신다.

보리에 본디 나무가 없고 / 밝은 거울 또한 틀이 아니데,
본래 한 물건도 없는 터에 / 어디에 먼지며 티끌 앉을까.

고로 보리심은 발할 일이겠도다. / 보리심은 고로 발할 일이겠도다.
그것이 보살행이 아니겠는가.59)

육조는 '색(色)이 공(空)과 다르지 않으며, 공이 색과 다르지 않기에, 색이 공이고, 공이 즉 색인 것을 마음이라는 것도 어디 먼지며 티끌 앉을 자리가 있을 것인가?' 하며 마음을 닦아내는 행위로 몸을 닦는 존자승의 관념을 인정하지 않는다. 육조는 색과 공이 다르지 않는 것처럼, 몸과 마음, 자아와 타자의 구별을 인정하지 않는다. 이러한 관념은 거울 단계에서 타자의 반영을 통한 자아 통합을 이루는 것을 부정하게 한다. 이에 존자승 옆에서 그를 보좌하던 외눈박이 염주 승이 돌을 들어 육조를 죽이려하다 오히려 살해를 당하고, 그것을 지켜본 존자승까지 육조에 의해 돌로 살해를 당한다.

글쎄 몸이란—그것이 존자의 게송에 나타난 마음과 어떻게 같은 것인지는 모르되—거울 같은 것이어서, 현상을 있는 그대로 반영하는 그 총화처럼도 여겨진다. 그러나 이런 것은 꺼풀에 관한 것이고, 그 한 꺼풀을 열고 아래로 조금만 내려가본다면, 그것은 아무것도 반영하지 않으며, 빛가지도 오히려 닿지를 못하고 굴절되어버리는 것이어서, 정밀이 정밀이 아닌 정밀로서 정밀스럽고, 암흑이 암흑이 아닌 암흑으로서 암흑하며, 혼돈이 혼돈이 아닌 혼돈으로서 혼돈스러운데 그것은 밤이 아닌, 그러나 밤이라고 해야 될 것을, 아주 넓고 깊게 내품하고 있다.60)

59) ≪죽음의 한 연구≫(상), 67쪽.
60) 위의 책, 64 - 65쪽.

존자승을 죽인 살해행위는 존자승과 자신을 동일화 시킨 것에서 벗어나고자 하는 욕망을 드러낸다. 존자승의 죽음은 육조가 자신과 동일화시킨 대상을 깨뜨린다는 점에서 자신의 욕망을 부정하는 행위이다. 따라서 상상계에서 육조가 추구하는 세계는 타자와의 동일화를 통한 자기애의 방식이 아닌, 자아와 타자의 욕망을 부정하고 자아 소외를 극복하려는 의지를 담고 있다.

> 존자처럼 '거울' '(은, '體 / 用'론에 좇으면 體'라도 言語學에 좇으면, 'Signifier'인데, 이 경우는 그래서, 語學에 좇는다면, 法恩 이 있을 듯하다.)' 은 놔두고, '그림자(Signified)'를 지우기에 의해, 결과적으로는, 無意味한 '記號'만 남기기, ─ 라는 즉슨, '거울'도 지우기, 그리고 육조처럼 아예 시작부터, '거울'을 개뜨려 부숴버리기에 의해, 어떠한 '그림자'도, 어디에고 못 어리게 하기. ─존자는, 어떤가하면, 그 자신이 '거울' 자체이면서, 동시에 그 '거울'에 비춰져 있어, '거울'의 '안' 쪽에 있었는데, 반하여 육조는, 어쨌는가 하면, '거울'의 '거울'의 '밖'에 있었다는 것을 넉넉히 짐작하게 하는바, ─촛불중에 의해서는, 저 양자의 一元化, 심지어는 無元化까지도 이미 이뤄져 있다고 보여지는 데 61)62)

61) ≪칠조어론≫(3), 32–33쪽.
62) 김명신, <박상륭 소설 연구>, 연세대 박사 논문, 65쪽 각주 재인용.
   원효의 ≪대승기신론소≫는 '마음'의 문제를 體, 用, 相의 세가지로 나누어 설명하고 있다. 먼저, ≪대승기신론소≫에 나타난 인간의 존재론적 구조를 살펴보면, 인간은 色·受·想·行·識의 五蘊으로 이뤄진 존재로서, 그중에 파멸하지 않는 영원한 생명의 본원이 있다면 그것은 '眞如의 마음'이고 그밖의 다른 모든 것은 그것을 본체로 하여 나타난 相이며 用에 불과하다고 보고 있다. 이처럼 이 저서는 성리학이나 노자의 체용개념과 불교의 체용개념의 차이만이 아니라 각 종교간 영향수수관계도 유추할 수 있게 한다는 점에서 중요한 위치를 점하고 있다. 원효의 ≪대승기신론소≫를 살펴보면 ≪대승기신론≫에는 중국 본체론에서 논의되는 사유방식인 體用의 개념에 相이 하나 더 추가되어 있음을 알 수 있다. 여기에서 유추할 수 있는 것은 ≪대승기신론소≫의 체

육조가 존자스님의 거울을 깨뜨리는 것은 거울로 은유되는 어머니, 타자, 세상과의 동일시를 부정하는 행위이다. 이러한 부정은 타자가 욕망하는 것을 부정하고, 자아 또한 그들의 욕망의 대상이 되는 남근이 되는 것을 포기하는 행위이다.

육조가 거울을 깨뜨리는 행위는 자아의 소외를 극복하려는 의지를 담고 있다. 즉, 거울 자체를 파괴시킴으로서 거울이라는 기호를 지우고 거울이 반영하는 상상계를 깨뜨림으로서 자아의 소외를 극복하기 위해서이다. 하지만, 거울이 깨짐으로 인해, 허상적인 자아에서 벗어날 수 있지만, 자아의 소외가 극복되는 것이 아니다. 이미 자아는 파편화된 채로 통합화를 이루지 못한 상태에 놓여있기 때문이다. 따라서 거울 단계를 부정한다 해도 파편화된 자아의 분열과 결핍을 지향하기 위해 주체 구성의 모색으로 자아와 타자의 경계를 지우는 무(無)를 지향한다.

존자승과 염주승의 죽음은 타자를 통해 허상적 자아를 얻게 되는 거울 단계를 깨뜨려 소외를 극복하는 의미와 함께, 구원의 열망이 담겨있다. 즉, 비계로 은유되는 존자 승의 '탐욕'과 외눈박이로 은유되는 염주 승의 '편견'은 육조에 의해 파괴됨으로 자칫 잘못하면 중생을 생각지 않고 자신의 탐욕으로 치닫기 쉬운 '탐심'과, 자신의 세계 속에 닫혀있어 한쪽으로 치달을 수 있는 '편견'에서 자유로워 질 수 있게 하기 때문이다. 유리의 영적 지도자가 될 육조는 탐욕과 편견에서 벗어날 때 세상에서 얽매이지 않고 구원을 이루어 나갈 수

용론은 주자학적 전통에서 구조화하고 있는 중국적 본체론의 개념과 유사하다는 것과, 박상륭이 ≪칠조어론≫에서 구조화하는 체용론과는 거리가 있다는 점이다. 여기서 가장 주목해야할 것은 '相'이라는 개념이다. 박상륭의 '거울'이미지는 라깡의 '거울단계'에서 차용된 것으로 보이는데, 이것이 또한 '相'과도 연결되는 개념이라는 것이다. 박상륭은 신수와 혜능의 계송에 나타나는 '거울'의 해석을 라깡의 '거울'과 절묘하게 연결시키고 있다.

있다. 존자승과 염주승을 죽임으로서 구도자적 길을 가는 육조는
'편견'과 '탐심'을 버림으로써 구도에 대한 열망과 의지를 표명한다
고 할 수 있다.

3) 자아구성과 여성의 관계

육조가 존자 스님의 거울을 깨뜨리는 것은 어머니 즉 상상계적
반영의 세계를 깨뜨려 자아의 소외를 극복하려는 한 일환이다.[63] 따
라서 자아 통합화의 거부는 어머니, 즉 여성의 이미지를 부정하는
모습을 띠게 된다. 자아에게 어머니는 자아의 이미지를 반영하는 첫
번째 타자로서 작용하기 때문이다. 박상륭 소설에서 여성의 부정적
인 모습은 여성 인물들의 모습이 대부분 창녀나 과거 어머니의 문란
한 성적 이미지, 거지 소녀 등, 비천한 육체성 심리, 이상화 시킨 여
성, 부정적 여성의 색녀성을 강조한, 여성의 실제적인 모습과는 거리
가 먼 여성·모성 인식의 극단적 아이러니성을 갖는다. 여성들의 이

---

63) 아니카 르메르, ≪자크 라캉≫, 이미선 옮김, 문예출판사, 136쪽.
  상상계에서 자아는 어머니가 욕망하는 것을 욕망하며, 그 욕망을 충족
  시키기 위해 자신을 욕망의 대상인 남근과 동일시한다. 만약에 어머니
  가 아이의 이런 태도를 조금이라도 좋아한다면 아이는 소외의 길로 들
  어선다. 이 단계에서 수동적으로 복종하여 종속됨으로써 다른 사람의
  욕망의 대상과 자신을 동일시하는 어린아이는 <주체>가 아니라 결여이
  며 무(無)이다. 그는 교환이라는 상징적 순환계속에 개별적으로 자리
  잡기 못했기 때문이다. 그는 어머니의 욕망의 대상에 병합되어 버린다.
  어머니와 혼합되어 그녀의 연장에 불과한 어린아이는 무(無)로, 공백으
  로 나타난다. 자신에 대한 상징적 대체물을 갖지 못하기 때문에 아이는
  개별성, 주체성, 사회 속에서의 위치를 박탈당한다. 이 시기는 상상계적
  소유(어머니의 욕망의 대상과 동일시함으로써 어머니와 동일시하는 것)
  가 나타나고 최초의 자기애가 드러나는 영역이다.

러한 존재 조건에서 남성들은 청년기의 한 남성이 남권을 형성하기
위해 걸림돌이 되는 여성들의 영혼을 살해하거나, 남성을 위한 여성
의 대속의 강요 등, 모든 여성의 일상의 삶 속에 남성 심리를 부각
시키기 위해 여성영혼의 열등성 등을 조장하는 것처럼 보여 진다.64)

  자아가 주체를 구성하는 과정에서 여성의 의미는 자아 형성에 미치
는 여성의 역할을 본질적으로 이해할 수 있게 한다. 동시에 부정적 여
성상으로 드러나는 이미지에 대한 근본적인 성찰을 할 수 있게 한다.

  여성·어머니에 대한 의미 고찰은 ≪죽음의 한 연구≫65)에 등장

---

64) 임금복, <여자 살해와 부조리한 페미니즘>, ≪작가 연구≫제7·8호, 새
   미, 1999, 304-306쪽.
65) 작품 줄거리 요약
 1. 창부의 아들로 갯가에서 태어난 나는 스승의 가르침에 따라 안개비가
    자주 내리는 유리로 간다.
 2. 나는 유리 입구 샘가에서 비만한 존자와 외눈 중을 살해하며, 떠나오기
    전에 죽었다고 믿은 아버지 같은 스승을, 장옷을 입은 까닭에 그임을
    알지 못하고 살해한다.
 3. 유리의 바닷가는 창병에 걸린 일조 촌장 때문에 물이 들어오지 못해
    황폐해진 곳이다. 그곳의 사람들은 외출할 때 장옷으로 몸을 가린다.
 4. 나는 한 수도부를 우연히 만나 그녀와 관계를 갖게 되는데 그녀와의
    관계는 그녀가 죽을 때까지 지속된다.
 5. 촛불승을 만나 세 사람을 죽인 대가로 마른 늪에서 물고기를 낚아 올
    리라는 명령을 받는다. 그렇게 하면 면죄되기 때문이다.
 6. 나는 마른 늪가에 굴을 파고 낚시질을 시작한다.
 7. 정신이 나간 상태에서 내가 번갯불에 낚싯대를 휘두르고 수도부를 낚시
    줄에 걸었다는 말을 그녀에게서 듣는다.
 8. 읍내의 허술한 교회당에 가보고 싶다며 나는 유리를 떠나 읍내로 들어간
    다. 그곳에서 장로와 그의 손녀딸을 만난다. 짐을 지어 나르는 일을 하며
    품삯을 받고 그곳을 떠나려 할 때 장로는 내게 유리에서의 처형을 예고
    하고 피하기를 권한다. 손녀와 관계를 맺고 그녀의 가야금을 듣는다.
 9. 나는 유리로 돌아온다. 촛불중에 의해 강간당한 수도부는 내가 돌아오
    지 않을 것이라고 생각하여 비상으로 자살한다.
10. 촛불승은 나에게 형을 받을 것인지 아니면 피할 것인지를 묻는다. 나
    는 형을 수락하며, 그때 세계의 본질 같은 것을 본다. 나는 말을 잃게
    된다.

하는 유년 시절의 어머니와, <經外傳 세 篇>66)의 세 번째 이야기 '기원 제9시'의 어머니 이미지, ≪칠조어론≫67)에 등장하는 수도부와 장로의 손녀딸의 내적 의미 연구를 통해, '모성'과 '여성'의 의미가 주체 구성에 어떤 역할을 하는지 깨달을 수 있게 한다. 이와 함께 박상륭 소설의 여성상 및 여성을 바라보는 작가의 시각이 함께 논의될 수 있다.

우선, 존자승과 염주승, 스승을 죽인 육조가 유리로 들어와 수도부를 만나 사랑하는 과정을 서술도식으로 살펴보겠다.

육조는 발신자로부터 근본적인 결핍에서 오는 자아 소외를 극복하고자 하는 욕망을 수락했다. 이때, 육조는 유리읍의 결핍을 충족시켜 주는 남근적 기표로써 작용한다. 또한 결핍된 땅의 은유인 수도부와 촛불중, 장로 손녀딸의 욕망의 대상이 되는 남근적 기표로 작용한다. 능력의 단계에서 육조는 깊은 밤 나체로 유리로 들어가다가 수도부를 만나게 되어 사랑을 나누고, 유리에서의 생활을 물어보기 위해 촛불중의 천막으로 들어가 촛불중과 비역을 행한다. 또한 유리읍의 장로에게서 유리에서의 구도의미를 듣게 되고 자신의 스승이 유리읍의 촌장이었음을 들으면서 유리에서의 구도를 운명적인 것으로 받아들인다. 실행의 단계에서 육조는 수도부와 촛불중의 욕망의 대상이 된다. 이때, 육조는 비역을 한 뒤 촛불중에게 빛 돌을 심어줌으로써

---

11. 촛불승은 예형으로서 내 눈을 멀게 하고 나는 새롭게 열린 귀를 갖게 된다.
12. 사형 직전 손녀가 와서 함께 지낸다. 성교란 우주 이해의 명상법이며 죽음의 연구임을 안다.
13. 사형 직전의 예식으로서 나와 사형 집행인이 씨름을 벌이고 내가 이긴다.
14. 나는 나무 상자에 들어가 나무에 매달린 채로 죽음을 기다린다. 사십 일에 걸쳐 내 죽음은 그렇게 완성이 된다. 이상은, 서정기의 ≪죽음의 한 연구≫시론 참고. (박상륭 깊이 읽기에 수록)
66) 박상륭, <쿠마장>, ≪아겔다마≫, 문학과 지성사, 1997, 135쪽.
67) 박상륭, ≪칠조어론≫(1권: 1990년), (2권: 1991년), (3권: 1992년), (4권: 1994년), 문학과 지성사.

촛불중에게 통합적인 자아 이미지를 심어준다. 또한 육조와 성관계를 갖는 장로 손녀딸은 유리의 결핍된 땅을 상징한다. 따라서 장로 손녀딸과 갖는 수차례의 성관계는 결핍된 땅이 회복될 것을 상징적으로 나타낸 것이라 할 수 있다. 이때 결핍의 회복은 여성이라는 상상적 자아와의 합일을 통해서 이루어진다. 이로서 비준·검증의 단계에서 육조의 구도는 남근적 기표로 작용하면서 결핍을 극복하고 주체구성을 이루는 과정으로 집약된다.

<행동자적 모델>

발신자(남근적 기표로   ➡   대상(결핍 충족)   ➡   수신자(육조) ① 수도부 ②
소외 극복)   촛불중 ③장로 손녀딸

조력자(마을의 장로)   ➡   주체(육조)   ⬅   반대자(촛불중)

<표준 서술도식>

계약·조종(남근적 기표로 결핍에서 벗어남) → 능력(수도부를 만남 / 촛불중에게 가서 유리에서의 생활에 대해 조언을 구하러 감 / 유리읍의 장로의 집에 갔다가 장로 손녀딸을 만남) → 실행(수도부와 사랑을 나눔 / 촛불중의 고민을 해결하는 방법으로 촛불중과 비역을 행함 / 장로 손녀딸과 사랑을 나눔) → 비준·검증(수도부와 촛불중, 장로 손녀딸이라는 결핍된 자아의 남근적 기표로 작용함. 이로서 촛불중에게 빛 돌을 심어줌)

유리에서 육조는 남근적 기표로 작용하면서 유리를 회복시키고 대상들과 자신의 소외와 결핍에서 벗어나 주체 구성을 이루기 위함이다. 이와 같은 의미는 계열체적 축인 환유적 변형으로 이루어진다. 위의 과정을 앞의 모도 존자 승과 가졌던 은유적 기표와 연계선상에

서 정리해보면 다음과 같다.

1. 결핍된 주체: 스승 → 염주승과 존자승 → 육조 → 유리 → 수도
부 → 촛불중 → 장로 손녀딸
2. 욕망의 대상: (자아결핍과 소외에서 벗어남) → 육조 → (결핍 충
족으로 주체구성)
3. 욕망해소 방식: (거울 단계인 상상적 동일시를 부정함) → 존자
승과 염주승을 죽임 → (남근적 기표로 작용) → 수도부와 장로
손녀딸과 성적 결합 → 촛불중과 비역을 행함 → 장로 손녀딸과
성적 결합으로 결핍 극복시도

(1) 사랑으로 회복되는 상상적 자아

≪죽음의 한 연구≫에서 육조는 어린 시절에 뱃사람들에게 몸을
파는 어머니를 기억한다. 어머니는 창부들이 사는 거리로 이사 가서
다른 창부들처럼 몸을 팔며 생활했다. 어린 시절 육조는 어머니의
남근이 되기를 소망한다. 그러나 어머니의 손님이 들어설 때마다 육
조는 자신이 어머니의 남근이 될 수 없음을 깨닫는다. 육조의 어린
시절, 상상적 자아는 어머니를 빼앗아가는 아버지들을 질투하며 증
오한다. 이러한 과정은 자아가 상징계에 진입할 때 주체를 구성하는
과정에서 무의식적으로 이루어진다. 이때, 어머니의 남근이 되고 싶
은 욕망은 자아의 잠재적인 욕망으로 무의식속에 자리 잡게 된다.
그러나 아버지 이미지는 어머니와의 잠자리만을 원하는 욕망의 존재
로 자아를 위협할 만한 힘을 지니고 있지 않다. 이로 인해 자아는
상징계에 온전히 진입하지 못하고 혼란을 겪게 된다.
그런 여자들 중에서도 그래도 비교적 정결하고, 비교적 고운 여자

의 아들이 나였댔다. 그즘에 그 여자는, 동냥자루가 오분의 일쯤 무거운 홀아비 문둥이들의 애첩이었고, 아랫녘 늙은 해수병쟁이나 젊은 폐병쟁이, 또는 간질쟁이들을 단골손님으로 두고도 있었다. 입싼 아주머니들 퍼지르고 앉아 푸르죽죽이는 소리로는, 때로는 아마, 장가를 채 못 든 채 급살에 뒈진, 부잣집 아들내미들 송장들과도 밤잠을 치러주어, 몽달귀신을 면하게 하는 일도 했던 듯하다. ─그래서 그들은, 주머니 바닥의 푼전쯤은 대수롭잖게 안 듯했으며, 또 그만큼은 솔직해서, 사립짝에 들어서는 길로, 어머니의 엉덩이를 두들기며 치마를 끌어올려 저 더러운 손바닥으로 문지르는데, 그러면 어머니의 눈에 슬픈 색기가 서리고, 나와의 이별이 담긴다. 그러면 나는, 어머니를 빼앗아가는 모든 아버지들에 대한 형언할 수 없는 질투와 증오 같은 것으로, 비질비질 울며 바다로 달려내려가서는, 그 고요한 물 속에 나를 파묻어놓는 것이었다. ─그래서는 눈물을 떨어뜨리며 어머니를 저주하고 있노라면, 나도 모른 새, 저 어린 잠지가 불어나서, 물 속에 잠겨 앉은 아이는 아이가 아니라, 그것은 하나의 돌출한 남근, 하나의 더러운 아버지로 느껴지는 것이다.[68]

거세 위협으로 다가오는 아버지 이미지는 어머니니에 대한 욕망을 무의식적으로 억압시킨다. 이때 자아는 아버지 이미지와 동일시를 이루며 상징계로 나아가게 된다. 그러나 어머니와 잠자리를 한 아버지의 이미지는 홀아비 문둥이와 늙은 해수병쟁이, 간질쟁이, 죽은 부잣질 아들내미들로써 병들어있는 분열된 이미지를 지니고 있다.

어머니가 잠자리를 같이 한 아버지 이미지가 부정적이고 훼손되어진 모습임에 따라, 자아는 주체 구성을 이룰 수 있는 상징계를 불신하고 깨뜨려야 하는 것으로 사고하게 된다. 이것은 육조가 아버지의 이미지인 스승을 죽이는 이미지로 표출된다.

---

68) 박상륭, ≪죽음의 한 연구≫(상), 문학과 지성사, 84─85쪽.

그러나 아버지 이미지를 부정함에도, 자아는 훼손되어 위협이 되지 않는 아버지 이미지와 자신을 동일시하는 혼란을 겪는다. 아버지와의 동일시는 자아 또한 분열된 이미지를 지니게 된 것을 뜻한다. 따라서 자아는 아버지를 증오하는 것처럼 자신을 증오하는 자아의식을 갖게 된다. 또한 위협이 되지 않는 아버지 이미지는 어머니에 대한 욕망을 억압당하지 않은 채 현실적으로 표출하게 한다.

즉, 아버지의 부정적인 이미지는 자아가 아버지에 의해 거세당하지 않고 어머니를 욕망하도록 내버려 두게 함으로서 자아는 여전히 상상계에 머물게 되는 것이다. 이것은 자아가 어머니를 욕망하게 되고 어머니의 이미지인 누이, 아내, 연인, 딸에 대한, 명확한 경계가 사라진 근친상간적인 여성관을 보이게 만드는 요인으로 작용한다.

어머니에 대한 근친상간적 의미는 단편 <經外傳 세 篇>의 세 번째 이야기 '기원 제9시'에 의해 구체화된다. '기원 제 9시'의 화자인 '나'는 '뼈' 때문에 앓는 안의 녀석과 '살' 때문에 고통스러워하는 바깥 녀석으로 구성된다. 두개의 얼굴은 서로 대립하며 상대에게 자살을 종용한다. 이처럼 서로가 멀어진 이유는 서로가 같은 것을 요구하고 종용하고 말하고 있다는 이유 때문이다. 이처럼 하나의 자아가 나뉘어져 있는 것은 자아가 아직 통합되지 못하고 파편화되어 있다는 것을 뜻한다.

안쪽에서 바깥쪽으로 나가려고, 그러면서도 언제나 그쪽에서 서성거려온 잿빛 얼굴의 여윈 녀석, 그 멀쑥하니 길기만 길고 살은 없는 그 녀석이 나일 것이라고 나는 생각한다. 바깥쪽에서 안쪽으로 들어오려고, 그러면서도 언제나 그쪽에서 서성거려온 젖빛 얼굴의 통통한 녀석, 그 두루뭉수리의 살덩이를 늘 등에다 메고만 있는 그 녀석이 나일 것이라고 나는 또한 생각한다.[69]

---

69) 박상륭, <經外傳 세 篇>, ≪아겔다마≫, 문학과 지성사, 158쪽.

그러나 서로 나누어진 자아는 자신들이 너무 멀리 떨어져 있다는 것을 깨닫고 하나가 될 것을 계획한다. 이들은 세상에 다시 태어날 목적으로, 하나로 합쳐지기를 원한다. 이들이 생각해 낸 하나가 될 수 있는 방법은 바로 접목(接木)이다. 이들이 선택한 접목할 대상은 바로 자신들을 낳은 어머니다. 나누어진 자아가 하나로 통합되기 위해서는 자아에게 통합적인 이미지를 갖게 하는 어머니 이미지가 요구되기 때문이다.

"어머니 우리는 접목이 필요합니다. 저 녀석과 나와의 접목이 필요합니다. 그래서 결혼하는 겁니다."하고 어머니의 귓속에다 고함쳐넣었다. 그러자 어머니는 젖퉁이를 할퀴어 피가 쏟아지게 했다. 아마도, "이 젖퉁이로 너희를 키워낸 어미가 아니냐? 이 짐승 같은 놈들아." 라고 절규했던 것이었을 게다. "그래서 어머니밖에 누구도 우리의 접목을 가능시켜줄 자가 없어요. 우리는 다시 태어나야겠거덩이오. 우리를 다시 태어나게 하실 분이 어머니 말고 누가 또 있겠어요 네? 그게 어미 아녜요?" ─ "어머니, 우리 둘의 상극(相剋)의 배자(胚子)가 당신이라는 배유(胚乳)를 빨고, 성모여, 우리가 어떻게 출아(出芽)되는가를 보아야겠습니다. 성모여, 숙주(宿主)여, 그걸 봐야겠습니다."[70]

어머니는 뼈와 살로 나누어진 파편화된 자아에게 강간을 당하고, 배자가 심겨진다. 그리고 새로운 출아를 낳게 하는 숙주로서 기능한다.

자아는 파편적 이미지를 지니고 있다. 파편적 이미지가 갖는 소외를 극복하는 방법은 어머니와의 분리를 근본적으로 해소하는 상징적 의미를 지닌다. 파편화된 자아가 근본적으로 파편화되지 않기 위해서는 아이가 모태에서 태어나 분리감과 소외를 경험하듯 다시 어머니와의 결합이 필요하다. 어머니와의 성적 결합은 자아가 모태와 분리될 때 겪게 되는 소외감을 근본적으로 해결할 수 있음을 상징한

---

70) 위의 책, 165─167쪽.

다. 따라서 어머니와의 근친상간적 결합은 왜곡된 욕망충족이 아니라 자아가 통합되어 상상적 자아를 획득하기 위한 하나의 방편으로 작용한다.

어머니가 숙주로 선택된 것은, 어머니가 생명을 출산할 수 있는 모체로 작용하기 때문이다. 그러나 강간이란 왜곡된 방식으로 결합한 것은 어머니에 대한 이미지가 부정적이기 때문이다. 또한 파편적 자아가 경험하는 소외와 분리의식이 현실적으로는 극복될 수 없음을 뜻한다. 따라서 강간은 이러한 불가능성에 도전하는 행위로써 자아를 통합시키는 대신 분열시킨다.

어머니에 대한 욕망은 ≪죽음의 한 연구≫에서 육조가 수도부를 사랑하는 이미지로 반복된다. 수도부는 어머니처럼 몸을 팔며 수도생활을 해 나가는 여인이다. 따라서 몸을 파는 수도부는 어머니 이미지와 동일시된다.

수도부는 읍내에 있는 수도청의 모주에게 소속되어 피임약을 받아가며 몸을 판다. 모주는 몸을 파는 대가로 밥과 술, 잠자리, 옷, 분연지를 준다. 수도생활은 '죽어서 여자 면하고 남자 돼서 태어나기 위해 남자를 거절하지 말아야 하고 도리어 꾀어 들여야 하지만 정을 주면 안 된다'는 원칙이 있다. 이렇게 몸을 파는 수도부의 생활은 죽음 이후의 삶을 위한 준비하는 형식적인 의미를 지니고 있다.

수도부는 몸은 주되 마음을 주지 말라는 규율을 깨고 육조를 사랑하게 된다. 육조는 수도부를 만나 점점 애착을 갖게 된다. 수도부 또한 육조를 안쓰러워하면서 육조 곁에 머물며 수도부의 원칙을 어기고 육조를 사랑하게 된다. 수도부와의 사랑은 어머니에 대한 부정적인 시각에 변화를 가져온다.

나는 이 계집과 헤어지지 않으면 안 되리라고 다짐하고 있었다. 집착하지 않으면 만났어도 만난 것이 아닐 것이며, 헤어져도 헤어지는 것이 아닐 것이겠지만, 내게 무서운 것은 그래, 내가 이 계집을 한사코 애착하기 시작한 것이다. 그것도 전심전력을 다해, 애착을 또 집착하려고 드는 것이다. ―"헌디라우, 나는 오매(어머니)가 되고 싶은개 요상 허제요이."―시님 만낸 디부텀 내 뫔이 지랄났어라우. 내가 똑 죽겄음선도 시님만 뽀채져라우."―"헌디 나는 촛불 시님 좋던 안하고라우, 시님 각씨만 됐으먼 싶어라우.―나는 시님이 안씨러 똑 죽겄어라우.71)

육조와 수도부의 사랑은 육조가 가상적인 죽음을 경험하면서 확인된다. 수도부가 없을 때 육조는 커다란 추위를 느끼면서 마른번개가 치는 언덕에서 굴러 떨어지게 된다. 이때 수도부가 찾아와 육조를 간병하면서 서로의 깊은 사랑을 확인한다. 의식을 찾은 육조가 읍에 한번 가보고 싶다는 말을 하며 자신을 기다려 줄 거냐고 묻자, 수도부는 육조에 대한 사랑을 재차 확인시켜준다.

"내가 돌아올 것이라고 생각하는가?"―"내가 임자를 못 베리는대, 임자는 워처키 날 베릴 수 있으끄라우? 베리도 고뿐이어라우. 제집이란 건 집 지킴선 지다리는 것이겠제라우. 돌아오라고 손 비빔선, 나는 지다릴 것이요."―"세상 사나덜 나 많이 품어봤소마는, 고 중에 그래도 내 사나는 없던디라우. 그라먼 말 다 해뿌린 것이제 또 머시겄소."72)

어머니가 다른 남자와의 잠자리를 하면서 육조를 소외시켰던 것과는 달리, 수도부는 육조만을 욕망하고 집착하는 모습을 보인다. 육조가 읍에 간 사이 육조가 사는 굴을 내방한 촛불중은 수도부에게 잠자리를 요구한다. 수도부는 이제 자신은 임자 있는 몸이라며 잠자리를 거부한다. 이로써 수도부는 몸을 파는 여자에서 육조를 사랑하는

---

71) 위의 책, 156―158쪽.
72) 위의 책, 243쪽.

여자로 변모된다. 다툼을 하던 중, 기절한 사이 수도부는 촛불중에게 강간을 당한다. 병이 든 수도부는 돌아온 육조 앞에서 죽게 된다. 수도부는 죽었지만 수도부의 사랑으로 인해, 몸을 팔며 육조를 소외시켰던 어머니의 이미지는 정절의 이미지로 변모한다. 수도부의 정절은 어머니의 부정적인 이미지를 긍정적인 이미지로 변모시킨다. 이로써 육조는 부정적인 자아상에서 긍정적인 자아상을 갖게 된다. 하지만 긍정적인 자아상으로 변모되어 통합화를 이룬다 할지라도 허상적 자아가 가져오는 소외는 극복되지 않는다. 따라서 이러한 소외와 결핍은 육조의 주체 구성 과정에서 해결해야할 문제로 작용한다.

어머니 이미지는 수도부의 사랑으로 긍정적으로 변한다. 다시 수도부의 몸을 파는 행위는 육조가 치루게 되는 촛불중과의 비역으로 환유된다. 육조가 촛불 중과 갖는 성적 관계는 인간의 고뇌를 수도하는 행위로, 의미 변모를 가져온다.

육조가 몸을 파는 행위는 근본적으로 욕망 때문에 이루진 것이 아니다. 따라서 새로운 주체를 탄생시키기 위한 한 방법으로써 기능한다. 앞의 '기원 제 9시'에서 어머니가 숙주로 기능하는 것 또한 이러한 논리에 따라 해석할 수 있다. 따라서 매춘의 행위는 색을 색으로서 근절하는 촛불중의 수도행위에서 새롭게 규명된다.

육조는 유리에서의 생활에 대해 묻기 위해 촛불중에게 갔다가 촛불중과 비역을 하게 된다. 촛불중은 비역 후 '빛 돌'을 잉태한다. 이로써 새로운 주체의 가능성이 모색된다.

> 자기가 보는 마근과 말입지, 보고 있는 나와의 사이에입지, 이상스럽게도 간극이 생기며 말입지, 내 것은 내 것일 텐데도 말입지, 내 것이 아닌 남의 것을 훔쳐보는 기분이 들면서 입지, 내가 괜스레 마음이 들뜨더라-이제는 타인을 두고가 아니라, 스스로를 두고 절시를 즐기려든다 이 말입습지. -그것 또한 보살행말고 무엇이랄 것인가.

그의 똥구멍엔 아직도, 저 허여멀쑥한 건달이, 한대의 잘 타던 초가, 깊숙이 깊숙이 꽂혀 있을 것이었고, 그것의 정액이 그만한 크기의 수정이나 호박돌 모양으로, 그 사내의 창자 속에 뜨겁게 사정되어 있을 것이었다. ―"이걸 받아두십지, 미숫가루와 계란입지. ― 화대(花代)입습지. 생각해보고, 소승은 이만쯤의 해웃값은 분명히 내쪽에서 지불해야 된다고 했습지. ― 이것으로 이제입습지, 우리 관계는 청산된 것이겠습지, 그럼에도입지, 소승은 말입지, 소승의 창자 속에 잘못 심긴 애의 아비는 말입지, 찾아주어야 된다고 믿고 있는데입지, 빛의 이물(異物) 말입습지. 글쎄 그것은입지, 그래서 낙태를 시키려 해도 안 되고 입지, 그저 견디기가 어렵기만 합지. 빛의 이물, 거북한 이물입지.[73]

비역은 '빛 돌'이라는 '빛'과 '생명'의 의미를 지닌 새로운 주체를 탄생시킨다. '빛 돌'을 임신한 촛불중은 ≪칠조어론≫에서 육조의 뒤를 이어 읍의 칠조 촌장으로 등극하게 된다.

촛불중은 아편과 계집으로 마심(魔心)을 항복받으려 정진하던 중, 오히려 아편과 계집에 빠져들어 수렁에서 허우적거리고 있는 결핍을 경험한다. 이러한 결핍에서 벗어나기 위해 촛불중은 수행의 하나로써 육조와의 비역을 원한다. 비역을 한 후, 촛불중은 화대로 미숫가루와 계란을 줌으로써, 육조의 행위를 매춘의 행위로 규정한다. 하지만, 육조가 촛불중에게 심어준 '빛 돌'로 말미암아, 육조의 행위는 단순히 매춘의 행위가 되지 않는다. 즉, 수도부의 사랑으로 긍정적인 이미지를 확보한 어머니 이미지는, 육조가 비역이란 매춘을 하면서 어머니의 매춘 행위 또한 새로운 주체를 구성케 하는 보살행으로 변모된다. 이러한 변모는 육조가 장로의 손녀딸을 사랑하게 되면서, 주체 구성을 이루는 것으로 발전한다. 상상적 자아와 어머니, 아버지의 관계를 도표화하면 다음과 같다.

---

73) 박상륭, ≪죽음의 한 연구≫(상), 문학과 지성사, 175-182쪽.

〈표 1〉: 어머니의 매춘행위의 의미 변모와 자아통합화부정적 이미지

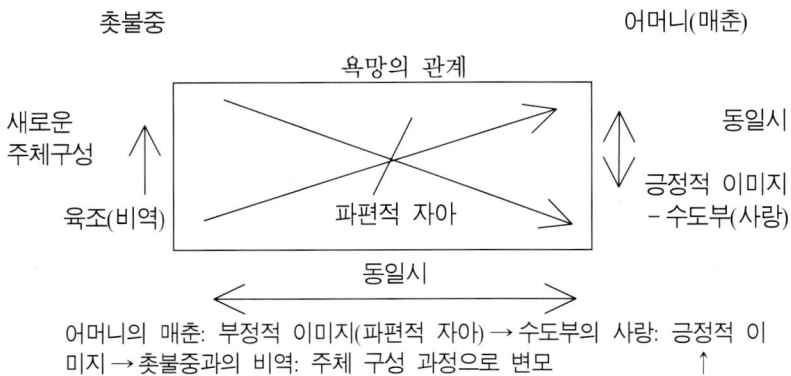

촛불중   어머니(매춘)

어머니의 매춘: 부정적 이미지(파편적 자아) → 수도부의 사랑: 긍정적 이
미지 → 촛불중과의 비역: 주체 구성 과정으로 변모   ↑

〈표 2〉: 아버지의 의미와 상상적 자아의 고착관계

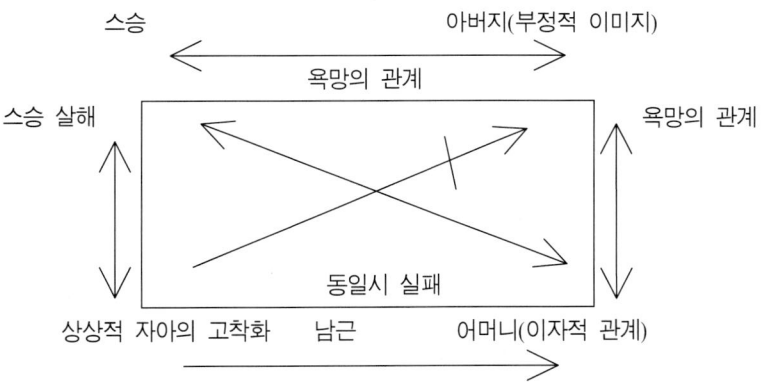

<부정적인 아버지 이미지>: 상상적 자아에 고착화를 형성시킴(이로써 자아
는 어머니의 남근적 기표로 작용하면서 근친상간적 성향을 갖게 됨 → 아버지
에 대한 부정적 이미지로 스승을 죽임

(2) 여성과의 결합으로 회복되는 상상적 자아

《죽음의 한 연구》에는 수도부 외에 육조가 이상적으로 생각하는

장로의 손녀딸이 등장한다. 장로의 손녀딸은 ≪죽음의 한 연구≫와 ≪칠조어론≫에서 관념적이지만 이상적인 여성상인, 열여섯 살 된 흠 없는 처녀 이미지로 상징화되어 나타난다.74)

처녀의 이미지는 매순간 허상 같은 이미지로 나타난다. 즉, 지혜의 원광을 몸에 두른 채로, 남자의 피와 살과 뼈를 취한 잔인한 색녀의 이미지와 요니 속에 천의 꽃잎짜리 흰 연을 지니고 있는 순수한 소녀의 모습의 이미지를 지니고 있다.

그러나 얼굴이나 몸매는 보이지 않는, 허상 같은 것이다. 그러나 얼굴 없는 저고리 동정에서 미소는 찾을 일이 아닌 것이며, 유혹하는 고운 눈을 볼 것은 아니다. 옷이란 계집을 우아하게 보이도록 하나 사내에겐 울타리인 것이어서, 자유에로의 통로를 차단한다. 그러한 장애를 뛰어넘고 보이는 계집은, 지혜의 원광만을 몸에 두르고 발가벗은, 완전히 성숙한 열여섯 된 흠 없는 처녀75), 왼발로 그대의 젖가슴을 딛고, 오른다리는 구부려 발바닥을 쳐들어올리며 춤추는 계집,-오른 손에 날이 시퍼런 낫을 들어 휘둘러서, 차라리 그대의 목을 잘라 그 목을 왼손에 들고, 그대의 골과 피를 빨 것인데, 그것이 비어버렸을 때, 그녀는 그 해골을 실에 꿰어, 구슬처럼 그녀의 목에 매달 것이다. 그럼에도, 저 벗고 춤추는, 열 여섯 먹은 계집의, 부드러운 혀가

---

74) 장로의 손녀 딸은 유리읍의 장로인 손녀딸로 높은 신분을 지니고 있다. 따라서 장로 손녀딸은 순결과 정절의 의미를 지니게 되는데도, 탄드라의 여성에서 성적인 면과 죽음의 의식이 강조되는 것처럼, 장로 손녀딸도 육조와 수십차례의 성교를 하며 탄드라 여성의 이미지를 지니게 된다. 탄드라의 여인이 이상적 여인으로 작용된다면 육조에게 이상적 여인은 장로 손녀딸일 수 있으므로 두 여인을 같은 선상에서 놓고 해석한다.

75) ≪죽음의 한 연구≫, 375쪽 (주석 8번): 이 장면의, '四肢의 切斷'은 亡者에게 행하는 심판으로 나타나지만, 은둔자들이, 눈만 잇달아 퍼붓는, 혹독한 추위를 불 없이 이겨내고, 몸을 따듯이 하기 위해서도, 또 질병·허약·불결 등을 제거하여, 다음 단계로 해탈을 성취하기 위해 初禪法으로도 행하는데, 이것은 또한 한 평인이 巫覡化해가는 과정에도 이어진다.

뼛속을 핥고돎은, 폐부 밑바닥까지, 그리고 발가락 끝까지 번지는 심
호흡 같은 것이고, 산소 같은 것이고, 불같은 것이다. 모든 불순한 냉
독을 그래서 녹혀져, 스러져버리는 것이다. 나는 이만 일천 육백 번을
한하고, 심호흡하기를 시작한 것이다.76)

육조는 유리에서 자신이 살 굴을 파며 처녀상을 사유한다. 이러한
이상적인 처녀상은 힌두교의 탄드라의 처녀상의 모습과 흡사하다.
힌두교의 칼리에서 여성들의 잔인함은 목과 허리에 희생자들의 해골
을 달고 춤을 추었다고 전해진다. 이 참수형은 남신들의 침범에 대
한 여신들의 상징적 복수 욕구이며, 두르가 여신이나 깔리 여신의
머리 없는 형상은 불교의 바즈라요기니, 요게스와리, 방랑하는 고
행자, 밀교 수행자들의 강한 영향력 아래 생겨난 것으로, 그녀들의
동반녀는 잔인한 마녀의 영상으로 나타난다고 한다. 임금복은 탄드
라의 여성상이, 꽃다운 여성의 16세 소녀의 순결, 생명의 강장력과
함께 부정적 잔인한 마녀의 양면적 속성을 대비시킨 신화를 차용
하여 남성 죽이기 심리인 殺男적 상상력을 그릴 때 차용 했다.77)고
보았다.

그러는 중에 내가 보니 물론, 저 계집의 휘두르는 낫이 내 목을 자
르며, 그러는 중에 내가 보니 물론, 저 계집의 휘두르는 낫이 내 사지
를 토막치며, -저 계집의 휘두르는 낫이 내 창자를 티뜨려 처참히 흩
뜨리는데, -저 계집이 천년이나 굶은 듯이 내 골을 핥고, -내 피를 마
시고, -내 뼛속에다 혀를 넣어 휘저으며 이빨로 갉아대고-저 계집이
피에 미쳤는지, 광무스러이 돌아가며 붉은 젖가슴을 흩뜨리듯이 흔들
고 엉덩이를 치까부는데, -그러는 중에 내가 보니, 닫혀 있었던 저 붉

76) ≪죽음의 한 연구≫(상), 180쪽.
77) 임금복, <여자 살해와 부조리한 페미니즘>, ≪작가 연구≫, 새미, 1999,
   10, 321쪽.

은 요니가 두 닢짜리 붉은 연꽃처럼 트이더니,-복숭아밭 무릉 삼월
뱃길이 트였던지, 기슭에 누웠던 천 마리의 양떼가 노을을 털해 입고
한꺼번에 계곡으로 내려오는 듯이 보이는, 그런 하혈이 흥그렁한데, 그
것은 하늘 복숭아 향기로 휩싸고 있었고,-그녀의 요니도 깊디깊은 속
으로부터, 한 송이, 아마도 천의 꽃잎짜리 흰 연(蓮)이 돋아올라와, 저
깊고도 깊은 피의 붉은 못에 몸 잠그고 청청히 피었는데, 그것은 흩어
졌던 내가 돌아올 것이었고, 아름다웠고, 나는 아름다웠다.78)

　　탄드라의 처녀상은 육조의 사유 속에서 자신의 몸을 토막 내고
빨아먹는 잔인한 이미지로 나타난다. 또한 순결한 이미지는 장로 손
녀딸의 정결한 이미지로 환유된다. 그러나 정결한 이미지는 성적인
이미지로 변모되면서 육조의 수행을 돕게 된다.
　　마을의 판관은 존자승과 염주승을 죽인 육조에게 사형집행을 선고
한다. 이에 육조를 좋아했던 장로 손녀딸은 육조에 대한 그리움을
참지 못해 육조가 살고 있는 굴에 찾아온다. 이때, 장로 손녀딸은
사형집행에서 이미 예형으로 눈을 잃은 육조를 찾아와 성적 관계를
맺는다. 장로 딸과의 성적 결합은 모든 불순한 독, 원죄를 씻기 위
한 행위이며, 의식의 고착화를 형성한 상상계와 상징계적 세계에서
벗어나는 새로운 세계를 꿈꾸는 행위로 작용한다. 또한, 요니 속 흰
연(蓮)처럼 실재계적 의미를 실현하는 의미를 지닌다. 육조는 장로
손녀딸과의 성적 결합을 통해 새로운 주체 구성과정을 시도한다.

　　이 수업의 마지막으로서, 저 최초에 행했던 정상위로 다시 돌아와
있었는데, 시각으로는 다른 동이 트고 있을 때라고 했다. 그러니까 다
시 정상위에 셋씩의 바꿈만을 계산한다고 하더라도, 여든 네 가지의
체위를 시험한 것이 된다. 물론 중복 된 것이 없을 수 없으나, 우리들

78) ≪죽음의 한 연구≫(상), 181-182쪽.

은 분명히 훌륭한 예술가였었다. 그런데 계집으로서는, 매회 작은 절
정을 한두 차례씩 더 겪었으므로, 그녀가 달한 절정의 횟수는 아무리
줄잡아도 오륙십 번은 될 것이었다. ―그 끝이어서 우리의 최후의 작
열을 아꼈다. 그러나 나는 계집의 목을 졸라매지는 않을 것이다.[79]

육조와 장로 손녀딸의 성적 결합은 자아가 타아로 관통되는, 양자
가 하나로 변하여 일원화되는 의식으로 볼 수 있다. 또한 여성의 성
적인 절정의 횟수 부분은 대상화 심리로 탄트라에서 모든 자연적 본
능의 충족을 긍정하는 의미를 지닌다. 또한 남성적 존재와 존재가
변화하는 신비스런 결혼은 성적 결합으로 상징되어 있을 뿐만 아니
라 실제로 섹스는 수행의 중심이 된다.[80] 이렇게 육조와 장로 손녀
딸의 성적 결합은 수행의 의미가 담겨 있다. 또한 16세의 소녀가 육
조를 살해하는 이미지는 성적인 것 뿐 만 아니라 피로서 결합되어질
때 하나가 될 수 있다는 것을 의미한다. 이러한 결합이 있을 때만,
육조는 남근적 기표로 써 새로운 주체를 획득할 수 있게 된다. 이에
육조는 장로 손녀딸과 50회에 걸친 죽음과 가까운 성교를 하다가
성교의 극에 달했을 때, 장로 손녀딸의 목을 물어 관념적인 소녀가
행한 것처럼 피를 마심으로 새로운 주체구성을 시도한다.

그럼에도 나는, 그녀의 피를 탐하고는 있었다. 그 피에의 갈증은
혼으로부터 비롯된 것이어서, 어떤 수분으로도 해갈시켜줄 수 있는
것은 아니었다.―내가 정진하고 명상해서, 한 계집인 것의 불순을 씻
어버린, 그 더운 피는, 내가 마셔버려야 될 어떤 정화수처럼 여겨지
는 것이었다.―잃어버린 눈과, 끊긴 언어의 육신적 불모스러움 위에
뿌리는 제주로서, 저 피를 나는 저 황폐 위에 뿌리려는 것이다. 어
쨌든 빛과 언어는, 피를 고향으로 거기서 발원한 두 의지인 것이

---

79) ≪죽음의 한 연구≫(하), 307-308쪽.
80) 아지트 무케르지, ≪탄트라≫, 김구산 옮김, 동문선, 1990, 8쪽

다. ―저 계집의 대정맥이 건너뻗은 목줄기의 한 곳에 이빨을 박았
다. 그러자 그 순간, 한 마리의 구렁이가 타는 숯불에 던져진 것 같
은 무서운 격동이 내 전신으로까지 밀려닥쳐왔으나, 덥고, 신선히 밀
큰하며 달콤한 짠 비린내로, 내 창자까지 그녀의 피가 뜨겁고 있었
을 땐, 저러한 격동은 벌써 조용해 있었다.[81]

육조는 그 피를 뿌려, '빛'을 잃어버린 눈[82]과 '언어'라는 상징계
의 불모를 씻어내는 제주로 사용한다. 제주는 정결했을 때 그 효력
이 발생한다. 즉, 어머니이미지가 긍정적으로 바뀌어 긍정적인 자아
상을 갖는다 할지라도, 부의 부재와 훼손된 아버지의 이미지는 정상
적으로 상징계에 진입하지 못하게 한다. 따라서 육조는 어머니의 남
근이 되고 싶은 욕망을 장로 손녀딸의 정결한 피로 씻어내는 방법으
로 상징계의 진입을 시도한다. 죄를 씻는다는 의미는 자신의 욕망을
인정하는 것으로써, 상징계적 억압과 질서를 받아들이는 것을 의미
한다.

어머니에 대한 욕망이 정결한 피로 씻어지면서 육조는 아버지
의 이름을 인정하고 동일시를 이루면서 상징계에 진입할 수 있게
된다.

장로의 손녀딸과의 성적 결합은 주체로 하여금 그 여성의 피와 하
나 됨을 통하여 분열을 극복하고 새로운 주체로 구성될 수 있다는
것을 시사한다. 장로의 손녀딸의 피는 '빛'과 언어가 발원한 '고향'
과 같은 것으로 이상화됨으로써 육조 자신도 정화를 이룰 수 있는
것이다. 육조는 장로의 손녀딸과 '성적 결합'과 '피'로 하나가 됨으
로써 새로운 주체구성 의미를 타진한다.

---

81) ≪죽음의 한 연구≫(하), 307―308쪽.
82) 눈은 상상계에서 타자를 반영하는 신체기관으로 자아가 주체 구성을
　　하는 과정에서 중요한 역할을 한다.

박상륭 소설에서 여성·어머니의 의미는 상상적 자아에게 부정적인 의미로 비쳐지며 자아를 왜곡시킨다. 어머니에 대한 왜곡된 욕망은 근본적으로는 건강한 부의 부재로 인해 발생된 것이다. 부의 부재는 어머니에 대한 왜곡된 욕망을 심어주며, 자아를 상상계에 머물게 한다. 하지만 어머니의 기표인 수도부의 사랑은 긍정적인 자아상을 갖게 하면서 통합된 의식을 갖게 된다. 또한 장로 손녀딸과의 성적 결합과 피의 나눔은 상징계로 진입하는 기제로 작용하면서 주체 구성을 가능케 한다.

② 욕망과 주체 구성

1) 아버지와의 동일시로 억압된 무의식

주체는 상상계에서 타자와의 동일시를 통해 자신을 통합적으로 인식하지만, 어머니를 욕망하는 것이 아버지의 말과 법에 의해 제재를 받으면서 아버지와의 동일시를 통해 거세 위협을 극복하고자 한다.[83] 주체에게 죄의식이 생기는 것은, 어머니를 욕망한 것에 대한 결과이다. 주체는 어머니에 대한 욕망을 거세위협으로 인해 포기하지만 무의식적으로 어머니에 대한 욕망을 없애지는 못한다. 따라서 어머니를 무의식적으로 욕망한 데에 따르는 결과로 주체는 어머니에

---

[83] 맬컴 보위 지음, ≪라깡≫, 시공사, 1999, 162쪽.
타자의 이미지와 동일시를 기반으로 한 상상계의 주체가 상징계로 진입하기 위해서는 언어 습득을 전제로 한다. 여기서 상상계적 주체가 언어를 습득하는 것은 언어의 구조 속으로 들어가는 것이며 '아버지의 이름(the Name of Father)' 이라는 상징계의 법에 의해 어머니와의 완전한 합일이 금지되고 충만하고 통일된 세계의 꿈이 깨어지는 순간이다. 이로써 오이디푸스 단계의 주체는 자신의 어머니가 거세되었다는 사실과 더불어 자신은 어머니의 욕망을 충족시켜 줄 수 없음을 깨닫고, 아버지의 법에 의지하고 자신을 아버지와 동일시함으로써 그의 대리인이 된다. 즉, 상징계에서 아버지의 이름은 사법적이고 징벌적인 권위의 상징이다. 그것은 상징계 내에서는 상징계가 제대로 작동하도록 도와주는 기능을 의미한다. 유아의 욕망에 지속적인 제한을 가하고, 그런 제한(법)을 위반할 때에는 거세라는 징벌을 주겠다고 위협하는 모든 기능을 가리킨다. 그것(아버지의 이름)은 법은 만들어 내는 동인이고, 또한 기표의 연쇄에 유동성과 연결성을 주는 힘이다. 일단 이 기본적인 기표(아버지의 이름)가 축출되어 버리면 의미화의 전 과정이 망가지게 된다.

대한 욕망과 함께 죄의식에서 완전히 벗어날 수 없게 된다.

라깡에게 상징계의 범주는 아주 중요한 것이다. 그것은 융통성 있고 포괄적이며, 또 단 한 번의 동작으로 별개의 의미화 과정 전체를 가리킬 수 있는 것이다. 상징계는 일관되고 지속적인 방식으로 무의식적 정신 과정과 언어의 정신 과정을 연결시켜 주는 것이다. 그리고 이 두 과정은 다시 사회적·친족 구조에까지 연결된다. 상징계는 개인의 말이라는 수단을 빌려서 나타날 때 그 의미를 획득한다. 그것은 또한 인간 열정의 내면성과 만족을 추구하는 열정을 억누르는 사회적 제도 사이를 끊임없이 오가는 흐름이라는 의미를 지닌다.[84]

육조와 촛불중이 주체의 의미를 확보하게 되는 형태는 스승을 죽이는 '아버지 살해' 이미지에서부터 시작된다. 이러한 '아버지 살해' 이미지는 연작소설 <퇴약볕>시리즈에서 '말'을 뜻하는 산당이 사람들에 의해 소외당하고, 역으로 '말'이 사람들을 버리는 현상으로 환유된다. 또한 상징계의 기표인 '말'과 주체의 관계는 주체와 사회적 제도 사이의 관계 반향으로 확대되어 나타난다.

(1) 아버지 살해와 그리움으로 인한 상징계 진입

≪죽음의 한 연구≫에서 육조는 유리로 들어가다가 존자승과 그 시종 염주승을 죽인 뒤 스승을 그리워한다. 스승은 그의 어머니가 바닷가 근처에서 몸을 팔며 지낼 때 한 달반 간격으로 들렀다. 그때마다 어머니는 스승을 반겼고 스승이 간 다음엔 눈물을 흘리기도 했다. 이때, 스승은 곧 자아에게 아버지 이미지로 다가온다. 어머니가 남자들에게 몸을 팔 때, 육조는 모든 아버지들에 대한 형언할 수 없는 질투와 증오 같은 것으로 비질비질 울며 바다로 내달렸고, 눈

---

84) 맬컴 보위 지음, ≪라깡≫, 92-93쪽.

물을 떨어뜨리며 어머니를 저주하였다. 그럴 때면 자신도 모른 새, 어린 잠지가 불어나서, 물 속에 잠겨 앉은 아이는 아이가 아니라, 그것은 하나의 돌출한 남근, 하나의 더러운 아버지로 느껴지곤 했었다. 어머니의 몸 파는 행위는 어린 자아에게 분열을 경험하게 한다. 어머니와 가졌던 동일시가 어머니의 몸 파는 행위로 인해 부정적으로 깨어지면서 어머니라는 상상계의 이상적 자아는 일그러지고, 어머니의 남근인 부정적 아버지 이미지는 극복하고 깨뜨려야 할 대상이 되어버린다. 이로서 자아는 정상적인 아버지와의 동일시를 이루지 못하게 되면서 정상적인 방법으로는 상징계에 진입하지 못하게 되고 부(父)를 살해하고 그 자신이 아버지의 위치에 자리하는, 어머니의 남근적인 존재가 되는 방식으로 상징계에 진입하게 되는 것이다.

스승은 어머니가 죽자 육조를 학중으로 데리고 다닌다. 스승은 그에게 아버지라고 불러주어야 마땅할 사람으로 어쩌면 그의 친아버지일 가능성까지 지니게 된다. 육조는 자기를 유리로 보낼 때 숨을 쉬지 않았던 죽어버린 스승을 그리워하며 유리로 들어갈 때, 육교(肉交)하는 바위모양의 위에 앉아 있는 스님을 만나게 된다. 그는 스승처럼 육조의 머리를 마구 때려주며 훈계를 하는데, 육조는 어쩐지 그가 스승 같다는 인상을 갖게 되면서 그가 저지른 모도 존자승과 염주 승의 살해를 고해하게 된다. 스님은 그의 고해에 아집에 따르는 두 병독 즉, '탐욕'의 은유인 살찐 존자승과 '편견'의 은유인 외눈박이 염주승을 살해한 것은 구도적 살혜라며 오히려 살해의 당위성을 논한다. 그리고 살해한 것에 대한 죄책감에서 놓이기 위한 방법으로 관에 가 자백하는 일과 여기 앉아 있는 늙은이를 위에 있는 저 바위를 밀어뜨려 죽인 후에 유리를 벗어나는 것, 마지막으로 촌락의 율법에 따라 촌장을 만나 어떤 벌이나 위로를 받는 방법이 있다고 알려준다. 그런데 스님은 어쩐지 두 번째의 자신의 죽음을 종용하면서 자신이 들고 다니던 해골을 한쪽 옆에 둘 터이니 나중에 자신을 죽인 다음에 가져가라고 유언하기까지 한다. 스님은 육조가 저지른 살해를 비유의 살해로 고쳐 생각하고, 그것 위에 명상하고 정진하면 성불해버린 것을 깨달을 일이며, 어쨌든 공문으로 나아가는 일이란 계속적인 도살 행위, 계속적이 파괴라고 말할 수도 있을 것이라며 그의 행위에 정당성을 부여해준다.

육조는 스님의 말을 들은 후 유리쪽으로 조금 걸어가다 돌아와 스님의 유언처럼 바위를 밀어뜨려 스님을 죽인다. 그런데 죽은 스님의 얼굴을 살펴본 결과 그는 놀랍게도 자신의 스승이었음을 깨닫고 고통스러워한다. 육조는 육조의 아버지겸인 스승을 밀어뜨려 죽임으로서 거세당하진 않지만 아버지를 살해한 것에 대한 죄의식을 갖게 된다. 상상적 자아는 아버지의 거세 위협 앞에 아버지와 동일시를 통해 언어 획득과 주체 구성을 이루게 된다. 그러므로 아버지를 살해한다는 것은 동일시할 대상을 잃게 되면서 자아가 상상계에 머물게 되는 것을 뜻한다. 그러나 육조는 아버지의 이미지인 스승을 죽인 후에 유리를 떠난 것이 아니라, 세 번째 방법인 처벌 받는 길 또한 택함으로 주체 구성에 새로운 국면을 맞이하게 된다.

육조는 유리를 관리하고 있는 촛불중에게 가서 유리에서는 어떤 방식으로 벌을 받아야 하는 지 묻는다. 촛불중의 말에 의하면 유리의 촌장은 '육신을 완전히 항복받아, 원한다면 한 식경이고, 두 식경이고 숨이며 맥을 끊고 죽었다가 다시 활력을 얻고 살아 난다'는 말에 의해 육조가 죽인 스님이 유리의 촌장이었고 육조의 스승이었다는 것이 다시금 밝혀지면서 육조는 아버지를 살해한 죄의식으로 다시금 고통스러워한다. 또한 촛불중의 말에 의하면 장옷을 입고 눈만 조금 내놓고 다니는 유리에서, 촌장이 누구인지 모르는 이곳에서 사막의 질서는, 스승의 말대로 읍내 관에 가서 자백을 해서 큰 형장에서 형

벌을 받던가, 물 없는 늪에서 자살을 하든가의 방법으로 지켜지고
있다고 한다.

> 나는 언제부턴인지 너무 많은 자유와는 살 수 없이 된 것이었다.
> 그 자유를 나는 어떻게 운용할지를 모르게 되어 버린 것이다. 나는
> 결국, 고삐와 재갈을 택해버린 것이다. 고삐로 어거되지 않은 힘은 집
> 중을 잃고 있으며 재갈을 물지 않은 욕망은 안개 같은 것이었다. 고
> 삐와 재갈에 의해서라야만 나는, 고삐와 재갈을 고삐와 재갈을 끊어
> 버리고 뛰쳐나간, 힘센 황소, 광분스러이 다리는 들 말의 꿈을 꿀 수
> 있게 된 것이다. 내가 네 발로 돌아온 형장은 그래서 드디어 그것의
> 의미를 획득하기 시작하고 있었다. 나는 내가 슬펐다.[85]

주체는 아버지와 법으로 상징되는 상징계의 질서를 벗어나지 못하
면서도 그것에서 벗어나고자 욕망한다. 하지만 주체는 '고삐와 재갈'
이라는 상징계의 질서 안에서 얽매임을 느낄 때 오히려 자유로울 수
있다.

인간의 의식구조에서 상상계와 상징계, 실재계의 의미가 서로 독
립적이지 않기 때문에 주체는, 부(父)를 살해하고 자신이 모(母)의
남근이 되고자 하는 상상적 자아의 세계 속에 그대로 남아 있을 수
없게 되는 것도 이때문이다. 따라서 육조가 도달하고자 하는 이상적
자아의 형태는 아버지를 살해한 것에 대한 형벌을 받음으로 아버지
의 죽음, 또는 아버지의 부재의 의미에서 벗어나 동일시를 이룰 수
있는 대상을 찾아야 하는 필연성을 갖게 된다.

상상계에서 육조의 어린 자아는 아버지에 의한 거세에 대한 위협
과 불안함이 아닌, 친부(父)의 부재와 함께, 돈을 주고 어머니의 몸
을 사는 왜곡된 아버지의 존재로 인해, 정상적인 방법으로 상징계에

---

85) ≪죽음의 한 연구≫(상), 136쪽.

진입할 수 없었다. 따라서 부의 상실과 함께 분열을 경험한 주체는 아버지를 살해하고 아버지 위치에 자신이 거하는 왜곡된 방식으로 상징계에 진입해야 하는 왜곡된 구조를 지니게 된다. 스승은 이 모든 것을 조명하고 자신의 얼굴을 보이지 않으면서 육조로 하여금 자신을 죽이게끔 종용하지만, 주체는 아버지를 죽인 죄책감으로 인해 형벌을 스스로 견뎌냄으로서 부정적 아버지상에서 경험했던 상실감과 분열을 회복하고자 욕망한다.

육조는 아버지 살해로 상상계에서 정상적으로 상징계에 진입하지 못한다. 육조는 아버지를 죽임으로서 상상적 자아의 형태로, 그 자신이 아버지 즉 어머니의 남근이 됨으로서 상징계에 속하는 사회적 제약과 법적 존재가 된다. 따라서 그의 모습은 상상적 자아의 모습과 상징화에 내재되어 있는 '아버지'라는 두개의 자아로 나타난다.

라깡의 이론에서 '아버지의 이름'은 사법적이고 징벌적인 권위를 상징한다. 그것은 상징계가 제대로 작동하도록 도와주는 기능을 의미한다. 이러한 기능은 자아의 욕망에 지속적인 제한을 가하고, 그런 제한(법)을 위반할 때에는 거세라는 징벌을 주겠다고 위협하는 모든 기능을 가르친다. 아버지의 이름은 법을 만들어 내는 동인이고, 또한 기표의 연쇄에 유동성과 연결성을 주는 힘이다. 상징계에서 이 기본적인 기표(아버지의 이름)가 축출되어 버리면 의미화의 전 과정이 망가지게 된다. 육조도 아버지의 이름이 축출되어버렸기 때문에 의미화의 과정에서 혼란을 겪게 된다.

즉, 자아의 위치에 아버지와 동일시를 이루어야 하는 아버지의 이름이 결여되어 있기 때문에, 기의는 구멍을 뚫리게 된다. 그리하여 기표가 무수히 만들어지면서 언어로 표출되지 못한 언어가 무의식으로 스며드는 것이 증가하게 된다. 기표와 기의는 망상적인 은유 상태로 남아있게 된다. 상징계, 상상계, 실재계 사이의 늘 불안한 관계는 기괴할 정도로 불일치되는 지경에까지 이르고 있다. 기표는 '마구 쏟아져 나오는데', 그에 걸맞은 풍성한 의미는 생산하지 않고, 오히려 상상적 존재들만 소란스럽게 만들어 낼 뿐이다. 이렇게 되면 상상계는 상징계의 압박과 왜곡을 거치지 않고 곧바로 상징계를 통과하게 되면서 그대로 실재계가 되어버리게 된다.[86]

그러므로 아버지의 자리가 부재한 육조는 상상계와 상징계라는 두 개의 자아 사이에서 상상계가 바로 실재계로의 길로 이행되지는 않는다. 그 이유는 육조의 상상적 자아에는 아버지에 대한 향수와 그리움이라는 상징계적 은유가 남아 있기 때문이다. 이러한 아버지에 대한 고통스런 기억은 육조를 상상계에서 상징계로 진입하게 하는 요인으로 작용하면서 주체 구성을 가능하게 한다.

육조는 스승이 말했던 속죄의 방법 중에 마른 늪에서 고기를 낚는 형벌을 택한다. 유리에는 마른 늪에서 고기를 낚아내는 사람이 그 마을의 촌장이 된다는 전례가 있다. 고기를 낚아내기만 한다면 일단 어떤 종류의 죄로부터도 구속된다고 한다. 고기를 낚아내는 것은 하나의 죽음을 통해 생명을 낚으려는 것이 그 목적이므로, 그 결과에 있어 고기와 생명은 같다. 그것은 세례, 또는 던져지기와 매장, 또는 자궁 가운데로 들어서야만 재생을 가능케 하는 용(用)이므로, 남근(男根)이라고 부른다.

따라서 고기의 의미는 텍스트에서 '생명'에서 '남근'으로 남근은 다시 '양극을 갖는 타원형의 형태'로 '팔만 유정의 원형'으로 모든 유정과 사물의 원형적 근원이미지로 작용한다.

따라서 육조가 유리에서 물고기를 낚는 행위는[87] 아버지와 동일

---

86) ≪라깡≫, 위의 책, 162－164쪽.
87) 이승훈, ≪문학 상징 사전≫－'고기잡이', 37쪽.
    고기잡이란 심층에 존재하는 무의식적 요소를 포착하는 행위이다. 물고기는 물 속에 사는 신비롭고 동시에 심리적인 동물로, 물은 용해와 회

화를 이룰 수 있는 남근을 획득하여 주체 구성을 이루고자 하는 뜻
이 있다. 또한 마른 사막에서 물고기를 잡는다는 것은 불모지가 된
사막에서 땅의 회생을 뜻한다. 그러나 현상적으로 사막에서 물고기
를 잡는 행위는 불가능한 것이므로 관념적인 방식으로 고기를 낚아
야 하는 필연성이 전제된다.

이렇게 고기를 낚는 것은 상징계의 질서인 아버지를 죽인 것에
대한 죄책감에 대한 형벌을 의미한다. 또한 생명을 상징하는 물고기
를 낚는 행위에는 결핍을 극복하는 자아회복의 의지를 담아내고 있다.

(2) 억압당한 현실에서의 자아회복

제물 의례는 무의식적으로 아버지를 살해하고자 욕망한 상상적 자
아가 제물을 바침으로서 잘못된 욕망을 씻어내고 아버지와 동일시를
이루어 새로운 상징적 주체로 살아가고자 욕망하는 증표다. 따라서
제물 의례가 드려지는 대상은 '신'이지만 '신'의 의미는 박상륭 소설
에서 거세와 위협을 가할 수 있는 아버지의 이름과 동일시된다. 또
한 아버지의 이름은 주체에게 죄의식을 각인시킨 상징계의 범주에
속하므로, 소설 인물들이 드리는 제물 의례는 인간의 의식을 억압하
고 규제하는 상징계의 범주에서 벗어나고자 열망하는 행위일 수 있
다. 상상적 자아는 아버지, 즉 '말'로 표상되는 상징적 체계를 부정
함으로써 제물 의례 형식을 통해 상징계에 진입하고자 욕망한다.

제물 의례는 제물의 죽음과 피 흘림을 통해, 같은 잘못을 행하지
않겠다는 속죄의 의미가 담겨있다. 그리고 상징계의 법을 위반했을
때 오게 되는 거세와 파탄적인 위협적인 상황에서 구원되고자 하는

복과 소생을 상징한다. 어부는 이런 의미로서의 물에 대한 지식을 가지
고 있기 때문에 의사처럼 생명의 근원 자체에 작용한다.

의미가 담겨있다.

제물의례는 제물로 바쳐지는 대상과 의례자가 잠정적으로 동일시되어, 의례자의 죄가 제물에 전가된다. 그리고, 제물의 죽음으로 의례자는 의례적 정화를 경험하게 되는 원리를 지닌다. 또한 의례자를 대신해서 사제가 올리는 의례의 핵심적 과정은 의례 당사자인 특정 인간에 대한 성흔의 표시로 작용한다. 제물로 바쳐지는 짐승의 피는 의례 당사자와 동일시를 이루어 의례자의 성흔이 되는 것이다. 성흔은 의례에서 가장 결정인 순간에 이루어지면서 의례를 구성하는 주된 개념적 요소들 간의 상호대립을 표현한다. 즉, 정(淨)과 부정(不淨), 인간과 짐승, 생과 사, 한계성과 창조성, 이승과 저승 등의 대립을 표현하는 것이다.[88]

박상륭 소설에 나타난 제물 의례는 연작소설 <뙤약볕>(1), <뙤약볕>(2), <뙤약볕>(3)에서 주요 모티브로 구성되면서 소설 구조를 이룬다. <뙤약볕>시리즈에서 마을을 지배하는 '말'과 '말'을 섬기는 제사장격인 당굴, 마을 사람들의 관계는 주체와 상징계의 관계를 단적으로 드러내어 주체 구성이 이루어지는 과정을 상징적으로 표상한다.

또한 제물 의례 형식은 기본적으로 주체가 처한 분열과 고통스런 상태를 해결하고 구원을 얻고자 하는 바램에 근원을 둔다. 또한 인

---

88) 에드먼드 리치, ≪성서의 구조인류학≫, 신인철 옮김, 한길사, 1996. 341－342쪽.
   위베르(Hubert)와 모스(Mauss)의 이론에 따르면, 제물을 바치는 인간(의례의 주최자)은 제물로 바쳐지는 동물과 점정적으로 동일시된다. 제물로 바쳐지는 동물은 개념적으로 두 부분으로 나뉜다. 깨끗한 부분과 오염된 부분이다. 제물이 되는 동물은 제물을 바치는 인간에 의해 도살된다. 제물을 바치는 인간은 정화(淨化)된 자로서 그 사회의 대표자이다. 먼저 제물로 바쳐지는 동물의 오염된 부분－피와 지방, 그리고 피와 지방에 의해 둘러싸인 내장－은 자연적 필멸성과 창조성에 위협을 주는 힘을 막기 위해서 태워진다. 반면 깨끗한 부분은 정(淨)과 불멸의 문화적 구조에의 상징적 통합으로서 먹게 된다.

간과 초자연적인 힘 간의 커뮤니케이션의 촉진과 촉발을 통하여 인간의 의식을 지배하는 상징계의 억압과 구속의 현실에서 벗어나고자 하는 욕망을 담고 있다.

a. 상징적 질서의 무력과 심판

<뙤약볕>시리즈는 말과 주체구성의 관계가 주요 서술 구조를 이룬다. <뙤약볕>(1)에서 주체인 섬돌이는 9년 전에 아버지를 괴롭힌 족장 딸의 남편을 토막 내어 친척집에 던지는 죄를 짓는다. 따라서 마을사람들과 죽은 족장사위의 동생인 바람쇠는 <말>을 섬기는 당굴에게 섬돌의 죄를 묻는다.

따라서 <뙤약볕>(1)은 섬돌이의 죄와 <말>을 모시는 당굴과의 관계가 소설의 서술구조를 이룬다. 섬돌이의 서술 행로를 살펴보면 다음과 같다.

계약 · 조종의 단계에서 섬돌이는 마을의 신으로 작용하는 <말>과 신을 섬기는 당굴이 자신의 죄를 용서해줄 것을 기대한다. 능력의 단계에서 섬돌이는 당굴에게 찾아가 자신의 죄를 무마시켜줄 것을 부탁하고 당굴도 섬돌이를 안스럽게 생각한다. 실행의 단계에서 당굴은 섬돌이의 편에 서주고 싶지만, 마을사람들과 바람쇠의 강경한 반대로 섬돌이에게 죽음의 선고를 내린다. 비준 · 검증의 단계에서 섬돌이의 죽음과 함께 당굴도 죽음을 맞이함으로 <말>과 마을사람들과의 관계가 멀어지게 되면서 <말>이 지니고 있는 사랑과 용서의 국면이 사라지게 된다.

섬돌이의 서술행로를 그레마스의 '행동자적 모델'과 '표준 서술도식'으로 도식화하면 다음과 같다.

<행동자적 모델>

발신자(①죄에서　　　　　　대상(면죄)　　　　　　수신자(섬돌이)
용서받으리라는 욕망)　➡　　　　　　　➡　　②공정한 <말>의 진실

　　　　　　　　　　　　　　↑

조력자(당굴)　➡　　주체(섬돌이)　◀　반대자(바람쇠)
　　　　　　　　　　　　　　　　　　<말>의 진실을 억압시킴

<표준 서술도식>

계약·조종(① 죄에서 용서받으리라는 욕망 설정 ② <말>의 공정
한 심판) → 능력(당굴에게 찾아가 자신의 죄를 사죄하고 용서해달라
고 말함) → 실행(마을사람들의 요구대로 당굴에게 죽음을 선고함) → 비
준·검증(대상획득 못함)

　박상륭 소설에서 '제물의례' 형식은 소설 구조를 이루는 주요 모
티브가 된다. 섬의 중앙에는 눈에 보이지 않는 <말>의 구체적인 형
상화라는 내력을 지닌, 문도 창도 없는 오각(五角)의 입체 돌집인,
사당이 마을에서 <말>의 신으로 군림하며 뭍과 물과 운명과 시절을
지배해 왔다. 마을 사람들은 보이지 않는 권능에 원시적인 외경심을
가지며 <말>을 숭배한다. <말>은 마을 사람들의 잘못을 재판하는
심판과 법의 이름으로 마을 사람들의 행동과 의식을 규제하지만, <말>
의 지배를 받고 살아가는 마을사람들에게 <말>은 마을의 질서와 안
녕을 약속하는 상징적 구속력을 지닌다.

　　사람들은, 말-言語-은 보이지 않는데도 대단히 신비한 어떤 마력
　은 갖고 있다는 전제에서, <말>은 바다와 땅을 만든 것이며, 자기들의
　운명과 시절을 지배하며, 구멍 없는 오각 돌집에서 사는 것이라고 알
　았다. -五(五角)라는 숫자는 주역(周易)의 어느 구절에서 뽑아낸 절

대적인 숫자로서 신격(神格)을 나타내며, 구멍 하나 없는 건물로 표상
한 것은 아무것도 존재치 않던 태초의 우주 그것이라 하며, 그 속의
방은 어떤 것을 생성시키는 자 중 그것의 상징이라 했다. 그래서 그
것이 <말>이라는 것이다. 그렇다면 <말>은 어떻게 태어나게 되었는
가? <말>을 태어나게 하려면 <말>의 <말>이 있어야 되며, 그 말의
<말>을 태어나려면 또 <말>이 있어야 되는데……그렇다면 <말>이란
우연의 자존자(自存者) 그것인가? 당굴의 사색의 절벽은 바로 여기였
다. 그렇더라도 이 절벽은 뛰어넘지 않으면 안 되는 것이다. [89]

<말>이 마을 사람들에게 심판을 행할 수 있는 권위를 지니고 있
기에 사람들에게 <말>은 두려움의 대상이 된다. 이러한 <말>과 사
람들 사이의 먼 거리를 좁혀주는 다리 역할을 하는 것은 <당굴>이
라 불리는 늙은 사당지기이다. 그러나 사당지기는 말이 선택한 제사
장으로 싫든 좋든 말의 선택에 따라야 한다. 또한 자기의 세상적인
이름을 버리고 결혼을 하지 말아야 하며 가족과 이웃과도 관계를 끊
은 후, 다만 <말>과 스승과만 사귀는 지고한 고아로서 살아가야 한
다. 만일 당굴이 되는 수업을 참지 못하고 도망친다면, 선택당한 예
비 당굴은 섬에서 추방되거나 목매달아 버리는 관례를 가지고 있다.
<말>의 절대성과 억압으로 선택받은 사당지기가 선택할 수 있는 길
은 당굴로 살 것에 순종하든가 죽음의 길을 가든가 양자택일만 있을
뿐이다. 그러나 정작 당굴이 된 인물은 <말>과의 교감을 못 갖고 대
화를 이루어내지 못하는 경우 마을 사람들의 문제 앞에서 <말>의
뜻을 몰라 고통을 당하며 말과의 소통을 간절히 찾게 되는 경우들이
종종 있게 된다.

<뙤약볕>(1)에서 스승이 죽은 뒤 된 새 당굴도 스스로를 익명(匿
名)의 당굴로 여기며 방황을 하지만, 마을 사람들에 의해 어쩔 수

---

89) 박상륭, <뙤약볕·1>, ≪열명길≫, 문학과 지성사, 1986, 86-87쪽.

없이 당굴 역할을 감당하게 된다. 마을 사람들에게 당굴은 <말>의 심판을 전해주는 자로 마을 사람들의 염원과 공모와 권한이 함축적으로 내포되어 있다.

<말>의 교감에 익숙하지 않은 새 당굴이 처음으로 재판하게 된 것은 섬돌이가 저지른 살인에 대한 재판이다. 섬돌이는 열 살 때에 족장의 천치 딸의 남편에 의해 자신의 아버지가 짓밟히고 몽둥이로 맞고 부끄러운 곳에 똥칠을 하여 개에 의해 핥아지는 수모를 당하는 것을 보게 된다. 그 일로 평생 누워서 구년을 살다가 아버지가 죽자 섬돌이는 복수하기 위해 족장 딸의 남편을 토막을 내어 친척집에 던져준다. 섬돌이는 살인을 한날 밤, 당굴에게 찾아와 자신의 죄와 그 원인을 사죄하며 자신을 죽이지 말아달라고 애원한다. 섬돌이는 당굴의 옛 친구의 아들로 이름도 당굴이 지어주었으며, 맘속으로 제자로 삼으려는 욕심을 냈던 젊은이였다. 다음날 피살자의 아우인 바람쇠가 섬돌이를 잡아 처참하게 때린 뒤 백송 둥치에 묶어 놓고 재판을 청하게 된 것을 섬돌이가 맡게 된 것이다.

당굴은 섬돌이의 행위가 정당하다는 생각을 하지만 섬돌이를 처단하게 해달라는 사람들의 원성을 물리치지 못해 한 가지 원하는 것만 들어주고 사형에 처한다는 선고를 내린다. 또한 바람쇠에게도 재판이 내려지기 전에 섬돌이에게 손찌검을 한 것에 대해 십일 내에 닭 다섯 마리와, 생선 이백 오십 마리와, 쌀보리 반 가마니를 섬돌이의 가족이나, 가족이 없다면 제일 가난한 사람들께 나누어 주라는 명령을 내린다.

섬돌이는 죽음선고에 발광과 저주를 하며 오열하다 어머니만 불러댔다. 당굴은 섬돌이를 안쓰러워하며 힘 있게 품어준다. 이때 당굴은 아들을 품는 아버지의 느낌을 갖는다. 섬돌이도 당굴의 품을 어머니 품처럼 따뜻하게 생각하며 아들처럼 안긴다.

<어머니!>누구의 손을 잡고 싶은 것이다. <어머니!>그에게라면 다 바칠 수 있고, 그와 함께라면 아무 것도 두려울 것이 없는 분, <어머니!>-섬돌이는 자꾸만 어머니만 불렀다. 그렇지만 이 젊은이는, 어머니의 눈도, 어머니의 젖꼭지도, 어머니의 자장가도 아무 것도 알고 있는 것이라곤 없었다. 이 젊은이가 찾는 어머니는, 어쩌면, 찢기고 박탈당한 자기의 유년(幼年)에 대한 애타는 향수였는지도 몰랐다. 그것은, 당굴에게 있어서의 <말>, 그것과 같은 것이었는지도 몰랐다.[90]

어머니는 상상계에서 자아가 욕망하는 타자이며, 동일화의 대상이다. 섬돌이가 죽음에 앞서 어머니를 찾는 것은 그의 상상적 자아가 어머니로 상징되는 상상계로 돌아가고자 욕망하기 때문이다. 하지만, 섬돌이는 사람들의 요구를 물리치지 못한다. 따라서 용서해주고 싶은 진실이 있음에도 벌을 면하게 해줄 순 없다. 섬돌이는 죽기 전 소원으로 어머니를 느끼게 해준 당굴님과 같이 죽고 싶다고 말한다. 당굴님 품을 어머니 품으로 생각하며 당굴님 품에서 죽는다면 무섭지 않을 거라 생각했기 때문이다. 당굴 또한 그런 섬돌이를 아들처럼 느끼며, 어머니의 품을 제공해줌으로 당굴 또한 심판과 법의 이미지가 아닌 용서와 관용의 상상계적 세계를 갈구하고 있음을 제시해준다.

섬돌이가 죽음에 앞서 추구하는 세계는 어머니와 하나 될 수 있는, 어머니를 욕망할 수 있는 상상계적 세계이다. 따라서 섬돌이가 교수형을 당해 시체가 되었을 때, 족장의 천치 딸이 달려와 젖을 물린다. 시체가 젖을 빨려 하지 않자, 족장의 딸은 외마디 비명을 지르며 혀를 깨물고 정신을 잃어버린다. 족장의 딸은 상상계적 의미로 섬돌이가 욕망하는 세계이다. 족장의 딸이 섬돌이에게 젖을 물리려는 모습은 상징계의 심판의식이 상상적 세계의식을 통해서 해결되고

---

90) 위의 책, 95쪽.

회복될 수 있음을 명시해준다. 이에 당굴은 섬돌이와 족장의 천치 딸을 데려다가 사당 옆 흙집 속으로 들어가 가마솥 크기만한 구멍에 들어가 함께 죽는다.

마을 사람들은 법과 심판의 이미지와 재물의례에 길들여져 있다. 그러므로 <말>의 심판에 의해 섬돌이를 죽여야 죄가 없어진다고 믿는다. 그러나 당굴 또한 심판과 법의 편에 들기보단, 섬돌이의 괴로움과 고통 쪽에 연민을 느끼며, 섬돌이의 어머니 역할을 감당하며 죽음을 선택한다. 이로써 <말>의 상징적 질서와 법적 구속력은 더욱 강화된 심판의 이미지를 변모한다.

섬돌이에 대한 당굴의 맹목적인 사랑은 <말>이 지니고 있는 신성함을 인간적인 한계 내에서 파악하게 하는 데 큰 기여를 한다.[91] <말>을 섬기고 대행하는 당굴은 섬돌이를 택했다. 섬돌이의 선택은 <말>이 지니고 있는 구속과 억압은 사랑과 모성, 용서의 이미지로 변모된다. 따라서 <말>이 마을 사람들을 지배하는 구속 원리 또한 사랑과 용서의 모습이었음이 밝혀진다.

당굴이 섬돌이를 선택한 것을 <말>이 섬돌이를 택한 것으로 볼 수 있는 근거는, 당굴이 <말>을 섬기면서 마을 사람들 사이에서 중간자의 역할을 하는 까닭도 있지만, 당굴이 섬돌이와 함께 죽게 되면서 마을에는 역병으로 인한 죽음의 심판이 시작되기 때문이다.

바람쇠를 비롯한 마을 사람들은 자신의 욕망에 <말>의 뜻을 굴복시키려는, 욕망을 극대화하려는 모습을 보인다. <말>에 대한 마을 사람들의 거짓된 믿음은 <말>을 섬기는 것에 대해 회의를 갖게 한다. 마을 사람들의 욕망의 극대화는 당굴의 죽음이라는 결과를 낳았다. 따라서 당굴의 죽음은 <말>의 죽음이라기보다는 <말>에 대한 거

---

91) 김현, <세 개의 산문>, ≪박상륭 깊이 읽기≫, 김사인 엮음, 문학과 지성사, 86쪽.

짓 믿음의 결과이다. 그러나 당굴의 비극은 인간과 <말> 사이에서 그 어느 편에도 속할 수 없음에도, 인간의 편에 서서 고뇌한 데서부터 시작된 것이다.[92]

하지만 당굴의 죽음은 어떠한 죄의 결과도 아니기에 마을의 죄를 대속케 하는 희생의 제사로 작용한다. <뙤약볕>(2)는 마을 사람들의 죄와 욕망의 결과로 마을의 파탄이 예고된다. <뙤약볕>(3)은 당굴의 모티브가 점쇠에 의해 제물의례 형식으로 반복되면서 새로운 <말>의 의미가 찾아지고 회복되는 구조를 갖는다.

b. 본원적 생명력으로 회복되는 상징계와 주체

당굴이 사라진 뒤 마을에는 역병이 돌아 섬 인구의 삼 할이 죽어간다. 마을 사람들은 이에 대해 신을 원망한다. 그리고 그렇게 될 때까지 아무 말이 없는 사당으로 곡괭이를 들고 달려간다. 역병의 근원을 찾기 위해 마을 사람들이 찾아가 본 곳은 당굴의 집이다. 그러나 당굴의 방속엔 이미 육탈(肉脫)되어진 뼈 무더기 세 개만 서로에게 기대어 모여 있을 뿐 말이 사라진 지 오래다.

따라서 마을 사람들은 새로운 땅을 찾기 위해 다섯 달 동안 큰 배와 양식을 준비하고 출항 준비를 한다. 따라서, <뙤약볕>(2)는 마을 사람들이 새로운 땅을 찾기 위해 준비하는 과정과 배에서 일어난 일이 서술구조가 된다.

그러나 배를 만드는 중에 이미 많은 사람들이 죽어나간다. 하지만 마을 사람들은 역병에 그대로 노출되어 죽을 수 없다고 생각하며 계속 배를 만든다. 출항하는 날 족장은 동생 점쇠와 '말'에 대해 서로 다른 의견을 갖는다. 따라서 족장은 <말>을 이 섬에서 찾고 지키겠

---

92) 진형준, <연금술사의 꿈>, ≪박상륭 깊이 읽기≫, 김사인 엮음, 문학과 지성사, 109－110쪽.

다는 점쇠를 놔두고 마을 사람들과 출항을 한다.

　당굴로 대표되던 인간과 말 사이의 다리가 끊긴 이후에, 말에 대한 믿음이 허위였음을 깨달은 인간이 택할 수 있는 방법은 두 가지이다. 하나는 그 허위를 깨달은 것을 오히려 다행으로 여기고 인간만의 새로운 왕국을 말이 없는 곳에서 찾으려 노력하는 것이고, 나머지는, 그 잃어버린 말의 실체를 다시 확연하게 대비시켜 보여주는 것이다.[93] 족장은 <말>을 떠나 인간만의 새로운 왕국을 찾는 길을 택한다. 족장의 동생 점쇠는 <뙤약볕>(3)에서 잃어버린 말의 실체를 회복하고 찾는 방법을 택한다.

　　<말[言語]>이 없는 땅에서 살아가야 할 사람들의 처지가, 말로는 잘 안 돼도, 환히 보이는 걸요. <말>이 없이 도대체 어떻게 사느냐 말예요. 어떻게 살죠? ─ <말>을 잃은 생명이란 건 죽음을 키우는 것밖에 안 된다는 생각이니깐요. 언제 죽을지도 모르는 생명을 이끌고 어디로 가려고는 안할 거예요. 더욱이 그것은 <말>을 찾으러 가는 항해가 아니고, 땅을 찾아 도피하는 항해니까요. ─ 나도 그런 생각을 해 보지 않았던 건 아니다. 족장은 깊이 생각하며 천천히 이었다. 동생과의 이별을 느끼면서, 그렇지만, 난 곧 생각을 바꾸었다. <말>이 없다는 걸 알았을 때, 난 새로운 가능성을 찾으려 했어. 밝은 쪽으로만 생각을 키웠단 말야. <말>이 없으므로, 어디에 의탁할 데가 없으므로, 더 강해져야 한다고 말이다. 더 많은 사랑으로 사람을 대접해야 한다고 말이다. 산 동안만 살아 있는 너무도 외롭기만 한, 그저 사람이니까. 생각해 봐라, 아직도 <말>이니 당굴이니 하는 이들이 살아 있다고 믿고 있었더면, 새 천지는커녕 아무 것도 생각지 않고, 속절없이 속아 모두 그냥 죽어 버렸을 것이다.[94]

93) 위의 책, 110쪽.
94) 박상륭, <뙤약볕·2>, ≪열명길≫, 문학과 지성사, 1986, 105─106쪽.

족장은 <말>이 없는 곳에서 죽음을 당하는 것보단 <말>이 없더라
도 새로운 땅을 찾아 떠나려한다. 그러나 <말>을 벗어난 주체는 심
판과 법이 부재한 혼란과 혼돈이 존재할 뿐이다. 족장을 위시해 함
께 떠난 마음사람들은 출항한 날로부터 열아흐레 동안 이어온 잔잔
한 날씨와 바람에 아무런 부족함을 느끼지 못한다. 그러나 희망적이
었던 배의 생활도, 커다란 폭풍우가 몰아치면서 배를 지키던 장년
열 사람이 죽고 식량과 물을 삼분의 일을 잃으면서 새로운 시련을
맞는다. 배에서는 끝도 없는 무료한 시간이 기다리기 때문이다.

족장은 지루한 날들을 배에서 부러져나간 용골을 며칠째 깎으면서
보냈고, 다 깎았을 땐 얼굴을 찌푸리며 다시 아무 형상도 아닌 것으
로 깎아댔다. 그것은 떠나오던 당시의 그 자신의 모습에 수정을 가
하려는 것이었고, 자기의 먼 미래를 가다듬으려는 진지한 자세였다.
배에서 사람들은 무료한 시간을 달래기 위해 자신의 부인이 아닌 여
자를 취하기 시작한다. 처음에는 자신의 부인을 지키기 위해 큰 싸
움을 벌이지만 시간이 지남에 따라, 이러한 사건도 일상의 다반사가
되어버린다. 점차 배에서의 생활은 상징계의 질서가 깨어지는 가운
데, 이들에게는 자신들의 고통과 죄를 전가시킬 대상을 찾다가 자신
들을 이렇게 만든 족장을 수장으로 제사하기로 한다.

족장을 죽이자고 주동을 한 것은 바람쇠로, 섬돌이를 죽게 한 장
본인이다. 바람쇠는 섬돌이를 때린 것에 대한 벌금형을 받았지만 당
굴이 죽었다는 이유로 벌금을 물지 않는 탐욕스러운 인물이다. 바람
쇠는 족장을 수장시킨 뒤, 점쇠가 사랑했던 섬순이의 몸을 갖는다.
그리고 식량이 모자란다는 이유로, 배는 여자가 타면 부정을 타 예
로부터 싣지 못하게 한다는 '지혜자'의 말에 따라, 섬순이를 제외한
모든 여인들을 물에 던져 죽게 한다. 그래도 땅이 보이지 않자 바람
쇠는 그 '지혜자'를 바다에 던져 버린다.

배에는 장년 다섯에, 청년 둘, 소년 둘, 섬순이만 남게 된다. 총각들이 더 이상 배가 고픈 것을 참지 못하고 바람쇠에게 달려든다. 바람쇠는 총각들에게 물로 배부르게 해주겠다는 약속을 하며 위기에서 벗어난다. 바람쇠는 음식을 보초서는 사람들을 세우자고 하더니, 보초선 자가 물을 허겁지겁 마시는 걸 발견하고, 보초선 자를 죽인다. 이때 입이 무거운 판돌이가 등장해 섬돌이를 죽인 건 저 바람쇠이고, 섬돌이가 죽은 뒤 당굴도 보이지 않게 됐다며, 바람쇠를 바쳐 당굴의 한을 풀어주면 당굴의 혼백이 바람이 되어 자신들을 뭍으로 밀어 줄 것이라며, 바람쇠를 죽이자고 모의한다. 남은 남자들이 힘을 합해 섬돌이를 죽이지만, 바람쇠가 죽어도 망망한 바다만 이어질 뿐 뭍이 보이지 않는다. 이에 사람들은 더 견디지 못하고 바다에 뛰어들거나 목매달아 죽고, 섬순이는 바닷물을 퍼 올려 마시다 죽게 된다. 사람들은 <말>을 잃어버리고 젖과 꿀이 흐르는 새 땅을 찾아 떠났지만, 이들이 찾고자 하는 세계는 결코 나타나지 않는다.

인간은 상징계적 질서인 <말>에 의해 지배되고 운용되어지는 운명을 지니고 있다. 그러므로 <말>에서 벗어난 인간은 자유로움과 해방감을 갖는 대신 혼란과 죽음을 맞이한다.

<말>이 마을 사람들을 버린 것은, 족장의 사위가 섬돌이 아버지에게 행한 비인간적인 일과 섬돌이를 죽도록 방관하던 이기심과 탐욕 때문이고, <말>과 소통하려 하지 않은 죄 때문이다. 그러나 마을 사람들이 택한 길은 <말>이 사라진 것에 대해 자신들의 죄를 속죄하기 보단, 그곳을 죽음의 땅으로 생각하며 도망하려 하고 <말>을 영원히 떠나버리려 했다. 이러한 선택의 결과가 죽음으로 치닫는 것은 인간은 상징계적 범주를 떠나서는 주체 구성을 이룰 수 없다는 것을 의미한다.

또한 배위의 사람들을 강제적으로 던져 바다의 제물로 삼는 것은

자신들을 따라다니는 재앙을 제거하고자 하는 속죄의 의미가 담겨있다. 그러나 족장을 시작으로 해서 진행된 제물 의례는 계속되는 고통과 혼란만을 야기하며 오히려 죄의식을 없게 한다. 제물이란 속죄양 내지 대속제물로서의 의미를 갖출 때 정화의식을 이룰 수 있다. 그런데, 바람쇠에 의해 이루어진 살생과 대속은 자신만이 더 오래 살아남고자 하는 개인적인 욕망이 앞서있기에 대속 제물의 진정한 의미를 잃어버렸다. 당굴이 죽은 뒤의 마을은 <말>이 사라져 버린 구속과 법이 상실된 세계로, <말>에 의해 버림받은 주체들은 결국 새 땅과 새 삶을 찾지 못하고 죽게 된다.

이렇게 <뙤약볕>(2)에서는 새로운 땅으로 떠나기 위해 배를 만들고 사람들에게 새로운 땅에 대해 희망을 심어 주는 족장이 주체가 된다.

족장의 서술 행로를 살펴보면 우선, 계약·조종의 단계에서 족장과 마을 사람들은 <말>이 지배하지 않는 새로운 땅이 있을 것이라는 환상을 수락한다.

능력의 단계에서 5개월간에 걸쳐 커다란 배를 만들고 식량을 준비하며 기나긴 항해를 떠날 준비를 한다.

실행의 단계에서 15여일 후 폭풍우와 물 부족으로 바람쇠에 의해 서로를 배반하고 죽이는 과정이 극대화되면서 족장과 배에 탄 사람들이 수장되거나 죽게 된다.

비준·검증의 단계에서 <말>을 떠나 새로운 땅을 찾겠다는 소망이 좌절되면서 설정된 환상이 성취되지 못하게 된다. 소설의 주체가 되는 족장의 서술행로를 그레마스의 '행동자적 모델'과 '표준 서술도식'으로 도식화하면 다음과 같다.

<행동자적 모델>

발신자(말이 지배하지   ➡   대상(새로운 땅)   ➡   수신자(족장)
　　　않는 세계)
　　　　　　　　　　　　　　　　　　⬆
조력자(마을 사람들)   ➡   주체(족장)   ⬅   반대자(①섬쇠 ②바람쇠)

<표준 서술도식>

　계약·조종(<말>이 없는 새로운 땅에 대한 환상) → 능력(배를 만들고 식량을 준비함) → 실행(폭풍우를 만나고 바람쇠의 욕심으로 족장과 사람들이 하나씩 수장됨) → 비준·검증(새로운 땅 획득하지 못함)

　족장이 찾으려 했던 새로운 땅은 발견되지 않는다. 따라서 족장과는 다른 방법으로 <말>에 대한 모색이 요구된다. 이로써, <말>의 상징계적 질서를 되찾아 세계를 회복시킬 주체가 필요한데, 그 역할을 섬에 남아있는 '점쇠'가 하게 된다. 따라서 <뙤약볕>(3)은 섬에 혼자 남은 점쇠가 <말>의 의미를 새롭게 찾아 마을을 회복시키는 과정이 서술구조가 이룬다.

　점쇠는 형인 족장과 마을사람들이 섬을 떠나 <말>이 없는 곳을 찾아 떠나려 할 때 따르지 않았던 인물로서, 섬에서 훼손된 <말>의 실체를 되찾고 의미를 회복하고자 하는 욕망을 지니고 있다. 점쇠의 서술 행로를 살펴보면 우선, 계약·조종의 단계에서 점쇠는 발신자로부터 <말>의 실체를 되찾을 수 있다는 믿음을 수락한다. 능력의 단계에서 점쇠는 <말>을 모시는 사당을 다시 짓기 시작하고, 섬에 남은 누이를 발견하게 된다. 실행의 단계에서 누이와 근친상간 후 누이를 죽이게 되고, 위장된 <말>의 의미를 발견하게 된다. 비준·검증의 단계에서 <말>의 깊은 뜻을 발견하게 되면서 회복된다. 소설의 주체가 되는 점쇠의 서술행로를 그레마스의 '표준 서술도식'과 '행동자적 모델'과로 도식화하면 다음과 같다.

<표준 서술도식>

계약·조종(<말>의 실체를 되찾으려는 욕망) → 능력(사당을 새로 짓고, 섬에서 누이를 발견함) → 실행(누이와 근친상간을 하고, 위장된 말의 의미발견) → 비준·검증(새로운 말의 의미 발견)

<행동자적 모델>

발신자(<말>의 회복에 대한 믿음)	➡	대상(새로운 말)	➡	수신자(섬쇠)
		⬆		
조력자(누이)	➡	주체(새로운 말)	⬅	반대자(위장된 말)

<뙤약볕>(1), <뙤약볕>(2), <뙤약볕>(3)에 나타나 있는 <말>과 주체 구성 관계를 계열체적 축인 환유적 변형과정으로 정리해보면 다음과 같다.

1. 결핍된 주체: 살인을 저지른 섬돌이 → 섬돌이를 사랑하는 당굴 → 역병이 도는 마을 → 새로운 곳을 찾아 떠나는 마을 사람들 → 섬에 혼자 남은 점쇠

2. 욕망의 대상: 섬쇠의 죽음 → <말>이 지배하지 않는 새로운 땅 → <말>과 진정한 모습과 진실을 찾는 것이 대상으로 설정됨

3. 욕망해소 방식: 섬돌이에게 죽음의 선고가 내려짐 → 섬돌이와 함께 죽는 당굴 → 역병이란 심판으로 나타나는 <말>을 피해 떠나가는 마을 사람들 → 마을 사람들의 죽음 → 누이와 근친상

간을 하고 누이를 죽이는 점쇠 → 새로운 <말>의 의미 회복

<뙤약볕>(3)에서 점쇠는 섬에 혼자 남아 형과 사람들이 돌아오기만을 기다리다가 바닷가에서 우는 아기를 하나 발견한다. 혼자 남아 있던 점쇠에게 아기는 신앙과도 같은 뜨거움을 일으킨다. 아기가 배가 고파 우는 것을 보며, 죽어 있는 시체들 사이를 지나 여자 하나가 피를 흘리며 쓰러져 있는 걸 발견하고, 따뜻한 옷가지를 가져와 여자를 살려낸다. 여자는 바로 자신의 누이로 아기는 바람쇠의 아이로 밝혀진다. 아기는 그 날 밤으로 죽어버리고 누이는 며칠 후 건강하게 회복된다. 누이가 회복 된 후 점쇠는 당굴의 흙집을 수리했고, 사당도 새로 쌓기 시작했다.

그러나 점쇠는 사람들이 떠나 버린 바다를 바라보고 서있는 입상(立像) 하나를 소나무 숲 옆의 반석 위에서 발견한다. 점쇠는 <말>의 실체를 만나게 되었다는 전율적인 기쁨으로 가슴에 경외심을 나타내 보이며 다가갔지만, 그것은 <말>도 아니고 살아있는 거인도 아닌 장정 열사람 정도의 크기만 한 뿔난 도깨비의 서투른 모상으로 한 손에 낫을, 다른 손엔 술잔을 든 기름기 있는 끄을름이 그 나찰의 전신을 까맣게 해놓고 있었다. 점쇠는 <말>이 마을을 외면한 이유를 그곳에서 발견한다. 그것의 몸체엔 살이 갈라터진 새까만 대갈통과 갈비, 팔, 발목들이 나찰의 다리를 부둥켜안고 뭔가를 빌고 있는 인간의 것이 있었기 때문이다.

점쇠는 <말>에 대해 치밀어 오르는 분노를 참지 못하며, <말>이 누군가를 택하기 위해 저리도 많은 대가를 받아갔다면 택함을 입은 자가 누구든, 사람들은 그를 갈기갈기 쩢어 죽였어야 마땅하다고 생각한다. 점쇠는 <말>의 실체에 대해 회의하지만 <말>을 향한 추적으로 사당을 쌓아 올리기 시작한다. 그러나 점쇠는 <말>에게 바쳐진

흠 없는 제물들이던 그 뼈들을 바라보며 위장된 <말>이 <말>의 실체 앞에 가로 서서 진실한 <말>의 의미를 몇 백 년 동안 숨겨 온 것이라는 것을 깨달으며 그 뼈들을 혐오했다.

그러나 점쇠는 아직 <말>이 발현된 의미의 뿌리를 캐어내지 못했으므로, 사당이 다 이뤄진다더라도 <말>의 실체를 찾을 순 없다. 그때 누이가 곧 당나귀가 새끼를 낳을 거라며 본능적으로 오빠를 욕망한다. 누이와 점쇠는 섬이라는 고립된 공간에서 이성을 향한 본능적인 그리움을 느낀다. 점쇠는 죽은 애를 살려야겠다는 말과 함께, 누이와 근친상간을 한다.

> 속박에서 벗어난, 완전하고 훌륭한 여자라는 자부심과 노곤함으로 혼곤히 자다 말고 누이는, 어떤 전율 때문에, 옆자리를 더듬다가 남자가 만져지지 않아서, 당황되히 부르며 빗발 속으로 뚫고 나갔다. 그리고 그녀는 아직 날이 채 밝기도 전의 후둘기는 빗발과 번개 속에서 자기의 남정네가 뭔가를 미친 듯이 해대며, 헛소리처럼 알 수 없는 말을 각혈하는 걸 보고 들었다. 그는 온전히 미쳐 버린 듯했는데, 그렇게도 애써서 땀과 신앙과 정성으로 쌓았던 사당을 헐어내고 있었다. ─그러나 점쇠가 충혈된 눈으로 앞을 바라보았을 땐 거기에, 풍염한 대지(大地)가 기막히게 비옥한 음부를 열고 유혹하고 있었으며, 버마재비의 암컷이 이를 갈며 <말>이나 같은 그런 무엇을 찢어 죽이려 하고 있는 것이 보였다. ─점쇠는 찢기고 터지고 긁혀 걸레쪽이 된 몸을 간신히 일으켜 비적이며 그것을 향해 돌진했다.─그런데 점쇠의 영욱이 타들고 있는 것만큼 누이 목의 머리칼도 자꾸 더 파들고 있었다. 동시에 점쇠의 하복부에 누이의 수축과 흡입이 소금 같은 쾌감으로 느껴져 왔다. 그때에야 점쇠는 자기의 피와 혼이 산화(散華)되고 있음을 아스라이 보았다.─<버마재비의 암컷은, 그건 어쩌면 나였고 너는 아니었다. 어쩌면 그리고 몇백년이나 굳어 온 율법이었다.[95]

95) 박상륭, <뙤약볕·3>, ≪열명길≫, 문학과 지성사, 1986, 146-147쪽.

누이와 근친상간을 한 점쇠는 또다시 상징계의 법을 깨뜨린 죄의식으로 한껏 쌓아 올렸던 <말>의 사당을 헐어낸다. 사당은 <말>이 거하는 세계로 상징계의 질서를 뜻하지만 점쇠 스스로 그 <말>을 부정했기 때문이다. 점쇠는 고립된 섬에서 누이와 근친상간하는 상황에까지 치닫는다. 그리고 <말>을 찾을 수 없다는 절망감을 느끼며 <말>을 잃어버리게 한 존재가 '버마재비의 암컷'인 누이라고 생각하며 누이를 죽인다. 또한 아무런 탈출구도 주지 않는 고립된 상황에서 어떻게 누이를 오빠에게 줄 수 있느냐고 마을을 지배하는 <말>에 대들며 <말>을 없애기 위해 사당을 헐어버린다. 그러나 점쇠는 버마재비의 암컷은, 정작 누이가 아니라 율법이고, 율법에 매여 있는 자신임을 깨닫는다. 즉, <말>의 실체가 율법의 그늘에 은폐되어 진정한 의미의 <말>의 의미를 잃어버린 것임을 깨닫게 된다.

즉, 누이이기 이전에 여자인 누이를 <말>이 섬에 남겨놓은 것에 <말>의 속 깊은 뜻을 헤아리며, 점쇠는 태고 적의 그 어떤 숨결 같은 것이, 젖 같은 것이, 샘솟는 것을 느낀다. 점쇠는 누이라는 욕망할 수 없는 대상을 욕망한 것에, 스스로가 누이의 욕망의 대상이 된 것에서, 상징계의 법에 의해 스스로를 거세시키기 위해 누이를 죽였다. 하지만 누이와의 결합과 죽음이라는 기존의 금지시 되던 두터운 껍질을 벗기는 모진 아픔을 통하여, 모든 껍질을 대신해서 수천 년의 몰락으로부터 그 본래 자리로 한순간에 되돌아오는 현기증을 느끼며 무섭게 떨게 된다.

그러고 보니, 한 때 너무도 흑암에 찼던 이 땅이 온전히 새롭게만 보인다. 묵고 거칠어지고 이지러진 껍질 속에 숨겨져 있었던 풍염한 젖퉁이가 드디어 열린 거야. 인간만이 볼 수 없었던, 그리하여 스스로를 제외시켰던, 태고적의 그 어떤 숨결 같은 것이, 젖 같은 것이, 샘솟는 것을 되찾은 것이다. 그것이 바로 자정(子正)의 의지(意志)였다.

> 땅의 맥관을 타고, 줄기차지만 고요히 흘러 온 작용력(作用力)—그것
> 이 어쩌면 내가 찾은 <새로운 말>이다. —태고적의 그 어떤 숨결, 잃
> 어버렸던 땅, 그 <새로운 말>, 자정의 의지, 그 여인—그것은 이 한우
> 리의 고향이다. 이 한우리의 귀소(歸巢)다. 이 한우리의 어머니다.[96]

상징계의 법과 금지는 어머니를 욕망하는 것을 억압한다. 따라서 이러한 억압은 어머니와의 원형적인 합일의 방식에 의해서 회복될 수 있다. 따라서 상징계의 법과 금지로 표출되는 <말>의 본래적 의미도 상상계의 풍요로운 자아의식을 통해 성취될 수 있게 된다. 따라서 새로운 <말>의 의미는 상상계의 은유라 할 수 있는 누이라는 여성을 통해 발견될 수 있다. 즉, 누이로 은유되는 모성의 원형과의 합일의 방식으로 성취될 수 있다.

모성과의 합일로 새로운 <말>의 의미가 찾아지는 것은 점쇠의 거듭남이 없이는 새로운 <말>을 찾을 수 없다는 것을 암시한다. 누이와의 간음은 섬 전체가 그에게 자신의 음부를 드러내는 계기가 되지만, 누이의 살해는 섬이, 누이라는 끈, 혹은 점쇠의 여자라는 관계에서 벗어나, 그 자체 하나의 대지모신으로 화하는 존재의 변환 과정에서 필요로 하는 하나의 대속(代贖)행위라는 의미를 띤다. 이러한 대속 행위를 통해, 창조가 지닌 그 통합의 사이클, 그 안에 필연적으로 들어 있는 우주적 파괴의 질서에 편입하여 새로운 것을 창조시킬 수 있기 때문이다. 그 대속 행위를 통해서 점쇠와 누이와 섬의 존재 변환이 이루어진다.[97] 새로운 <말>이란 원초적이고 본원적인 생명력을 마음껏 발휘할 수 있던 날들의 상상계적 세계의 흔적 찾기로써 존재의 본질을 회복하는 비전을 제시한다. <말>이 나타내는 심판과 생명력은 주체가 상징계를 떠날 수 없다. 또한 <말>의 본래적 의

---

96) 박상륭, <뙤약볕·3>, ≪열명길≫, 문학과 지성사, 1986, 149-150쪽.
97) 진형준, 위의 책, 113-114쪽.

미는 상상계의 본원적인 생명력에 토대를 두었을 때 진정한 의미가
획득될 수 있음을 제시한다.

2) 죽음으로 충족되는 욕망구조

거울단계에서 모체와의 동일시 현상은 타자에 대한 인식으로 확대
된다. 이때 타자는 욕망의 대상이 됨과 동시에, 주체를 욕망의 대상
이 되고 싶게 만들기도 한다. 그러나 타자는 주체가 환원될 수 없는
이질적인 존재이므로 동일시가 깨짐과 동시에 주체는 새로운 욕망의
대상을 찾게 한다. 이러한 과정 속에서 주체는 타자로부터 소외를
겪게 되고 결코 타자가 만족시켜 줄 수 없는 대타자로 나아가게 된
다. 결국, 주체가 추구하는 것은 상상계의 이상적 자아로 욕망은 충
족되지만 결여를 남긴다. 주체는 욕망 충족 뒤 결여를 반복적으로
경험하면서 분열한다. 이러한 분열은 계속적으로 주체 구성을 시도
하게 한다.98)

---

98) 라캉에 의하며 주체는 상상적 자아에서 상징계로 들어서며 탄생하지만
    '결여'를 간직한다고 한다. 이때 주체는 자신의 '결여'부분에 대한 원초
    적인 욕구를 간직하며, 은유와 환유의 과정을 거쳐 욕망의 대상을 찾게
    된다. 그러나 주체는 결코 자신의 욕망을 완벽하게 충족시켜줄 대상을
    찾지 못한다. 왜냐하면 주체가 최초의 욕망의 대상으로 삼는 것은 이상
    적 자아이므로 상상계의 자아이기 때문이다. 그러므로 상징계의 주체가
    추구하는 대상은 이상적 자아일 수 없으므로 늘 '결여'를 가진다. 이러
    한 주체는 그 '결여'를 메울 수 있는 대상을 찾아나서는 욕망의 은유와
    환유의 과정을 되풀이한다. 이것은 욕망의 무의식적 표출공식인 $\$\diamond a$로
    표시될 수 있고, 이로 인하여 $\$\diamond a1$ $\$\diamond a2$, $\$\diamond a3$, $\$\diamond a4$, …………로 이
    어지게 된다.
    그러므로 아무것도 욕망하지 않는 것은 죽음뿐이다. 그 무엇도 완전한
    만족을 채우지 못하고 죽음만이 욕망을 충족시킬 뿐이다. 따라서 완전
    히 채워지지 않는 욕망의 추구는 주체의 분열과 함께 죽음을 통하여

<장끼전>, <산북장>, <산남장>[99])은 결핍된 주체들이 등장한다. 따라서 인물들은 결핍을 채우기 위해 욕망의 대상을 희구한다. 이들의 욕망은 왜곡된 방식으로 충족된다. 왜곡된 욕망 충족은 주체의 죽음을 불러온다. 왜곡된 욕망충족은 주체의 분열을 일으키지만 이러한 과정에서 주체는 새롭게 구성되어진다.

(1) 왜곡된 욕망 충족과 주체 분열

<장끼전>은 겨울이 지나고 몇 달째 가뭄이 들어 있는 마을을 배경으로 한다. 따라서 소설의 서사는 비에 대한 갈망하는 마을 사람들과 그 해결 방법을 제시하는 태주할미와의 관계를 중심으로 이루어진다.

오랫동안 계속되는 가뭄에 마을사람들은 비를 간절히 갈망한다. 그러나 맹폭한 팔월 어느 날, 마을 사람들은 다비소를 찾아 떠나는 행인들을 본다. 그들의 대부분은 문둥병자와 같은 고칠 수 없는 병을 지닌 환자들로, 가뭄은 춘섭이네 마을에만 나타나는 현상이 아니다.

> "나요? 쿨룩쿨룩, 다, 다비소(茶毘所)라는 쿨룩, 쿨룩, 마을로 가는 길입넨다."
> "그 마을은 풍년이라도 들었단가?" "그럼은요, 거기 가면, 쿨룩 쿨룩 쿨룩 쿨룩 병도 여월 수 있답넨다." 나그네는 다시 한참 동안이나 피를 토하고 기침을 하더니, "이 길로 사람들이 쿨룩 쿨룩, 많이 지나갔지유?" 했다. —"모르겠어유, 하여튼 노란 연기가 오르는 마을이랍넨다."—"워짜면 저쪽에 그런 동네가 있을란지도 모르는디……""그런개 발여, 벵도 낫는다 하고, 잔치도 있다고 안 하드라고?" "비도 오죽 알

___

이루어지게 된다.
99) 박상륭, ≪아겔다마≫, 문학과 지성사, 1997.

맞게 오겄는개비." "참 그랴, 태주할매, 권 방볍이 없겠는그라우?"[100]

폭염과 가뭄으로 마을에 비가 한 방울도 내리지 않자, 마을 사람들은 비에 대한 몹시 갈급해한다. 비가 마을 사람들의 마음에 욕망의 대상이 되면서 마을 사람들은 비를 내리게 하기 위해 여러 가지 방법을 모색한다. 그 첫 번째 방법으로 마을사람들은 마을의 무당인 태주할미에게 방법을 구한다.

태주할미는 사람들의 요구에, 지난밤에 천제(天帝)막내둥이가 죽었으므로 천제님이 앓아누웠으니 하눌님 막내아들이 좋은 곳에 가라고 송아지 한 마리를 잡아 위령제를 드려야 한다고 말한다. 태주할미는 가뭄의 원인을 인간의 세상이 아닌 신의 영역으로 끌어올린다. 불타는 가뭄, 혹은 사막은 영혼의 구원을 위해 육체를 소모하는 순수한 금욕적인 정신성을 상징한다.[101] 따라서 가뭄이 든 마을은 금욕적인 정신성으로서, 영혼 구원 의미로 해석될 수 있다. 비를 내리게 하는 구원의 방법은 육체를 희생시키는 제의 형식으로서만이 가능해진다. 따라서 마을 사람들은 구원을 희구하기 위해 송아지로 위령제를 드리지만 가뭄이 계속 되자 다른 방법을 찾게 된다.

태주 할미는 위령제를 지내고 닷새 동안 식음을 전폐하며 밤새 혼자 중얼거리며 흐둑흐둑 울어 된다. 그 며칠 뒤 태주할미는 천제님이 한 살 박이 여자 갓난아이를 하나 바치라는 전갈이 왔다며 아이를 위령제로 바쳐야 한다고 말한다. 한 살 된 여자아이는 춘섭이의 아이로, 춘섭이가 거절을 하지만 마을의 형편이 더 나빠지며 아사자(餓死者)까지 생기자 마을 사람들은 춘섭이의 딸아이를 요구하게 된다. 춘섭이는 마을 사람들의 요구에 이성을 잃고 어디론가 가

버리는데, 그날 밤 태주 할머니와 태주 할미의 손녀딸은 어디선가 불어온 도깨비불에 의해 잠을 자다가 죽게 된다. 도깨비불은 네 달 된 딸을 바치라는 태주 할미의 말에 자신의 머리칼과 옷을 찢고 어디론가 달려 가버린 춘섭이에 의해 자행됐을 가능성이 크다.

태주 할미는 죽기 전, 자신의 명(命)이 다했다는 것을 점괘로 알았다. 또한 춘섭이 딸도 살아봤자 열다섯 살 된 해에는 죽을 운수라는 것도 미리 보았다. 이에 송아지로는 자신의 명을 이어갈 수 없다고 생각하여 춘섭이의 딸아이의 명을 빼앗기 위해 위령제를 요구했었던 것이다. 더 살고자 했던 태주 할미의 욕망은 마을 사람들이 가뭄을 요구하는 마음을 이용하여 춘섭이 딸을 요구하는 왜곡된 모습을 보여준다. 그러나 할미의 욕망은 채워지지 않고 천제의 뜻대로 할미의 목숨과 손녀딸의 목숨까지 잃게 되면서 죽음이라는 분열을 경험하게 된다.

그러나 마을 사람들의 가뭄에 대한 욕망은 태주 할미의 욕망처럼 지속되어 왜곡된 방식으로 반복된다. 태주 할미가 이미 죽었음에도 비에 대한 욕망은 춘섭이의 딸아이를 태우는 기우제를 진행하게 한다. 태주 할미의 왜곡된 욕망 실현은 마을 사람들이 아이의 죽음을 통해서라도 가뭄을 해결하겠다는 왜곡된 방법으로 반복된다. 그러나 가뭄은 이러한 왜곡된 방법으로 해결되지 않는다. 최후의 희망을 걸고, 천제와 담판을 지으려 했던 기우제가 끝나고도 십오일이나 지나도 비가 오지 않자, 마을 사람들은 물 한 모금을 마시기 위해 쇠스랑이나, 괭이나, 모난 돌로 서로를 찍고 찍었다.

이미 마을의 분열은 자신들의 생명을 연장하기 위해 송아지나, 네 달 된 아이를 바치라는 태주할미의 요구에서부터 시작되었다. 비를 갈급해 하는 마을사람의 욕망충족은 왜곡되어지면서 마을을 더욱 결핍시킨다. 이때 마을 사람들은 마포건(麻布巾)에 짚신을 신고 폭양

속에서 피리를 불며 오는 사람을 본다. 피리 소리는 마을 사람들에 게 다비소에 대한 환상을 갖게 하고 다비소를 향해 떠나게 하는데, 다비소에 대한 환상을 보고 떠나는 행로를 통해 주체들의 욕망 추구 가 계속될 것이라는 것을 암시한다.

> 그리고 그들은 들었다. 상처를 핥아주는 듯이, 요람(搖籃)을 흔들어 주는 듯이, 그렇게 달콤하게 굴러오는 가냘프고도 구슬픈 피리 소리 를, 물 흘러내려오는 소리를 듣는 것처럼 그리고 흘러내려오는 물에 흠뻑 입술과 목구멍과 창자를 적신 것처럼 – 다른 아무 고통도 없이 그 선율에 귀멀었다. 그러나 그 곡조는 그들이 이전에 한번도 들어보 지 못한 것이었다. 그러면서도 그들은 태어날 때부터 들으며 살아왔 던 것 같은, 아주 친숙함을 갖고 그 선율에 도취되어 있었다.[102]

마을 사람들의 욕망은 이미 제물을 통해서 구원받을 수 있다는 의식을 보여주었다. 이러한 의식은 자신들의 결핍이 제 3의 주체를 통하여서 이루어질 수 있다는 것에 대한 예표가 된다. 그러나 피리 부는 나그네의 마포건과 짚신의 옷차림은 죽음을 예시하는 옷차림이 고, 그가 부는 피리 소리 또한 이전에는 한번도 들어본 적인 없는 이 세상의 소리가 아님으로, 나그네는 평범한 인간의 모습이 아니라 신이 화현된 모습으로 추측할 수 있다. 따라서 마을 사람들의 가뭄 에 대한 갈증은 욕망의 충족을 하지 못하는, 영혼의 피폐함을 상징 적으로 나타낸 것이라 할 수 있다. 그리고 송아지와 아이를 통한 위 령제는 다비소의 환상을 심어주는, 피리 부는 사내의 예표라고 할 수 있다.

마을의 결핍은 희생제를 통해 채우려는 방식으로 이루어지지만 가 뭄이 계속적으로 이어짐에 따라, 결핍의 충족은 죽음을 겪은 한 구

---

102) <장끼전>, 50쪽.

원자를 통하여 이루어질 수 있다는 것을 예시한다. 박상륭 소설에서 욕망 충족은 이전에 상상계에서 어머니 및 여성과의 결합에서 주체를 형성한 것과 마찬가지로 주체 자신의 힘으로서가 아니라 제 3의 주체가 작용함으로서 가능해짐을 알 수 있다.

<장끼전>이와 같이 '가뭄을 해결하려는 마을 사람들의 결핍'과 이들의 결핍을 이용해 '생명을 연장하려는 태주 할미의 죽음'이라는 이중적 서술 구조를 지닌다. 마을 사람들로 비에 결핍된 자들로 가뭄이 해결될 것을 욕망한다. 이와 함께, 마을의 무당격인 태주할미는 마을 사람들의 가뭄에 대한 욕망을 이용하여 목숨을 연장하려 한다.

가뭄에 대한 욕망의 서술 행로를 살펴보면, 계약·조종의 단계에서 가뭄이 해결되기를 바라는 마을 사람들의 욕망과 태주할미의 오래 살고 싶은 욕망이 각각 다른 양상으로 구체화된다. 능력의 단계에서 태주할미는 점괘에 자신이 죽을 때가 왔음을 감지한다. 태주할미는 마을 사람들에게 아들을 잃은 천제님께 송아지로 위령제를 드려야 한다고 말한다. 그래도 비가 내리지 않고 가뭄이 지속되자 일년 박이 어린아이를 바치라고 한다. 태주할미는 위령제라는 명목으로 자신의 목숨을 연장하려는 욕망을 숨긴다. 실행의 단계에서 송아지는 위령제로 드려지지만, 일년 박이인 춘섭이의 딸이 드려지기 전에 태주할미와 그 딸이 불에 타 죽게 된다. 그러나 가뭄이 지속됨에 따라, 마을 사람들이 죽은 할머니의 왜곡된 욕망을 쫓아 춘섭이의 딸을 위령제로 드린다. 비준·검증의 단계에서 가뭄이 지속됨으로, 할머니의 목숨을 연장하고자 하는 욕망과 마을 사람들의 욕망이 충족되지 못하는 것으로 끝난다.

이러한 서술구조를 도식화하면 다음과 같다.

<표준 서술도식>

계약·조종(가뭄 해결과 오래 살고자 하는 욕망) → 능력(천제님이 아들을 잃어 위로가 필요하다며 송아지와 일년 박이 아이를 위령제로 바쳐야 한다고 설득) → 실행(송아지를 제사하고, 춘섭이 딸로 자신의 죽을 목숨을 연장하려 하나 그날 밤 불이 나면서 태주할미와 그 딸이 죽음을 맞이함) → 비준·검증(가뭄이 지속되고 태주할미의 욕망도 성취하지 못함)

<행동자적 모델>

발신자(①생명 연장 욕망) ➡ 대상(①춘섭이의 딸) ➡ 수신자(①태주할미)
　　(②가뭄 극복)　　　　　　(②송아지)　　　　　　　(②마을 사람들)

　　　　　　　　　　　　　　　⬆

조력자(마을 사람들) ➡ 주체(①태주할미) ⬅ 반대자(춘섭이)
　　　　　　　　　　　　(②마을 사람들)

위와 같은 과정에서 욕망의 계열체적 축을 환유적 변형과정으로 정리해보면 다음과 같다.

1. 결핍된 주체: 가뭄으로 인해 결핍된 마을 사람들 → 자신의 목숨이 다했음을 점괘로 아는 태주할미 → 가뭄이 해결되지 않은 마을 사람들 → 딸을 잃은 춘섭이 → 마을사람들
2. 욕망의 대상: 비→송아지→(태주할미의 죽음)→춘섭이의 딸→다비소
3. 욕망해소 방식: 송아지로 위령제 드림 → 일년 박이 딸을 위령제로 드리는 왜곡된 방식 → 다비소에 대한 환상(제 3의 주체)

이와 같이 <장끼전>의 인물들은 희생제로 자신들의 결핍을 이겨

내려는 의식을 보인다. 희생제는 자아와 제 3의 주체에 의해 구성될 수 있음을 표명해준다.

욕망의 통합적 축인 은유적 의미는 가뭄으로 결핍을 경험하는 마을 사람들이 태주 할미의 욕망과 동일시되면서 태주할미의 위선적인 욕망이 충족되지 않는 것처럼 마을의 가뭄이 충족될 수 없음을 보여준다.

(2) 회생과 죽음으로 이어지는 남근 획득

타자와의 동일시가 실패로 돌아가면서 욕망이 충족되지 못하고 결핍을 경험하는 주체는 또 다른 타자를 구하며 대타자에게로 나아가고자 한다. 이러한 인간의 한계는 인간의 질병과 고통을 해소시켜줄 수 있는 구원자가 오기를 바라는 염원을 갖게 한다.

박상륭 소설에서 구원자의 이미지는 곳곳에 드러난다. 즉, 화자 '나'가 직접 구원자의 역할을 함으로서 구원자가 등장하는 모티브를 만들어 낸다. 이러한 구원자적 의미는 이상적 자아의 현현으로 생각할 수 있다. 처음엔 구원자의 이미지가 아니었다가 소설이 이루어지는 과정 속에서 화자의 이미지가 구원자 이미지로 변모되는 과정은, 화자 '나'가 결핍된 타자와의 관계 속에서 그들의 이상적 이미지와 동일시를 이룰 수 있기 때문이다. 즉 타자의 욕망이 화자 '나'의 욕망으로 변모하며, 그들의 고통과 문제를 해결하기 위해 그들의 욕망을 반영하는 방식으로, 화자 '나'의 구원자적 이미지가 강하게 부각되어 나타난다.

<산북장>은 왼쪽 어깨에 고추와 숯을 외로 꼰 새끼줄을 두르고, 벗은 팔뚝에 피로 보이는 붉은색을 철갑한 사내가, 오른쪽 손으로는 내놓은 자신의 음경(陰莖)을 잔뜩 움켜쥐고 바쁜 듯이 골목을 통과하

는 장면으로 시작된다. 이 사내는 십년 전에 이 고장에 들어온 전도 사로 회당을 지으며 전도를 하다가 현재 부인은 도망가고 애 둘과 살고 있는 인물이다. 사내는 장돌뱅이인 화자 '나'를 보자 구시, 즉 예수님이 십자가에서 죽음을 당했던 시각인 제 구시가 오고 있음을 외친다.

화자 '나'는 사내를 선생이라 부른다. 선생은 어느 골목으로 접어 들면서 커다란 고목 안에서 독경을 외던 할머니를 저주한다. 할머니 는 독경이나 주문 같은 것을 외우는 무당으로 선생과는 대립된 관계 를 갖는다.

> "마을의 가운데엔, 좀 고전적인 마을이라면 어디나 있는 그런 고목 이 한 그루 있었는데, 그 앞에 닿아서야 내 선생의 돌진을 멈춰졌다. 고목은, 장정 다섯 사람 정도가 팔을 벌려 이어 돌려도 그 아름을 벗 어날 만큼 컸는데, 그녀는 전신을, 외로 꼰 새끼줄에 염습을 당해 있 었고, 새끼줄은 그런데, 오색 헝겊 조각과 남근(男根)을 연상시키는 돌과 깎은 나무를 물고 있었다. 그러고 보니 고목 주위에 세워져 있 는 크고 작은 돌들이 모두, 하나의 궁극적인 형상에 있어 꼭같았다. 남근들이었다. 그것들은 한결같이, 낡고 낡아 풍화되고 있어, 앞으로 열람하려 벼르는 이 고장의, 어떤 소사(小史)를 말해주고 있는 듯했 다. ―고목은 속이 텅 비어 있어 서너 사람 정도는 들어앉아 골패노 름이라도 할만했다. 나의 선생은 그 안에 있었던 것이다. 그리고 바닥 에 누워 양물을 문지르고 있었던 것이다.[103]

고목은 할머니에게는 주문과 독경을 외는 장소로 욕망을 희구하는 장소가 된다. 즉, 마을 사람들의 욕망을 채워줄 남근을 상징한다. 여 기에서 나무는 '자손'을 많이 낳게 하는 남근 이미지를 갖는다. 할머

---

103) <산북장>, 313-314쪽.

니는 고목 속에서 자손을 많이 낳게 하는 주문을 외우지만 자손은 생기지 않는다. 남근으로 상징되는 나무의 속이 텅 비어 있는 것은 마을 사람들의 욕망이 채워질 수 없음을 시사한다. 이때, 선생이 남근을 상징하는 비어있는 고목 속에 들어가 수음을 하고 사랑(정액)으로 대지를 적신다. 화자 '나'는 선생의 태도와 표정이 순교자답고 성자다워 외경심을 갖는다.

속이 텅 빈 남근(고목)은 충만한 남근으로서 거듭난다. 즉, 남근으로 상징되는 텅 빈 속은 선생이 수음을 하며 대지와 결합됨으로써 남근의 의미를 획득한다. 그러나 수음의 방법은 생산을 낳을 수 없기에 선생으로 비롯되는 남근 또한 진정한 남근 획득의 예표로만 작용할 뿐 생산을 약속하진 못한다.

선생은 수음을 마치고 온화하고 너그러운 얼굴로 다시 구멍 밖으로 나와 동네로 들어가기 전에 화자 '나'에게 입맞춤을 하고, 복음을 전하라고 명한다. 그 후 어느 오돌막 앞에서 다시 제 구시[104]가 다가옴을 외치며 자신의 죽음을 앞당긴다. 제 구시를 외치는 선생은 망치소리가 흘러나오는 할머니와 할아버지가 사는 오돌막 앞에 멈춰서서 팔을 휘둘러대며 오돌막 안에 손을 밀어 넣으며 손을 받으라고 외친다. 선생이 내민 손은 상징적 의미가 있다.

즉, 선생이 내민 손(手)은 마을에 기원하는 손(孫)의 개념과는 다르다. 하지만 대장장이 마을에서 영감을 제외한 나머지 대장장이들이 모두 사라짐으로 마을의 결핍은 대장장이의 손(手)이 결핍된 것을 뜻한다. 대장장이의 자손(孫)이 끊겼다는 것은 대장장이의 손이 결핍된다는 것을 뜻한다. 따라서 선생은 대장장이들의 목숨이라 할 수 있는 손(手)을 내밀어 이들의 결핍을 메꾸어 주기를 원한 것이다.

---

104) 제 구시는 예수님이 십자가상에서 못 박혀 돌아가실 때의 시간을 말하는 것으로, 선생은 곧 대지가 회복될 것을 외친다.

"손을 받아라, 이 후레새끼야, 손을 받아라. 애비도 모르고 자라서, 죽은 네 에미의 창병에 육수(肉水)는 썩고, 자궁은 장구벌레의 사원(寺院)이 된 이 가련한 백성아, 너의 속박을 풀어줄 의원이 태어나셨으니, 너의 촌민께 전도해라." 내 선생은 악을 썼다. 그런데 웬일로 그러다가 내 선생이, 고자빠기처럼 나등그러져 내 발치에 대가리를 굴렸다. —헌데 선생의 팔뚝은 잘려지고 없었다. —"선생이여, 당신의 제구시에 다 왔으니 한번 더 '사랑'하시어요."105)

선생의 외침과 함께 선생의 내민 손(手)이 대장장이인 할아버지에 의해 잘려나간다. 선생은 자신의 몸을 아끼지 않고 희생하는 희생양의 모티브를 갖는다. 반면, 선생의 손을 자른 영감은 왜곡된 방법을 통해서라도 손을 욕망하려 드는 결핍된 자로 전락한다. 선생이 내민 손(手)은 영감과 할미의 욕망을 극대화시킨 기제로 작용한다. 하지만 손을 갖는다 해도 진정한 욕망해소가 이루어지지 않음에 따라, 선생의 손을 욕망한 주체는 분열된다. 또한 왜곡된 욕망은 다가올 사건에서 왜곡된 욕망 구조로 전이되면서 주체를 극도로 분열시키는 양상을 띤다.

선생의 죽음은 선생이 외쳤던 구시의 죽음이 현실화되어 나타난 것이다. 제 구시는 성경에서 예수님이 돌아가신 시각과 일치된 시간으로 죽음을 뜻한다. 따라서 선생의 죽음은 곧 구원의 사건이 있을 것을 암시해준다.106)

화자 '나'는 죽어가는 선생을 묻어주기 위해 선생을 그의 제 구시(고목나무) 속에다 데려다준다. 고목 안엔 선생이 저주했던 할미가 피마자 태우는 불을 밝혀 놓고, 밥상을 놓고 손을 비비고 있었다.

---

105) <산북장>, 319-321쪽.
106) "아마도 이 파장은 자기 상전의 말씀으로 화해져버렸던 그 서역귀신의 종도(宗徒)가 죽어져버리자 시작되었던 것이다." —<산북장>, 347쪽.

고목나무는 할미에게도 신과 만나는 장소로서 욕망의 실현 장소가 된다. 고목나무는 삼시랑이 내린 나무로 할미 자신의 신기를 이어가는 장소이다. 고목나무에서 선생이 수음을 하는 것과 할미가 독경을 읽는 것은 방법은 다르지만 마을의 죄를 씻고 자손이 생기기를 바라는 욕망 실현 의지로 작용한다.

할미는 선생의 주검을 보고 놀라며 "귀신은 서역(西域)잡귀잡신이 들렸었지만, 참 착한 무당이었다."며 회억하듯 읊조린다. 이에 며칠을 굶은 화자 '나'가 밥을 달라는 말에, 할미는 남편인 대장장이 영감에게 가서 같이 밥을 먹자며 화자 '나'를 대장장이 영감에게 데리고 간다. 그곳은 바로 선생의 손이 잘렸던 장소로 선생의 손을 욕망한 영감 또한 큰 결핍을 지니고 있음을 상징한다.

할머니에 의하면 이 마을은 대장장이 마을로 괭이나 쇠스랑, 보습을 만들어야 하는 사람들이 살았다고 한다. 그런데 전쟁을 겪으며 농기구 대신 무기를 만들게 되자, 무기에 죽은 병사들이 원귀가 되어 이 고장의 암컷의 자궁을 틀어막고 탯줄을 끊어버려 손(孫)이 없어졌다고 한다.

영감에게 선생이 죽었다는 소식을 전하자 영감은 자신이 그를 얼마나 사랑했는지 모른다며, 이젠 속이 시원하냐며 선생과 사이가 좋지 않은 할미를 원망한다. 그러다가 다시 할미와의 좋은 금술을 보인다. 아직 한번도 태를 열지 못한 할미와의 좋은 금술은 생산에 대한 의지를 담고 있는 행위라고 할 수 있다. 영감과 할멈의 성행위에 집착하는 모습은 잉태의 염원을 뜻한다. 오랜 동안 전쟁의 무기를 만들어 황폐해진 땅에서 서로를 아끼면서 새로운 싹을 틔우기를 기원한 것이다. 때문에 할미와 영감의 다정한 모습은 새로운 생명의 탄생에 대한 집착으로 풀이할 수 있다.

"팔뚝 하나만 더 만들면, 그러면 이 불이 꺼져도 좋아. 멈춰도 좋지. 손 하나만 더 만들 수 있으면. 한 손에 씨앗을, 한 손엔 보습을, 다른 한 손엔 창을 ……" - "예헤예, 아 벌써 이렇게 불 옆에 와 있는 걸입쇼 뭐. 이런 날로는 불이란 게 어머니보다도 낫습죠, 낫습죠, 그러믄입소. 허지만 말씀입죠. 난 생각했기를, 대장간의 불이란 말입죠, 바로 어머니 그분이 아니겠느냐 했습죠. 헤헤헤 - "그려, 난 산파라, 산파. 애비라 애비. 불은 에미고. 할망구는 싀우쇠고, 난 애비고, 불은 어미고, 난 산파고, 할망구는 정충이고, 허면 이 장타령꾼아, 나를 눈 띄어준 자넨 뭔가? 자네는? 장차 올 그이는, 그이는 조화며, 피묻은 떡을, 떡에 피를 찍어서 잡숴주시는 이……"107)

이때, 영감은 할미가 의식하는 화자 '나'를 발견하고 통소 소리를 들으면서, 선생과 자신이 기다렸던 사람이 화자 '나'인 것을 깨닫는다. 영감은 서둘러 할미를 설득해 생산을 준비한다. 생산은 선생의 손이 잘려나간 방식처럼 누군가의 희생을 필요로 한다. 그 희생으로 영감은 할미를 선택한다. 영감은 죽은 선생을 만나 나서부터 선생처럼 늘 누군가를 기다렸었다. 할미는 명두(明斗)가 자신에게가 아니라 영감에게 내렸다며 어쩐지, 영감이 기다리는 그이가 몹시 싫었다고 한다. 영감은 명두를 만난 증거처럼 뻘건 불똥으로 한 쪽 눈을 실명하면서도 늘 누군가를 기다려왔다. 그리그 꼬부라진 할미를 생산을 하기 위한 공간으로써, 질이 좋은 싀우쇠라며 아꼈던 것이다.108)

영감은 생산의 공간이 될 수 있는 할미를 대장간 불에 산채로 넣어 불에 태운다. 불속에서 할미의 몸은 펑하고 터지는 굉음을 일으킨다. 이에 날라오는 불티에 영감의 남은 한 쪽 눈마저 실명된다. 한쪽 눈을 잃음으로 구원자에 대한 자각과 기다림을 얻었다면, 다른

---

107) <산북장>, 332-338쪽.
108) 싀우세란 피도 짜내지만 노래도 떡도 만들어내는 그 바탕이 된다. <산북장>, 327쪽.

한쪽 눈의 상실은 기다린 것이 성취된 것을 의미한다.

　화자 '나'는 불속에서 할머니의 손과 다리, 대가리가 불을 켜들고 나와 화덕 전에 꺾이어 늘어지는 장면을 본다. 또한 활짝 벗은 할미가 일어나 앉았다간 다시 쭉 벋고 누우며 몸을 짓 트는 장면을 지켜본다. 이러한 장면을 지켜 보는 중에 화자 '나'는 마음속의 정염을 느끼며, 할미(여성적 의미)의 고뇌에 참을 수 없는 연민을 느낀다. 불속에서 타오르는 할미의 모습을 보며 화자 '나'는 정염과 연민을 일으킨다. 성적 본능을 느끼는 것은 생산의 가능성으로 예시해준다. 따라서 화자 '나'는 할머니라는 여성의 고뇌에 연민을 느끼며 영감의 한끝을 잡아당겨 몸을 짓 트는 할미의 공허한 몸부림 위에다 육박시켜 사정(射精)케 함으로써 영감과 할미를 결합시킨다.

　손(孫)을 생산하기 위한 할머니의 죽음은 왜곡된 방법으로 욕망을 실현하려는, 영감과 할미의 왜곡된 욕망 구조를 나타낸다. 불에 활활 타오르는 할머니의 몸은 대장간의 불의 이미지가 치환된 것이다. 불은[109] 모든 것을 변형시키고 재생시킴으로 불과 할머니 몸의 결합은 창조의 공간이 극대화 된 것을 나타낸다.

　　할머니라는 여성은 손을 낳을 수 있는 모태를 상징한다. 따라서 사정은 영감으로 상징되는 '대장장 기표'가 불로 상징되는 '모태'와 만남으로서 '새로운 재생'을 약속하는 것으로 해석할 수 있다. 새로운 재생, 탄생은 영감과 할미의 욕망구조가 왜곡되었기에 죽음을 매개로

---

109) 연금술사들이 특히 강조한 것은 <변용의 인자>로서의 불이라는 헤라클리투스적인 개념으로 이는 모든 사물이 불에서 나와 불로 돌아간다는 신념에 근거한다. 불은 계기성을 띠는 삶 속에 재생되는 씨앗으로 인식되며, 따라서 성적 본능과 풍요를 상징한다. 소멸의 형식과 창조의 형식 사이에서 조정자의 역할을 하는 이런 의미로서의 불은 물처럼 변형과 재생을 상징한다.
　－《문학상징사전》, 234쪽

해서 이루질 수 있다. 후손에 대한 욕망은 '죽음'의 구조를 통하여서 이루어지게 된다. 새로운 재생, 탄생은 주체의 소외와 희생이 전제되기 때문이다.110)

화자 '나'는 영감과 할미의 죽음의 광경을 뒤로 하고 삭다리 십자가를 꽂아놓은 언덕 부근으로 달려온다. 언덕부근의 오돌막 창문에서 흐릿한 불빛이 어둠의 한 귀퉁이를 데우고 있는 것이 보인다. 다른 데는 모두 싸늘한 밤이고 눈이고 죽음이지만, 선생의 아이들이 있는 풍금 소리가 흐르는 그곳에는 곧 동이 틀 것처럼 느껴진다. 이로써 영감과 할미의 자손에 대한 열망이 이루어질 수 있음을 명시한다.

화자 '나'는 영감과 할미의 욕망을 실현케 해주는 구원자로 나타난다. 그러나 영감과 할미의 욕망은 자신들의 죽음을 대가로 이루어진다. 자손을 상징하는 남근의 획득은 '죽음'이라는 분열과 함께 화자 '나'로 나타나는 구원자의 개입에 의해서 이루어질 수 있음을 나타낸다. 이러한 구조는 욕망을 실현하고자 하는 주체의 죽음과 희생이 전제될 때, 욕망이 실현될 수 있음을 보여준다.

이렇게 <산북장>은 자손이 끊긴 마을에서 자손을 갈망하는 대장간 영감과 할머니의 자손에 대한 욕망과 이들의 욕망을 해결하는 화자 '나'의 갈등이 서술 구조를 이룬다.

대장간 영감과 할머니는 자손에 대해 결핍을 느끼며 자손에 대한 욕망이 이루어질 것을 믿으며 기다리고 있다. 자손에 대한 욕망은

---

110) 최초의 분열을 겪음으로써 자신의 세계를 형성해나가는 인간의 발달 과정에는 매단계마다 자살에 가까운 희생이 내포되어 있다. 거울 이미지와 자기애적으로 동일시하는 현상에 이미 인간의 이런 경향이 나타난다. 전설의 나르시스가 자신의 이미지와 결합하려다 물에 빠져 죽은 것처럼 인간 역시 자신과 비슷한 존재 속에서 자신을 소외시키기 때문이다. 에고의 소외에는 필연적인 결과로서 희생이 항상 수반된다. ─≪자크 라깡≫, 266쪽

이들의 삶 전체를 지배한다. 따라서 계약·조종의 단계에서 자손에 대한 욕망이 구체화된다. 능력의 단계에서 마을의 전도사가 그 때가 왔으니 예비하라는 외침과 화자 '나'의 피리 소리로 기다리던 그 때가 왔음을 지시해준다. 실행의 단계에서 대장장이 영감은 대장간에 자신의 손을 넣으며 취하라는 전도사의 말에 따라 전도사의 손을 잘라 전도사가 죽게 된다. 또한 화자 '나'의 피리소리에 취해, 지금껏 아끼던 할머니를 싀우세로 '불'에 던져 넣고, 화자 '나'의 이끌음에 따라 영감도 불에 넣어지며 죽게 된다. 비준·검증의 단계에서 '불' 속에 있는 할멈에게 영감이 사정함으로써 자손에 대한 욕망이 충족될 수 있음을 암시해준다. 이와 같은 관계를 도식화하면 다음과 같다.

<표준 서술도식>

계약·조종(대장감 영감과 할머니의 자손에 대한 욕망) → 능력(전도사의 제 구시에 대한 외침 / 화자 '나'의 피리소리로 영감이 그때가 옴을 예감) → 실행(전도사의 손이 잘림 / 할머니가 대장간 불의 '싀우세'로, 할아버지가 그 '불'에 사정함으로 후손에 대한 씨앗제공) → 비준·검증('불'에서 이루어지는 할머니와 영감의 결합과 죽음으로 후손에 대한 욕망 충족 예시)

<행동자적 모델>

발신자(자손에 대한 욕망) ➡	대상(자손)	➡ 수신자(영감과 할머니)
	⬆	
조력자(화자 '나') ➡	주체(대장간 영감) ⬅	반대자(전도사)

이와 같은 서술 도식은 욕망의 통합적 축에서 자손의 결핍을 경험하는 할아버지와 할머니가 죽음으로 자손에 대한 욕망을 실현하는 과정을 보여준다. 위와 같은 과정에서 자손에 대한 욕망의 계열체적

축의 환유적 변형과정은 다음과 같다.

1. 결핍된 주체: 전쟁으로 자손이 끊긴 마을 → 메시아를 기다리며 제 '구시'를 외치는 전도사 → 자손이 없는 대장감 영감과 할머니
2. 욕망의 대상: 자손 → 선생의 손목과 죽음 → 할머니와 할아버지 의 죽음
3. 욕망해소 방식: 고목나무 안에서 점괘를 보며 주문을 외문 할머 니 → 고목나무 안에서 수음을 하며 대지를 적시는 전도사 → 선 생의 손목과 죽음 → 대장간 불에서 상징적 결합을 하는 대장간 영감과 할머니의 죽음(영감과 할머니의 후손에 대한 욕망은 '죽 음'의 방법으로써 가능해진다.

   욕망 충족 과정에서 요구되는 주체의 희생과 번제는 <산남장>에 등장하는 문둥이 노파와 장돌뱅이인 화자 '나'와의 관계를 통해 또 한번 반복된다.
   <산남장>은 문둥병에 걸린 수장격인 노파와 노파를 따르는 무리 의 위선적인 욕망과 이들의 위선을 밝히는 화자 '나'의 갈등이 주요 서사 구조를 이룬다.
   화자 '나'는 길을 가다가 문둥이 노파와 노파를 부축하는 천사 같 은 소녀, 문둥이 사내를 만난다. 이들은 화자 '나'를 만나면서 이들 이 욕망하는 가식적인 가치를 무너뜨린다. 그리고 잠재되어 있는 욕 망을 드러내면서 새로운 잉태를 꿈꾼다.
   이들의 수장인 노파는 '겉'을 제물로 해서 아름다운 '속'을 얻을 수 있다는 강한 신념으로 이들을 억압했다. 노파의 왜곡된 권위는 정신적 고결함을 추구하고 집착하는 모습으로 유지된다. 따라서 문 둥이를 이끄는 노파는 육신을 희생시켜 정신적인 승화를 이루려 한다.

노파는 욕망을 억압시키고 은폐하는 상징계적 특성을 지닌 인물이다. 때문에 노파를 수장으로 섬기는 문둥이들은 몸에 상처를 내고 상채기를 더욱더 키우기 위해 뻘을 발라왔다 따라서 노파를 따르던 소녀와 사내는 지금껏, 자신들이 가질 수 없는 아름다운 겉모습을 경멸함으로써, 자신들의 욕망을 숨기는 위선적인 생활을 해왔다.

문둥이 노파는 건강하고 아름다운 육체를 지니고 있는 화자 '나'를 바라보며 속이 아픈 자로, 속이 문들어져 버린 자로 치부한다. 대신 육체를 폄하하고 대신 정신적인 고결함을 강론한다. 노파와 그를 따르는 무리는 육체적인 질병과 그로 인한 결핍이 자신들이 죄를 지었기 때문이라고 생각한다. 그럼에도 이러한 죄를 씻어내기 위해서는 건강하고 아름다운 육체를 지닌 자가 제물로 드려져야 한다고 생각한다.

죄의식은 상징계의 사회적 문화적 제제에 부합되지 않아 형성된 의식이다. 노파의 권위는 제제와 거세라는 징벌을 가할 수 있는 아버지의 이름과 동일시된다. 그러나 노파 자신이 문둥병을 앓고 있는 결핍된 존재이기에 노파의 법과 징벌은 자신의 결핍을 숨기기 위해 왜곡될 가능성이 있다. 또한 자신의 죄의식을 제 3자의 죽음으로 대속하겠다는 것은 욕망의 구조가 왜곡되어 있음을 명시한다. 그러나 문둥병이라는 병이 근본적으로 해결되지 않기에 노파는 자신들의 죄를 씻기 위해 각설이인 '나'를 대속자로 지목한 것이다.

대속자로 지목된 것은 화자 '나'가 아름다운 육체를 지녔기 때문이다. 즉, 노파의 신념대로 겉을 바침으로 속의 맑음을 얻고, 겉을 고집함으로 속이 제물로 된 것임을 선포하며 문둥병자들의 죄의식을 씻어주기 위해서이다. 그러나 노파의 극단론은 노파가 자신을 보위하는 천사 같은 소녀를 추종함으로써 그의 신념 또한 위선적이라는 것이 드러난다. 노파의 신념은 타자의 반영을 통해 파편화된 자아를 통합시키고자 하는 욕망이 담겨있다. 하지만 노파 스스로 천사 같은 소녀를 추종하고, 소녀 또한 사내를 돌로 치라는 노파의 말을 듣지 않음에 따라 '겉'이 '속'의 제물이 된다는 이원론적 사고는 깨뜨려진다.

노파의 지시에 따라 대속자로 지적된 화자 '나'는 문둥병자들에게 끌려가 고목에 묶이게 된다. 하지만 화자 '나'는 노파 옆에 있는 사내를 지목하여 자기 대신 죽게 한다. 사내는 돌로 치라는 노파의 말을 무시하고, 그의 가슴속 비밀이 부럽고, 저 나그네의 모든 것이 아름답게만 보인다고 말한다. 이로써 지금껏 따랐던 노파와 문둥병자들의 신념을 부정한다. 그리고 저 나그네보다 겉이든 속이든 더 깨끗하고 아름다운 자가 아니면 돌을 던지지 못할 것이라고 말한다. 노파는 자신의 신념이 깨어지는 것을 참지 못하고 화자 '나'로 하여금 사내에게 돌을 던지라고 한다.

> 그는 왠지 초인적으로 몹시 아름다워 보였는데, 그것은 아마도 살인적인 조용함의 오후가 돌무더기가 되어 나를 쳐버린, 그리하여 삶도 죽음도 흘러빠져 버려버린 그 비존재의 나름함 탓으로였을 것이다. 그는 참 아름다워 보였다. 그의 전신은, 공포라든지, 부정하고 있으면서도 벗어나지 못하는 질서 속에서의 ヌ극히 소시민적인 고뇌라든지, 그럼에도 이미 그를 구속할 수 없이 된 질서를 내려다보는, 그것 역시 지극한 소시민적인 것으로밖에 안 보였는데, ─나는 돌 든 손을 높이 쳐들었다가 그의 이마를 내리쪼았다. ─나는 그로부터 떠나 소녀를 찾아 부둥켜안고는 되게 토했다.[111]

화자 '나'는 노파의 말대로 돌로 사내의 이마를 내리 쪼아 죽게 한다. 그러나 사내의 죽음은 노파를 오히려 분열시킨다. 노파는 사내를 죽임으로써 신념을 회복하려 하지만, 사내의 죽음은 진실을 담고

---

111) <산남장>, 196쪽.

있기에 회복되지 못한다.

노파는 신념을 회복시키기 위해 천사 같은 소녀에게 화자 '나'의 몸에 불을 붙이라고 한다. 하지만, 소녀는 화자 '나'를 사랑해 그럴 수 없다며 죽음을 각오하고 화자 '나'에게 매달린다. 이로써 노파의 신념은 다시 한번 무너지면서 노파의 죽음을 예고한다.

이때, 화자 '나'는 노파에게 속까지 태우지 않으면 온전한 죽음도 성취하기 힘들다면서 통소소리를 불어준다. 그러자 노파와 문둥병자들은 피리 소리를 들으며 주가 다녀가셨다며 죽음이라도 성취하자며 불속으로 들어가 죽는다. 노파의 위선적인 신념은 욕망을 왜곡한 주체의 죽음을 요구한다.

노파의 신념은 사내와 소녀의 배반, 화자 '나'의 말에 의해 위선이었음이 드러난다. 위선에 대한 발각은 신념의 붕괴이며 세계의 소멸이었다. 노파의 죽음은 결핍을 은폐하고 제제와 심판으로 주체를 억압한 결말이다. 노파의 죽음은 주체를 억압한 왜곡된 상징계적 세계의 파괴를 뜻한다.

노파의 죽음은 결핍된 주체를 상징계적 의미인 제재와 억압의 기표로써 억압시키려 든 행위의 결말이다. 주체의 욕망은 상징계의 제재와 법에 의해 억압되기는 하지만 주체 의식 속에 잠재적으로 살아 있다. 이러한 욕망이 사내와 소녀의 배반으로 구체화됨에 따라 노파의 신념이 붕괴되고 노파의 죽음을 부른다.

그러나 그 죽음 뒤에는 각설이와 소녀에 의한 새로운 잉태가 암시된다. 화자 '나'는 소녀와 잠을 자면서 아버지가 되고 싶은 욕망을 지니게 되기 때문이다.

또한 각설이이며 장돌뱅이인 '나'는 문둥이 노파라는 죄의식으로 두드러지는 노파의 왜곡된 상징계적 구도를 은폐된 욕망을 드러내게 하여 파괴시킴으로서, 욕망을 추구하는 자로 자신이 곧 아버지가 되고 법이 되고자 한다.

위의 과정을 서술 도식으로 설명하면 다음과 같다. 계약·조종의 단계에서, 노파는 겉이 아름다운 화자 '나'를 희생물로 지목한다. 능력의 단계에서 화자 '나'는 나무에 묶여 대속물이 되는 위기에 처한다. 실행의 단계에서 노파는 자신을 따르던 사내에게 돌로 치라고 명령한다. 사내가 명령에 따르지 않고 죽음을 맞이하게 되자 노파는 분열된다. 다시 노파를 수종 들던 소녀에게도 명령을 내리지만 소녀도 그 말을 따르지 않음으로써 노파의 신념은 붕괴되고, 노파는 죽음을 맞이한다. 비준·검증의 단계에서 '겉'을 '속'의 제물로 삼으려던 노파의 위선적인 신념은 위선적이었음이 드러나고 충족되지 못한다.

    <표준 서술도식>
    계약·조종(겉모습을 경멸하는 노파의 위선적인 신념) → 능력(화자 '나'를 나무에 묶음) → 실행(노파를 따르는 사내의 죽음과 소녀의 배반으로 노파의 신념 무너짐) → 비준·검증(신념붕괴)

    <행동자적 모델>

발신자(위선적인 신념) ➡ 대상(화자 '나'의 아름다운 몸) ➡ 수신자(노파)

조력자(무리들) ➡ 주체(노파) ⬅ 반대자(화자 '나' / 사내 / 소녀)

이와 같은 서술 도식은 욕망의 통합적 축에서 노파의 위선적인 신념이 무너지는 과정을 보여준다. 위선적인 신념으로 나타나는 계열체적 축의 환유적 변형과정은 다음과 같다.

  1. 결핍된 주체: 문둥병을 앓는 무리들 → 문둥병을 앓는 수장격인

노파 → 사 → 소녀

2. 욕망의 대상: 겉모습이 아름다운 화자 '나' → (사내의 죽음) → (소
   녀의 배반) → 노파와 무리들의 죽음

3. 욕망해소 방식: 화자 '나'를 나무에 묶으라고 함 → 화자 '나'
   대신 돌에 죽는 사내 → 소녀의 배반 → 화자 '나'의 피리 소리
   를 듣고 불속으로 들어가 죽는 노파와 무리들 → 소녀와의 사랑.

<장끼전>, <산북장>, <산남장>에 등장하는 장돌뱅이인 화자 '나'
는 대속자로서의 선지자가 아니다. 오히려 자신을 대속자를 예비하
는 '세례자'로 인식한다. 이러한 인식은 화자 '나'가 타인과 매개될
가능성을 뜻하는 것이다. 화자 '나'는 그들의 죽음에 연관되거나 방
조하거나 지켜볼 뿐이다. 그러므로 매개자이며 혹은 독생자이거나
대속자이거나 후계자인 화자 '나'는 중간적 존재이다. 왜냐하면 자신
이 인식하고 행동하기보다 자신을 지목한 자들의 관념에 반박하고
반대하는 과정에서만 행동할 수 있기 때문이다.112) 따라서 화자의
위치는 소설 속 주체들의 분열된 욕망을 읽고 그들의 주체성을 반영
하고 환원시키는 타자성을 지니고 있다. 타자는 거울단계의 '나'의
의미로, 늘 어머니와 여성과의 결합을 추구하는 상상적 자아의 모습
을 지닌다. 즉, 소설 속 주체의 변증법적 동일시에 의해 객관화되기
이전의 주체이고, 언어가 주체기능을 부여하기 이전의 주체를 뜻한
다. 그러므로 화자 '나'는 상상적 자아로 살아가지만 아이를 열망하
고 아버지가 되고 싶어 하는 욕망을 지닌다.113) 상상적 자아는 상징

---

112) 앞의 책, 487쪽
113) 각설이는 아버지가 되기를 원하면서도 정착하여 보통 사람의 삶을 살
     기 원하지 않는다. 또한 여인들이 갖는 아이가 누구의 아이든 자신의
     아이로 받아들이고자 한다. 새로운 생명이란 각설이에게 새로운 길과
     가은 의미를 갖기 때문이다. 그리고 길을 계속 가기를 원하는 것은 그

계에서도 이상적 자아를 추구하며 살아간다. 그것은 남근을 소유하기를 욕망하고, 누군가의 남근이 되고자 하는, 구원자적 모습으로 환유되어 표출된다.

3) 남근적 기표로 나타나는 주체구성

(1) 결핍된 세계를 회복시키는 남근

《죽음의 한 연구》와 《칠조어론》은 결핍된 주체가 분열을 해소하려는 욕망의 환유과정이 주된 서술 구조를 이룬다. 두 소설에서 반복되어지는 욕망의 기표는 박상륭 소설에 나타난 주체 의식과 주체 구성 형식을 이해할 수 있게 한다.

《죽음의 한 연구》와 《칠조어론》에서 촌장의 의미는 주체의 자아 완성 또는 자아 소멸[114]의 의미와 함께 결핍된 유리 읍을 회복시키는 남근의 기표로 작용한다. 여기서 남근은 남성의 성기의 개념이 아닌 주체들의 결여를 충족시켜주는 phallus개념이다.[115] 남근은 인

것이 또 다른 장애가 되어 가로막기 때문이다. '그것이 막고 있다는 단지 그 이유 때문에 나는 언제나 타넘고 싶었다'라는 진술처럼 생명의 탄생은 하나의 구원이 되어 새로운 구속으로 작용하고 그것을 넘어선 길에서 과거의 생명과 새로운 생명의 일치를 보는 것이다.
－신영지, <박상륭 초기 소설 연구>, <반교어문학회>, 1999,12, 479쪽

114) 《죽음의 한 연구》와 《칠조어론》에서 자아완성의 의미는 완전한 자아 소멸을 통해 이루어진다.

115) 라깡은 무의식을 최초 억압의 결과로 보는 프로이트의 견해를 따라, 남근이란 유아기 무의식의 핵으로서 어머니에 대한 욕망이 최초로 억압된 잔여물로 파악한다. 다신 말해서, 남근은 욕구(need)와 요구(demand) 그리고 욕망(desire)이라는 일련의 과정 속에서 결핍과 메워짐을 효과로 기능한다. 예를 들어, 아이의 욕구는 그것을 말로 요구함으로써 충

간의 생각과 신체를 서로 연결시켜 주는 핵심적인 개념이다. 또한 남근이라는 기표에 의해 가능해지는 욕망은 인간 존재의 가장 심오한 곳, 즉 성적인 차이를 넘어서는 더욱 근원적인 지점에서 드러난다. 욕망은 또한 마음의 세계를 구성하는 원칙(마음)과 존재자들에게 일관성을 부여하고 그들을 서로 연결시키는 결합원칙(말)이 인간의 육체로 스며드는 곳에서 인간의 가장 심오한 차원을 여는 자리에서 드러난다. 이처럼 마음과 말의 관계가 단 하나의 받침대(남근)위에서 결합되면서 환상적인 순간을 맞게 되는 것이다.[116]

따라서 유리라는 죽음의 땅은 결핍된 육체의 의미로서 남근을 필요로 한다. 한 주체가 남근이 되기 위해서는 마음과 말의 관계가 정립이 돼야 하는데, 라캉은 원초적 분열로 인식되는 남근에 구조, 일관성, 경제성, 우아함을 부여함으로서 마음과 말의 일관성 있는 구조를 지닌 자가 욕망의 기표로서 남근으로 작용할 수 있음을 제시해준다. 육조와 칠조는 소설에서 유리를 회복시키는 남근으로써 기능한다. 육조가 구도를 수행하게 될 땅인 '유리'는 죽음의 땅으로 촌장의 죽음으로써 그 땅을 회생시키고자 하는 전례가 있다. 따라서 유리라는 죽음의 땅은 척박하고 결핍된 땅이다. 이러한 결핍된 세계에서

족되는데 이때 아이의 욕구와 요구 사이에 소외와 결핍이 발생하며 이렇게 욕구에서 소외된 그것은 최초의 억압을 구성하고 욕망으로 나아간다. 요구는 어머니와의 최초의 관계 속에서 드러나며 욕구를 만족시키는 특권은 소유한 타자(the Other)와의 관계를 전제한다. 이때 어머니가 욕망하는 것이 남근이라면 아이는 그 욕망을 만족시키기 위해 남근이 되기를 소망하는데, 이것은 어머니가 결핍된 존재임을 알기 때문이다. 또한 라깡은 페니스와 남근(the phallus)의 관계를 동일하게 보지 않고, 남근을 하나의 기표로 간주하였으며 페니스를 남근의 기능을 간접적으로 보여주는 유형으로만 파악했다. 그러므로 남근을 획득하고자 욕망하는 거세된 주체는 그가 상징계 내부에서 의미화의 연결 고리 속에서 순환하는 것처럼, 타자와 자리를 바꿔 앉으면서 남근을 찾아 끝없이 순환해야 할 운명에 놓인다.

116) ≪라깡≫, 맬컴 보위 지음, 시공사, 208 - 209쪽.

필요로 하는 것은 그 세계의 결핍을 채워주고 회생시켜줄 수 있는 촌장으로써, 유리의 촌장은 결핍을 회생시켜줄 수 있는 남근으로 작용한다. 따라서 장래에 유리의 촌장이 되는 육조는 유리를 소생시켜주는 남근적의미를 지니게 된다. 그리고 육조의 이러한 구도는 그 자신의 새로운 주체를 구성할 수 있게 된다.

그러므로 인물들의 행위는 욕망을 충족시키는 남근적기표의 의미를 갖는다. 따라서 남근적기표가 변모하는 과정들을 추론하며 해석해 나갈 때, 남근의 의미를 이해할 수 있고 아울러 작가가 추구하는 주체 구성 의미를 알 수 있다. 그러나 육조와 촛불중이 남근으로 작용하기 위해서는 자기 구도와 함께 많은 깨달음을 통한 통과 제의가 요구된다.

따라서 ≪죽음의 한 연구≫는 육조가 남근적의미를 획득하여 유리를 회복시키고 주체구성을 이루는 과정이 주요 서술 구조가 된다. 육조의 서술행로를 살펴보면, 어릴 적 어머니의 매춘행위로 결핍을 경험한 육조는 어머니가 죽자 스승을 따라다니다가 스승의 권유로 유리로 향하게 된다. 계약·조종의 단계에서 육조는 유리의 생활이 무엇을 의미하는지 모름으로 목표가 설정되어 있지 않은 상태이다. 능력의 단계에서 육조는 도보승과 존자승과 염주승, 자신의 스승을 죽임으로 '마른 늪에서 물고기 낚시'라는 구도적 의미가 있는 형벌을 받게 된다. 실행의 단계에서 수도부와의 사랑, 촛불중과의 비역, 장로 손녀딸과의 정사 등으로 이들의 남근적 의미가 되면서, 유리에서의 구도행위의 목적이 결핍된 땅인 유리에서 남근적 의미를 획득하여 땅을 회복시키고, 자아 또한 새로운 주체로 구성되는 것임이 밝혀진다. 비준·검증의 단계에서 육조가 죽으면서 남근적 의미를 지닌 '빛 돌'을 촛불중에게 심어주고 죽는다. 육조의 죽음 후에 흰 후광을 걸친 사내가 하늘에서 내려옴으로서 육조가 새로운 주체로 구성되었음을 예시한다. 이것을 서술도식으로 정리하면 다음과 같다.

<표준 서술도식>

계약·조종(스승에 의해 유리로 떠나게 되면서 유리에서 유리의 결핍을 채우고 회복하는 남근적 기표로서 작용할 것을 수락) → 능력(도보승, 염주승, 스승을 죽임으로 유리에서 마른 늪에서 물고기 낚시라는 형벌을 받음: 유리에서 구도수행) → 실행(수도부와 촛불중 장로 손녀딸과의 정사를 하며 남근적 기능 강화, 마른 늪에서 물고기가 요니와 결합되는 관념을 통해 남근적 기표가 상상계적 의미를 지닌 여성과의 결합으로 주체 회복을 이루어질 것을 표상함) → 비준·검증(남근적 기표 또한 비어있으므로 상상계에서 어머니와의 합일을 통한 주체 회복 시도가 분열이란 죽음의 결과를 낳는다. 그러나 어머니와의 결합이라는 상상계에서의 주체 회복이 근원적 결핍을 회복시켜주지 못하는 것이 판명되나, 회복이 되지 않는 결핍을 다시 한 번 경험하면서 분열의 한 일환인 죽음을 맞이하고 동시에 상상계의 허상적 자아에서 벗어남으로서 새로운 주체 구성을 이루게 된다.)

위 소설의 서술 도식을 도표화하면 다음과 같다.

<행동자적 모델>

발신자(결핍 극복과 새로운 주체 구성) ➡ 대상(상상계) ➡ 수신자(육조)

⬆

조력자(① 수도부)(② 남근적 기표인 물고기 낚시)(③ 장로 손녀딸) ➡ 주체(육조) ⬅ 반대자(형벌자인 촛불중)

이와 같은 서술 도식에서 욕망의 계열체적 축의 환유적 변형과정은 다음과 같다.

1. 결핍된 주체: 스승 → 모도승과 염주승 → 육조 → 유리 → 수도부

　→촛불중→장로 손녀딸

2. 욕망의 대상: 자아결핍과 소외에서 벗어남 → 주체 구성 → 수도부 → 촛불중 → 타원형의 물고기(남근적 기표로 요니 지향) → 장로 손녀딸 → 흰 연(뼈)

3. 욕망해소 방식: (거울 단계인 상상적 동일시를 부정함) → 존자승과 염주승을 죽임 → (남근적 기표로 작용) → 수도부와 성적 결합 → 촛불중과 비역을 행함(빛 돌 잉태) → 장로 손녀딸과 성적 결합으로 소외 극복시도 → 예형으로 '눈' 잃음 → 나무에 매달린 관곽에서의 죽으면서 자신의 몸이 흰 연(뼈의 은유)으로 은유되고 흰 연을 감싼 요니도 비어있으므로 완전한 소멸과 죽음을 이룬 뒤 새로운 주체구성을 이룸.

소설의 주요행로가 되는 육조의 서술 행위를 분석하면 다음과 같다.

* 존자승과 염주승, 자신의 스승을 살해 → 수도부와의 사랑 → 촛불중과의 비역으로 촛불중에게 빛 돌을 잉태시킴 → 예형으로써 촛불중의 촛농으로 눈을 잃게 됨(이로서 내광의 말과 빛, 정신을 찾는 데에 매진) → 새 형태로서의 '언어'를 이뤄냄＝생각, 의식, 말 → 몸으로 집중 → 남근으로 화현 → 남근을 감싼 요니를 파괴시키는 행위로 장로 손녀딸과 수십 번의 성관계를 가짐 → 16세의 소녀가 대타자의 환영으로 나타나 육조의 몸을 삼킴 → 죽음의 환상에서 요니 속에 해골을 상징하는 흰 연이 품어진 것을 봄(요니가 안고 있는 남근이 비어있음) → 몸과 혼의 분리로 완전한 소멸과 죽음 경험

a. 타자의 욕망 성취에 선행되는 분열 극복의지

≪죽음의 한 연구≫에서 육조는 존자스님과 염주 스님, 스승을 죽

인 대가로 형장을 뜻하는 '유리'에서 고기를 낚으며 지내게 된다. 고기를 낚는 것은 죄로부터의 구속의 의미와 함께 마을의 촌장이 되는 영예가 주어진다. 육조는 마른 사막에서 고기를 낚기 위해 늪의 한 옆에 굴을 파고 그 안에서 생활한다. 촌장은 유리를 대표하는 존재로서 마을의 이상적 자아라고 할 수 있다. 따라서 육조의 수행은 죄로부터의 구속과 이상적 자아를 획득하는 과정을 의미한다.

육조의 의식은 상징계에서 정상적으로 아버지와 동일시를 이루지 못하였기 때문에 그 자신이 상징계의 법도 되고 어머니의 남근으로도 작용할 수 있다. 이와 같은 의식은 계집과 어미를 구별하지 않고, 남편과 아들을 구별하지 않는 거미와 전갈의 세계를 무리 없이 바라보는 관점에서 확인된다.

거미나 전갈의 암수에 이르면, 계집과 어미의 구별이, 남편과 아들의 구별이 전혀 안 되고 있는 것이다. 그것들의 암컷이, 그것들의 수컷의 꼴을 용납하고 있을 때, 그것은 엄연히 수컷의 계집인데도 그 교미가 절정에 달하고 있을 때, 그 암컷은, 자기의 남성이었던 것을 씹어서, 목구멍으로 삼켜, 자기의 자궁 속에다 넣어놓아 버리는 것이다. 이러는 동안에, 남편은 아들로 변해 있고, 저 암컷은 어머니로 둔갑되어 잇는데, 그러나 이 과정에 무리는 없는 듯한다.117)

거미의 세계에서는 계집과 어미의 남근이 되었던 주체가 돌변 잡아먹힌다. 그리고 어린 남편, 즉 작은 자아를 태어나게 함으로써 새로운 남근을 발생케 하는 순환구조를 지닌다. 거미는 성적 대상자인 여성에 의해 거세당한다. 이때, 이루어지는 거세는 헌신과 희생의 의미로써 새로운 생명을 잉태하기 위해 것이다. 이러한 희생은 다시 새로운 주체, 어린 남편을 출생케 함으로써 죽음을 맞이하는 주체

117) 《죽음의 한 연구》(상), 188쪽.

분열이 극복된다.

　　－저 계집이 천년이나 굶은 듯이 내 골을 핥고, 그러는 중에 내가
　　보니, 저 계집이 천년이나 굶은 듯이 내 뼛속에다 혀를 넣어 휘저으
　　며 이빨로 갉아대고, 그러는 중에 내가 보니, 저 계집이 피에 미쳤는
　　지, 광무스러이 돌아가며 붉은 젖가슴을 흩뜨리듯이 흔들고 엉덩이를
　　치까부는데, 그러는 중에 내가 보니 닫혀 있었던 저 붉은 요니가 두
　　닢짜리 붉은 연꽃처럼 트이더니, 그러는 중에 내가 보니, 복숭아밭 무
　　릉 삼월 뱃길이 뜨였던지, 기슭에 누웠던 천 마리의 양떼가 노을을
　　털해 입고 한꺼번에 계곡으로 내려오는 듯이 보이는, 그런 하혈이 홍
　　그렁한데, 그것은 하늘 복숭아 향기로 휩싸고 있었고, 그러는 중에 내
　　가 보니, 그녀의 요니도 깊디깊은 속으로부터, 한 송이, 아마도 천의
　　꽃잎짜리 흰 연(蓮)이 돋아올라와, 저 깊고도 깊은 피의 붉은 못에 몸
　　잠그고 청청히 피었는데, 그것은 흩어졌던 내가 돌아온 것이었고, 아
　　름다웠고, 나는 아름다웠다.118)

　거미의 이미지는 육조에게 자신을 위협하는 여성의 이미지로 나타
난다. 육조에게 거세 위협은 아버지의 이미지가 아니다. 즉, 매순간
매 찰나, 도처에서 나타나는, 얼굴이나 몸매는 보이지 않지만 얼굴이
나 몸매가 고울 것으로 여겨지는 여자의 허상으로 나타난다. 그녀의
허상은 곧 자신의 사지를 절단하고 몸을 먹은 후, 붉은 요니를 여는
모습으로 나타난다. 그런데 붉은 요니의 깊은 속엔 한 송이의 흰 연

---

118) ≪죽음의 한 연구≫(상), 180－181쪽.
　　　이 장면의 四肢의 切斷은 'The Tibetan Book of The Dead' 에서는 亡
　　　者에게 행하는 심판으로 나타나지만, 'Tibetan Yoga and Secret Doctrines'
　　　에서는 은둔자들이, 눈만 잇달아 퍼붓는, 혹독한 추위를 불없이 이겨
　　　내고, 몸을 따뜻이하기 위해서도, 또 질병, 허약, 불결 등을 제거하여,
　　　다음 단계로 해탈을 성취하기 위해 初選法 으로 행하는데, 이것은 또
　　　한, 샤머니즘에서는 한 평인이 巫覡化 해가는 과정에도 이어진다. －≪죽
　　　음의 한 연구≫(하), 376쪽. (주석 8번)

이 돋아 오른다. 이것은 육조의 몸을 먹은 후에 즉, 남근을 먹는 방식으로 남근을 획득한 후, 남근을 통하여서만 복숭아밭과 무릉 삼월 뱃길이 열리는 구원에 이르는 길이 있다는 것을 뜻한다. 또한 흰 연(蓮)의 환상[119]은 육조가 죽은 후에 남기게 되는 흰 뼈가 은유되어 나타난 것이다. 이러한 환상은 죽음 후에 새로운 자아형식이 잉태되는 과정을 상징적으로 나타낸다. 이로써, 이상적 자아의 실현은 촛불 중이 잉태한 '빛 돌'과 요니 속에 피어나는 '흰 연(蓮)'이란 내적 형식으로 실현됨을 알 수 있다.

그러나 육조는 존자스님이 지니고 있는 거울을 깨뜨림으로써 주체구성이 타자의 동일성을 기반으로 하는 상상계적 세계 속에서 이루어질 수 없음을 명시했다. 이에 육조는 동일성을 거부하는 독립적인 주체의식을 지닌다. 즉, 그는 스스로 생명을 잉태하기 위한 여성의 자양분이 되고 먹이가 되는 과정이 이상적 자아 획득의 방법이 된다. 여성과의 합일(먹히는 것)은 스스로를 거세시키고 희생자가 되면서 어린 주체를 발생시킨다.

여성에게 먹히는 것은 죽음의 환상으로써 '외상(trauma)'의 의미를 갖는다. 죽음의 환상은 상상계와 상징계의 벽을 뚫고 들어오는 실재계의 실체로 작용한다. 죽음의 환상은 육조에게 죽음 이후의 세계에 대한 의식을 갖게 하며 죽음 이후에 실현 될 자아완성의 의미를 가

---

119) ≪문학상징 사전≫, 376쪽. '연꽃': 이집트의 경우 연꽃은 초기의 생명, 혹은 생명이 최초로 나타나는 현상을 상징한다. 또한 귀에논은 연꽃의 상징적 의미에 대해 존재의 잠재력이 언제나 내적인 활동에 의해 실현된다는 사실을 강조한 바 있다. 왜냐하면 모든 존재의 잠재력이 실현되는 것은 그 존재의 중심으로부터 시작되기 때문이다. 더구나 형이상학적 관점에 의하면 외적 활동은 총체적 존재와 연관될 수 없기 때문이다. 이런 활동은 각 존재의 상대적이고 특수한 수준에서만 가능하다. 조재의 잠재력이 이렇게 실현되는 양상은 물의 표면에서 연꽃이 개화하는 여러 가지 모습으로 묘사된다.

시적으로 보게 한다.

육조의 죽음은 가시적으로 이루어진다. 육조는 자신의 몸이 죽은 것을 바라보고, 몸에서 떠나고자 하지만 몸과 혼이 연결되어 있어 떠날 수 없음을 경험한다.

> 나는 내 시체를 보았었다. 그런데도 내가, 혼이어서 무장애로 떠나지 못했던 것은, 뭔지, 내 시체와 혼 사이에 강인한 끈 같은 것이 연결지어져 있어 혼이 떠나려 하면, 그 끈의 다른 끝에 매달린 시체가 무거운 탓이었었다. 업(業)은 아니었었을 것인가 모른다. 글쎄, 시신과 혼 사이의, 다하지 못한 연(緣)의 점질대(粘質帶)는 아니었던가 모른다. -그럼에도 나는, 이러한 열예, 이러한 생명력을 어떻게 이해해야 될지는 모르고 있을 뿐인데, 왜냐하면 현재로서 나는, 내가 한번 음한을 내고 뛰어나간 그 이후의 일의 한 끝도, 명확하게는 기억해낼 수가 없고만 있기 때문이다. 그러나 뭔지가, 내가 기억해낼 수가 없고만 있기 때문이다. 그러나 뭔지가, 내가 기억해낼 수 없는 저 공백을 메꾸고 있는 것이고, 그것도 그저 범상적인 사건은 분명히 아닐 터인데 피에 섞여 몸속을 도는 어떤 느낌 자체가 일상적인 것이 아니기 때문이다. -뭔가, 내 의식 속에는 상혼이 있는 것이다. 그 상혼이 어떻게 이뤄졌는지를, 어떤 방법으로든 나는 재생해내지 않으면 안 될 듯한 것이, 이 싱그러움의 출처가 언제까지나 수수께끼로 남아갈 것이라면, 그것도 일종의 병이라고나 불러야 할지도 모르기 때문이다.[120]

가시적인 죽음의 상태에서의 혼은 몸과 분리한다. 육조는 혼이 되어 몸과 분리되어 있는 자신의 몸을 바라본다. 상상계에서 타자와의 동일시를 부정함으로서 자아의 통합화를 이루지 못했던 것과 마찬가지로, 혼은 죽음을 경험하면서 몸과 분리된다. 혼과 몸의 분리는 주체에겐 하나의 외상적 경험으로써 다시 한번 주체를 분열시킨다. 즉, 혼은 동일

---

120) ≪죽음의 한 연구≫(상), 239-240쪽.

시에 따라 몸을 타자로 여기며 통합화를 이루어야 한다. 그러나 이러한 반영을 거부하는 육조에게 혼과 몸의 분리는 절망적인 상태가 된다.

타자는 단순히 나와 다른 또 하나의 주체는 아니다. 타자의 존재는 타자성의 두 번째 단계에서만 이해될 수 있다. 즉, 타자는 다른 주체가 아닌, 주체가 환원시킬 수 없는 이질성으로 이해될 때에야, 비로소 나와 다른 주체 사이에서 중재역할을 수행 할 수 있다. 따라서 혼과 몸의 분리는 죽음이라는 중재 역할을 하는 기제를 통해서 혼은 몸을 환원될 수 없는 타자로 인식하게 한다.

그러나 육조의 혼은 몸에서 떠나지 못하고 다시 되돌아온다. 수도부의 사랑이 더 큰 타자로서 육조의 의식을 잡고 있기 때문이다. 이로써 육조가 경험하는 자아 분열은 타자의 욕망에 얽매여 있음을 알 수 있다. 즉, 주체는 타자의 욕망에 의해 통합화되어 이상적 자아로서 기능할 수 있다. 타자의 욕망은 수도부의 사랑에서 마을의 촌장이 되어달라는 장로의 부탁으로 환유된다.

마을의 장로는 육조에게 '마을의 정신적 지주 아래에서, 저들의 병든 마음이 치유당하기를 바라고, 결속되어지기를 바라고 있었다.'며, 육조가 촌장이 되어줄 것을 부탁한다. 하지만, 육조는 자신의 피 묻은 손으로는 한 마리의 강아지 상처도 어루만질 수가 없다며, 타인의 욕망 성취 또한 그 자신의 구원의식과 관계를 맺을 때에만 가능하다는 것을 밝힌다. 육조가 마을을 다스려 줄 것을 거부함에 따라, 장로는 유리의 율법으로 육조가 받게 될 죽음은 정죄 받은 날로부터 서른 날 이후에 이루어짐을 알려준다. 그 기간은 죽음의 준비기간으로 주어지며 서른 날 안에 다른 곳으로 피하는 것도 자유지만, 그 안에 자기의 날짜와 죽음의 방법을 선택할 수 있다. 그러나 일단 정죄되면 예형(豫刑)이라는 것을 가하게 되며, 서른 날이 지나면 法意가 작용되어 죽음을 맞게 된다.

타자의 욕망 성취로 전환되었던 이상적 자아는, 타자의 욕망 성취 또한 자신의 구원과 관계 맺을 때만 가능하다. 이러한 의식은 주체 분열 극복이, 거미의 이미지처럼 스스로의 거세에 의해서 이상적 자아를 성취할 수 있음을 제시한다.

가시적으로 이루어진 죽음 의식은 자기 반영이라는 상상계와 주체 분열이라는 상징계적 재현망에 실재계의 외상의 방식으로 나타난다. 이때, 혼과 몸의 분리는 분열을 경험하게 한다. 이러한 분리를 경험한 주체는 깨어난 후 새로운 변화를 깨닫게 된다. 그것은 상상계에서 상징계로 진입하는 것을 명확하게 인식할 수 없듯이 주체에게 무언가 공백이 메워지는 현상으로 무의식적인 변화가 있음을 깨닫게 된다. 따라서 육조가 촌장이 되기까지 경험되어지는 관념의 변화는 이상적 세계를 향한 기표로써 자아의 분열 극복 의지를 지닌다.

a-1. '타원형의 고기': 여성성을 함유하는 남근적 기표

≪죽음의 한 연구≫에서 '타원형의 물고기'는 '생명'과 '남근'의 의미를 지닌다. 따라서 육조가 낚으려는 '물고기'는 주체가 도달하고자 하는 이상적 세계를 나타낸다고 할 수 있다.

사람을 낚되, 하나의 죽음을 통해 생명을 낚으려는 것이 그 목적이므로, 그 결과에 있어 고기와 생명은 같다. 그것은 세례, 또는 던져지기와 매장, 또는 자궁가운데로 들어서야만 재생을 가능시키는 용(用)이므로, 남근(男根)이라고 부를 것이다. 그러므로 생명과 고기와 남근은 같다. -고기의 형태는 양극을 갖는 타원형이다. -형태라는 것은, 그것이 아무리 강장한 남근이라고 할지라도, 그것이 용으로 바뀌어져 이(利)로서 나타나지 않는 한엔, 그냥 체에 머물며, 동시에 음으로서 무(無)에 머무는 것 이상의 것은 아닌 듯도 싶다. 이렇게 보면, 저 양극을 갖는 타원형은 어쩌면 성별을 갖고 있는 것이 아닌지도 모를 일

이었다. ─헌데, 저 양극을 갖는 타원형은 그것의 밖에서 보면 양의
형태인데 안에서 보면 음부나 자궁의 모양으로 보인다. 어쨌든 싸아
안는 것은 그것이 무엇이든 체라고 해야 할 것이다.─저 구획은 고착
된 것이 아니어서, 팔만 유정, 무정, 팔만 성좌, 팔천 대천 세계를 다
휩싸아 안고도 남을 품이 있을 것인가 하면 한 들꽃의 마음자리 하나
닦을 터전도 없어 보이기 때문이다.[121]

    ─또는 '양극을 갖는 타원형' 자체는 그 외양에 있어 남근의 형태
이지만, 고기와 생명은 같다의 관계에서 본다면, 그 형태가 생명을 싸
아안고 있음으로 해서, 성전환을 하여, 여성화한다는 것을 밝혔었다.
'생명은 남근과 같다'의 관계에서, 그 형태가 생명을 싸아안고 있다는
의미는 그러니까, 동시에, 그 형태는 보이지 않는 남근을 싸아안고 있
는 요니라는 결론을 이끌어내는 것이다.[122]

물고기의 은유의 형태인 타원형은 안에서 보면 음부나 자궁의 모
양이고 밖에서 보면 양의 형태, 즉 남근의 형태를 띤다. 따라서 육
조가 깨닫게 되는 남근은 자궁이 합쳐져 있는 형태로, 여성의 의미
와 하나 됐을 때에만 남근으로서 작용할 수 있게 된다. '물고기'와
'남근'은 체(體)로서 형태를 갖추고 있다. 그러나 체(體)가 용(用)이
되어지지 못할 때 그것은 남근도 생명도 될 수 없다. 따라서 남근이
남근으로서 작용하기 위해서는 여성과의 합일이 필요하게 되고, 그
것이 이(利)로 작용하였을 때 남근으로 작용할 수 있게 된다.

육조가 남근적 기표로 사유하는 마른 늪의 '물고기' 그림은 다음
과 같다.

---

121) ≪죽음의 한 연구≫, 204─210쪽.
122) 위의 책, 253─254쪽.

〈표 3〉 마른 늪의 '물고기' 모형

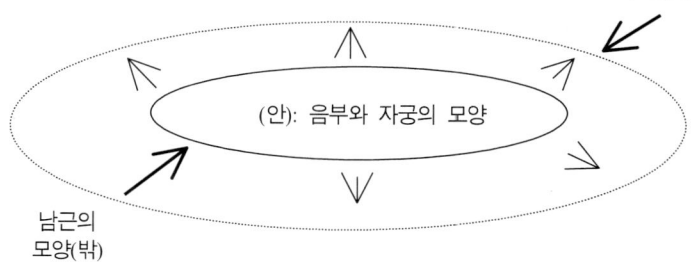

요니=번갯불(상상계)

(안): 음부와 자궁의 모양

남근의
모양(밖)

　타원형 자체가 남근을 싸안고 있는 '요니'라는 결론을 통하여 여
성의 자궁이 남근을 감싸면서 자궁과 하나될 때 남근은 남근적 기능
을 할 수 있다는 것을 제시다. 즉, 육조가 추구하는 세계는 여성성
을 자아 동일성 안에 통합해 넣음으로써, 분열을 극복하고 새로운
존재로 다시 태어날 수 있게 된다.

　따라서 사막의 유리에서 '물고기'를 낚는 것은 결핍된 땅에 남근
이 의미작용을 하여 수분을 공급하고 생명의 씨앗을 배태시키는 작
용을 하는 것을 의미한다. 그러나 이러한 작용은 여성의 자궁이 필
요하다. 즉, 남근이 생명을 생산하는 '요니'로 남기 위해서는 결핍되
어 있는 여성의 자궁에 남근으로써 의미작용을 함으로서 의미를 획
득할 수 있기 때문이다. 또한 남근 속에 팔만 유정이 다 녹아 있다
는 것은, 여성과 합일을 통한 남근 획득이 세상을 움직이게 하는 주
요한 기표로 작용한다는 것을 암시한다.

　타원형의 물고기는 남근적의미를 지닌다. 남근이 남근으로써의 기
능을 하기 위해서는 여성의 자궁 이 필요하다. 따라서 남근적 기표
의 이상적 세계는 '요니'(=번갯불)이 된다. 이때, 남근은 여성의 요
니와 결합하여 남근적 기표로 작용한다. 여성과 합일은 자아 결핍을

극복하고 자아구성을 이루게 한다.

a-2. '빛': 여성과의 결합을 통한 속죄와 재생의 구도

육조는 가시적인 죽음을 경험하면서 '번갯불'과 '물고기'와 '계집'을 혼동하며 위의 세 개의 질료를 일원화시킨다. '번갯불'이 '물고기'와 동일화가 되었다면, 타원형의 물고기 형태는 '번갯불'처럼 남근을 감싸는 요니의 세계를 지향하는 것이라고 할 수 있다. 남근이 지향하는 세계는 주체가 지향하는 이상적 세계의 기표이다. 따라서 타원형의 물고기 형태가 요니의 형태를 지향하는 것은 남근적 주체가 여성성으로 나타나는 이상적 세계를 지향하는 것을 의미한다.

'빛'은 결핍된 세계에서 이상적 세계로 나아가는 상징적인 의미를 지니고 있다.123) 심리학적으로 빛을 받는다는 것은 빛의 근원을 정신적인 힘을 자각한다는 의미를 지닌다.124) 따라서 주체가 경험하는 번갯불의 '빛'은 자아를 안온하게 해주고 분열을 극복하게 해준다. 이때, 분열극복은 남근이 요니와 만나, 요니를 열어 남근적 의미를 수행할 때 가능해진다.

빛을 향한 이상적 세계에의 그리움은 이전에 육조가 촛불중과 만나 촛불중의 항문에서 빛에의 그리움을 느끼며 비역을 하고 '빛 돌'을 심어준 것에서부터 시작된다. 육조가 빛에의 그리움을 느끼는 것은 빛의 근원을 자각한다는 것을 뜻한다. 따라서 육조와의 성적 관계 뒤에 촛불중에게 '빛 돌'을 임신시킨 것은 육조의 깨달음이 촛불중의 항문 속에 잉태된 것을 의미한다.

촛불중은 육조가 받게 될 죽음의 예형으로써 비상이 함유된 촛농

---

123) 육조가 예형으로 눈을 잃었을 때, 그는 내면적인 빛과 소리, 감각을 새롭게 깨달으며 이상적인 세계로 나아가게 된다.
124) ≪문학상징사전≫, 248쪽.

을 육조의 '눈'에 넣어 눈을 잃게 한다. 빛은 빛으로 사라지게 한다. 육조는 촛불중의 항문에서 보았던 흰 돌 같은 '빛'과 촛불중이 눈에 넣은 '촛불 빛'을 꺼뜨리기 위해 자신의 눈을 손으로 찔러 넣어 그 빛을 사라지게 한다.

> 나는 형상을 포착했으며, 그것은 전이하고 궤적하여, 드디어 빛이 정을 획득한, 그 화석이었다. 석화(石化)한 동(動), 석화한 빛, 그러나 나는 그것을 이제는 파괴하려는 것이다. ―그러기 위해서 나는 하나 의 손가락을 꼿꼿이 펴, 그것으로 금강석을 쪼으는 한 정으로 삼아, 과녁의 중심을 꽂고 드는 화살을 연상하며 저 흰 빛돌을 향해 무자비 하게 찔러 넣었다. 그러자 그 순간, 저 눈빛으로 투명히 희던 한 빛돌 이, 수천 조각으로 박살나며 저 포착키 어려운, 튕기는 듯이 번쩍이며 현란하고 장엄한, 저 무섭도록 찬란한 빛을, 천의 뇌성을 거느린 천의 번개가 일순에 치듯 그렇게 흩어지며 여섯 색깔 잠들었던 불꽃을, 모 든 어둠 가운데에다 소금처럼 흩뿌렸다.[125]

빛은 창조력, 우주적 에너지, 빛남이라는 의미를 암시한다. 또한 흰빛은 모든 빛의 종합을 표상하는 것으로, 빛이 색채와 관련되는 경우 중심으로부터의 방사라는 의미가 첨가된다.

눈이 먼 상태의 육조는 '빛'이며 '색깔'이며 '형상'을 분별하던 안 구가 파괴되었지만, 자신만의 더 많은 내광(內光)을 찾기 위해 더 많은 명상과 정진을 한다. 이로써 마음에 순수히 괴어드는 말과 빛, 정신을 찾는 데에 정진한다.

보이지 않는 제 삼의 눈을 찾고자 하던 육조에게 수행은 고막이 재생되고, 청각이 원시성을 복귀한다. 동시에 혼의 깊은 속을 울려 보내는 감각과 감촉의 두려움을 깨달으며 생각의 몸, 마음의 몸, 의

---

125) 위의 책, 263-264쪽.

식의 몸으로 의식이 새롭게 구성됨을 느낀다.

이러한 빛에의 욕망은 장로 손녀딸과의 정사에서 빛의 은유인 요니의 여성성을 욕망하는 모습으로 환유된다. 요니를 욕망하는 행위는 '빛'에 대한 그리움으로 장로 손녀딸과의 성적 결합은 '빛'에 대한 갈망만큼 수없이 반복된다.

장로 손녀딸과의 정사는 육조의 의식을 '몸'으로 몰입하게 한다. 이때, 육조는 몸 전체가 색념이었다가, 색근으로 변하는 것을 느낀다. 몸은 더이상 색근이 아닌 다른 몸으로서의 몸은 느껴지지 않는다.

이렇게 몸으로의 몰입을 생각은 곧장 전신(轉身)을 치러 새 형태인 '언어'를 이뤄내고 정신과 몸을 일원화시킨다. 육조는 자신의 몸이 복귀된 귀, 재생된 감각을 가진, 하나의 염태(念態)로 변모함을 깨닫는다. 생각과 마음, 의식이 몸으로 귀결되는 것은 몸이 말이 되고, 정신이 되고 의식이 됨으로써, 혼과 몸의 경계가 사라졌음을 뜻한다. 또한 생각과 마음과 의식이 몸으로 귀결되는 것은 몸 전체가 남근으로 자각되면서 정신으로 화현되는 것을 뜻한다. 몸으로의 귀환은 인간에 대한 인식이 주체의 사상적 배경이 됨을 뜻하고, 그의 몸이 남근으로서 뿌리를 내릴 때 의미를 획득할 수 있음을 나타낸다.

육조가 스스로 손가락을 넣어 눈을 파괴시키는 행위는 의식이 내면적으로 나아가면서 꺼지지 않는 빛을 찾고자 갈구하는 행위이다. 눈이 먼 상태의 육조는 몸 전체가 남근이 되어 장로 손녀딸과 오륙십 번이 넘는 성교를 하며, 성행위와 죽음을 동시에 경험한다. 육조는 성교의 절정에 달했을 때, 장로 손녀딸의 목줄기에 이빨을 박아 그녀의 피를 빨아먹는다. 장로 손녀딸과 육체적으로 결합된 상태는 남근이 그녀의 자궁 속에 결합되어 있는 상태로 자아 동일성을 획득하게 하는 형태이다. 이렇게 남근과 결합되어 있는 여성의 피를 마심으로서 그의 몸은 자아 동일성 안에서 여성성을 획득하면서 새롭게 구성된다.

> 푸르고 노란색의 흐린 한 빛이, 느리게 헤엄치는 물고기처럼 날아
> 온답니다. 그것은 꼬리 부분이 조금 뾰죽하다는 것말고는, 그저 길숨
> 하니 둥근, 아마도 보릿단 하나는 되게 큰 빛덩이인데요, 그 형상이
> 무엇인지는 알 수가 없을 뿐이에요. 큰 계란 같기도 하구요. 초에서
> 떠난 큰 촛불 같기도 하지만요, ─헌데 그 빛은 언제나 제 머리 위를
> 한번 맴돌다간, 그것의 꼬리 부분을 무섭게 떨고는 말예요, 제 치마폭
> 으로 스며들어버린답니다. ─질량감 같은 것이, 수분 같은 것이, 어쩌
> 면 뜨거움이 모자랐는지도 몰라요. ─그래서 나는 형체만 있고 질량
> 을 갖지 못한 꿈같은 저 하의 허상 속에다, 습기로 하여 살을 채워서,
> 꿈인 것을 실체로 전이시키는 데, 나의 온갖 정성을 다했다. 그러는
> 동안 그녀에게서 격통, 모든 불안, 어떤 거부가 사그라져버린 것을 알
> 았다. 가장 깊숙이, 그리고 가장 치열하게 나는, 하나의 환생을 위해
> 서 나의 전 영육으로 방출하는 수분을 저 자궁에 바쳤고 그리하여 나
> 도 또한, 우주적 작용의 중핵에 가담한 것이다.[126]

장로 손녀딸은 '빛'이 자궁 속으로 들어가는 꿈을 꾼다. '빛'은 육
조의 남근적 의미로써 요니를 열고, 그 속에서 생명을 환생시키는
것을 상징적으로 나타낸 것이다. 여기서 장로의 딸은 육조가 지향하
는 요니로 설정된다. 육조와 장로 손녀딸의 결합은 유리의 결핍을
회복시키고 자아는 이상적 세계를 성취하게 된다.

번갯불과 물고기, 계집이 일원화 된 것은 주체가 여성에 의해 육
화되는 것을 뜻한다. 여성에 의한 육화는 나를 삼키려는 고기, 나를
유혹하는 고기, 고기를 잡는 나와 잡히는 나의 관계로 설정된 것이다.

유리라는 사막에서 고기를 낚는다는 것은 '고기를 잡는 나'가 '잡

---

126) ≪죽음의 한 연구≫(하), 281-284쪽.

히는 나'로 의미가 전환된다. 육조가 고기가 되는 것은, 육조의 남근이 자궁으로 감싸짐으로써 여성성을 획득하여 남근으로서 생명과 재생의 의미작용을 한다는 것을 뜻한다. 이것은 육조가 장로 손녀딸과의 성적 결합을 함으로써 주체의 분열을 극복하고 이상적 자아를 획득할 수 있음을 뜻한다. 그러나 자아는 왜곡된 허상임으로, 여성과의 결합을 통한 재생의 구도는, 주체의 소멸이 전제된다. 따라서, 여성과의 결합에서 이루어진 재생의 구도는 육조의 죽음, 주체의 소멸에 의해 완성될 수밖에 없다. 이러한 모티브는 거미의 암컷이 수컷을 잡아먹고 작은 주체를 낳는 것과 마찬가지로, 주체의 죽음은 주체완성을 의미하고 동시에 새로운 주체로 구성될 수 있음을 시사한다.

유리에서 육조의 죽음은 흩어진 촌민들을 돌아오게 하고 유리가 황폐해지는 것을 극복하게 해줄 수 있는 남근적 기표로 유리를 회생시킨다. 따라서 육조는 자신이 선택한 정사각형의 깊은 송판 곽 속에 들어가 높은 나무 가지에 매달린 채로 죽음과 밀회하기를 소원하며 죽음을 맞이한다. 나무 가지위에서 죽음을 맞이하는 것은 땅으로부터 떠나, 구속하고 마음을 시달리게 했던 모든 것으로부터 은둔을 성취하는 것을 뜻한다.

죽음은 일종의 은둔으로서, 없는 시력으로 더 넓이, 저 세계를 내려다보고, 소리 중에서도 아름다운 것, 냄새 중에서도 향기로운 것, 감촉중에서도 그중 부드러울 것만을 위해 내 혼이 열려지게 된다.[127]

육조는 여성과의 결합을 통해 분열을 극복하고 이상적 자아를 획득하는 방식으로 구도한다. 모태를 상징하는 관곽에서 죽음을 치루는 것은 남근적 기표로써 작용할 때 의미획득이 가능하다는 것을 다시 한번 시사한다. 육조는 땅으로부터 멀리 떨어진 나무에 매달려 죽음으로서, 땅으로 상징되는 이생과 주체 탄생의 기원에서 자유로

---

127) 위의 책, 349-350쪽.

워짐으로서 땅과 몸에 얽매인 현실로부터 벗어나 새로운 세계로 나아감으로서 새로운 세계, 즉 이승과는 다른 세계로 나아간다.

이렇게 '빛'의 또 다른 기표인 '새로운 세계'로 나아가는 것은 앞에서 예고된 대로 칠조 촌장에 이르러 새로운 주체 구성 의미로 반복되어 나타난다.

다음은 ≪죽음의 한 연구≫에서 주체 구성과정에 작용하는 '빛'의 의미가 환유적으로 변모하는 과정을 짧게 정리하면 다음과 같다.

* 촛불중의 빛 → 비역후의 빛 돌 → 장로 손녀딸의 꿈에서 본 푸르고 노란색의 흰 빛 → 빛의 은유 '요니' → 장로 손녀딸과의 정사(남근적 기표로 작용) → 정사 중에 장로 손녀딸의 목의 피를 마심(동일성 속에서 여성성 획득) → 소멸과 죽음으로써 의미 완성 → 새로운 주체 구성(유리읍 회복) → '새로운 세계'로 나아가는 주체

b. '응시'의 극복과정

육조는 유리에서의 삶과 규율을 묻기 위해 유리를 관할하고 있는 촛불중을 찾아간다. 촛불중은 결핍을 극복하기 위해 성과 아편에 빠져있다. 촛불중은 색을 그 근원에서부터 없애는 방법으로 수도부를 불러 성적 욕망을 채우거나 아편으로 마심(魔心)을 항복시키려 한다. 즉, 색을 색으로 다스리려는 취지로 아편과 성적 관계를 시도하는 것이다. 하지만 욕망추구는 결핍을 낳고 충족되지 않는다. 이에 촛불중은 자신을 찾아온 육조에게 자신의 고통을 말하며 해결해 줄 것을 종용한다.

촛불중는 거리감을 두고 바라보는 절시의 쾌감에 빠져있는 자이다. 따라서 촛불중은 여성과의 성적 결합에서 자신이 여성의 욕망의 대상, 남근이 되면서 간극이 생기지 않고 오히려 마근에 잘 합세함에 따라 그 속으로 송두리째 투신되어 절시의 쾌감을 극복할 수 없

다고 한다. 촛불중에겐 절시의 쾌감은 절시의 쾌락을 통해서 극복이
될 수 있다. 그러므로 거리감이 사라진 여성과의 성적 관계는 점점
욕망 속에 빠져 들게 할 뿐 쾌락은 극복되진 않는다.

촛불중은 육조에게 여성과의 성관계에서 자신 또한 남근이 되기를
욕망하게 된다며, 육조에게 마심(魔心)에 정진할 수 있도록 얽히고설
킨 한 대목을 풀어달라고 한다. 촛불중은 계속되는 성관계에서 욕망
속에서 나오지를 못하고 분산 괴리라는 분열을 느끼며 마심을 항복
받지 못한다.

촛불중은 성관계에서 여성의 욕망의 대상이 된다. 그러나 촛불중
은 자신이 여성의 욕망의 대상이 되는 것을 참지 못한다. 촛불중이
욕망의 대상으로써가 아니라, 욕망을 대상하는 자가 되려 한다. 왜냐
하면 촛불중에겐 타인의 마근(麻根)이나 성관계를 몰래 훔쳐보는 절
시를 즐기는 습관이 있기 때문이다. 여성의 욕망의 대상이 된다는
것은, 여성에 의해 응시되는 것[128]을 의미한다. 촛불중은 절시의 쾌
감을 '응시'의 방법으로 극복하려 한다. '응시'의 방법만이 자아를
분열시키면서 절시의 쾌감에서 벗어나게 하기 때문이다. 절시의 쾌
감은 보여 지는 대상과 자신을 동일시하면서 느껴지게 된다. 따라서
자아가 대상에 의해 '응시'됐을 때, 동일시가 와해되면 분열되게 된
다. 이렇게 '응시'는 너와 나의 완벽한 합일이라는 '거울단계'를 와
해시키는 제 3의 시선으로써, 거세의 의미가 담겨있고 상징계적 특

---

128) 자크라깡, ≪욕망이론≫, 209-210쪽.
   '응시'는 대상이 자신을 바라보는 시선을 의미한다. 응시란 놀라움과
   부끄러움을 일으키며, 보여 지는 응시가 아니라 타자(the Other)의 영
   역에서 나를 상상하는 응시이다. 응시는 엿보고 있는 그를 놀라게 하
   고 당황하게 하며 수치심을 느끼게 한다. 문제의 응시는 바로 나를 놀
   라게 하고 수치심을 느끼게 하는 타자들의 현전(現前)의 의미를 띤다.
   이 말은 응시가 주체와 주체의 관계, 즉 나를 바라보고 있는 타자들의
   현전으로부터 생겨나는 기능 속에서 파악됨을 의미한다.

성을 지니고 있다.129)

촛불중은 여성과의 성관계에서 자신이 '응시'됨으로써 절시의 쾌
감에서 벗어나려 한다. 하지만, 여성과의 성관계는 동일시가 되지 않
아 '응시'의 의미를 지니지 못한다.

글쎄 그도 그럴 것이 말입지, 자기가 보는 마근과 말입지, 보고 있
는 나와의 사이에입지, 이상스럽게도 간극이 생기며 말입지,내 것은
내 것일 텐데도 말입지. 내 것이 아닌 낡의 것을 훔쳐보는 기분이 들
면서입지, 내가 괜스레 마음이 들뜨더라 이런 말씀입지. 허긴 소승의
부친께선 조그만 여관을 경영했으니 말입지. 그런 절시의 쾌감은 아
주 어려서부터도 알아온 터였습지. 헷헷헷 — 소승이 장가들었던 계집의
방에입지, 소승의 친구를 들여보내고 말입지, 그 둘을 다 살해한 뒤
유리로 떠드어온 것이었습지, 십여 년도 더 전 얘깁지. — 이제는 타인
을 두고가 아니라, 스스로를 두고 절시를 즐기려 든다 이 말입습지.
— 솔직히 말씀드리면입지, 계집과 더불어서였을 때라면 말입지, 간극
이 생기기는 커녕입지, 내 전체가 마근어 잘 합세하고입지, 그것에 정
신이 집중되어설랑 말입지, 수렁이라고 일컬어야 될 그것 속으로 그
냥 송두리째 투신되는 것인데입습지, 그런데 그렇지가 않더란 말입지.
자신이 대상이었을 때엔 말입지, 자기 슥에서 분산 괴리가 일어남 말
입지, 자기가 대상하고 있는 것이 남근이라는 이유 때문만으로입지,
그것을 보고 있는 것은 젖앓이 비슷한 것을 하더란 말입지. 조금 수
줍은 듯한 기분이 들면서입지, 어딘지 킨곳에의 불만이 싹트더란 이
말입지. 마심은 그래서 더욱더 자극되고 말입지. 초조하여 더욱더 벗
어날 수 가 없는데입지, 모쪼록 대사께서는입지, 이 얽히고설킨 한 대
목을 쾌도로히 풀어주셔서입지.130)

---

129) 권택영, 위의 책. 96쪽.
130) ≪죽음의 한 연구≫(상), 175 – 176쪽.

　이에 촛불중은 절시의 쾌감을 이겨내는 방법으로 자신의 성기를 바라본다. 즉, 성기에 의해 '응시'되면서 경험하게 되는 분열을 참으려 하는 것이다. 하지만 자신의 성기에 의해 '응시'되는 것은 어딘지 석연치가 않다.

　촛불중은 여자와 성적인 관계를 가지면서도 자신이 욕망의 대상이 되는 것을 참아내지 못하고 간극을 둔다. 또한 이러한 응시가 주는 혐오를 극복하기 위해, 누운 채로 촛불을 빨아 연기를 조금씩 솟구며, 자신의 성기가 서있는 것을 바라본다. 촛불중은 자신이 욕망의 대상이 되는 것을 혐오한다. 그러므로 욕망의 대상이 되는 성기에 의해 '응시' 되면서 이러한 혐오를 극복하려 한다. 욕망의 대상이 된다는 것은 타자가 자신을 바라보기 때문에 생기는 현상임으로, 성기를 타자화 시켜 타자의 시선을 극복하고자 욕망하는 것이다. 촛불중이 '응시'의 대상이 되지 못한다는 것은 절시의 쾌감을 극복하지 못했다는 것을 의미한다.

　촛불중의 절시 습관은, 어린 시절 부친이 여관을 운영하면서 시작된다. 어린 시절부터, 촛불중은 여관방에서 이루어지는 성관계를 몰래 훔쳐보면서 쾌감을 느꼈다. 따라서 촛불중은 자신의 결혼식 날밤에도 신부의 방에 친구를 들여보낸 후, 그들이 성관계를 갖는 것을 훔쳐보며 쾌감을 느낀다. 그러나 그들에 의해 자신이 응시된다는 것을 의식하자 그들을 살해한다. 타인들의 성관계를 훔쳐보는 것은 절시의 쾌감을 느끼게 하지만, 반대로 그들에 의해 자신이 보여 진다는 것을 상상한 순간 수치심과 놀라움을 갖게 된다.

　타자의 욕망 속에서 쾌감을 느끼는 것은 대상에 대한 투사로 대상과 자신을 동일시하기 때문에 가능한 것이다. 촛불중은 동일시 단계인 상상계에 고착화되어 '응시'라는 상징계적 의미의 통과 제의를 거치지 못한다. 이로써 촛불중의 의식은 동일시가 가능한 '바라보기'

또는 '훔쳐보기'에 집착하게 될 뿐, 타자의 욕망의 대상이 되지는 못한다. 그러나 타자의 욕망의 대상으로 구성되지 못하는 자아는 파편화된 자아이다. 왜냐하면 '응시'의 방법은 자아를 타자의 욕망의 대상이 되도록 만들고, 자아를 총체적으로 구성하기 때문이다. 따라서 '응시'를 통한 자아 구성 문제는 해결해야 할 관문이 된다.

이에 대한 해결 방법으로 촛불중은 육조의 항문을 통해 교접하는 왜곡된 방법을 선택한다. 즉, 항문으로 이루어지는 교접(비역)을 통해 그 간극을 즐기고 극복하려는 욕망의 왜곡화를 보인다. 이때, 육조는 촛불중의 요구에 이상하게 촛불중의 항문에 빛에의 그리움을 느끼며 항문 속에서 빛을 보며 교합한다. 육조와의 교합은 동일시를 가능하게 하며 '응시'의 기능도 작용할 수 있게 한다. 육조와 합일은 촛불중에게 쾌락의 근거가 되는 거리감을 소멸하지 않고도 대상을 욕망하게 한다. 또한 거리감로 인해 촛불중의 자아는 응시의 대상이 되기도 한다. 절시의 쾌감에 젖어있는 촛불중에게 여성과의 잠자리는 '바라보는 것'의 즐거움을 주지 못한다. 반면, 남성과의 잠자리는 자신이 대상을 욕망하면서 동시에, 응시의 대상이 된다. 이것은 '바라보기'와 '보여주기'라가 가능하기 때문에 절시의 쾌감을 더욱 크게 함과 동시에 이에서 벗어날 수 있게 한다.

이로써 촛불중의 의식은 타자의 반영과 투사인, 거울단계의 동일시 현상에서 의식이 고착화되었음을 알 수 있다. '응시'라는 상징적 의미를 받아들이지 못하는 상상적 자아는 타자를 바라보는 거리감을 있을 때 쾌락을 느낀다. 이러한 간극을 의한 절시적 행위는, 자신의 아내와 친구의 성관계를 바라보는 관음적이고 가학적인 왜곡된 욕망 형식으로 표출된다.

따라서 촛불중은 자신의 의식이 고착화된 지점으로 나아가 그것을 치유하고자 한다. 촛불중의 의식은 상상계의 의식이 고착화된 지점으로 나아가 '응시'라는 상징적 의미를 받아들이는 시도를 한다. 이 것은, '응시'가 이루어질 때, 주체가 분열을 경험하면서 무의식을 형 성한 지점으로 거슬러 올라가게 한다. 촛불중은 상상계와 상징계를 형성했던 시간으로 떠나야 하지만 그 곳으로 다시 되돌아 갈 수 없 다. 따라서 촛불중이 찾고자 하는 모습은 거울 단계에서 상징계로 나아가지 못한 지점이다. 이러한 고착화된 부분은 동일시를 '응시'로 인한 분열을 견뎌내는 방식으로 치유된다. 이러한 과정은 촛불중의 몸이 '몸'과 '혼'으로 나누어지면서, 혼과 몸이 타자로 작용하며 서 로를 동일시하는 것으로 은유된다. 그러나 동일시는 '응시'의 방법으 로 극복되어져야 한다. 따라서 '혼'이 '몸'을 바라보고, '몸'에 의해 '혼'이 응시된다. 그러나 이러한 과정에서 촛불중의 자아는 분열된 다. 그러나 '혼'이 다시 몸에 대해 애착을 느끼며, 몸으로 들어가 거 리감이 소멸됨에 따라, 몸은 자아가 회복해야할 공간으로 작용하면 서 분리를 경험하지 않는 주체를 탄생시킨다. 이로써, 동일시와 응 시, 자아와 타자, 몸과 혼과 분리는 근본적인 거리감이 소멸되고 자 아가 새롭게 구성된다.

《칠조어론》은 촛불중의 새로운 주체 구성에 대한 욕망이 주요 서사 구조를 이루게 된다.

다음은 《칠조어론》의 촛불중의 그레마스의 행동자적 모델과 표 준 서술 도식으로 정리해본 것이다.

《칠조어론》의 <행동자적 모델>

<표준 서술도식>

계약·조종(절시라는 거리두기의 쾌감에서 벗어나기) → 능력(육조에 의해 빛 돌을 임신/ 형벌로 굴에 갇혀있게 되면서 면벽수도를 통해 의식이 고착화된 무의식세계로 나아감) → 실행(신발 벗기로 무의식 세계로 나아가 혼과 몸의 분리를 경험함. 이에 혼이 몸으로 귀의하여 결합됨과 동시에 타원형의 새를 낳으면서 죽음) → 비준·검증(유리의 칠조로 등극, 유리를 회복시킴)

위와 같은 서술 도식에서 욕망의 계열체적 축의 환유적 변형과정은 다음과 같다.

1. 결핍된 주체: 유리의 황폐화 → 절시의 쾌감에 젖어 있는 촛불중 → 육조를 그리워하는 장로 손녀딸 → 장로 손녀딸을 욕망하는 읍장 겸직판관 → 절시의 쾌락에서 벗어나지 못한 촛불중

2. 욕망의 대상: 빛 돌 → 팔조 → 무의식세계(과거) → 몸과 혼의 분리 → 몸에 대한 집착 → 혼이 몸으로 귀의하면서 타원형의 새낳음

3. 욕망해소 방식: 절시의 쾌감에서 벗어나기 위해 자신의 남근 바라보기 → 육조와의 비역 후, 빛 돌 잉태(신의 땀방울과 같은 고행의 절정의미를 지님) → 육조의 빛 돌을 그리워하는 장로 손녀딸과 환상적인 성적 결합으로 팔조 잉태 → 면벽수도 → '절시의 쾌'에서 벗어나기 위해 신발 벗기로 무의식 세계로 떠남 → 자아와 타자의 경계 무너뜨리기 → 안과 밖의 경계 지우기 → 혼과 몸의 분리 경험 → 혼이 죽을 수 있는 몸을 욕망하는 '벌레'로 인해 몸에 대해 집착 → 몸에 대한 집착을 버리면서 혼이 몸으로 돌아옴 → 죽음을 맞이하며 빛 돌의 은유인 타원형의 '새'를 탄생시키면서 주체 회복과 새로운 주체 구성으로 유리의 회복을 가져옴.

다음은 ≪죽음의 한 연구≫의 육조가 수행하는 구도와 ≪칠조어론≫의 촛불중(칠조)가 수행하는 구도의 과정을 연계적으로 정리한 내용이다.

≪죽음의 한 연구≫의 육조: 촛불중과의 비역 후 촛불중에게 빛돌 잉태시킴 → 타원형의 물고기 낚시: 남근적 의미 → 예형으로 눈을 잃음 → 내광의 빛을 찾음 → 생각과 의식과 말이 몸으로 변모 → 몸 전체가 남근으로 변모 → 장로 손녀딸과의 성적 결합 → 관곽에서 매달려 죽음 → 몸과 혼의 분리로 주체구성 → ≪칠조어론≫의 촛불중 → '절시'라는 욕망의 거리두기에서 자유롭지 못함 → 육조와의 비역으로 빛 돌 잉태 → 신발 벗기(발바닥에 '고해'를 새기고 무의식세계로 나아가 몸과 혼의 분리 경험 → '벌레'로 인해 몸에 대한 집착 → 몸으로 귀의하며 이원론을 극복함. → 타원형의 '새'를 낳으며 새로운 주체 구성 획득

이처럼 ≪칠조어론≫에서 촛불중은 ≪죽음의 한 연구≫의 육조와는 달리 무의식세계에로 나아가 주체구성의 의미를 모색한다. 즉, ≪죽음의 한 연구≫의 육조가 여성성으로 주체 구성을 모색한다면 ≪칠조어론≫의 촛불중은 혼과 몸의 하나 됨과 안과 밖의 경계 무너뜨리기라는 일원화의 방식으로 새로운 주체 구성을 시도한다.

(2) 의식의 고착화를 형성한 무의식으로의 회귀

욕망은 비인격적이며, 무조건적인 성질을 지닌다. 이러한 욕망이 아버지라는 타자, 아버지라는 이름의 법을 통해 제한되었을 때, 비로소 이 무조건적인 욕망은 무의식의 차원에 자리 잡으며, 상징적 질서 속에서 자아를 탄생시킨다. 상징적 질서 속에서 욕망은 결코 그 순수한 자발성을 유지할 수 없으며, 이런저런 인격적 관계를 통해 동

기지어지고 변질되어야 한다.131) 육조와 촛불중은 유리의 남근으로 작용하면서 새로운 세계로 나아가고자 하지만 무조건적인 욕망은 무의식의 차원에 자리 잡으면서 억압된 욕망으로 구조화된다.

따라서 억압된 무의식에 대한 탐색은 주체가 이루어지는 과정, 즉 '구조화시키는 구조'를 파악하게 한다. 주체는 '구조화된 구조' 속에서 안주하는 한 '구조화시키는 구조'의 원리를 알지 못한다. 그 구조 속에 익숙해져 살아갈 때는 그 편안함 때문에 '은폐'를 욕망하는 것이다. 구조화된 구조 속에서 주체는 그 구조의 지배합리성에 얽매어 그것을 깨닫지 못한다.

그러므로 상징계적 의식 구조를 지니고 있는 주체는 자신의 의식이 '구조화된 구조'를 찾아낼 수 없다. '구조화된 구조'를 파악하는 것, 그것은 곧 주체형식의 파괴 과정이 내포된다. 그리고 그것은 새로운 질서를 찾을 수 있는 가능성이기도 하다. 따라서 상징계로 인해 억압된 무의식을 탐사하는 일은 실재계를 은폐하고자 한 '무지에의 욕망'을 위반하고, 구조화시키는 구조를 드러낸다. 이렇게 해서 주체에겐 구조에서 해방되는 방안이 마련된다.132)

≪죽음의 한 연구≫에서 육조는 유리를 떠나 읍에 있는 쇠락한 교회당으로 가, 교회당에서 사는 까만 고양이를 목 졸라 죽인다. 교회당 안에는 이전에 목사였던 자의 해골과 성경책이 기도 대 위에 얹혀 있다. 촛불중은 푸른 빛 눈을 가진 고양이를 보자, 이전에 촛불중의 천막에 있었던 촛불 속에서 비슷한 빛을 보았다고 생각한다.

전에 나는, 저 촛불 속의, 저 빛의 한가운데, 그 빛이 닿지 못하는 한 둥근 동혈에, 내가 먹혀들 것을 겁났었다. 그 어둠, 모든 중력이 일

131) 서동욱, ≪차이와 타자≫, 문학과 지성사, 190 – 191쪽.
132) 김인호, <최인훈 소설에 나타난 주체성 연구>, 동국대 박사논문, 1999, 14 – 15쪽.

점에로 쏟겨들어 무서운 소용돌이를 일으키는 유암에, 억류당해 만년
을 헤어나오지 못할 것을 겁냈었다. 그것은 지금 돌이켜보면 그리고,
어쩌면 내가 최초로 인식해낸, 한 생명이 타며 휩싸고 있는 불길 속에
냉엄히 자리 잡고 있는, 하나의 깊은 절망, 구원이 차단된 괴로운 고장
이었던지도 모른다. ─그래서 그것은 생명이 어쩔 수 없이 같이하고
태어나는, 어떤 원죄처럼도 여겨진다. 이것이 바로 그런 고양이와의 재
회인지 아니지는 모르지만, 그러나 문제는, 작열하고 있는 내 생명의
어떤 불꽃이, 어떤 시꺼먼 고양이의 붉은 피를 요구하고 있다는 것이
고, 그런 희생, 그런 제물에 배고파하고 있다는 것일 것이다.133)

육조는 교회당안의 고양이 눈빛에서 촛불중의 촛불 속에 생명이 어
쩔 수 없이 가지고 태어나는 원죄가 있었다는 사실을 깨닫는다. 그 촛
불 빛은 원죄를 상징하는 것으로, 육조는 촛불 빛, 즉 원죄 속에 자
신이 먹혀들어갈 것을 두려워하였던 것이었다. 이러한 원죄를 상징
하는 고양이와 대면함으로써, 촛불중은 고양이를 죽여 원죄에서 구
원 받기를 갈구한다. 따라서 촛불 빛으로 은유되는 구도행위는 원죄
에서 벗어나기 위한 하나의 행위로 비쳐진다.

원죄란, 하나님의 말씀을 불순종하고 자신의 욕망대로 행동하면서
생겨난 죄의식으로 죄의식은 인간의 잠재의식에 존재한다. 따라서
육조와 촛불중의 구도는 신과의 분리와 거세로 인해 주체가 잠재적
으로 갖게 되는 아버지 살해욕망을 풀어나가는 데 있다. 즉, 아버지
에 대한 살해욕망은 죄의식으로 치환되어 나타난다. 상징계에 억압
된 주체는 무의식적으로 아버지 살해 욕망을 갖게 된다. 따라서 아
버지 살해욕망은 소설에서 죄의식으로 작용한다. 이러한 죄의식은 아
버지의 법과 금지에 대해 위반하고, 어머니로 은유되는 상상계적 세
계를 욕망하기 때문에 나타난다. 따라서 죄의식은 상상적 자아가 상

---

133) 앞의 책, 275−276쪽

징계에 진입하면서 억압되어진 채 주체 구성에 함유된다. 따라서 주체의 무의식속에는 어머니에 대한 욕망과 죄의식이 있다. 따라서 무의식 세계에 나아가, 억압된 무의식에 대한 탐색을 할 때, 주체가 이루어지는 과정, 즉 '구조화시키는 구조'를 파악할 수 있게 된다.

a. 형벌의 수용과 자아 찾기

상징계는 아버지의 법과 금지 의미를 지니고 있다. 유리까지 지배력이 있는 읍에는 장로의 아들, 판관은 이러한 상징계적 법과 금지의 권한을 지니고 있다. 그러나 장로와 판관이 죽게 되면서, 판관의 오른 팔이었던 큰 형장지기가 임시로 새 판관이 되어 법적 기능을 보유한다.

옛 큰형장인 새판관은 화장터지기의 아들로서, 이러한 법적 기능은 새 판관을 선출할 동안만 위임된 것이다. 법과 제재를 가하는 상징계의 법관은 말(言)에 의해 위임되는 성격을 지니게 된다. 하지만 잠시 위임된 직은 진정한 법으로 작용하지 못하기에 형장은 힘과 독재로 자신의 직책을 유지하고자 한다.

읍장 겸 판관을 겸임하는 형장은 우선 장로 손녀딸에게 폭력을 가함으로 자신의 위치를 지키려한다. 형장지기의 폭력에 의해 장로 손녀딸이 임신한 육조의 후손, 8조는 사산되어 관각에 묻힌다. 형장지기는 새 읍장겸직판관이 되면서 장로 손녀딸의 담 밖에서 일방적으로 결혼식을 올린다.

> 남성이 여성에 비해, 조금이라도 월등하다거나 해보이지는 않으며, 오히려 劣勢를 드러내어, 남성이란 상처 자체로까지 보이는데, 그 상처를 감추려 하거나, 보호하려 하면 그들은, 폭력성을 드러내는 듯하다.[134]

---

134) 위의 책, 269쪽.

큰 형장은 담장 밖에서 결혼을 하고 난 뒤, 장로의 딸도, 아끼는 남자 수도부도 아닌 어미의 품에 파고들어 목 메인 울음을 울다 잠이 든다. 큰 형장의 어미는 자식의 오열을 어미의 정(情)의 크기만큼 설워하다가 혀가 짧아, 말을 만들지도 못하면서, 혀 짧은 통한(痛恨)을 견딘다. 그러나 잠이 오지 않는 탓에 경대 앞에 촛대를 세워놓고 거울 위에 시선을 떨구다가 놀라 아들 곁을 떠난다. 거울 속에는 연지 찍고 곤지 찍은 옌네가 푸른 저고리에 다홍치마를 입고 화촉(華燭)의 일곱 빛인 칠보족두리를 쓴 채로 다소곳이 앉아 있는데, 그것은 바로 자신의 모습이었기 때문이다. 이에 어미는 아들의 손에 붉은 옷고름 하나를 들여다 놓고 떠나버린다. 이것은 홀로 된 옌네들이 독자를 키울 때 일어나는 비극으로, 큰 형장의 어미는 자신에게서 아들을 욕망하는 여인의 모습을 본 것이다.

어머니와 아들에 서로에 대한 욕망을 잠재울 수 있지만, 어미의 아들에 대한 욕망과 아들의 어머니에 대한 욕망은 잠재된 채로 상징계적 무의식을 구성한다. 그러나 어미는 아들에 대한 자신의 욕망을 현실화시킬 수 없기에 아들 곁을 떠나게 된다.

읍장겸직판관인 큰 형장은 상징계의 법과 형벌을 상징한다. 그러나 큰 형장은 자신의 욕망을 위하여 장로 손녀딸이 촛불중의 빛돌을 그리워한다는 이유로 죄가 없는 촛불중에게 형벌을 내린다. 이로써 상징계적 세계와 질서는 왜곡되어지고 부정적인 실체를 지닌 것으로 극복하거나 사라져야 할 세계로 나타난다.

> 큰형장 자체는 복역수들에게는 억압이며, 부자유이고 구속이었으되, 형장 밖에서, 그 중 큰 억압 중의 하나로 치고 있는, '性'의 억압이라는 靑龍의, 그 억만근 무게의, 울침한 발톱들은 제물에 녹아져버렸거나, 뽑혀져나가고 없었다. 판관겸직읍장이 노린 것은 아마도 저것인 듯했고, 그리고, 그 억압으로부터 해방된 자들의, 그 이후의 반응인 듯했다.135)

　큰 형장은 죄를 짓고 복역을 하는 사람들에게는 억압의 대상이었지만, 형장 밖의 마을 사람들에게 억압이고 구속으로 인류를 구속시켜왔던 '性'의 억압으로부터 자유를 허락한다. 그러나 이러한 자유는 오히려 고을에 성병이 돌게 함으로 성행위를 불가능하게 만든다.

　　禁忌, 또는 道德律 따위에 제약받지 않은, 자유로운 性이란, 말하자면 理想鄕的 즐거움[快]이랄 것이다. ─억압으로부터 해방되자마자, 수렁으로 변해버리는 듯하여, 뽑아내려 하면 할수록, 더 깊이깊이 묻혀 가라앉는다.[136)]

　'성'의 억압은 인류사에 지속되어온 금기이다. 그러나 성이 자유로워질 때 인류는 오히려 자유를 잃게 된다. 인간에게 '성'은 극복해야 할 것이지, 制約과 禁忌를 없애고 해방시켜야 할 대상은 아니다. 제약과 금기는 인류의 위대한 세계 구현을 주춧돌로서 세계의 질서를 세우는 기반이 된다. 큰 형장과 어미와의 왜곡된 관계는 큰 형장이 장로의 딸에게서 버림받음으로써 더 큰 결핍을 낳는다. 이로써 큰 형장은 상징계의 억압적 이미지를 더욱 강화시킨다. 욕망에 결핍된 큰 형장은 그의 상처를 폭력으로 표출하며, 촛불중에게 죽음을 선고한다. 따라서 상징계는 욕망을 억압시키는 기제로 작용한다. 동시에 억압의 기제에는 주체의 결핍과 결여가 전제된다. 큰 형장은 결핍되어 있기에 폭력과 죽음으로써만 자신의 결핍을 해결하려는 불완전한 모습을 갖는다.

　큰 형장의 법과 금지 이미지는 촛불중의 몸을 구속하고 억압한다. 하지만 이로 인해 촛불중은 고행을 겪으며 구도의 길을 가게 된다. 상징계로 나타나는 법과 금지는 인간을 억압시키지만 오히려 인간의

───────────────

135) 《칠조어론》(2)권, 264쪽.
136) 위의 책, 266쪽.

'위대한 세계의 구현'을 이루는 데 기반이 되고 주춧돌이 될 수 있다.

라깡은 결여와 금지를 욕망의 전체 구도의 중심으로 놓는다. 라깡은 상징계를 개인의 말이라는 수단을 빌려서 나타날 때 그 의미를 획득하며, 인간 열정의 내면성과 만족을 추구하는 열정을 억누르는 사회적 제도 사이를 끊임없이 오가는 흐름으로 바라본다. 이로써 촛불중은 상징계적 구도 속에서 자유와 구원의 길을 찾아나서야 하는 필연성을 갖게 된다. 촛불중은 큰 형장의 규제와 형벌을 받으며 그의 구도를 수행한다.

큰형장에 명령에 의해 촛불중은 양 쪽 발바닥에 '苦海'라는 화인(火印)이 찍힌다. 그러나 촛불중은 현재의 자신의 운명이 '苦海'를 통해 극복될 것을 믿는다. 상징계의 왜곡된 이미지와 형벌이 주체를 억압하지만, 주체는 그러한 고통을 통해 자신이 나갈 길을 찾게 된다.

> 제 '몸'을 찾아, 어디로든 찾아 떠나보기는 떠나보아야겠어서, 촛불중은 신발끈을 매려 했다. 오늘은, 자기라는 그 '꿈의 껍질(記號)를 입게 하는 것이라고, 그렇게 하는 것이 자기의 의무라고, 그리고 그렇게 하기로서만, 자기도, 이 현재의, 자기의 '運命의 記號'를 벗을 수 있다고, 촛불중은 그렇게 믿은 것이다. 촛불중 자기가 가진 것이라곤, 허긴 그것 말고 또 무엇이 있겠는가, 자기 신고 있는 한 짝 신발, 에 눈을 머물리게 되었으며, 그래서 생각에, 그 안바닥에 저것을 누이고, 그 신발을 머리에 이고 걷는다면, 좋을 것이라고 했다. 그러나 촛불중은, 바로 그 신발 속에서, 길을 찾았다, 그렇다, 그 한 짝 신발 속에, 한 벌의 고향길이, 서리서리 사려넣어져 있었던 것이다.[137]

신발은 어딘가를 가게 하는 수단이다. 촛불중은 신발 속에 고향길이 넣어져 있다는 것을 깨닫는다. 이를 통해 주체가 상징계의 법과

---

137) 앞의 책 (4)권, 273－274쪽

질서를 극복하고 나아가야 할 곳이 고향길이고, 그곳에서만 쉼을 얻을 수 있다는 결론을 도출한다. 따라서 촛불중은 발바닥에 '苦海' 자를 새긴 채로 고향 길과 같은 어렸을 때의 시간으로 떠나간다. 그러나 촛불중은 어렸을 때의 시간으로 완전히 거슬러 올라갈 수 없다. 하지만 그는 자신의 부인과 성관계를 하다가 자신의 손에 의해 죽은 원귀를 만나면서 의식의 고착화된 지점을 풀어나간다.

촛불중이 의식의 고착화를 형성한 지점은 '훔쳐보기'와 '응시'에서 분열을 느끼는 상상계와 상징계의 범주 사이이다. 촛불중은 의식의 고착화된 지점을 치유하고 근본적인 결핍을 극복하기 위해 무의식 세계를 선택한다. 촛불중에게 무의식은 의식세계를 규명할 수 있는, 의식과 분리해서 생각할 수 없는 세계이다. 따라서 무의식세계에서의 깨달음은 곧 의식을 변화시키고 의식서계와 하나로 통합되어진다.

b. 경계 지우기로 통합되는 '안' 과 '밖'

≪죽음의 한 연구≫에서 육조가 죽은 후, 촛불중은 ≪칠조어론≫에서 이전과는 다른 인물로 변모되어 등장한다. ≪칠조어론≫에서 촛불중은 두 번의 집회와 설법을 통해 예전의 촛불중과는 다른 깊이와 면모를 보여준다. 촛불중이 칠조 촌장이 되기 위해 구도를 할 수 있었던 것은 육조와의 비역 후, 육조의 '빛 돌'이 심어졌기 때문이다. 장로 손녀딸은 촛불중의 변모된 모습에 놀라움과 호기심을 갖는다. 그러나 장로 손녀딸은 육조를 잊지 못한다. 이에 촛불중에게 심겨진 육조의 '빛 돌'을 그리워하며 촛불중과 육조와 동일시한다. 장로 손녀딸이 욕망하는 촛불중의 '빛 돌'은 '빛 돌'로 은유 되는 새로운 주체 구성을 욕망하는 의미를 지닌다.

촛불중은 숲으로 가던 중 관곽 밑에서 육조에 대한 그리움으로 자신을 기다리는 장로의 손녀딸을 만난다. 촛불중은 육조의 아이인 팔조를 임신했던 장로의 손녀딸에게 예를 갖추고 '마음'을 뜻하는 머리카락과 '말'을 뜻하는 눈썹을, '몸'을 뜻하는 거웃을 바친다. 장로의 손녀딸이 육조에 대한 그리움으로 육조가 촛불중의 몸속에 심어 준 '빛 돌'을 그리워하는 것은 육조의 '빛 돌'이 빛의, 불의 한 열매(卵)이고, 천둥 같은 침묵의 말(言語)로써 무의식 세계의 질서와 빛으로 작용하기 때문이다. 무의식에서 발현되어지는 모든 행위와 동작의 도달점은 언어이다. 따라서 장로 손녀딸이 욕망하는 '빛 돌'은 촛불중이 장로 손녀딸을 사랑함으로 인해, 촛불중이 도달해야 할 질서와 빛으로 자아와 타자의 경계를 무너뜨린다. 또한 촛불중이 자신의 몸속에 잉태된 '빛 돌'을 그리워함으로 인해, 자아와 자아, 즉 몸과 혼의 경계를 무너뜨리는 가운데 추구될 수 있는 세계가 된다. 이로써 촛불중이 치루는 구도는 타자와 자아, 몸과 혼, '안과 밖', '의식과 무의식', '마음과 몸'의 경계와 거리감이 소멸된다.

"마른늪에서, 펄펄 살아 뛰는 생선을 낚아내는 漁夫가 있다면, 그가 유리의 村長이 된다"는, 일종의 不文律的 法則이랄 것은, 유리 사람들께는 잘 알려진 사실인데, 그렇기 때문에 고려하게 되는 것은, 求道와의 관계에서는 그렇다면, '마른늪'이란 '無明'이나 아닌가 하게 되고, 촛불중과의 관계에서는, 그의 '無意識論'을 이루는, '無意識' 자체나 아닌가, 하게 된다. 그에 의하면, 意識하는 有情(이란 분명히 '人間'이겠지뺑,)의 無意識은, 그 有情의 '밖 자체'라고 하고 있으며, 그 有情의 '몸도 그리고 밖'말고 다른 아무것도 아니라고 이르고 있다. 그러자 그러면, 그 '밖'에 대한 '안'이란 무엇인가, 그것은 그렇다면 '마음' 같은 것이라도 되겠는가? 하는 의문이 뒤따르지 않을 수 없는 것은 당연할 터이다. ('意識 / 無意識'은, 어쩌면 그 출발점을 心理學과 관계되어진 데 두고 있을지 모른다 해도, 만약에, 모든 발현되어지는, 무엇들의 행위·동작이, 광의적 의미에서, 言語 말고 다른 아무것도 아니라고 단정하는 것도 가능하다면, 그 도달점은, 言語말고 다른 아무것도 아니라고 단정하는 것도 가능하다면, 그 도달점은, 言語와 관계되어진 데 두고 있을지 모른다.[138]

촛불중에게 무의식은 유정의 '안'에 대립하는 '밖 자체'이며 '의미'에 대한 '기호'자체이다. 따라서 한 인간의 '몸'은 의미에 대한 '기호'자체로 은유되어 몸이 도달할 점은 기호와 마찬가지로 言語의 세계로 구성되어 있는 무의식의 세계와 관련된다. 따라서 육조와 촛불중의 구도는 기호 해석의 방식인 '몸'을 통한 구도 행위로 이루어지게 되며, 촛불중에게 몸을 통한 구도는 곰으로 형성되는 무의식 세계 속에서 이루어지는 것을 뜻한다.

촛불중에 이르면 기호에서 '안과 밖'은 하나로 통합되어 일원화가 된다. 촛불중은 기호와 의미, 안과 밖의 경계를 지움으로서 주체의 분열을 극복하고자 한다. 즉, 무의식은 기호와 의미가 하나로 녹아져 있는 無와 같은 것으로 주체의 분열을 극복할 수 있는 장소가 된다. 따라서 무의식적인 정신과정은 안과 밖의 경계에서 밖을 완전히 비워낸 밖, 무의식 세계를 규명한 뒤의 질서인 무의식, 기호와 의미의 경계는 기표의 치환을 통해 주체 회복 과정에 도달 할 수 있게 한다.

촛불중이 이르는, "한 有情의 無意識은, 그 한 有情의 몸을 포함한, 밖 자체"라는, 그 '밖'이 활짝 깨이면, 아마도 저런 상태가 드러날 것이었는가. 텅 비었으되, 모자람이나 남음이란 없는 비임. 自我 / 非自我의 경계가 어디에 있는가? [부디, 이 상태를 도류여, 어찌 '풍경'일 수가 있겠는가? 말한 바의 '풍경'이란, '의미'를 捨象당한 '記號' 같은 것이 아니겠는가. 그러나 저 상태는, '記號[풍경]'와 '意味[點－비쟈. 한 '만달라'의 시작도, 이 '點'에서부터라고 알려져 있다]'가 하나로

138) 위의 책 (3)권, 241쪽.

녹아져 있는, 만달라인 것, 옴-, 無-그러면 '밖/안'의 경계도 어느
덧 스러져버렸음을! '밖'이란 그러니, '밖'을 완전히 '비워내지'못하는
한 '밖'에 머무는 것일 것이다.139)

주체 분열은 상징계에서의 무의식적 분열과 통합으로서 또 다른
분열로 이어진다. 상징계에서 언어는 무의식 세계를 조장하며 무의
식의 의미를 운용하고 형성시키게 된다. "주체가 겪게 되는 분열은
말하기라는 언어적 억압에 의해 비롯됨으로 무의식에서 안과 밖, 기
호와 의미, 몸으로 나타나는 기표지우기로 반복되어 나타난다."140)
촛불중은 마음과 몸이라는 안과 밖의 경계에서, 밖이라는 무의식적
세계의 기표를 해석하고 지워나가는 방식으로, 상상계와 상징계적
질서가 형성되어가는 과정에서 주체 분열로 생기는 무의식 세계에서
자아 찾기를 계속해 나간다.

'눈'이란 그래서, 의심할 여지없이 '男性'을 띠어 있는 것인데, 그래
서, '눈을 도려 파내기'가, '去勢'로 이해되어지는 것은, 당연할 터이
다. -'눈'이, 그것의 男性·女性이라는, 性別을 잃어버리면, 그것은
모든 것을 두루 反映해 들이되(受容), 무엇에도 집착함이 없어, 受容
하기가 原狀에로 되돌리기, 라는 그런 결과에 도달하는바, '밖'이 자
꾸 뒤집혀 '안'이 되는데, 이 뒤집히기는, 거기 머물지 않고, 더 진행

---

139) 위의 책 (3)권, 45쪽.
140) 맬컴보위, ≪라깡≫, 205쪽.
　　라깡은 태초부터 분열이 있었다는 점을 강조한다. 분열은 첫재로 주체
　　가 사용하는 언어 때문에 말하는 주체에게 분열이 찾아온다는 것이고,
　　둘째는 분열이 인간의 열정에 내재된 것이며, 각 개인에게 그 분열의
　　시기는 언어를 획득하는 시점 이전의 시기로 소급된다는 것이다. 그러
　　니까 이미 유아 시절부터 존재하는 욕구와 요구 사이의 분열은 그 어
　　린아이의 존재를 미리 결정해 버리는 것이고, 또 이것이 나중에 분열
　　된 주체로까지 이어진다는 얘기이다.

하여, 자꾸 '밖'을 태어놓는다는 것, 그것이, 촛불중의 믿음에는, '性別'을 뛰어넘은, '눈'의 마음 밝히기일 것이라고 했다. —눈의 하나는 '男根'이몒지 道流엽, 다른 하나는 '말씀'이곱지, 道流엽, 그리고 제삼의 눈은, '마음'입지, 道流엽. 喝!141)

또한 무의식의 수도과정에서 남근적 기표인 '눈'을 도려내어 내면적이 세계의 빛을 발견하며 의미를 획득하는 것은 눈이 사라짐으로 인해 집착함이 없이 반영과 수용을 통해 原狀에로 되돌려지는 것이 가능해지기 때문이다. 밖이 안으로 뒤집혀지기는 이에 머물지 않고 밖을 태어 놓는 의미를 지닌다. 또한 내면적인 '눈'의 마음 밝히기는 '밖'인 무의식 세계의 이해함을 통해서 이루어질 수 있다.

이때, 육조의 마지막 구도는 '空間'에 구멍을 뚫고 날아가는 방식으로 이루어진다. 촛불중은 人無空間으로 알려진 곳으로 閼世를 떠나는 방식으로 나타난다. 또한 유리 밖으로의 돌아오기는, 유리의 안쪽에로 들어가기이고, 내려가려는 곳은 '공간'에 반향적인 고장으로, 모든 것이 뒤집히게 된다. 즉, '찾기'의 뒤집히기는 '잃기'가 되고, 잃기는 다시 순화라는 말로 환치된다. 이렇게 대지의 한가운데로 내려가 순화가 되면서 의식과 몸에 잠재되어있는 숨겨진 돌을 찾을 수 있게 한다. 이렇게 해서 안과 밖의 경계를 무너뜨리고 모든 것을 다 갈아 치운 촛불중의 구도는 '안'과 '밖'의 문제를 '혼'과 '몸'의 문제로 은유시키며 주체 모색의 길을 떠난다

c. 자기 부정으로 이루어지는 결핍극복

≪죽음의 한 연구≫에 등장하던 육조와 ≪칠조어론≫의 촛불중은 구도의 길에 정진하며 자아 찾기에 나선다. 주체들의 정진 과정에서

---

141) 위의 책, (3)권 85–87쪽.

의미들이 발생하고 의미작용은 환유의 방식으로 이루어진다. 또한 주체들이 다름에도 서로에게서 유사한 점들이 있는 것은 주체들의 모습이 겹치면서 은유된 것이라 할 수 있다.

주체의 모습이 다른 것은 고착화된 지점이 다르고, 고착화된 의식에서부터 욕망의 방식이 각각 다르게 주체들의 의식에 작용하기 때문이다.142)

---

142) ≪욕망이론≫, 66 - 92쪽.
무의식 속에서 벌어지는 마음의 기능을 설명하기 위해 프로이트는 압축과 전치라는 근본적인 양태를 설정했다. 이 두 양태는 꿈속에서 의미를 생산하고 변형시키는 상보적인 축(軸)이며, 형언 불가능한 정신적 유동성의 영역에서 구조적 주기성을 엿보게 해 주는 장치였다. 너무 경직되지도 또 너무 유연하지도 않은 체계인 이 두 양태는 개인의 욕망이 갖고 있는 의미화의 구조를 잘 드러내 준다.
프로이트에 따르면 꿈을 가능하게 하는 일반적인 전제조건은 왜곡 또는 변환이다. 소쉬르식으로 말하면 담론속 에서 항상 작용하고 있는 기표 아래로 기의가 미끄러져 내려가는 것이 꿈이다. 무의식이란 기표의 활동을 가리키기 때문이다. 기표가 기의에 미치는 두가지 효과는 우선, 압축을 들 수 있다. 압축은 기표들의 포개짐으로 은유가 중요한 수사법으로 드러난다. 다음으로 전치는 의미작용의 방향전환과 관계가 있다. 방향전환은 환유 속에서 가능해진다. 환유는 프로이트가 말했던 것처럼 무의식이 검열을 피하기 위한 적절한 수단이기도 하다.
라깡의 이론에서 기표들에 의해 생성되는 의미화의 연쇄 한쪽 끝에는 환유가 있고 또다른 한쪽 끝에는 은유가 있다. 은유는 두 이미지의 제시 즉 두 기표가 동시에 구현되어 생겨나는 것이 아니다. 한 기표가 의미연쇄 속에서 다른 기표의 자리를 대신하게 되면서 자리를 빼앗긴 기표는 억압되어 눈에 보이지 않게 되지만, 아주 없어지는 것이 아니라 의미연쇄 속에 있는 다른 기표들과의 (환유적) 관계를 통해 여전히 남아 있게 된다. 또 다른 단어가 어떤 단어를 대체하는 것 이것이 은유의 공식이다.
주체는 끊임없이 뻗어 있는 욕망의 철길 속에 거의 광적으로 사로잡혀 있다. 욕망은 늘 다른 어떤 것을 끊임없이 추구하는 환유적 운동을 보여준다. 그러므로 의미의 연쇄가 한 순간 멈추게 되는 바로 그 지점에서 왜곡된 집착이 생겨난다. 무의식적 욕망은 결코 소멸될 수 없다. 결코 만족될 수 없으며 단순히 소멸되지도 않는 욕구가 없다면 욕망도 가능하지 않겠지만, 그러한 상태는 곧 유기체 자체의 파멸을 의미

≪칠조어론≫의 觀夢品에서는 <羅卜傳>이라는 동화가 삽입되어 있
다. <羅卜傳>은 촛불중이 구도하는 일원론에서 현실과 무의식, 안과
밖, 선과 악, 양과 음 등의 경계를 무너뜨리고, 自 / 他 사이의 간극
과 거리를 '無意識'論에 의해 없애거나 좁히려 한다.

<羅卜傳>에 등장하는 주인공 별보기님은 깊은 골짜기에 양치기로
양을 치면서 보리수 그늘 아래에 누워 한낮에 별이라 헤아리고 때문
에 별보기님으로 불리운다. <羅卜傳>의 이야기는 촛불중이 구도하는
완전한 소멸을 위한 자기부정 과정이 환유된 것이다. 이러한 자기
부정 과정은 자신과 타인을 구원하는 행의로 작용한다.

별보기님이 사는 고을에는 榜이 붙여졌다. 방의 내용은 왕의 12공
주가 잠을 잔 뒤 아침이 되면 신발이 다 닳게 되는데, 그 원인을 찾
는 자들에게는 큰 상금을 주고 공주와 결혼을 시키겠다는 내용이다.
이 방으로 인해 각지 각색의 남자들이 찾아와 그 문제를 해결하러
떠나지만 별보기님은 전혀 그러한 사실을 모른 채 자연에 파묻혀 지
내게 된다. 그러나 별보기님은 전에 안 꿨던 꿈을 세 번이나 반복하
여 꾸면서 고향을 떠나게 된다.

>   이승과 저승의 '中間狀態'라는, 바르도와 反極 되는 데쯤에, 이승인
>   데 이승도 아니며, 저승일 터인데도 저승도 아닌, 그런 어떤 '中間'이
>   라고나 불러야 될 듯한 '고ㅅ(곳 +것)'에, 저런 '잠'의 사냥개를 데린,

할 뿐이다.
의미를 만들기 위한 은유와 환유는 아주 능동적이고도 강렬한 측면을
가지고 있어서, 횡선 아래로 억압되어 의미를 거부하는 기표와 존재의
결핍 사이에서 주체의 욕망을 불러일으킨다.
환유축과 마찬가지로 은유축의 의미추구도 주체의 인식과는 아무런
관계없이 진행된다. 내가 나의 존재의 實現에 모든 주의를 다 기울일
때도, 또한 은유의 과정을 의식조차 하지 못할 때에도 나는 이미 은유
의 과정 속에 들어와 있는 것이다.

그 정체는 분명히 그림자(幻·夢)인데도, 그들의 魔術지팡이가 닿는 자리에서는, 實相的 變化가 일어나는, 앗따나, 神秘스럽슴, 그런 어떤, 超越과 俗의 中間的 有情이랄 것들이 살고 있는 것이나 아닌가, ─그 별보기놈의 낮잠 속에, 금의를 입은, 아마도 사랑 탓일 것이지, 그 눈이 너무 깊어 검고도 부드러운, 그런 눈의 옌네 하나가, 나타나서는, "얘야, 어찌 너는, 누워 낮잠만 자느냐? 일어나 詩王官에라도 가볼 일 일 것을. 그러면 뉘 알게, 너 노상 꿈꾸는, 그 玉詩에게 장가라도 들게 될지 뉘 알아?"라고, 가볍고 부드러워 새털 같은데도, 그것이 납덩이나처럼, 羅卜이의 가슴 밑바닥에로 무겁게 가라앉아드는, 그런 소리로 일어주더라 헙습메다. ─어쨌거나, 저 별따기총각님은, 연 사흘을, 대략 그 같은 시각에, 그 같은 보리수 그늘에서, 그 꼭같은 꿈을, 그러니, 세 번씩이나 꾸었더라고 합습메다.[143]

별보기님이 고향을 떠나는 것은 기억에 없는, 자기의 어머와 같은 여인이 현몽하였기 때문이다.

꿈은 이승도 저승도 아닌 중간상태의 장소이다. 따라서 현실적인 시간이나 공간이 될 수 없지만 존재하지 않는 것은 아니다. <羅卜傳>은 自／他 사이 경계를 무너뜨리면서 '自我' 찾기, '魂' 찾기의 목적을 지니고 있다. 공주들의 신발이 닳는 문제는 촛불중이 발에 '苦海'자가 새겨지는 구도가 은유된 것이다. 따라서 촛불중은 '꿈'이라는 무의식 세계를 통해 '苦海'를 극복하고 이원론의 경계를 무너뜨리려는 새로운 출구로 삼는 것으로 이해할 수 있다.

별보기님이 城에서 일할 수 있었던 것은 공주들에게 꽃을 바치는 花童이의 종적이 묘연해 궁정 늙은 원정이 간절히 花童이의 소식을 기다리고 있을 때 나타났기 때문이다. 늙은 원정의 눈에 별보기님은 '거친 들 가운데서 파 뽑아온, 제멋대로 자라, 어떤 원정의 손도 닿

---

143) 위의 책 (3)권, 373─375쪽.

아본 적이 없는, 실한 보리수 한 그루도 같았다. 그리고 이제 처음으로 암컷들의 냄새를 분별하기 시작하는, 숫코끼리와 같은, 불균형의 균형, 야생적 균형을 잡고 있는 것 같은 모습을 지니고 있었다.

늙은 원정의 눈에 든 별보기님은 그날로 花童이가 된다. 별보기님은 왕의 12딸들에게 꽃을 바치던 중, 막내 공주를 바라보며 사랑하게 된다. 羅卜이가 막내 공주에 대한 상사병으로 괴로워할 때 그 꿈속의 옌네가 나와 한손엔 벗—월계수 가지와 장미—월계수 가지를 쥐어 주고, 다른 손에 작은 금갈퀴와 금으로 만든 작은 물주개(금병), 명주 수건등을 별보기님에게 건네주고 사라진다.

> "이 두 가지 월계수를, 두 큰 화분어 따로따로 심은 뒤, 그 흙 북돋기는 이 갈퀴로 하고, 물주기는 이 물주개로 하며, 이파리들에 앉은 먼지 닦기는 이 수건으로 하여, 이 두 월계수가 대략 열대여섯 살 먹은 처녀아이 키만큼이나 자라면, 나무들에 대고 속삭여 내 귀여운 월계나무여, 금갈퀴로 내가 너를 북돋았으며, 금 물주개로 물 주고, 명주수건으로 네 잎들을 닦아줬잖니? 란 뒤, 네가 원하는 것이 있으면, 그것이 무엇이든 물어보라구, 그러면 알쪼가 있을 거니께는."[144]

꿈속의 옌네가 주고 간 물건들이 실제로 별보기님의 손에 쥐어진 것은 동화이기에 가능한 것이다. 하지만 '꿈'이라는 무의식의 세계는 현실과 동떨어져 있는 것이 아니고, 현실적 고통을 해결하는 구원의 기능을 가지기에 무의식이 갖는 효용은 깨어 있는 상태에서도 소멸하지 않는다.

정신분석학적 경험은 무의식이 우리 행동의 전 영역을 지배하고 있다.[145] 그렇게 때문에 羅卜이는 잠에서 깨어나도 꿈에서 옌네가

---

144) 위의 책, 395쪽.
145) ≪욕망이론≫, 76쪽.

준 물건들은 사라지지 않고 현실적 문제를 해결하는 역할을 한다.

羅卜이는 '벗-월계수'에 대고 자신의 몸이 보이지 않기를 소망하며 저고리 깃 섶에 가지를 꽂아 몸이 보이지 않게 하고 공주들이 다같이 자는 방에 들어와 공주들의 행동을 관찰한다. 깊은 밤, 공주들이 羅卜이가 보는 것도 모르고 밤 치장을 끝낸 뒤 어디론가 떠날 준비를 한다. 공주들이 떠나는 세계 또한 또 다른 무의식적인 세계의 기표가 된다. 무의식 세계를 향하는 방식은 첫째 공주가 방바닥을 세 번 치면서 마룻바닥이 열리면 공주들이 안으로 들어가고, 또 다른 큰 문에 도착하여 역시 첫째 공주가 손뼉을 세 번 치면 문이 열려지는 방식으로 이루어지게 된다. 그곳에서 공주들은 자신들을 기다리고 있던 낮에는 獸皮를 입고 있다가 밤에만 사람으로 돌아오는 왕자들을 만나 각기 배를 타고 잔치를 벌이며 밤새도록 신발이 닳도록 즐겁게 노는 모습을 보이는데, 羅卜이는 이렇게 밤새 이루어지는 공주들의 행각을 공주들의 뒤를 쫓아다니면서 내내 지켜보게 된다. 그 왕자들은 바로 저 열두 공주 중의 누구의 손이라도 잡아보겠다고, 먼 길을 왔다가, 실종해버린 자들로서, 다른 나라의 왕자인 자들이었다. 이들은 忘憂藥을 취하며 이곳에서 나오려는 의지와, 목적의식을 갖지 않고, 몽유병자들모양, 자기들께만 보여지거나, 느껴지는 어떤 부름에 쫓고만 있는 상태였다.

하지만 羅卜이는 오히려 이런 광경을 보며 가슴에 상처를 입는다. 막내 공주가 다른 왕자와 함께 있는 배에 타고 노는 것을 보지만 그는 자신을 드러낼 수 없기 때문이다. 아침이 되어 현실로 돌아온 羅卜이는 공주들의 뒤를 따라 다니며 따온 은가지를 막내공주의 꽃다발 속에 넣어 羅卜이가 공주들의 密行을 다 알고 있다는 것을 알려준다. 이 사실을 막내 공주에게 들은 첫째 공주는 羅卜이를 저 땅굴 속에 처넣을 것을 주장하지만, 막내 공주가 반대하고 나서자, 공

주들은 羅卜이를 무도회에 초청하기로 하고 그곳에서 다른 王子들
과 같이 취급하고 忘憂藥을 먹이기로 결정한다. 羅卜이는 공주들이
그런 결정을 내리는 것을 이미 다 보았으므로 가슴에 깊은 슬픔을
갖게 된다.

하지만 羅卜이는 '自己'를 否定하며, 그 길을 따르려 한다. '自己
否定'이야 말로, '흐르는 바람까지도 굳혀 금강석을 만드는, 그런 苦
行'146)이며 힘으로, 그것에 비교될 아름다움과, 그것에 비교될 힘도,
그것에 비교될 熱도 이 六道間에는 없다고 생각하기 때문이다.

별보기님으로 은유되는 촛불중의 무의식론은 自己否定의 활로이
다. 自己否定이란, 벌거벗기, 위해서 입은 살, 넋을 벗기, 벌거벗기,
徹底히 벗기이다. '벗기'가 '解放', '自由의 성취', '解脫'등의 의미로
통역되어진다. 촛불중의 발에 새긴 '苦海'는 해탈과, 자유의 성취를
의미한다. 羅卜이의 自己否定은 결국 한 나라를 구원하고 다른 이들
을 구해냈다. 따라서 촛불중이 구도하는 자기부정은 자신과 타인을
구원하는 행위가 될 수 있다.

羅卜이는 무의식세계에서 다른 왕자들에게 뒤지지 않기 위해 분
홍색 장미꽃가지를 꺾어 깃섶에 넣고 자신을 멋진 왕자로 꾸며줄 것
을 소원한다. 그리고 초청된 羅卜이 저 막내 公主의 사랑 탓에 그
忘憂藥을 먹으려 하자, 막내 공주는 술을 마시지 말라고 소리치고,
자신이 羅卜이와 결혼을 하겠다고 소리친다. 다른 왕자들도 모두 공
주들 앞에 서서 각기의 가슴이 시키는 대로 그 공주들의 앞에 무릎
을 꿇어 '손잡기'를 바라며, '訪內地成純得道'의 門을 뒤로 두고 손
에 손을 잡아 오르는 길을 올랐다. 그들이 떠남과 동시에 그들이 놀
던 장소는 무서운 굉음과 동요가 생기며 그들을 환희로 들끓게 했던
城은 호수 속으로 폭삭 가라앉고 있었다.

146) ≪칠조어론≫(3), 427-428쪽.

공주들이 놀던 문 저쪽의 세상은 사람의 의식 속에 늘 거주하면
서 실제로는 갈 수 없는 장소이다. 이러한 꿈의 세계는 사람들의 욕
망이 만들어낸 무의식의 세계이다. 따라서 욕망이 사라지지 않는 한
그러한 무의식의 세계도 사라지지 않는다. 촛불중이 무의식의 세계
를 통해 일원론을 추구한 것은 무의식이 객관적으로 규정할 수 있는
지식의 대상이 아니라 인간을 인간주체로 만들어 주는 공간으로 작
용하기 때문이다.147)

'무의식은 근원적인 것도 아니며 본능적인 것도 아니다. 그것이 알
고 있는 근원적인 것이란 기표의 근본에 불과하다'148) 무의식 세계
가 꿈으로 나타나는 것은 촛불중의 구도 과정이 은유된 것으로 주체
의 자기 부정만이 이상적 세계를 건설할 수 있음을 환유적으로 나타
낸 것이라 할 수 있다. 이렇게 촛불중의 구도가 꿈에서 '은유와 환
유'의 방식으로 나타나는 것은 현실과 무의식이 의미화 연쇄에서 연
쇄고리를 서로 연결시켜 주는 양태로 작용할 수 있고 또 구조와 일
관성을 제공하는 원칙이 되기 때문이다. 주체는 언어 속에서 벌어지
는 일련의 사건이며 곡절, 수사, 굴곡의 행진이다.149) 羅卜이가 꿈에
서 겪은 사건들은 주체 구성을 형성시키는 요소로서 또 다른 방식으
로 羅卜이의 욕망 극복 방식을 드러낸 것이다.

그러나 촛불중이 꿈에서 깨어 난 뒤에 '실어병'에 걸림으로서, 그
의 넋이 바르도를 헤매고 있으되, 그의 몸은 아직도 逆바르도에 있
기에, 이쪽이든 저쪽이든 아니면 그 양쪽을 다 벗든, 입든, 프라브리
티에 물려 있는 그 '껍질'을 어떻게든 해야 하는 문제에 부딪히면서
그의 구도는 계속되게 된다.

---

147) ≪욕망이론≫, 91쪽.
148) ≪라깡≫, 112쪽.
149) 앞의 책, 118쪽.

d. 몸으로 돌아오기 위한 영혼의 표류

촛불중의 혼은 꿈의 형식을 통해 그의 의식이 고착되어 있는 무의식의 세계로 여행을 떠난다. 촛불중이 꿈을 통해 찾고자 하는 세계는 自我문제이다. 촛불중은 꿈속에서 오른 발에 가죽 신발을 왼발은 신발을 신지 않은 채 떠남으로 몸과 무의식 세계에서 자유롭지 못함을 알려준다.

촛불중이 여행을 떠나 만난 것은 죽을 몸을 빼앗긴 서낭鬼이다. 서낭귀는 촛불중이 자신의 고향에서 남의 淫事를 훔쳐보며 자위하기를 즐기던 시절, 첫날밤에 친구를 들여보내 놓고 쾌에 달했을 때 촛불중의 손에 의해 죽은 친구의 혼이다. 서낭귀는 죽음을 맞이할 당시, 혼이 몸에서 빠져나갈 때 자신의 죽은 몸으로 '길숨한 동그라미' 같은 다른 혼이 들어감으로써 몸을 빼앗겼다. 죽을 몸을 빼앗긴 서낭귀는 병이 들어 곧 죽게 될 청년의 몸에 들어갈 기회를 노린다.

서낭귀라는 '혼'이 '몸'을 필요로 하는 것은 '안'과 '밖'의 의미가 '혼'과 '몸'으로 환유된 형식으로, '안'과 '밖'의 경계 소멸은 '혼'과 '몸'이 하나가 될 때 가능해짐을 명시해준다. 촛불중에게 '몸'은 '안'과 '밖'에서 '밖'에 해당하는 것으로 무의식 세계와 연관되어 있다. '몸'을 통해 다가가는 무의식 세계의 의미는 촛불중의 의식이 '몸'이라는 무의식 세계의 규명을 통해 '안'과 '밖'의 경계가 소멸될 수 있음을 암시한다.

촛불중이 과거 속으로 돌아가 친구를 만나는 것은 그의 의식 속에 친구와 신부를 살해한 것에 대한 죄책감과 함께 상실되었던 자아를 회복시키고자 하는 노정이다. 그러나 서낭귀는 촛불중이 자신의 친구라는 걸 알아보지 못하고 죽은 청년의 몸을 쟁탈하기 위해 또 다른 물의 귀신 甲公과 처절한 싸움을 벌인다. 甲公은 죽어가는 청년의 病毒을 빨아 사는 악귀로, 죽어가는 청년의 항문을 통해 비어져 나온 毒蛇의 모습으로 서낭鬼와 몸의 쟁탈을 위해 치열하게 맞붙는다. 毒蛇로 서낭鬼를 소멸시키려 할 때, 서낭鬼는 목구멍을 열어, 자기라는 그 새장 속에 가둬놓고 있던 가마귀를 보내 毒蛇를 제압한다. 毒蛇가 가마귀의 검은 불의 날개아래 녹아가다가 液體가 되어가면서 붉은 배때기에, 새까만 등짝을 하고 있는 蛙公으로 변해 가마귀를 물어 죽음에 몰아붙일 때, 서낭鬼는 재빠르게 죽어가는 청년의 몸에 들어가 이미 썩어진 몸에서 나오는 수많은 벌레중의 하나로 나오게 된다. 서낭鬼는 그렇게라도 몸을 입어 죽기를 소망하며, 촛불중에게 자신이 벌레로 나온다면 죽여 달라는 부탁을 남기고 벌레가 된 것이다.

촛불중은 서낭鬼의 부탁대로 벌레의 몸을 손바닥을 쳐 죽이고자 하나 죽지 않는 것을 보고, 벌레를 신발 안에 넣고 신발을 머리에 인체 '苦海'자가 써진 발자취를 거슬러가며 다시 자신의 몸으로 돌아간다. 그러나 그는 자신의 몸을 보면서 단절감을 느끼며, 몸과 혼의 경계 즉, 안과 밖의 경계를 통감한다. 이에 몸으로 돌아가기 위한 방도를 찾는다. 이때, 촛불중은 '벌레의 몸'을 통해 '몸 입기'와 '몸 벗기'를 감행한다. 촛불중은 굶은 '벌뢰'에게 자신의 목덜미의 대정맥을 뚫고 피를 마시게 한다.

> 옛 친구임세, 아으 그리하여 우리, 서로 能한 몸으로, 얼굴과 얼굴을 맞대어 만나게 되었는뎁지,－道流의 옛 친구, 羑里의 七祖, 本者語佛은, 말을 많이 하려 하지 않으니, 친구임세, 이제는 임세,－억세게 억류해온, 그 죽음을 해방하시게람! 그렇게, 道流가 '죽음'을 풀어주기에 의해서만, 道流도, 그리고 本者語佛도, '죽음'을, 그 '새로운 시작'을, 그 다만 하나의 위대한 自由, 우주적 自由를 성취할 수가 있거든입지.[150]

---

150) 위의 책 (4)권, 331쪽.

촛불중은 과거에서 자유롭기 위해 즉, '새로 살기'를 위해 벌fp를 卽死케한다. 그러나 벌레는 죽어버리는 것이 아니라 한 순간 사라져 버린다. 이에 촛불중은, 오히려 서낭鬼처럼 몸을 잃어버리고, '죽음'을 잃어, '우주적 고아'가 되어 버린 느낌을 갖는다. 친구인 벌레의 넋을 棺槨으로, '죽음'을 태어나게 하는 子宮으로, 삼으려 하다가 벌레를 잃음으로 오히려 친구의 넋처럼 죽음을 입을 몸을 잃게 된 것이다. 친구의 넋을 죽음을 태어나게 하는 자궁으로 삶으려고 하는 것은 친구의 죽지 않은 넋이 촛불중의 자아를 억압하고 분열시키기 때문이다. 즉, 친구의 죽을 몸을 빼앗겼다는 것은 자아 반영할 몸을 빼앗겼다는 것을 의미한다. 또한 자아 반영할 몸을 빼앗겼다는 것은 동일시할 대상을 빼앗겼으므로 파편화된 채로 살아가야 한다는 것을 의미한다. 이러한 서낭 鬼의 파편화된 자아는 촛불중이 극복해야할 자아의식을 상징적으로 표출한 것이다.

벌레는 자신이 죽인 친구의 넋이 들어간 몸이다. 촛불중은 벌레가 점점 말라가 몸이 없어질까 두려워 자신의 피를 마시게 한다. 이로써 벌레를 자신과 동일시한다. 동일시된 벌레가 사라졌다는 것은 혼과 몸이 하나가 되면서 소멸을 이루었다는 것을 뜻한다. 또한 동일시된 벌레를 통해 촛불중도 혼과 몸의 일치, 안과 밖의 일치를 통해 거리감과 경계가 소멸될 수 있다는 것을 상징한다.

벌레가 실종되면서 촛불중은 자신의 안을 살펴본다. 그리고 알아낸 하나의 숨겨졌던 생각은 자기의 몸을 벗어나기 싫다는 것이다. 有情의 有情이라는 條件은 '몸'이지, '마음'은 아니던 것이다. 그러나 구역질이 가라앉을 때 즈음, 촛불중은 갈증이 느낀다. 그래서 본능적으로, 그리고 미친 듯이, 물그릇이 놓여있던 자리, 바위벽 구멍 속을 더듬는다. 그러다가 '몸'을 입고 있음으로 해서, 못 당할 고통을 당해야 하는, 그 존재하기에 대해, 몸에 대해 忿怒를 느낀다. 그러자 거센 분노로 인하여 몸에 대한 집착이 사라지고 오히려 전신이 깨끗해지는 것을 느낀다. 이로써 촛불중은 몸이 주는 고통과 분노로 인해 몸에 대한 집착을 버리면서, 혼이 몸으로 돌아오는 것을 경험한다. 벌레의 혼과의 동일시를 통해 혼만으로 죽음을 경험하려 했던 촛불중은, 벌레가 몸을 입고 나서야 소멸되었던 것처럼, 몸에 대한 집착을 버리면서 혼과 몸의 완전한 일치를 이루며 소멸을 이룰 수 있게 된다.

촛불중은 혼이 아직도 자기 속에 억류되어 있다고 생각하며 새로 連坐를 꾸며 앉고 마음과 몸을 안정시키며 몸을 떠나려 한다. 몸을 떠나는 방법은 '꿈과 말'이 드나드는 부위인 '聲帶'를 봉쇄하여 '禪毒蛇'를 일으켜, 그 毒頭夢을 입에 물어, 목구멍 깊숙이 묻어 들여 봉쇄하는 것이다. 그리고 '夢다리'를 찾아내어 '사람의 죽음' 가운데로 날려 보내는 것이다. '夢다리'는 무의식으로 나아가는 길로 몸과 무의식 세계를 이어주는 다리라 할 수 있다. '夢다리'를 찾으러 떠나는 것은 몸으로부터의 분리가 무의식의 세계로 나아가는 노정에 있기 때문이다.

촛불중은 길을 떠나면서 문단속을 하는데 문단속은 '꿈과 말'이 드나드는 '성대부위'로서, 무의식이 언어의 의미작용에서 일어나는 부분이다.

> 그런 뒤, 촛불중은, 아니 차라리 하나의 '귀(耳)가 돼서, ('저 귀는 어떤 가야금의 共鳴管 / 가야금 소리의 바다를 듣고 있는다,) 제 몸에서 빛을 쐬어내는 듯한, 그런 한 마리의 거위(蛔)의 모양으로 길숨하게, 촛불중 자기의 肛門을 열어 비어져 나왔는데, 몸 밖 공기에 닿자마자 그것은, 늘여졌던 고무줄이 줄어들 듯, 줄어들었으며, 줄어지기에 좇아 그것은, 여럿의 고리를 두르고, 굵어져 번데기꼴을 꾸미고 있었다. 그런 잠시 후엔 그것은, 날개도 없이 붕 떠올랐는데, 그것은 그

때는, 영락없이, 촛대를 떠난 촛불꽃, '양극을 갖는 타원형'의 불꽃이
었다. 그것은, 분명히 한 '語片'이나, '夢片'도 아니다. 그렇다고 해서
그것은 결코 '憎惡'의 化身도 아니다.151)

　촛불중은 몸과 혼이 완전히 하나가 되면서 죽음을 경험한다. 그
때, 촛불중은 肛門을 통해 타원형의 불꽃과 같은 생명을 붕 떠올린
다. 촛불중이 죽으면서 배태시킨 '타원형의 새'를 배출한다. 촛불중
이 배태시킨 '타원형의 새'는 육조가 구도한 타원형의 물고기 형상
이다. 타원형의 물고기 형상은 '남근', '생명', '빛'을 뜻하는 기표이
다. '타원형의 새'를 배태한 것은 촛불중이 칠조 촌장으로 등극했다
는 것과 함께 결핍된 마을의 회복을 뜻한다.
　기호를 기표로 보고, 의미를 기의로 본다면, '기표'는 스스로의 경
계를 가진 체계가 아니라, '기의'를 적극적으로 압박하는 힘이라는
점에서, 기호는 의미를 '예상하고', 기의를 '침범하고' 또 그 안으로
'들어간다'152) 따라서 '빛 돌'과 '타원형의 새'라는 형태를 기호로 보
고, 그것을 배태시킨 무의식을 의미로 볼 때, 무의식을 압박하는 기호
인 '빛 돌'과 '타원형의 새'는 의미 속으로 들어가 의미를 운용하고 형
성시키는 영향을 주게 된다. 그러므로 촛불중이 자아 속에 잠재되어있
는 무의식 세계로 나아가 혼과 몸의 분리와 일치를 꿈꾸는 것은, 무의
식세계의 회복을 통해서만 주체가 새롭게 구성될 수 있기 때문이다.
　촛불중의 혼은 몸으로 귀속되면서 '타원형의 불꽃 새'를 내뿜어
죽는다. 이것은 촛불중 자신 또한 육조처럼 사막에서 타원형의 물고
기로 은유화 됨으로써 구도를 완성시켰다는 의미를 지닌다. 촛불중
의 구도는 결국 무의식세계에서 자신의 몸으로 돌아오는 과정을 '자
아 찾기'와 연관시켜 그려낸 것이다.

---

151) 위의 책 (4)권, 342쪽.
152) 맬컴보위, ≪라깡≫, 102쪽.

촛불중은 무의식 세계에서 친구의 혼이 죽음을 경험하도록 도와주고, 벌레와 동일시한 자신 또한 벌레가 죽는 방법을 관철함으로써 죽음의 방법을 모색한다. 이로써 몸을 통한 혼의 죽음만이 원형적인 분열의식과 안과 밖의 경계, 혼과 몸의 분리에서 오는 분열 등을 소멸시킬 수 있다는 것이 드러난다.

유리라는 사막에서 물고기를 낚는 것은 육조와 칠조가 '타원형의 물고기'와 '타원형의 새'를 배태시키는 것으로 은유되어 나타났다. 육조가 여성과의 합일을 통한 남근의 기표로 작용하면서 주체 구성을 이룬다면, 촛불중은 혼과 몸, 안과 밖의 경계 허물기와 경계 소멸을 통하여 자아 구성을 이룬다.

③ 실재계의 표출과 주체구성

1) 실재계의 양상과 주체구성

실재계란 자아가 상징계로 넘어가면서 억압되어진 것들로, 개념으로는 가공되지 않은 경험들이다. 라깡에 의하면, 인간을 주체로서 구성하는 상징적 현실의 중심에 실재계가 배태되어 있다고 한다.

실재계는 인간의 존재 근거나 정체성을 보장하는 상징적 현실의 완전성에 대한 인간의 믿음을 지속적으로 위협하고 무화시키는 또 다른 현실이다. 라깡은 이 실재계를 상징계 한 복판에 뚫려 있는 구멍(a hole)으로 규정하고, 상징계의 논리를 교란시키고 위협하는 실재계의 위협을 정신분석학적 용어로 외상153)적 사건이라 부른다. 이 때 이러한 상징적 현실의 억압을 은폐하고 그 존재 기반을 지탱하는 것이 바로 판타지이다. 이처럼 라깡에 있어서 상징계의 논리와 판타지 $\$\diamondsuit a$ 의 논리사이에는 어떤 상보성이 존재한다. 이러한 논리는 라깡이 주체의 주체성을 구성하는 상징계의 논리, 담론에 대한 불신의 시선을 던지고 그 논리를 해체시키는 균열의 틈새에 집중함으로서 주체의 새로운 구성 가능성을 타진하는 의미로 해석될 수 있다.154)

---

153) 서동욱, ≪차이와 타자≫, 문학과 지성사, 98 – 99쪽.
  프로이트에게 트라우마란, 기억되지도 않으면서 또 잊혀지지도 않는 모순된 두 얼굴을 지니고 있다. 무의식과 의식이라는 두 가지 차원으로 이루어진 주체는, 라깡에 의하면 일종의 암호처럼 무의식 속에 숨겨져 있어서 분석자가 찾아내고 해독해내야만 하는 것이다.
154) 강선주, <자크 라깡의 판타지 $\$\diamondsuit a$ 연구>, 홍익대 석사논문, 2000, 6월.

박상륭 소설은 의식에 대한 무의식의 침입이 반복적으로 이루어지지만, 이것은 마치 우연적으로 일어난 것처럼 보인다. 성, 마약, 죽음 의식은 의식에 무의식적인 환상을 경험케 해 실재계의 여러 양상을 드러내게 한다. 따라서 실재계의 여러 양상은 주체구성 과정의 의미를 이해할 수 있게 된다.

박상륭 소설에 등장하는 인물들은 신체적으로 많이 훼손된 모습을 보여준다. 이러한 훼손된 이미지는 주체 분열을 상징한다. 이때, 억압된 의식은 의식적, 무의식적으로 표출된다. 그러나 이러한 주체분열은 환상적 이미지로 통합되며 주체를 탄생시킨다. 판타지 $\$ \diamondsuit a$는 분열된 주체가 대상과 갖는 관계로, 주체의 욕망이 타자에 의해 의존하여 구성된다는 특성을 나타내는 기호이다. $\$$는 주체와 기표의 관계에서 결여를 경험하는 분열된 주체를 나타내며, $\diamondsuit$는 주체와 대상 a간의 상상적 결합을 의미한다. 그리고 대상 a는 욕망의 대상이라기보다는 주체에게 욕망을 일으키는 원인으로 작용한다.[155] 실재

---

155) 위의 책. 라깡에 의하면 무의식은 <대타자이 담론>이라고 말해진다. 이때 대타자(Autre)는 단순히 나와 다른 주체가 아니다. 라깡은 소문자 타자(autre)와 대문자 타자를 엄밀히 구별한다. 소문자 'a'를 가진 타자는 자신의 닮은 꼴이 타아를 가리키는 것으로 자아가 거울상에서 만나는 자아의 반영이다. 따라서 주체와 이 타자와의 관계는 상상계에 기인된다. 반면 대문자 'A'를 가진 대타자는 동일시를 통해서는 자기에로 동화될 수 없는, 개별 주체를 넘어서는 차원을 가리킨다. 즉 대타자는 주체와 또 다른 주체와의 관계를 매개한다는 점에서 사람이기보다는 비인격적인 장소를 가리킨다. "대타자는 무엇보다도 하나의 장소, 즉 말이 구성되는 장소로 생각되어야 한다" 따라서 대타자를 언어의 장소로 간주한다. '내가 주체는 언어와 말에 의해 결정될 것이라고 말한다면, 최초의 기표가 대타자의 장소에서 나타난다는 점에서, 주체는 대타자의 장소에서 처음 나타난다.' 그리고 '만약 주체가 대타자의 장소에서 자신이 태어난다는 사실을 알게 된다면, 무의식적 주체는 불확정한 위치에서 기표망, 기표의 연쇄와 역사를 전개하는 기표아래 있는 존재라는 특징을 가진다.' 이렇게 주체는 대타자에서 구성된다. 이러한 주체 분열을 방어하는 기제로 라깡은 판타지 $\$ \diamondsuit a$ 논리를 내세운다.

계의 분석은 억압된 상징적 체계 속에서 주체가 무의식적으로 표출하는 분열현상을 포착하여, 무의식적으로 반복되는 행위의 의미를 규명하고 새로운 주체 구성을 타진하는 데 목적이 있다.

<로이가 산 한 삶>, <미스 앤더슨이 날려보낸 한 날음>[156], <숙주>[157]에 등장하는 인물들은 비만으로 인한 합병증, 수족불수의 다발성 경화증, 마약에 걸린 자들로 죽음과 같은 상태를 겪으며 주체 분열을 경험하는 자들이다. 주체 분열이 어떻게 새로운 주체를 탄생시키는지 그 과정은 판타지 이론과 연관시켜 논의할 때 가능해진다. 이때 실재계는 대타자의 기대에 맞추어 조절된 기계론적 반복 속에서 포착되므로, 주체탄생의 과정에서 판타지가 어떻게 주체의 무의식에 침입하는지 논의할 때, 실재계의 형성과정과 주체구성을 이해할 수 있다.

(1) 동일시를 통한 환상적 주체구성

주체 분열이 '훼손된 몸'으로 상징화 되는 것은 박상륭 소설의 전반적인 특징이다. 그러나 ≪아겔다마≫로부터 시작해 ≪칠조어론≫으로 이어지는 '몸'의 이미지는 주체가 분열을 경험하면서 몸의 일부를 잃거나 훼손되는 것으로, ≪평심≫에 등장하는 비대증의 '로이'와 수족불수와 '미스 앤더슨'은 불구의 몸을 지닌 인물들로 변형되어 설정된다.

<로이가 산 한 삶>의 주인공 로이(Roy)는 비대증이 원인이 된 여러 종류의 합병증을 앓고 있는 36살의 인물로 주(洲)정부에서 '사회복지금'을 받아가며 사는 인물이다. 당뇨병을 합병한 비대증인 그는

---

156) 박상륭 소설집, ≪평심≫, 1999, 문학동네.
157) 박상륭 소설집, ≪아겔다마≫,1997, 문학과 지성사.

삼백이삼십 파운드가 넘는 거구로, 한번도 남에게 고용되어본 적이 없는, 사회적 자아를 획득하지 못한 인물이다. 하지는 주(洲)정부는 그에게 일하기를 강요치 않았다. 그 이유는 그 치료비가 '복지금' 보다 더 많음으로 아무 일도 하지 않는 것이 참 애국하는 것이었기 때문이다. 로이는 어떠한 생산적인 일도 해낼 수 없는, 현실적으로 사회적 자아실현을 이루지 못하는 인물이다. 주체는 사회적 질서에서 고유한 사회적 자아로 활동할 수 있을 때 자아실현에 대한 욕망을 실현할 수 있다. 따라서 주체는 사회 구성원으로서 살아가고 싶은 욕망이 늘 무의식적으로 잠재되어 있다. 그러나 사회적 자아로 활동하지 못하는 로이에게 현실적인 사회생활은 로이를 억압시키는 기제로 작용한다. 그러므로 사회적 자아실현은 로이에게 이상적 자아 획득의 의미를 갖는다.

따라서 로이의 의식 속에는 사회의 한 일원으로서 사회적 자아를 실현하려는 욕망이 내재되어 있다.

<로이가 산 한 삶>은 이러한 로이의 사회적 자아실현에 대한 욕망과 그 해소가 소설의 서술 구조를 이룬다. <로이가 산 한 삶>에서 로이는 신체적 결함 때문에 사회의 일원으로 활동하지 못하는 사회에서 소외된 상태이다. 사회적으로 아무런 기능을 하지 못하는 로이는 제 3자에게는 '무위(無爲)자체의 삶'으로 보이는 책읽기로 시간을 보낸다. 이러한 로이는 사회적 삶에 대한 욕망을 지니게 된다.

로이의 비대증은 다양한 책의 섭렵으로 병적인 상태에 이른다. 즉, 자연적이지 못한 사물의 남용, 도시인의 좌업생활, 소설의 독서, 연극관람, 지식에 대한 무절제한 탐욕 등은 그의 신체에 해로운 만큼 궁극적으로 도덕적 처벌을 가한 형태가 된다.

로이의 저 합병증은, 나의 믿음엔, 꼭히 육신적인 것들만은 아니었는데, '공포를 자아낼 목적으로 씌어지는 책'들을, 무시로, 너무 많이 읽어오는 중 그는, 인간도 人間道와, 귀계 鬼界와, 지옥도 地獄道 사이들의 경계를 모르게 되어버렸는바, 그래서 그의 통 큰 몸속에는, 여러 여러 종류의 귀신들이며, 털난 푸른 손, 사람고기만 먹는 늑대 등, 왼갖 잡스러운 것들만이, 만으로, 천으로, 팔만 사천으로, 우글거리고 있어, 그를 안쪽에서 발겨대고 있던 것이었다.158)

여기서 로이의 죄의식은 자신을 자연보다는 사회적 삶을 선호하게 만든 죄를 의미한다.159) 로이의 탐독은 사회적 삶을 향한 주체의 간절한 바람의 결과이다. 따라서 로이의 비만은 사회적 자아를 획득하지 못한 주체의 분열 양상이지만, 몸으로 나타나는 주체 분열 현상은 현실계에 대한 감각을 더욱 잃게 만든다. 로이의 비대증은 책이라는 '글자'를 먹어치우는 방식으로 더욱 표출됨에 따라, 주체 분열은 상징계적 질서의 혼란으로 인해 파급된 것임을 소급해 추론해볼 수 있다. 결과적으로 현실계와 귀계의 분열을 체험하는 주체는 와해된 상징계에 머물러 있음을 알 수 있다.

로이의 합병증은 이렇게 육신적인 것들로만 구성되진 않는다. 이러한 몸의 이상을 지닌 로이는 현실과 귀계사이에서 분열된 의식을 보여주기 때문이다. 주체는 사회적 자아를 획득하기 위한 수단으로서 책의 '글자'를 선택하지만, 책 속의 글자는 오히려 '그의 대가리를 싹둑 베어 먹고, 그의 복부에 출몰하여 그를 흉가로 만든, 버마재비의 암컷'이 된다. 이 버마재비의 암컷은 '모든 흉물스러운 幻鬼의 알을 슬어놓는 여왕벌 같은 거위로, 그의 내장을 다 갉아먹은 뒤에 백여덟 발 또아리를 쳐들며'160) 그를 더욱 분열시킨다.

---

158) 박상륭, <로이가 산 한 삶>, ≪평심≫, 문학동네, 1999, 25쪽.
159) 미셀 푸코, <광기의 여러 형태들>, ≪광기의 역사≫, 인간사랑, 216쪽.
160) <로이가 산 한 삶>, 26쪽.

그러나 로이는 TV매체에 출연하면서 영상이 주는 반영적 이미지로 통합적 이미지를 획득한다. 로이는 '신민주당'에 가입하여 그 당의 州 당대회를 개최할 때 현수막을 들고 앞장을 선다. 이 세상에 와서 도움만 받아온 로이는 이로써 최초로 사회에 참여하는 일을 한다. 그리고 이러한 모습이 짧게 0.5초 정도 TV에 0.5초 정도 비춤으로써 그의 무의미한 삶은 의미를 획득한다.

로이는 당대회하는 자신의 모습이 TV에 비춤에 따라 자신도 세상에 무언가 일을 해냈다는 보람을 느낀다.

> 그러니까, 정작의 로이는, 이 세상에 와서도, 실제적으로는 한 번도 이 세상 일에 자신을 투입해본 적이 없이, 그곳으로부터 도움만 받아온, 삼백기십 파운드자리의 물질적 몸을 입고 잇었던, 로이 그 당자가 아니라 0.5초의 시간보다도 짧게라도, TV 속의 로이였던 것이었던 모양이었다. 그러니까, 내가 '환면이라고 이르는, 그 '電影器'에 어렸던, 로이의 幻面 또는 幻想이야말로, 이 세상과의 관계에서의, 역사적 현장에도, 그리고 歷史에도 참여하여, 그 사회에 뭔가를 '기여'한 일이 있었던, 진짜[實體]의 로이였던 것이다. 그렇게 로이는, 0.5초 정도의 시간, 人造的 환면에, 神造的 환면을 비추었기로, 모든 '우리' 중의 하나가 되었던 것이었다.[161]

로이는 TV에 출연한 0.5초라는 극히 짧은 순간 사회적 자아를 실현한다. 분열된 주체가 그 자신의 사회적 자아를 획득할 수 있었던 것은 TV 매체가 주는 환상적 이미지 때문이다. $S \diamond a$에서 $\diamond$는 주체와 대상 a 간의 상상적 결합을 의미한다. 분열된 로이는 TV라는 매체($\diamond$)를 통하여 상상적 자아와 결합을 한다. 대상 a는 욕망의 대상이라기보다는 주체의 욕망을 일으키는 원인으로 작용한다. 여기서

---

161) 위의 책, 29쪽.

대상 a는 상상적 자아가 추구하는 이상적 자아가 된다. 통합화를 경험하지 못한 로이의 의식에서 이상적 자아는 자아의 통합화의 의미를 갖는다. 로이에게 자아의 통합화의식은 사회적 자아를 욕망하는 형태로 나타난다. 파편화된 로이의 의식은 TV라는 매체(◇)라는 자아 환상화로의 방법으로 자아의 통합화를 가능케 한다.

TV매체에서 스스로를 자각하는 모습은, 거울 단계에서 거울 이미지의 허구적 이미지를 통해 통합된 이미지를 갖는 것과 유사하다. 거울 이미지는 이제 막 태어나기 시작하는 자아의 아주 자그마한 모습이지만 이런 작은 관측 자료를 바탕으로 자아의 나중 모습이나, 성숙한 자기, 자수성가한 어른, 사회적 성공의 희망 등을 내다볼 수 있기 때문이다.[162)]

따라서 로이의 주체 분열의 극복은 거울 단계가 은유적으로 환상화를 이뤄낸 형태이다. 환상을 통해 주체를 획득하는 것은, 환상화를 통해 이상적 자아가 실현될 수 있음을 나타낸다.

그러나 거울 단계가 지니고 있는 본질인 허구적 이미지처럼, TV 매체 또한 본질상 허구적 이미지를 지니고 있으므로 주체의 소외는 계속 된다. 그러나 이러한 환상幻相이야 말로, 이 세상과의 관계에서, 역사적 현장에서 사회에 뭔가를 기여한 진짜 로이로 만든다. 이에 따라, 환상의 실체가 허상적인 이미지이고, 그것에 진실이 은폐된 모습을 지닌다 할지라도 사회적 질서에 편입하고자 하는 '사회적 자아실현' 욕망은 의식을 중심을 지배한다. 매체라는 환상적인 방법으로 이루어진 '이상적 자아실현'은 사회적 활동을 하지 못한 것에 대한 억압된 의식을 회복시킨다. 그리고 이상적 자아가 되는 '사회적 자아실현' 을 획득하도록 돕는다.

로이의 '사회적 자아실현'에 대한 욕망의 행로를 살펴보면 다음과

---

162) ≪라깡≫, 42-43쪽.

같다. 우선, 계약・조종의 단계에서 불구적 몸과 사회적 환경 속에서 로이는 사회적 삶을 실현하고자 하는 욕망을 지니게 된다. 능력의 단계에서 로이는 신민주당원에 가입함으로서 사회적 자아실현에 대한 능력을 갖추게 되고, 실행의 단계에서 주 당보고 대회에서 0.5초라는 짧은 시간동안 TV 화면에 잡힘으로써 사회의 한 일원이 된다. 이로서 비준・검증의 단계에서 사회적 자아실현이란 대상이 획득된다. 로이의 서술행로를 그레마스의 '표준 서술도식'과 '행동자적 모델'로 도식화하면 다음과 같다.

　　<표준 서술도식>
　계약・조종(사회적 자아실현 욕망) → 능력(주의 '신민주당'에 가입) → 실행(TV화면에 0.5초 비침) → 비준・검증(대상획득)

　　<행동자적 모델>

발신자(사회적 자아　➡　　대상(사회적 자아)　➡　　수신자(로이)
획득에 대한 욕망)
　　　　　　　　　　　　　　　　⬆
조력자(신민주당)　➡　주체(비대증에 걸린 로이)　⬅　반대자(여러 가지 책)

　　위와 같은 과정에서 욕망의 계열체적 축을 환유적 변형과정으로 정리해보면 다음과 같다.

　1. 결핍된 주체: 비대증이 원인이 된 여러 종류의 합병증에 걸린 로이 → 서점주인인 화자 입장에서 볼 때, 로이의 합병증은 공포를 자아낼 목적으로 씌어지는 책들을 무시로, 너무 많이 읽어오는 그의 몸속에 여러 종류의 귀신들이 살고 있는 것으로 보임.
　2. 욕망의 대상: 서점의 책 → (책 속에 있는 인간도와 귀계와 지옥

도 사이의 혼란) →TV속의 자신 모습
3. 욕망해소 방식: 책을 읽음→ 신민주당이라는 사회조직에 가
    입→TV화면에 반영되면서 사회적 자아 획득 성공

위와 같이 로이는 TV화면이란 매체의 반영을 통해 결핍을 이겨내
려는 의식을 보인다. 로이의 욕망 해소는 의식에 잠재되어 있는 사
회적 자아로 나아가려는 실재계적 의미를 구체화시킨다. 로이의 '사
회적 자아실현'은 다음과 같다.

〈표 4〉

사회적 자아 획득(실재계적 의미)

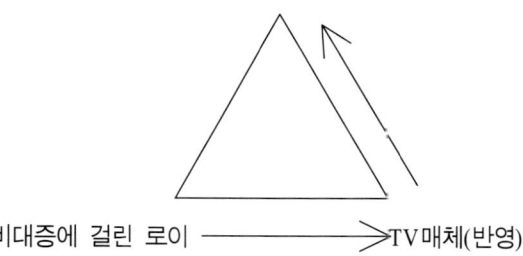

비대증에 걸린 로이 ─────────▶TV매체(반영)

로이의 이상적 '이상적 자아실현'은 <미스 앤더슨이 날려 보낸 한
날음>에서 미스 앤더슨이 마비된 수족불스의 상태의 상태를 극복하
는 양상으로 나타난다.
   <미스 앤더슨이 날려 보낸 한 날음>에서 앤더슨은 수족불수의 다
발성 경화증에 걸린 서른다섯 살의 여성이다. 미스 앤더슨은 병에
걸리기 전에는 영어를 가르친 경험이 있는 사회적 활동을 한 인물이
다. 앤더슨은 사회의 한 일원으로서 활동을 해본 경험이 있으므로,
자유롭게 활동하고 회복되는 상태로 돌아오는 것이 욕망의 기표로

설정된다. 따라서 미스 앤더슨의 자유에 대한 욕망과 그 해소가 소설의 서술 구조가 된다.

<미스 앤더슨이 날려 보낸 한 날음>에서 앤더슨은 수족불수의 마비의 상태이기 때문에 언니 앤더슨의 도움이 아니고서는 거의 생활할 수가 없다. 이러한 상태는 미스 앤더슨 스스로 자신을 죽어가는 나무와 비슷하다고 생각하게 하며 절망을 경험하게 한다.

절망과 고통에서 벗어나고자 욕망하는 앤더슨의 자유에 대한 욕망 서술 행로를 살펴보면 다음과 같다.

계약·조종의 단계에서 신체마비의 미스 앤더슨은 자유와 비상에 대한 욕망을 잠재적으로 지니게 된다. 능력의 단계에서 앤더슨은 연통 속으로 날아 들어온 울새를 보고 고통을 느끼며 새와 자신을 동일시하며 새를 살려달라고 신께 기도한다. 실행의 단계에서 어떤 확신에 기대어 백만 천만의 안간힘을 다하여 몸을 일으키고 넘어짐으로 연통 속에 있는 새가 비상할 수 있도록 도와준다. 이로서 비준·검증의 단계에서 새의 비상을 통해 새와 동일시 된 미스 앤더슨 또한 비상을 경험하게 되면서 욕망을 성취한다. 앤더슨의 자유에 대한 서술행로를 그레마스의 '표준 서술도식'과 '행동자적 모델'로 도식화하면 다음과 같다.

<표준 서술도식>

계약·조종(몸의 마비에서 벗어나고자 하는 욕망) → 능력(새가 연통속에 빠지므로 앤더슨이 새와 자신을 동일시하면서 신께 기도함) → 실행(새를 구하겠다는 일념으로 몸을 움직임임) → 비준·검증(연통에서 새를 해방시키면서 대상 획득)

<행동자적 모델>

발신자(자유와 비상에   ➡   대상(자유와 비상)   ➡   수신자(앤더슨)
　　대한 욕망)

　　　　　　　　　　　　　　　　↑

조력자(연통에 갇힌 울새) ➡ 주체(수족불수의 앤더슨) ⬅ 반대자(마비된 몸)

　위와 같은 과정에서 욕망의 계열체적 축을 환유적 변형과정으로
정리해보면 다음과 같다.

　1. 결핍된 주체: 수족불수의 다발성 경화증에 걸린 미스 앤더슨→고
　　　사된 나무 → 연통 속에 갇힌 새
　2. 욕망의 대상: 자유와 비상
　3. 욕망해소 방식: 고사된 나무와 동일시(죽음) → 연통속의 새와 동
　　　일시(갇힘) → 비상

　몸의 구속에서 벗어나고자 욕망하는 앤더슨의 욕망 해소방법은 다
음과 같다.

〈표 5〉

자유와 비상에 대한 욕망(실재계적 의미)

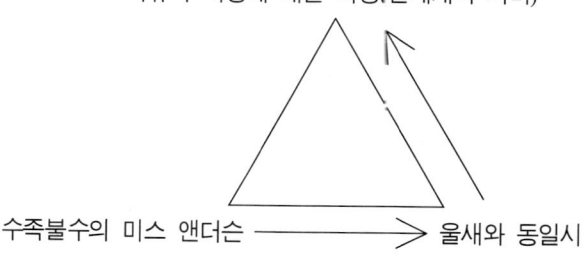

수족불수의 미스 앤더슨 ─────────> 울새와 동일시

앤더슨은 올새와 동일시를 이루면서 자유와 비상에 대한 욕망을 이룬다. 올새와 동일시를 통해 이루어지는 욕망 해소 방법은 앤더슨의 의식 속에 잠재되어 있는 자유와 비상에 대한 욕망이 성취되면서 주체가 추구하는 실재계 의미가 구체화된다.

35살의 젊은 나이에 자신의 몸에서 죽음을 느끼는 앤더슨은 자신의 몸을 죽은 고사와 같다고 생각한다. 따라서 미스 앤더슨의 의식 속에는 무의식적으로 자유롭게 비상하고 싶은 욕망이 있다. 그러나 현실적으로 미스 앤더슨은 불구의 몸으로 인해 언니 앤더슨의 간병을 받으며 생활한다.

미스 앤더슨의 병은 합병증을 만들어내고 언제부턴가는 무슨 말을 하려 하면 자신의 뜻과는 상관없는 몹시 더듬거리는 발음과 헛발음을 하는 어눌증의 증상을 보였다. 더듬거리는 말이나, 어눌증, 실어증은 무의식적으로 주체가 억눌려 있고 억압당한 상태이기 때문에 표출되는 증상이다. 언니 앤더슨에 의하면 미스 앤더슨은 병이 생기기 전에 사립 고등학교인지, 초급대학인지에서 영어를 가르쳤다고 하는데, 미스 앤더슨의 어눌증과 헛발음은 사회적 자아를 잃어버린 것에 대한 억압된 의식의 표출이며, 그것을 다시 소망하는 욕구가 현실적인 불가능이라는 억압에 의해 억눌린 결과이다.

언니 앤더슨에 의하면 미스 앤더슨은 병에 걸린 후로 고전이나 시집 등을 되풀이해 읽거나, 눈을 번히 뜨고 꿈꾸기를 좋아하는 것 같다고 한다. 그러나 언니 앤더슨은 동생의 한쪽 눈이 거의 실명한 상태에 놓여 있기 때문에 다른 쪽 한 눈을 감기를 겁내는 것이라고 추측한다. 동생은 밝은 오른 쪽 눈으로, 실명된 눈의 그 암흑 위에 둥둥 떠 있거나, 아니면, 안쪽 / 바깥쪽, 이쪽 세상 / 저쪽 세상이라는 식으로, 두 쪽 세상을 왕래하고 있을 것이라고 말한다. 미스 앤더슨은 앞의 로이와는 달리 사회적 자아로서 활동한 경험을 지니고 있어, 예전의 삶과 현재의 삶에서 갈등과 고통을 경험한다. 따라서 미스 앤더슨은 몸의 마비와 실명이라는 육체적 억압에서 벗어나 예전의 상태로 회복되는 것이 이상적 자아로 설정된다.

미스 앤더슨은 현실적으로 점점 약화되는 자신의 몸 상태를 '고사한 나무'와 같은 죽음 이미지를 풍겨내는 사물과 동일시하며 죽음의 식에 사로잡혀 있다.

> 미스 앤더슨의 경우도, 즉슨 그녜의 비극도, 저와 비슷한바, 그녜 또한, 말라 죽어가는 나무와 같이, 몸으 팔구 할이 죽어 있는데, 저 나무가 토해낼 수 없는 '귀신'과 같은 것이 그녜에게도 있어, 자기의 황폐화, 불모화, 古木化를 초롱하게, 그것도 견뎌내지 못할 통증과 함께 지켜보고 있어오고 있다라는 그 '귀신'은, 일반적 다른 환자들과는 특이하게도 달리, 미스 앤더슨께는, 생각도 하고, 관찰도 하며, 꿈꾸기도 하며, 그 한 기관이 푸르게 살아 있다는 그것이다.[163]

미스 앤더슨은 자신의 몸 상태를 타락하고 추락한 天仙이 땅 밑 세상에 귀양살이를 하다가, 땅 아래 세상의 고적, 암흑, 부자유 따위를 참을 수 없을 때마다, 닥치는 대로, 아무 나무 뿌리나 움켜쥐어서 모든 첨예한 고통을 다 느껴내야 하는 '고목병증'에 당한 나무로 은유시켜 생각한다. 따라서 나무가 봄에 꽃을 피우고, 여름에 무성하게 잎을 피우는 것은 무슨 욕망의 표현으로 새처럼 훨훨 날기의 표현이 아닐까, 라고 생각함과 동시에, 역으로 삭정이가 된 나무는, 그것 자체가 암흑이며 무덤이겠구나, 하며 자신의 상태를 절망적으로 인식하게 된다. 그 때 고사된 나무와 자신을 동일시하던 미스 앤더슨은 앉아있는 거실 함석화로의 연통 속에 한 마리의 새가 날라 와 푸드득거리는 소리를 듣고 함석화로에 갇힌 새와 자신을 또 한번 동

---

163) 박상륭, <미스 앤더슨이 날려보낸 한 날음>, ≪평심≫, 문학동네, 81쪽.

일시한다. 고사된 나무와 함석에 갇힌 새는 모두 육체가 자유롭지 못한 죽음의 상태에 놓여진 사물이다.

미스 앤더슨은 새가 함석화로를 벗어나기 위해 처절하게 날개 짓 하는 소리를 들으며 그 새를 살려내기 위해 온 힘을 다 쏟는다. 몸의 마비를 극복하지 못한 미스 앤더슨은 자신의 몸이 조금도 움직여 주지를 않자, 연통 속에 갇혀 발톱으로 긁적이는 새의 발버둥치는 소리를 견디지 못하며 신에게 대들기 시작한다.

> 자기가 지은 유정들에 대해서, 꼭 한 번의 '不服從'의 까닭으로, 얼마나 모진 포원(抱冤), 포한(抱恨)이 쌓였으면, 그는 무시로, 무시무종(無始無終)복수하기에만 혈안이 되어 있는가? 미스 앤더슨은 그리고, 무엇인지, 한 작은 생명이, 하필이면 연통 속에 유형당하고 울려보내는, 고통과 공포, 그리고 절망의 몸부림을 통해, 어디선가 아주 가까운 데서, 자기를 지켜보고 있는, 그러나 자기의 육안에도 심안(心眼)에도 보이지 않는 이, 검센 손을 갖고도 결코 도움의 손을 뻗쳐내려 하지 않는자, 의 눈에 비추이고 있음에 분명한, 자기 자신의 처지를 보았다. 164)

미스 앤더슨은 갇혀 있는 새와 자신의 처지를 동일시하며 신께 원망한다. 그녀는 지금껏 '주님'에게 늘 대들기만 해왔었을 뿐, 그와 화해하려거나, 소통을 해볼 생각은 낸 적이 없었다. 그런데, 점점 죽어가는 새를 보며 한 번만 다리로 설 수 있게 해달라고, 원망하던 태도에서 화해하고 소통하기 위해 주께 기도를 한다. 불신과 무신론적인 그의 태도는 새를 외롭게 죽어가게 할 수 없다는 일념으로 헤아릴 수 없는 기도와 시도 끝에 마비된 몸을 딛고 일어서기에 이른다. 그 순간 미스 앤더슨은 자기가 기도를 드렸던 주께 감사를 드리며 연통을 안고 엎어

---

164) 같은 책, 84-85쪽.

지면서 연통을 쓰러뜨려 새가 열린 창으로 날아가도록 돕는다.

미스 앤더슨은 갇힌 새를 자신의 몸의 상태와 동일시하면서 새의 자유를 통해 마비된 육신의 구속과 억루로부터 해방과 비상을 경험하고자 한다. 새에게 자유를 찾아 준 미스 앤더슨의 노력은 현실의 억압과 고통을 극복하고자 하는 의지를 보여주었고 이와 함께 인생을 부정하던 모습에서 긍정으로 의식을 변모 시킨다.

몸을 자유롭게 움직일 수 없는 미스 앤더슨에게 육체는 하나의 짐이 되고 고통으로 작용한다. 그러나 미스 앤더슨이 비상하고자 하는 욕망을 '새'의 비상으로 은유화시킴으로써 주체 자신이 동물이지만 소타자로 작용하는 '울새'와 동일시되어 비상을 꿈꿀 수 있게 한다. 이러한 동일시는 주체를 환상화시키는 방법으로 불구의 마비된 몸이라는 억압된 현실에서 분열을 극복하여 새로운 주체로 구성하는 것을 가능케 한다.

(2) 상상계와 상징계적 의미로 실현되는 실재계

<숙주>165)는 아편에 중독 된 선왕과 타락한 정치로 붕괴된 나라를 난쟁이인 키작은 사내에 의해서 다시 정비되는 이야기다. 선대왕은 마약에 중독 되어 죽어가면서 시의장과 함께 제당에 제물이 되어 불에 타 죽는다.

나라가 혼란한 틈을 타 왕의 광대였던 곱추 난쟁이는 왕과 시의장이 벗어놓은 옷을 놓고 왕의 종복이었던 검센 사내와 제비뽑기를 한다. 제비뽑기의 결과 광대는 시의장의 옷이, 검센 사내에게는 왕의 옷이 뽑힌다. 하지만 약삭빠르고 지혜로운 광대는 시의장에 만족하

---

165) 단편 <숙주>는 <열명길>2부로 ≪아겔다마≫에 수록 / <열명길>은 소설
     집 ≪열명길≫. 문학과 지성사, 1986에 수록.

지 않고 우둔한 검센 사내를 밀어낸 후 왕이 되고 싶은 욕망을 지 닌다. 이에 키 작은 사내는 검센 사내를 왕으로 추세우고, 스스로 마약에 중독 되어 있는 나라를 정비하며 자신의 입지를 곤고히 한 다. 왕이 되기까지 키 작은 사내의 욕망은 억압된다. 키 작은 사내 는 왕의 지위에 대한 욕망을 은폐하면서 욕망을 억제한다.

이렇게 <숙주>는 시의장인 키 작은 사내가 왕이 되는 과정이 서 술 구조가 된다. 곱추인 키 작은 사내는 신체적인 결함과 시의장이 라는 지위로 왕의 위엄을 갖기에는 부적당하다. 따라서 키 작은 사 내는 왕으로서의 위엄을 갖기 위해 검센 사내를 이용하고 마약에 길 들여있는 나라를 바로 세움으로써, 인간으로서의 왕의 이미지가 아 닌 신으로서의 왕의 이미지로 등극하게 된다.

왕이 되고자 욕망하는 키 작은 사내의 서술 행로를 살펴보면 다 음과 같다.

계약·조종의 단계에서 키 작은 사내는 불구의 몸이지만 지혜와 모략으로 왕이 될 수 있음을 발신자로부터 수락한다. 능력의 단계에 서 키 작은 사내는 힘세고 우둔한 검센 사내를 마약과 술로 길들이 며 왕을 거짓으로 추앙한다. 또한 자신을 반대하는 관료들을 제거하 고, 마약에 길들여진 기강을 하나하나 잡아간다. 실행의 단계에서 마 약과 여자에 빠져 아무런 힘을 쓸 수 없는 검센 사내를 죽이고, 막 강한 군사력으로 왕의 지위를 확보한다. 비준·검증의 단계에서 백 성들로부터 왕의 능력과 위엄을 인정받으며 인신인 왕으로 인정받음 으로써 왕의 지위를 획득한다.

키 작은 사내의 서술행로를 그레마스의 '표준 서술도식'과 '행동 자적 모델'로 도식화하면 다음과 같다.

<표준 서술도식>

계약·조종(왕의 위치를 대상으로 설정) → 능력(검센사내를 왕으로 추앙하며 여자와 마약으로 가까이서 조종하고, 자신을 반대하는 관료들을 제거해나가며 마약에 젖어 있는 나라를 하나씩 정비해 나감) → 실행(검센사내를 죽이고 왕의 자리에 오름) → 비준·검증(대상 획득)왕의 지위를 욕망하는 키 작은 사내의 욕망 해소방법은 다음과 같다.

<행동자적 모델>

발신자(왕의 자리에   ➡   대상(왕의 자리)   ➡   수신자(키 작은 사내)
대한 욕망)
                                            ⬆
조력자(①검센   ➡   주체(키 작은 사내)   ⬅   반대자(관료, 검센사내)
사내②시녀장)

위와 같은 과정에서 욕망의 계열체적 축을 환유적 변형과정으로 정리해보면 다음과 같다.

1. 결핍된 주체: 시의장 옷을 뽑은 키 작은 사내 → 키 작은 사내에게 의지하는 검센 사내 → 마약에 길들여 있는 백성들 → 마약과 여자에 길들여져 가는 검센 사내
2. 욕망의 대상: 왕의 지위 → 우둔한 검센 사내를 왕으로 추앙 → 마약에 길들여져 있는 백성들 → 마약을 불사름 → 검센 사내를 죽임 → 마약의 위치에 키 작은 사내가 위치함
3. 욕망해소 방식: 왕으로 뽑힌 검센 사내에게 마약과 여자로 길을 들임 → 키작은 사내에게 반대하는 관료들을 제거 → 여러 명의 사람을 가두어 마약을 이겨내도록 실험 → 이틀 치밖에 남지 않은 마약창고를 불태움으로 마약의 양으로 유지되는 마을 사

람들의 불안을 한번에 무마시키고 검센 사내를 누명으로 제거하고 왕의 자리에 오름 → 키 작은 사내는 마약에 젖어 있는 나라의 백성들과 잘못된 정치를 바로 잡으면서 왕의 자리를 확보하며 사회적 자아를 실현하게 된다.

* 실재계와 주체 구성의 관계를 기호로 그리면 다음과 같다.

〈표 6〉

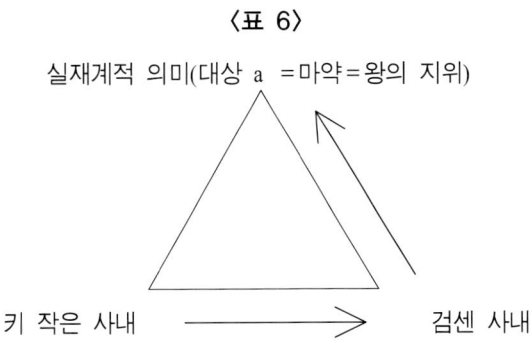

실재계적 의미(대상 a = 마약 = 왕의 지위)

키 작은 사내 ――――→ 검센 사내

곱추이며 키 작은 사내는 몸의 불구를 지니고 있지만 우둔하고 어리석은 검센 사내와는 달리 지략이 뛰어나고 간교한 인물이다. 키 작은 사내는 상징계적 질서에 의해 억압당하고 억눌린 인물로 약점과 결점을 지닌 인물이다. 따라서 키 작은 사내에겐 자신의 곱추이고 불구인 이미지가 아닌, 힘세고 튼튼한 검센 사내의 이미지를 부각시키며 자신의 약점을 은폐시킨다. 이에 비해 검센 사내는 키 작은 사내가 시키는 대로 하는 우둔하고 어리석은 인물이다. 즉, 검센 사내는 스스로의 힘에 의해 살아나가지 못하고, 키 작은 사내가 시키는 대로만 행하는 키 작은 사내의 욕망이 투영된 상상계적 인물이다.[166]

――――――――――――――

166) 강선주, <자크 라깡의 판타지 $◇a연구>, 홍익대 석사논문, 2000, 6,

"그러나 폐하가 이제 이 나라이십니다." "요 우리질 꼽추새끼야, 내가 너를 친구라고 생각했기에 망정이지, 네 주둥아리는 벌썬 찌그러지고 말았을 거다. 난 지금 나를 어째 얄지 그것만 모르고 있을 뿐이라구. 왕이 살아 계셨을 때, 난 맘이 편했었는데. 이리 오라면 오고, 저리 가라면 가고, 눈 부릅뜨라면 뜨고, 도끼 휘저으라면 휘젓고, 그냥 그 일만 했을 뿐인데도, 좋은 음식에, 좋은 옷에, 좋은 잠자리에 히히, 사흘째 저녁마다 한 번씩은 계집을 내려보내주셨고, 그랬었는데, 그리고 오늘은 계집과 자게 된 밤인데, 야헌데, 나로서는, 내가 시방 저 문을 나가도 되는지 안 되는지 그것도 모르겠단 말야. 나가서는 또 어디 가지? 성내 한바퀴 삥 잡아 돌아봐? 그런 짓 안 미친눔도 할 만하냐? 야, 난 너를 정말 친구라고 생각하는데 말이다. 너나 좀 무엇 좀 심심치 않구로 시켜줄 일 좀 없을까? 167)

검센 사내는 상상계적 인물이다. 검센 사내가 상상계적 인물로 지내는 것은 키 작은 사내의 위치 규정에 의해서이다. 그러나 키 작은

25쪽.

라깡에 따르면, 거울단계에서처럼 자신과 유사한 타자의 이미지와의 동일시의 산물인 이상적 자아는 개인의 주체성 발달이 시작되는 단계이고 자아이상은 주체가 상징계와 관련을 맺는 가운데 일어나는 동일시의 대상이다. 라깡이 강조하는 점은, 주체의 전 역사에서 지속되는 이미지와의 상상적 관계에는 항상 상징적 질서가 개입되어 있다는 것이다. 결국 보는 주체의 위치를 규정하는 것은 상징적 관계이다. 상상계의 완벽성, 완전함, 접근성의 더하고 덜한 정도를 결정하는 것은 발화이다. 상상계 자체 내부에, 상상계가 상징계에 갈고리 걸려있는(hooped) 이중적 반영의 지점이 항상 존재한다는 것이다. 이 이중적 반영의 지점이 주체와 가상적 주체가 이중화되는 동시에 동일시되는 자아이상의 지점이다. 그리고 주체가 자신의 이상적 자아의 이미지를 보려면 이 시점을 취해야 한다. 즉, 이미지와의 동일시는 상징계의 규제를 받는다. 이러한 상징적 동일시의 우위 하에 상상적 동일시와 상징적 동일시간의 상호작용은 주체가 사회-상징적 장으로 통합되는 메카니즘을 형성한다.

167) 박상륭, <숙주>, ≪아겔다마≫, 문학과 지성사, 1997, 364쪽.

사내는 검센 사내에게 여자와 아편을 제공하면서 자신이 왕이라는 사실을 망각하게 하고 그 위용을 남용하게 한다. 따라서 상상계적 인물인 검센 사내의 위치 규정은 상징계적 인물인 키 작은 사내에 의해서 이루어지고, 이들의 관계는 대립적 관계로 설정된다. 동시에 자신들의 욕망을 유지하기 위한 도구로서 서로를 이용하는 조력자의 관계도 성립된다. 이렇게 갈등과 대립의 관계는 이중화됨과 동시에 각자의 욕망이 투영되는 동일시가 성립됨에 따라 이중적인 반영적 관계를 갖는다.

키 작은 사내의 왕이 되려는 욕망은 키 작은 사내의 '이상적 자아 실현'의 의미를 지닌다. 라깡은 동일시를 '주체가 어떤 이미지를 상정할 때, 주체 내에서 일어나는 변형'으로 정의한다. 이러한 동일시 메커니즘은 상상적 동일시와 상징적 동일시로 구별될 수 있다. '상상적 동일시'는 우리가 스스로 마음에 드는 것으로 나타나는 이미지, 즉 우리가 되고 싶은 것과의 동일시인 반면, '상징적 동일시'는, 우리가 관찰되는 바로 그 위치, 우리가 자신에게 호감을 느끼고 자신을 사랑받을 가치가 있는 것으로 보이도록 자신을 바라보는 위치와의 동일시를 가리킨다.[168] 따라서 키 작은 사내의 왕이 되고자 하는 욕망은, 왕이라는 완전한 자리로써 자아가 통합되기를 욕망하는 '상상적 동일시' 추구형태이다. 왕의 지위를 획득하는 것은 이상적 자아 획득의 의미를 지닌다. 그리고 왕이 됨으로써 다른 사람들이 바라보는 자리에 선다는 것은 '상징적 동일시'가 충족되는 것을 뜻한다.

이렇게 키 작은 사내가 그의 욕망을 이룰 수 있는 거점을 확보할 수 있는 것은, 검센 사내와 성 안의 사람들이 아편이라는 환각의 상태에 빠져 있는 공황상태에 있기 때문에 가능하다.

키 작은 사내의 이상적 자아실현은 일차적으로, 키 작은 사내의

---

168) 강선주, 24쪽 재인용.

상상적 동일시 대상인 검센 사내를 왕으로 추대하는 행위로 이루어
진다. 키 작은 사내의 욕망을 반영시킨 검센 사내가 왕으로서의 위
엄을 지닐 때, 동일시로 인해 키 작은 사내의 욕망이 성취될 수 있
기 때문이다.

키 작은 사내가 검센 사내에게 왕으로서 위엄을 갖추도록 제의한
것은 선왕의 이모되는 시녀장과의 잠자리이다. 선왕의 이모되는 자
는 곧 선왕의 母와 같은 격으로, 그런 이모와의 잠자리는 선왕의 권
위를 성취하는 것을 뜻하기 때문이다. 그러나 선왕의 권위를 성취한
검센 사내는 키 작은 사내의 계획대로 시녀들과 아편에 빠져 왕으로
서 아무런 역할을 해내지 못한다. 이때, 키 작은 사내는 검센 사내
의 욕망을 만족시켜가며, 나라의 기틀을 바로 세우며 자신의 자리를
다져간다.

나라의 기틀을 세우는 것은 상징계적 규제와 법적 형식으로, 키작
은 사내는 자신에게 반대하는 세력들을 처단하고, 자신을 추종하는
새로운 인물을 양성한다. 키 작은 사내는 마약에 중독 된 젊은이들
을 옥에 가둬놓고 마약을 극복하는 사람들의 전례를 만들어 놓는다.
그리고 나중에 마약이 없어질 때를 대비해, 자신의 권위를 무시하고
깔보는 대제장의 손목을 잘라내고 죽게 함으로써 자신의 입지를 더
욱 곤고히 한다. 또한 제장들에게 녹봉과 함께 땅을 주는 회유의 방
식으로 제장들에게 치안, 재판, 농업, 세금, 상업, 교육 등의 직책을
맡기고 인신 제물, 동물 제물 등을 폐지시킨다. 그리고 삼일 치 밖
에 남지 않은 아편창고를 불태움으로 아편이 얼마 남지 않았다는 걸
은폐시키고 아편이 상징하는 중심부 권력을 끝까지 고수한다.

아편에 중독 된 성안의 사람들은 아편이라는 환각의 상태에 머물
러 있다. 환각은 현실을 잊게 만들며, 사람들의 가슴 속에 잘못된
대상 a 로, 대타자의 빈 곳에 대신 들어선 환상적인 요소이다. 이 대

상 a는 사람들의 정체성과 욕망을 조정하는 개념으로, 사람들이 그 것을 욕망하게 만든다. 대상 a가 하나의 기표로 욕망의 대상이 된 것은 근본적인 오인에 의한 판타지($\diamond$a)의 결과이다.

주체들의 욕망의 대상의 되는 마약은 사람들을 환각의 상태로 이끈다. 그리고 주체의 의식이 억압된 상징화에 저항하는 것을 허구적으로 만들어 주체의식의 와해를 생산한다.[169] 이러한 환각 상태는 자기 자신과 유지하고 있는 상상적인 관계에 기인한다.[170] 따라서 대상 a인 아편이 불에 탐으로 주체들에겐 새로운 대상이 대체되어야 하는데 이 자리에 키 작은 사내가 진입하여 결여된 주체들에게 '욕망의 대상'이 된다. 그러나 키 작은 사내가 욕망의 대상이 될 수 있었던 것은 외디푸스 콤플렉스에서 대타자의 욕망을 위하여 자신의 욕망을 억압시키는 상징계적 거세기제를 통해서이다.

외디푸스 콤플렉스의 정상적인 해소는 자신을 대타자의 욕망의 대상으로 실현하든지, 혹은 대타자의 각인된 거세 의지를 만족시킬 것인가라는 양자택일의 기로에 서게 된다. 키 작은 사내는 자신의 욕

---

169) 대상 a 는 상징계 밖에 있는 실재계에 등록되어 있는 대상이다. 라깡에 따르면, 실재계의 기본적인 정의는 상징화에 절대적으로 저항하는 것, 놓친 만남, 놓쳐버린 현실, 동화될 수 없는 것의 형태로 즉 외상의 형태로 나타나는 것, 모든 말이 멈추고 모든 범주가 실해한 것, 즉 불안의대상과 대면했던 것, 외상의 형태로 드러나는 이런 실재적 대상과의 조우에 실패한 것이다. ─강선주, 위의 책, 37쪽.

170) 미셸 푸코, ≪광기의 역사≫51─53쪽.
망상은 저자에서 독자에게로 전염되었다. 그러나 저자에게는 환상이었던 것이 독자에게는 환각이 되었다. ─광기는 서로 공통된 망상에 의해 강하게 뒤섞이고 혼합되고 얼룩진 채로 이간의 상상력의 모든 형태들을 아무리 멀리 떨어져 있는 것이라 할지라도 반영하고 있다. ─측정할 수 없는 광기는 세계를 살다 가고 또 살고 있으며 그리고 살아갈 무수한 사람들, 그들의 야망들과 필연적인 환상들만큼이나 많은 얼굴들을 가지고 있다. 모든 사람들의 가슴 속에 들어 있는 이 광기는 자기가 자기 자신과 유지하고 있는 상상적인 관계이다.

망의 실현을 위해 검센 사내에게 향락을 제공하고 자신은 욕망을 금지하고 희생하는 방법을 택한다.171) 하지만, 이러한 금지와 희생은 자신의 상징계적 위엄을 확보하는 결과가 되어짐으로 키 작은 사내는 환각이라는 오인된 상상계에 빠져 있는 성안사람들의 상징적 기표로 작용할 수 있게 된다. 이로써 마을 사람들은 마약이라는 오인된 환상을 깨뜨리고 다시 정상적인 현실로 돌아오게 한다.

검센 사내가 갖는 왕으로서의 위치는 상징계적 인물인 키 작은 사내의 욕망에 의해 규정된다. 따라서 아편 창고가 불타고 나라의 초석이 다져진 상태에서 검센 사내는 필요 없는 축출의 대상이 된다.

이에 키 작은 사내는 왕으로 존재하는 검센 사내를 죽이고 검센 사내와 잠자리를 한 시녀장과 검센 사내의 애를 밴 시녀 둘을 죽게 만듦으로 검센 사내를 죽음에 몰아간다. 그리고 검센 사내의 권력을 자신에게 이양하여 왕이 되고자 하는 이상적 자아를 실현한다.

검센 사내는 자신의 욕망실현을 키 작은 사내를 통해서만이 이룰 수 있는 상상적 인물이다. 따라서 검센 사내의 욕망은 키 작은 사내의 대상 a로 작용할 때만 욕망을 실현할 수 있는 결여된 인물이다.

그러므로 키 작은 사내의 배반은 검센 사내를 분열시키고 죽음을 가져온다. 이로써 욕망의 상상적 관계는 끝이 난다. 또한 키 작은 사내는 선왕의 이모인 시녀장의 딸이면서, 전 시의장의 부인인 대목수 부인을 검센 사내의 욕망으로부터 방어하고 도주시켜 시녀장으로 삼

---

171) 상징계의 출현은 항상 최초의 연속성, 즉 모-아의 구분없는 이중관계를 단절시키는 이질적인 힘을 개입하는 것을 전제로 한다. 이 힘은 법의 기초로서 금지와 희생, 두 가지로 이루어져 있다. 주체가 상징계로 진입함으로서 자신을 지칭하고 규정하기 위해 희생하는 것은 근친상간적 욕망이다. 그것은 아이가 어머니의 욕망의 대상이 되고자 하는 시도를 포기하는 가운데 다시는 얻을 수 없는 어떠한 절대적인 쾌락, 즉 쥬이상스(jouissance)를 포기하는 것이다. 쥬이상스는 근친상간 때 경험하는 가설적이면서 절대적인 성적 쾌락이다.

으면서 선왕의 권위를 포섭한다. 그리고 사람들의 미래를 약속하는 人神으로, 나라를 치리하는 화룡으로 등극함에 따라, 인간이 아닌 신의 현현으로 우상화되어 사람들의 욕망의 대상으로 존재를 구축한다.

곱추이며 광대였던 키 작은 사내가 왕으로 등극되는 것은 억압당하고 억눌린 의식이 상승의 욕구로 표출된 것이다. 이것은 불구의 몸임에도 심판과 지혜에서 뛰어남으로서 상상계적 환각에 젖어 있었던 백성들에겐 자신들과 동일화를 느낄 수 없는 인신으로까지 외경감을 심어주는 형식으로 이루어진다. 즉, 키 작은 사내는 결여된 인물들의 대상 a로 환유되면서 이상적 자아를 실현하고 획득하는 것이다.

자아는 거울 단계의 소산이고 상상계에 속하는 이미지이다. 자아가 이미지라면 타자도 이미지요 세계도 이미지이다. 이런 자아 환상성은 이른바 동일성 환원, 곧 모든 세계를 자아와 동일시하고 자아로 환원시킨다.172) 자아란 타자와 세계의 이미지에 의한 환상성을 가지므로, 박상륭 소설에 나타난 '자아 찾기'는 타자와 세계에 대한 환상성을 깨뜨리고, 자아의 실체를 대면하는 방식으로 이루어진다. 이러한 환상성은 박상륭의 소설에서 '로이'와 '미스 앤더슨'은 환상성속에 반영된 주체를 통해 자아의 타자성과 통합성을 획득하는 방식으로서 주체를 획득하게 된다. 하지만, 타자와 세계의 환상성속에 타자와의 동일시는 진정한 자아 획득의 의미가 될 수 없으므로, 숙주의 '키 작은 사내'에 의해, 타자와 세계의 타자의식 속에 자신이 직접 대상 a가 됨으로서 타자의 욕망의 대상이 되어 주체성을 획득하고 이상적 자아를 획득해내는 방식으로 발전된다. 이것은 상상계적 오인된 환상의 이미지를 깨뜨리고 그 스스로 대상 a가 되어 욕망의 대상이 되어 상상계적 요소인 타자 환상성을 갖추는 것을 의미한

---

172) 이승훈, <라캉의 자아 개념>, ≪과정으로서의 나≫, 푸른 사상, 2003년, 73쪽.

다. 동시에 人神의 형식을 갖춤으로 이상적 자아를 실현하고 주체를 획득하는 의미를 지닌다. 그러나 라깡에 의하면 타자나 대타자, 대상 a 또한 결여된 인물임으로 타자의 반영을 통해 이루어지는 자아실현 또한 진정한 자아 찾기와는 거리가 멀다고 할 수 있다.

2) 성적 환상에 의한 구원

실재계는 외상적 사건(trauma)을 통해서 조금씩 그 모습을 드러낸다. 트로마(trauma)는 반복성과 강박성, 과거 고착의 특성을 가지고 있다. <반복성>은 트로마적 신경증의 증후들이 반복적으로 발생하여, 기억하고 싶지 않은 과거의 사건을 계속해서 경험하는 것을 말한다. <강박성>은 주체가 내적인 강제에 의해 어쩔 수 없이 하게 되는, 의식적이기보다는 무의식적으로 행동하며 생각하는 경향을 말한다. 주체의 의식은 자신의 체험과 깊이 관련되어 과거로 향하는 <과거 고착>을 보이게 된다. 하지만 반복성과 강박성은 서로 다른, 분리된 것이 아니라 서로 관련되어 있다. 반복성 속에 강박성이 드러나고 강박성 속에 반복성이 나타난다.

박상륭 소설의 중요한 모티브 중의 하나는 바로 '성적 욕망'이다. '성적 욕망'은 ≪죽음의 한 연구≫와 ≪칠조어론≫에서 강박적이고 반복적인 이미지로 나타난다. 성적 욕망에는 환상성이 전제되어 있다. 성적 관계의 이상적 모습은 자아와 타자의 환상이 전제되어있을 때 가능해지기 때문이다.

라깡은 우리를 매혹하는 것을 그 자체의 본질 때문이 아니라 닿을 수 없는 그것의 위치에 의해서라고 암시한다.173) 닿을 수 없는 곳에

---

173) ≪문학으로 보는 성≫, 김종회·최혜실 엮음, 김영사, 2001, 17-18쪽.

그리움이 생기고 열정이 타오른다. 그렇기 때문에 라깡은 사랑은 환상이며 그 환상이 욕망의 본질이라고 말한다. 하지만 '바로 그것'은 손안에 들어오면 텅 빈 기표가 될 뿐이다. 기의는 없고 텅 빈 기표만 자리를 옮긴다.[174] 그 사실을 모르고 바라보기만 하는 주체가 있고, 그 사실을 아는 보여 지는 주체가 있다. 바라봄과 보여짐이 엇갈리는 가운데, 우리가 왜곡된 상을 본다. 우리는 상상계라는 나르시시즘 속에서 벗어날 수 없기 때문에 상을 비스듬히 볼 뿐 정면으로는 볼 수 없다. 매혹이란 비스듬히 볼 때만 나타난다. 그것은 영원한 사랑의 본질이다.

프로이트는 사랑에 장애물이 필요한 이유를 유아기 성과 관련지어 설명한다. 어릴 적에 아이는 자신과 한몸이었던 어머니를 오직 내 사랑으로 착각한다. 그러다가 아버지의 존재를 알게 되면서 어머니와의 사랑을 단념하고 아버지처럼 되어 훗날 어머니 같은 연인을 얻겠다고 다짐한다. 어머니에 대한 사랑이 외디푸스 콤플렉스요, 아버지의 존재를 깨닫고 어머니를 단념하는 것이 거세 콤플렉스다. 그러나 한번 잃어버린 어머니는 영원히 찾을 수 없다. 그것은 인간이 낙원에서나 누릴 수 있던 아이의 착각이었기 때문이다. 그런데도 그 경험은 무의식 속에 남아 성인이 되어서도 대상과 자신을 일치시키며 나르키소스의 꿈을 버리지 못한다. 사랑이 금기에 의해 더 강해지는 것은, 어머니에 대한 사랑을 금했지만 그것이 더 강력한 소망이 되어 죽는 날까지 되돌아오기 때문이라고 본다. 라깡은 이것을 '바로 그것'이라는 단어로 표시한다. 그 자체로는 아무것도 아닌데 닿을 수 없는 곳에 있음으로서 매혹으로 빛나는 바로 그것, 왜 닿을 수 없는 곳에 있어야 그리움이 생기고 열정이 타오르는가. '바로 그것'은 상실의 기표요, 베일을 쓴 텅 빈 기표다. 원초적 어머니(the Mother)요, 영원히 되찾을 수 없는 대타자(the (M)Other)로서 얻으면 환상이 벗겨지며 텅 빈 소타자가 된다. 대상을 바로 보는 데 개입되는 이런 환상이 바로 나르시시즘 혹은 거울 단계라는 무의식이다.

174) 라깡은 주체의 분열에서 출발하여 기표와 기의의 틈새가 무한히 열려 있음을 보여주고, 환유를 욕망의 본질로 만든다. 대상이 자꾸만 미끄러지듯, 기의는 자꾸만 미끄러지고 기표는 반복하여 주체를 훑고 지나간다. 사실 기표에 딱 들어맞는 기의는 원초적 어머니를 제외하고(물론 그것도 착각이었지만)애초부터 없었기 때문이다.

(1) 자신에게로 귀결되는 촛불중의 사랑

《죽음의 한 연구》에서 촛불중은 다른 사람들의 성관계를 지켜보는 절시의 쾌감에 길들여 있다. 이는 어려서부터 부친이 조그만 여관을 경영하여서 생겨진 습관이다. 절시의 쾌감에 길들여 있는 촛불중은 결혼한 날 신방에 자신의 친구를 들여보내고 그들의 성관계를 지켜보다가 그 둘을 다 살해하고 유리에 들어온다. 그러나 촛불중은 절시의 쾌감에서 벗어나지 못하고 스스로를 두고 절시를 즐기려 든다. 절시란 대상을 두고 거리감을 두고 탐하는 방법으로 욕망의 대상과 욕망하는 자와의 거리감이 전제 된다.175)

촛불중이 맛보려고 하는 것은 대상을 바라보는 가운데 생겨지는 쾌락이다. 바라봄과 보여짐이 엇갈리는 가운데 촛불중은 성적 환상 속에 사로잡힌다.

촛불중은 친구가 자신의 아내 될 여자와 성적 절정에 이를 때, 쾌락의 충동이 극에 달해 둘 다 죽인다.176) 쾌락의 절정은 죽음의 본

---

175) 라깡은 주체의 분열에서 출발하여 기표와 기의의 틈새가 무한히 열려 있음을 보여주고, 환유를 욕망의 본질로 만든다. 대상이 자꾸만 미끄러지듯, 기의는 자꾸만 미끄러지고 기표는 반복하여 주제를 훑고 지나간다. 사실 기표에 딱 들어맞는 기의는 원초적 어머니를 제외하고(물론 그것도 착각이었지만) 애초부터 없었기 때문이다. 그는 포의 단편 <도둑 맞은 편지>를 도둑 맞은 기의로 읽어낸다. 기표가 주체를 어떻게 훑고 지나갈까? 기의는 없고 텅 빈 기표만 자리를 옮긴다. 그 사실을 모르고 바라보기만 하는 주체가 있고, 그 사실을 아는 보여지기도 하는 주체가 있다. 바라봄과 보여짐이 엇갈리는 가운데 상이 생기기에 우리가 보는 상은 왜곡된 상이다. 우리는 상상계라는 나르시시즘 속에서 벗어 날 수 없기에 영원히 대상을 비스듬히 볼 뿐 정면으로는 볼 수 없다. 그래서 비스듬히 볼 때 그토록 아름다운 연인은 사실은 지극히 평범한 여인이다. 매혹이란 비스듬히 볼 때만 나타난다. 라깡은 사랑은 환상이며 그 환상이 욕망의 본질이라고 말한다.

176) 촛불중에 의해 죽은 친구는 몸을 잃어버린 혼만 있는 서낭 鬼가 되어 촛불중이 《칠조어론》에서 과거의 무의식 세계로 돌아갈 때 만나게

능과 연장선상에 있다. 따라서 쾌락의 완벽한 충족이란 죽음일 수밖에 없다. 촛불중은 이렇게 친구와 아내를 죽이면서까지 절시의 쾌락에 젖어있었던 것이다. 절시란 대상에 자신의 감정을 이입하는 가운데, 타자가 욕망하는 것을 같이 욕망하는 것이며, 바라보는 행위를 통하여 타자의 욕망 속에 자신을 투사하는 행위이다. 따라서 절시가 아니고서는 쾌락을 느끼지 못하는 촛불중은 여자와의 간극이 없는 성관계에서 성적 환상을 느끼지 못한다. 이때 촛불중은 유리에서의 생활을 의논하러 온 육조에게 자신의 고민을 털어놓는다.

> 솔직히 말씀드리면입지, 계집과 더불어서였을 때라면 말입지, 간극이 생기기는 커녕입지, 내 전체가 마근에 잘 합세하고입지, 그것에 정신이 집중되어설랑 말입지, 수렁이라고 일컬어야 될 그것 속을 그냥 송두리째 투신되는 것인데입습지, 그런데 그렇지가 않더란 말입지. 자신이 대상이었을 때엔 말입지, 자기 속에서 분산 괴리가 일어나며 말입지, 자기가 대상하고 있는 것이 남근이라는 이유때문만으로입지, 그것을 보고 있는 것을 젖앓이 비슷한 것을 하더란 말입지. 조금 수줍은 듯한 기분이 들면서입지, 어딘지 빈곳에의 불만이 싹트더란 이 말입지. 마심은 그래서 더욱더 자극되고 말입지, 초조하여 더욱더 벗어날 수가 없는데입지.[177]

촛불중은 바라보는 절시의 쾌감에 젖어있다. 그러나 계집과의 성관계는 그런 절시의 쾌감에 젖어들지 못하게 한다고 한다. 촛불중은 모든 번뇌의 열매가 맺히는 근원인 마근(麻根)과 대좌해서 항복을

된다. 서낭 鬼는 촛불중에게 죽임을 당한 후, 자신의 혼이 들어가 있어야 할 몸을 다른 귀신에게 빼앗기면서 돌아갈 몸을 찾기 위해 떠돈다. 촛불중은 자신이 죽인 친구를 만나면서, 죽음과 몸의 깊은 관계를 깨달아간다.
177) ≪죽음의 한 연구≫(상), 175-176쪽

받으려 자신의 마근을 바라보며 정진하지만 자신이 대상하는 남근에
서 오히려 결여를 느끼고 빈곳에의 불만을 갖게 됨을 토로한다. 마
심을 정복하려 자신의 성기를 정면으로 바라보며 번뇌의 근원인 왜
곡된 환상에서 벗어나고자 하지만, 오히려 자신의 남근을 바라보면
서 결여를 경험하게 되면서 욕망이 자극되어 마심을 극복하지 못함
에 대해 고민한다. 이러한 불만은 마심을 정복하는 데에 아무런 도
움을 주지 못하므로 촛불중은 육조에게 자신의 문제를 해결해 줄 것
을 요구한다. 이에 육조는 촛불중의 고딘을 해결해 주기 위해 항문
과 결합하는 비역을 행하게 된다.

촛불중의 결여는 대상을 바라보는 과정에서 생긴다. 촛불중의 결
여가 처음에는 다른 사람들의 성관계를 훔쳐보는 가운데 대상과의
거리에서 오는 성적 환상에서 만족을 느끼는 것이라면, 자신의 남근
을 정면으로 바라보는 과정에서 남근과 거리를 갖는 절시의 행위로
거리두기를 극복하려 한다. 하지만 이러한 과정에서도 욕망을 결핍
을 낳게 된다. 욕망은 모두 바라보는 시선에서 생긴 것으로, 절시의
쾌감은 훔쳐보는 과정에서 생긴 환상이다. 그런데, 자신의 남근을 바
라보는 과정에서는 절시의 쾌감이 일어나지 않을 것이라고 생각하지
만 욕망의 결핍을 낳음으로 극복하지 못한다. 따라서 촛불중은 남성
과의 성적 결합을 이루어 본질적으로 하나가 되지 못하는, 거리감이
전제 되어 있는 타자의 남근을 욕망한다. 이로써 거리감에서 오는
욕망의 결핍을 극복하고자 한다.

촛불중은 색(色)을 색(色)으로 다스리는 권법을 시도하며 색(色)을 극
복하려 한다. 촛불중이 얻고자 하는 만족은 기표의 욕망으로 자리 이동을
하면서 또 다른 기표로 자리를 바꾸지만 색은 쉽게 잡혀지지 않게 된다.
따라서 비역을 통해서도 거리두기라는 욕망의 결핍은 극복되지 못한다.

이러한 절시의 쾌감에 젖어있는 촛불중은 육조에게 형벌에 대한 예형

으로 육조의 눈에 촛농을 떨어뜨려 눈을 멀게 한다. 육조가 눈을 잃는 것을 통해 바라보는 쾌락을 상징적으로 없애려는 의지를 갖는 것이다.

바라봄의 시선에서 생기는 성적 환상은 주체가 대상을 바라보는 가운데, 대상의 욕망을 자신의 욕망으로 전이시키면서 그 대상의 실체를 정확하게 바라보지 못하게 함으로써 생기게 된다. 이러한 과정에서 기표의 대상은 또 다른 대상으로 자리를 옮기는데 이런 과정에서 기의는 잡혀지게 된다.

촛불중은 장로 손녀딸이 '빛 돌'에 대한 그리움으로 촛불중을 통하여 죽은 육조를 만나는 것을 허용한다. 이때, 촛불중은 직접 장로 손녀딸과 육조사이에서 중재하는 거리두기의 기표가 됨으로써 절시의 쾌감을 다시 한번 느끼게 된다. 촛불중은 장로 손녀딸의 욕망을 욕망하면서 거리감을 통해 오는 성적 환상을 느끼게 되는 것이다. 그러나 촛불중은 장로 손녀딸이 욕망하는 '빛 돌'을 욕망함에 따라 자신의 몸에 있는 '빛 돌'을 욕망하는 셈이 된다. 결국 촛불중은 자신의 몸을 거리두기 방식으로 사랑하고 욕망한다.

다음을 도표화하면 다음과 같다.

〈표 7〉

자신의 몸에 있는 빛 돌(기의)

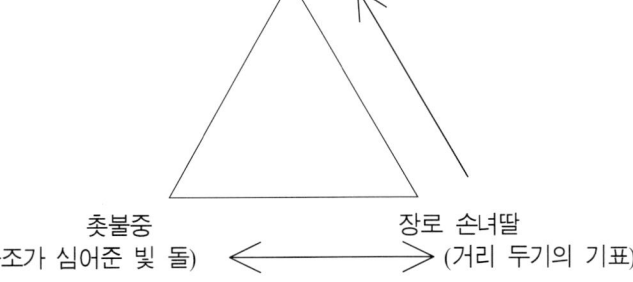

촛불중   장로 손녀딸
(육조가 심어준 빛 돌) ←————→ (거리 두기의 기표)

촛불중에게 장로 손녀딸의 몸은 성적 환상을 가능케 하는 모태로 기능한다. 장로 손녀딸의 몸은 자신의 몸에 있는 '빛 돌'이 탄생하도록 돕는 모태로 작용하기 때문이다. 그러나 촛불중 자신은 정작 내시로 하락하게 된다. 이유는 장로 손녀딸이 그리워하고 욕망했던 것이 육조의 '빛 돌'이었으므로 육조에 대허 욕망한 것이 되고, 촛불중 자신이 욕망한 것도 장로 손녀딸이 욕망하는 빛 돌임으로 인해 자신의 속에 들어 있는 것을 욕망하는 셈이 되기 때문이다. 그러나 촛불중이 임신한 '빛 돌'은 욕망의 대상이 되면서 주체들이 추구하는 기의가 된다.

장로 손녀딸이 촛불중을 욕망하는 것은 육조에 대한 그리움으로 인한 '빛 돌'이다. 따라서 장로 손녀딸과 가상적으로 이루어지는 환상적 성적 결합에서, 촛불중은 중간자일 뿐이다. 즉, 육조가 심겨준 '빛 돌'과 장로 손녀딸이라는 모태를 만나게 하는 宿主로 작용할 뿐이다. 그러나 촛불중은 이러한 '절시의 쾌감'이 환유적으로 이동한 '숙주'의 역할에서 오히려 성적 환상을 느끼게 된다.

촛불중의 믿기로 육조의 고행의 결정은 '神의 땀방울'과도 같이 자궁을 얻지 못할 때, 한 세상에 대해 火山같은 위험이 서려있다고 생각한다.

　　－저 內侍가 믿었기로는, 한 村長의 苦行의 結晶은, 비유로 말하면, '神의 땀방울'과도 같아서, 구유 속에 던져져서도, 또는 갈대줄기 속에 스며들어서도, 그 구유나 갈대를 태워버리든, 아니면 싹을 틔운다. 그럼에도 그것이 母胎를 얻지 못하면, 뜨거움으로 그것은 수은방울처럼, 모든 곳으로 구를 것인데, 그것 굴러간 자리는, 불바퀴 지나간 자리와 같을 것이어서, 子宮을 얻지 못할 때 그것은, 한 세상에 대해 火山 같은 위험인 것이, 그것이었다. 헌데 장엄한 이 새벽, 그렇게나 위험스럽던 한 방울 불은, 그것을 수용할 만한 母胎를 얻은 것이다.[178]

따라서 촛불중에게 심기어진 '빛 돌'은 '神의 땀방울'과도 같은 고행의 절정의 의미를 지닌다. 그러므로 촛불중은 육조와의 만남의 결과인 '빛 돌'의 의미를 이해하지 못해 고뇌하는 것처럼 장로 손녀딸과의 만남에서도 고뇌한다. 즉, 죽은 육조가 심어놓은 '빛 돌'을 간직해 두었다가 육조가 사랑한 장로손녀딸과의 가상적 성적 결합을 통해 그 '빛 돌'을 다시 내어줘야 하기 때문이다.

촛불중이 이렇게 절시의 은유에서 벗어나지 못하는 이유는 상상계에서 자아와 타자의 관계가 잘못 고착화되었기 때문이다. 촛불중에게 타자란 절시의 쾌감을 불러 일으켜주는 대상들이다. 이로써 촛불중의 자아는 타자의 반영을 통해 자아가 통합화되는 과정에서 왜곡되어 있다는 것을 알 수 있다. 자아는 타자를 자신의 오인된 모습으로 상상하면서 자아를 구성하는데, 촛불중에게 타자는 자아가 반영할 대상이 아니라, 거리감을 갖고 바라보아야 하는 대상이 되기 때문이다.

상상계는 상징계의 압박과 왜곡을 거치지 않고 곧바로 상징계를 통과하게 되면 그대로 실재계가 되어버린다. 아버지의 상징에 의해 정신병적 주체가 내몰리는 특별한 고뇌는 실재계와의 끊임없이 만나는 그것인데, 이때 주체는 그 만남을 이해하지 못하지만, 그것은 그물망 저 너머에 있지만, 그 그물망 안에서 억제할 수 없는 동요를 일으킨다.[179] 타자와의 왜곡된 관계는 이렇게 거리감을 갖게 하는 성적 환상으로 반복되어 나타나면서 완고하면서도 강인한 실재계의 현상으로 나타난다. 타자는 원래 의미화의 사슬에 본질적으로 들어 있는 것인데, 촛불중에게 타자는 그 사슬의 바깥에 나와 있었던 것이다. 그런데 그 타자인 빛 돌이 촛불중속에 심겨져 타자와 통합을

---

178) 위의 책, 173 – 174쪽
179) ≪라깡≫, 맬컴 보위 지음, 164쪽

이루지 못한 촛불중과 대항하면서 빛 돌(타자)은 촛불중에게 전제자
(專制者)즉, 억제기능을 한다.[180]

촛불중이 임신한 '빛 돌'은 촛불중에겐 타자의식으로 다가오면서
이물질로서 편하지 않은 질료이다. 그러나 '빛 돌'은 장로의 손녀딸
과 촛불중이 환상적 성적 결합을 함으로서 모태를 얻게 된다. 육조
가 심어준 '빛 돌'이 비역을 통해 촛불중에게 임신되었듯이, 촛불중
과 장로 손녀딸의 만남은 장로 손녀딸에게 상상 임신이 되어 '빛
돌'이 자궁을 얻어 고향으로 돌아오게 되는 상징적 의미를 지닌다.

'빛 돌'은 새로운 주체 형식으로 실재계의 요체로서 새로운 주체
의 구성방식을 의미하면서 팔조의 잉태를 가능케 한다. 즉, 상징계에
서 의미 획득을 이루지 못한 주체가 무의식에서 실재계적 요체로 새
로운 주체를 구성할 수 있는 가능성으로 나타난다.

그러나 타자로 작용하는 팔조는 실재계의 요체로, 촛불중에게 억
제자로서 사법적 징벌의 위협을 가하는 것이 아니라, 그 스스로 알
수 없는 변덕으로 징벌을 행사하거나 유보하는 기능을 갖는다. 따라
서 촛불중은 팔조를 잉태하기 전까지 타자의식에서 자유롭지 못하
다. '빛 돌'에 대한 부담감은 촛불중에게 늘 고민이 되고, 번뇌로 작
용한다.

'빛 돌'은 육조와의 성적 환상을 통해 촛불중에게 심겨지고 다시,
장로의 손녀딸을 만나 팔조로 잉태되어 유리를 회복하는 남근으로
작용한다. 그러나 팔조는 곧 낙태되어 죽고 만다. 팔조는 죽었지만
팔조의 탄생은 실재계의 현현(顯現)의미를 지닌다. 즉, 이제껏 들어
본 적인 없는 복음(福音)으로, 다른 촌장과는 달리 운명의 육체를
입지 않고 자기를 상상임신(想像姙娠)한 그 모태를 벗어나 死産하면
서 이승도 아닌, 저승도 아닌, 색(色)이 공(空)과 다르지 않은 세계

---

180) 앞의 책, 164쪽

속으로 나아간 것이기 때문이다. 팔조가 간 세계는 유정들의 恨誤夢과, 八萬四千 幻菌들의 숙주 즉 균모(菌帽), 팔만사천 환균 들의 한 벌의 육도이고, 아직 記號(또는 '소리')를 입지 않은, 몹시 무르익은 말(언어)의 고장, 저 '極小의 時間' 속, 時中의 세계이다.

촛불중에게 타자는 통합될 수 없는 거리가 전제되어 있으므로, 팔조의 낙태는 예정되어 있는 것이다. 하지만, 팔조의 낙태는 '解脫'을 성취한 의미를 갖는다. 法恩은 無業의 '意志'로서, 팔조는 성적 환상 후에 갖게 되는 새로운 주체에 대한 욕망의 기표로, 통합되지 못한 촛불중의 자아가 회복되고 분열이 극복되는 의미를 갖는다. 팔조의 잉태는 촛불중이 타자와의 거리감으로 인해 타자와 통합되지 못하는 파편화된 자아가 상징계에서 치뤄야 할 주체 구성을 상징계의 또 다른 그물망인 무의식 세계에서 은유적으로 치룬 것을 의미하기 때문이다.

촛불중의 자아는 타자에 대한 왜곡된 인식으로부터 결핍과 분열을 경험했다. 이렇게 타자와의 잘못된 관계는 촛불중에게 거리두기라는 은유적 의미가 '빛 돌', '팔조'로 환유되어 나타난다. 하지만, '빛 돌'과 '팔조'로 환유되는 거리두기를 극복하지 못한 촛불중은 무의식 세계로 면벽 수도를 하며 자신의 결핍이 고착화된 지점을 찾아 자아를 회복하고 결핍을 극복하고자한다. 그러므로 '빛 돌'은 촛불중에겐 타자의식으로 다가오지만, 새로운 주체 구성을 가능케 하는 기표로 작용한다.

'빛 돌'을 임신한 촛불중은 육조의 뒤를 이어 유리를 회복시키는 칠조로 등극된다. 촛불중은 자아와 타자와의 경계 허물기를 통해 본래 허구적 자아가 갖게 되는 자아와 타자의 경계를 무너뜨리려 한다. 자아와 타자 허물기는 근본적으로 지니고 있는 허구적인 자아, 환(幻)을 깨뜨리는 의미를 지닌다. 그러나 허구적인 자아가 있을 때에, '오인된 자아' 라 하더라도 주체로 생성될 수 있기에, 촛불중은,

허구적인 자아를 소멸하는 방식이 아니라 자아와 타자라는 경계를 무너뜨림으로서 새로운 세계로 나아가고자 한다. 촛불중은 '절시'라는 거리감이 전제되어 있는 욕망에 사로잡혀 있으므로 그 '절시' 라는 거리감을 갖게 하는 자아와 타자의 경계 무너뜨리기를 통해서만 그 자신이 타자에게서 자유로워질 수 있게 된다.

촛불중에게 욕망추구는 주체 회복의 장이 된다. 그러나 자아와 타자의 경계를 무너뜨리는 가운데서 이루어지는 욕망추구는 다시 자아의 몸과 혼의 분리로 환유되면서 자아로 귀결되는 구조를 보인다. 즉, 성적 결합을 갖지 않는 스스로 된 고자로서 자기와의 성행위를 통해서 주체적인 자기 수립 문제가 존재의 정신력에 의해 가능하다는 것을 보여주며, 주체적 자기 수립의 문제야말로 해탈을 이룰 수 있다는 것을 견지해준다.[181]

이렇게 자아와 타자의 경계 무너뜨리기는 촛불중에게는 자기 부정, 혹은 스스로 고자 되기라는 자기와의 사랑을 통해서 이루어진다. 사랑은 본질적으로 타자를 대상으로 삼아야 한다. 타자에 대한 욕망은 곧, 자아와 타자라는 분리가 전제된다. 자아와 타자의 분리라는 경계 자체를 촛불중은 자기 사랑으로 이루어낸다. 앞에서 장로 손녀딸은 육조가 심어준 '빛 돌'을 그리워하며 가상적 성적 결합을 하고, 촛불중은 장로 손녀딸의 욕망을 사랑함으로서 자신의 속에 심겨진 '빛 돌'을 사랑한다. 이것은 즉, 자신의 몸에 심겨져 있는 자기 사랑의 한 방식으로서, 촛불중에게 기본적으로 거리가 전제되어 있는 사랑방식이 된다. 그러나 본질적으로 자신의 배에 잉태된 '빛 돌'에 대한 욕망은 곧 자기 자신에게로 귀결되는 자기 부정, 혹은 스스로 고자 되기라는 의미를 지닌다. 이렇게 절시의 욕망에서 시작되어 자아의 혼과 몸의 기표로 환유되면서 무의식으로 추구하는 세계의식이

---

181) 김명신, <박상륭 소설 연구>, 연세대 박사 논문, 2000, 162쪽.

실재계적 의미를 갖게 되는 것이다.

절시의 욕망으로 시작되는 촛불중의 '사랑'은 스스로의 아집을 떨쳐 버리는 일, 타 유정과의 경계를 허물어내는 일이다. 그리고 타 유정의 악과 고통이, 도류들께서 익어지고, 도류들 자신들의 덕(德)이, 타 유정들 속에서 익는 일이라고 정의 내려진다. 그가 말하는 사랑은 대승적 평심의 경지에 맞닿아 있어, 그의 사랑이 성공적으로 성취될 때, 인간은 꼭 닫힌 한 우주이면서 동시에 그 자체가 열림인 상태가 될 수 있다. 이러한 사랑은 필연적으로 자기 부정, 혹은 스스로 고자 되기의 고통을 본질로 삼는다. 존재의 진화는 오직 사랑이라는 이름의 고행(苦行)을 통해서만 성취될 수 있는 것이기 때문이다. 촛불중은 이 세계 너머에 존재하는 피안의 영역을 부단히 꿈꾸어 왔음에도 불구하고 종국에는 언제나 유리로, 몸으로, 프라브리티 우주로 되돌아와서는 이 세계 속에서 해야 할 일,즉 '자기 부정'과 '경계 허물기'를 핵심으로 하는 '사랑'이라는 선법을 논구해온 셈이다. 촛불중은 이 사랑의 가능성을 통해서 프라브리티 우주를 저주의 장소가 아니라, 진화의 장소로, 은총과 지복함의 장소로 변전시켜 보이고 있는 것이다.[182]

(2) 성적 환상의 구현

실재계란 주체가 상징계로 넘어가면서 억압되어진 것들로, 개념으로는 가공되지 않은 경험들이다. 성적 환상은 실재계가 어떻게 대타자의 기대에 맞추어 무의식중에 억압된 것들을 표출하는지 포착할 수 있게 한다. 성적 관계는 타자에 대한 환상이 전제되어있을 때 이상적인 관계가 이루어지기 때문이다. 또한 성적인 관계는 타자에 대

---

182) 변지연, <박상륭 소설 연구>, 동국대 박사 논문, 2002, 164-165쪽.

한 환상성이 내포되어 있다. 환상은 억압된 자아가 만들어낸 무의식의 결과이며, 자아가 지니고 있는 결핍으로 인해 타자에 대한 환상을 부여함으로서 타자에게 무의식적인 소망과 욕망을 투사시키는 것이라 할 수 있다.

주체는 자기동일성을 확신하는 통합된 인격이 아니라, 자기 내부에 스스로 통어할 수 없는 이질성을 가진 결여의 존재이다. 이러한 근본적인 이질성은 바로 주체 자신의 자기동일성을 확신하려는 순간에 주체를 흔들리게 하고 타자에 대한 환상을 갖게 한다.[183]

박상륭 소설에서 성적 환상은 타자[184]를 이해하고 받아들인다는 점에서 결핍의 회복이고 주체생성의 의미를 갖는다. 주체는 자아 분열이나 상실의 과정을 통해 타자를 용인하고 타자와 올바른 관계를 갖기 때문이다. 그러나 이러한 분열과 상실은 주체의 무의식에 각인되어 그것으로부터 회복하기를 욕망하게 된다. 성적 결합은 결핍된 주체가 타자와의 결합을 통해 무의식적인 억압과 상처에서 회복되고자 하는 욕망의 분출과 함께, 결핍된 주체가 회복을 경험하게 하는

---

183) 주체의 욕망은 항상 타자를 호출을 통해서만 구성될 수밖에 없으며 대타자의 질문, 무엇을 원합니까?' 에 대한 주체의 대답이 오인에 기초하여 허구적으로 구축된다 하더라도 이러한 판타지-시나리오를 근거로 주체는 자신의 욕망을 계속 유지할 수 있는 동시에 자기 스스로를 발견하는 존재 근거를 구축할 수 있다. 이러한 차원은 거울상에서 만나는 소타자에 대해서 자기-통달에 이르는 주체의 허구적 자기-인식의 구조처럼, 대타자에게 귀속되는 욕망에 관한 지식이 완전한 것이라 믿는 편집증적이고 환상적인 구조와 상통한다.

184) 소문자 'a'를 가진 타자는 자신의 닮은꼴이 타아를 가리키는 것으로 자아가 거울상에서 만나는 자아의 반영이다. 따라서 주체와 이 타자와의 관계는 상상계에 기인된다. 반면 대문자 'A'를 가진 대타자는 동일시를 통해서는 자기에로 동화될 수 없는, 개별 주체를 넘어서는 차원을 가리킨다. 즉 대타자는 주체와 또 다른 주체와의 관계를 매개한다는 점에서 사람이기보다는 비인격적인 장소를 가리킨다. "대타자는 무엇보다도 하나의 장소, 즉 말이 구성되는 장소로 생각되어야 한다" 따라서 대타자를 언어의 장소로 간주한다.

성적 환상을 일으킨다.

성적 행위는 자신의 결핍을 벗어나 타자와의 관계 속에서 자아와 타자의 관계 허물기의 판로로 기능한다. 따라서 성적 행위는 원초적 욕구로서 모태로 회귀하는 환상을 갖게 하는 은유작용이며, 자아와 타자로 분리되면서 느끼게 되는 상실감과 결핍을 회복하는 의미를 갖는다.

≪죽음의 한 연구≫에서 육조는 장로 손녀딸과의 성교를 통해 억압된 자아의식을 회복하게 된다. 성교를 통해서 몸 전체가 새 형태로서의 언어를 이뤄내면서 주체성을 갖게 된다. 여성과의 성적 결합은 주체가 상징계로 인해 어머니의 남근이 될 수 없는 고통스런 현실과 무의식적 억압에서, 잃어버린 자아를 찾아내는 방법이다. 성적 결합은 억압되어 잃어버린 자아 찾기의 한 일환이 다. 이렇게 성적 결합에서 육조가 장로 손녀딸의 남근으로 기능하면서 억압된 자의식은 회복되게 되고, 주체성을 획득하게 된다. 또한 그 스스로가 남근으로 기능하면서 주체는 모체와의 상징적 결합을 한다. 하지만 허구적 자아가 지니고 있는 존재 내 결핍을 극복하지 못하고 주체는 성적 결합 속에서도 여전히 분열을 경험하게 된다.

> 계집과의 정사를 통해서라면 나는, 내 몸 전체가 색념이었다가, 다음엔 색근으로 변해져, 색근이 아닌 다른 몸으로서 내 몸은 내게 느껴지지가 않았다. 생각은 곧장 전신(轉身)을 치르고, 새 형태로서의 '언어'를 이뤄낸다. 내가 나무를 생각하면 내가 나무로 되어버리며, 이 나무는 내 관념 속에 심겨진 영상의 나무가 아니라, 내가 그냥 땅에 뿌리를 내려버리는 것이다. 볼 수 없고 말할 수 없는 몸, 그것은 별질을 위한 원초적 질료 같은 것이라고 할 것인지도 모른다. ─그러나 드디어 나는 복귀된 귀, 재생된 감각을 가진, 하나의 염태(念態)로서의 나의 변모를 알아낸다.[185]

성적 결합은 주체의 자아 회복의 의미와 함께 타자와의 경계 허물기적 의미를 지닌다. 따라서 시력을 잃은 육조와 장로 손녀딸과 갖는 성교는 육체의 쾌락을 넘어서 있다. 육조와 장로의 손녀딸이 갖는 성교는 이미 자아와 타자의 경계 허물기로서 서로가 서로와 교통하며 관통되는 일원화가 되는 의식이 된다.

> 우리의 성교는 이미 수분의 여수를 목적으로 하고 있는 것이 아니었다. 이것은 교통할 수 없는 혀, 교통할 수 없는 눈으로 말하고 보며, 교화하고 교화당할 수 있는 타아에의 한 관통으로서 치러지고 있는 것이다. 이것은 기도이며, 제사이고, 이러한 관통을 통해 양자가 하나로 변하는, 그래서 이러한 성교란 일원화의 장소이기도 한 것이다.[186]

미각을 잃은 교통할 수 없는 혀와 볼 수 없는 눈으로 말하고 보고, 교화하는 행위는 이미 육체적 성적 결합의 의미를 초월하기 때문이다.

박상륭 소설에서 성적 의미는 육체를 초월한 자기 부정과 경계 허물기로써 구원을 이루는 하나의 행위로 작용한다. 주체의 자기 부정이란 타자를 위해 고통 받고 타자의 짐을 짊어지고 관용하고 타자를 위해 대신 설 수 있다는 뜻이라고 레비나스는 강조한다.[187] 주체가 타자를 이해하고 받아들인다는 것은 자아의 결핍에 대한 욕망 분출로 자아의 타자의 상실감과 결핍이 성적관계 속에서 메꾸어지는 환상을 갖게 해 성적 행위를 반복하게 한다. 하지만 성적 관계에서 주체의 결핍은 충족되지만 그 원초적 결핍은 또 다른 욕망을 낳게 되면서 분열은 반복적으로 경험된다. 그러나 이러한 성적 환상 속에

185) 《죽음의 한 연구》(하), 289–290쪽.
186) 《죽음의 한 연구》(하), 290–291쪽.
187) 강영안, <주체는 죽었는가>, 《현대시상》, 96, 겨울호, 306쪽.

자아와 타자의 결핍이 채워지는 주체 구성의 환상이 자리 잡는다. 주체의 회복과 주체 구성은 이렇게 성적 환상으로 구체화되기 때문이다.

그러나 성적 환상을 갖게 하는 성적 결합은 반복되는 행위를 통해 오히려 욕망의 결핍을 무의식속에 더욱 강하게 남게 할 뿐이다. 장로의 딸은 사형선고를 받은 육조를 찾아와 50회가 넘는 성교를 한다. 50회가 넘는 성교는 성행위가 반복됨에도 욕망이 채워지지 않는 것을 뜻한다. 동시에 50회가 넘는 성교는 이미 육체적 성교의 차원을 넘어선 수도의 경지라 할 수 있다.

> 이 수업의 마지막으로서, 저 최초에 행했던 정상위로 다시 돌아와 있었는데, 시각으로는 다른 동이 트고 있을 때라고 했다. 그러니까 다시 정상위에 셋씩의 바꿈만을 계산한다고 하더라도, 여든 네 가지의 체위를 시험한 것이 된다. 물론 중복 된 것이 없을 수 없으나, 우리들은 분명히 훌륭한 예술가였었다. 그런데 계집으로서는, 매회 작은 절정을 한두 차례씩 더 겪었으므로, 그녀가 달한 절정의 횟수는 아무리 줄잡아도 오륙십 번은 될 것이었다. ―그 끝이어서 우리의 최후의 작열을 아꼈다. 그러나 나는 계집의 목을 졸라매지는 않을 것이다.[188]

육조와 장로 손녀딸의 성적 결합은 자아가 타아로 관통되는, 양자가 하나로 변하여 일원화되는 의식으로 자아와 타자의 결핍이 성적인 결합으로 회복되어지는 의미를 갖는다. 성적 욕망은 인간의 내면에 감추어진 무의식적 욕망의 하나로 남녀의 성교 속에는 창조와 파괴가 공존한다. 성행위는 상대방의 몸을 발가벗기고 그의 가장 깊은 곳으로 파고들어가는 행위로, 자궁으로의 회귀요, 원초로 돌아가려는 욕구를 나타낸다.[189]

---

188) ≪죽음의 한 연구≫(하). 307―308쪽.

　반복되는 성관계는 상징계로 진입할 때 겪게 되는 주체 분열과 무의식적 억압이 회복되는 성적 환상을 일으킨다. 그러므로 자아와 타자라는 모태와의 분리와 소외의식을 극복하게 한다. 그러나 성관계에서 주체가 겪은 억압은 완전히 해소되지 않는다. 여성과의 성적 결합을 통하여, 원초적 결핍을 메꾸어 보려하지만, 자아가 지니고 있는 허구적 자아는 자아를 버리지 않으면 그 결핍을 채울 수 없기 때문이다.

　박상륭 소설은 성적 묘사가 두드러지게 나타난다. 이러한 성적 모티브는 대타자를 욕망하는 분열된 주체의 욕망으로 실재계의 저항을 받는다. 주체의 회복에 대한 욕구는 육조에겐 '타원형이라는 물고기' 낚시로, 촛불중에게는 '양극을 갖는 타원형의 불꽃', '타원형의 새', 라는 실재계적 환상적 요체로 나타난다.

　성적 욕망의 목적이 되고, 욕망의 기표는 실재계적 환상적 요체인 '타원형의 물고기', '타원형의 새'의 기표로 나타난다.

　육조의 사유 속에서 '양극을 갖는 타원형 물고기'는 '남근'과 '생명'을 의미한다. 그러나 그는 사람과 고기가 근본적으로 형태가 다르다는 것을 깨달으며 그 형태에 구획된 비극을 고민한 바 있다.

　　눈도, 코도, 입도, 귀도, 생식기도, 생명도 없는 그것, 애초에는 없던 뿔이 양극으로 돋아난 그것, 그것 하나를 낚아내기 위해 나는 그렇게도 번열을 일으켰던 것이다. 그러나 그런 타원형이란 실제의 고기에겐 무의미하다. 그러므로 고기는 무의미하다. ─ 만약에 고기가 무의미하다면, 그것은 연쇄적 반응을 일으키게 될 터인데, 짐승도, 새도, 나무도 무의미한 것으로 되어야 옳은 것이다. 그러므로 세상도 무의미하고, 우주도 무의미하다는 부차적 결론이 도출될 수 있는 것이다. ─ 우주도 무의미하므로, 산다는 것도 무의미하다.[190]

---

189) 신성환, <박상륭 소설 연구>, 한양대 석사 논문, 1998, 58─59쪽.

즉, 육조가 사유하던 타원형이란 고기에겐 무의미 그 자체임으로, 고기 또한 무의미한 것이고, 고기가 무의미하다는 것은 모든 형태를 가진 이 세상이 무의미하다는 결론을 내리게 하기 때문이다.

이러한 깨달음은 주체가 존재 내에 지니고 있는 결핍은 허구적 자아반영과 그로인한 욕망 분출로 의미를 획득한다 할지라도, 이 세상의 모든 일을 무의미한 것으로 결론짓게 한다. 즉, 성적 환상을 통해 주체가 실현하려 하던 충만함은 무의미로 의미로 바뀌게 된다. 그러나 육조는 어떤 고기들의 자유와 해탈의 한계를 구획해왔던 그 전부가 본인이었다는 것에서, 양극을 갖는 타원형이 완전히 무의미한 것[191]은 아니라는 새로운 가설을 세우게 된다.

> 형태라는 것은 그것이 아무리 강장한 남근이라고 할지라도, 그것이 용으로 바뀌어져 이(利)로서 나타나지 않는 한엔, 그냥 체에 머물며, 동시에 음으로서 무(無)에 머무는 것 이상의 것은 아니 듯도 싶다. 이렇게 보면, 저 양극을 갖는 타원형은 어쩌면 성별을 갖고 있는 것이 아니지도 모를 일이었다. 이것은 내게 무서운 혼란을 일으켰다. —그것은 채워져 있는 듯하여도 채워져 있지 않으며, 산 듯하여도 살고 있지 않으며, 죽은 듯하여도 죽어 있지 않으며, 형태인 듯하여도 형태가 아니며, 형태가 아닌 듯 하여도 형태이며, 성별로 이름 붙여줄 듯도 싶으나 성별이 없고, 성별이 없는 듯하나 없는 것이 아닌, 가장 작은 듯하여도 또 가장 큰 그것처럼, 보이며, 금(金)이나 불(佛)처럼, 순수하지도, 완전하지도 못한데, 그런 탓에 그것은 진원(眞元)이라고 불리어져야 될 것인지도 모른다.[192]

이러한 형태론적 속성은 촛불 중에게 '몸'에 대한 논구로 이어진

---

190) 박상륭, ≪죽음의 한 연구≫(상), 197-198쪽.
191) 위의 책, 198쪽.
192) 위의 책, 209-212쪽.

다. 촛불중은 몸을 떠나면서 불꽃모양의 '타원형 새'를 분출하며 주체 구성을 이룬다. 촛불중은 면벽의 수행에서 무의식속에서 몸을 잃고 헤맬 때 몸과 분리감을 느낀다. 이러한 분리감은 자아의 결핍의 근원으로 극복되어야 할 문제이다.

> 이런 슬픔, 이런 외로움, 이런 외로운 슬픔은, 그 本源으로 돌아가고 싶은, 다만 하나의 욕망으로, 몇 억만 유순의 넓이며 길이를 헤엄쳐도, 바다 속에서, 바닷물에로 溶解되어지지 못하는, '活性을 갖게 된 물' '끈끈한 물' – '물고기'의 그것과, 조금도 다르지 않다고, 촛불중은 새삼 깨달아낸다. 오늘, 새롭게, 나름의 자비심을 갖고, 촛불중이 내어다 보게 된 '물고기'는, 물이 그 壁을 허물어주지를 안해, 그것의 本源에로 녹아들지를 못하고 있었다. '물고기의 형태'가 '물고기'가 아니라, 물이 그것을 가둔 '물壁의 형태'가 그러니, '물고기'인 것이고, '물고기의 형태'의 '流謫'이, '물고기'인 것이다. '물고기'는 어떻게 되어 그런 '流刑'을 당했는지, 그것은 모르되, 그것들은 그 本源에로의 환원을 성취하지 못하는 한, '苦海 가운데 저주받은 물'이며, '물 속의 섬(島)으로서의 물'의 운명을 벗지는 못할 것이다. 그 고통을 어떻게 헤아리랴? 아으, 그 고통을 – 193)

자아와 타자의 경계 허물기는 결국 자아의식으로 귀결된다. 이는 물이 '물고기'를 가둔 형태가 '물고기'를 만드는 방식과 마찬가지로, 인간은 '몸'과 '혼'이 주체로서 형성될 때 인간이 될 수 있다는 것에 대한 깨달음이다. 그러나 물고기가 '물'로 근원에로 돌아가고자 욕망하며 몇 억만 유순의 넓이를 헤엄쳐도, 물이 그 벽을 허물어주지를 않아 본원에로 녹아들지 못하는 것처럼, '몸'과 '혼'은 분리감이 쉽게 극복되지 못한다. 이것은 몸을 통해 본원에로 환원을 성취하지

---

193) 박상륭, 《칠조어론》(4), 278 – 279쪽.

못하는 한, '苦海'가운데 놓여있는 운명에 처하게 된다는 것을 의미한다.

이것은 성적 결합에서 타자와의 결합을 통한 욕망추구가 반복적으로 결핍을 남기는 맥락과 비슷한 의미를 갖는다.

타자와의 경계를 무너뜨린 촛불중에게 남아있는 것은 혼과 몸의 분리라는 자아가 지니고 있는 가장 본질적이고 원형적인 파편화에서 자신을 통합시키는 일이다. '타원형의 물고기'형태와 '양극을 가진 타원형의 불꽃모양인 새'의 형태는 주체를 억압된 의식에서 놓여나고 벗어나게 함으로서 새로운 주체를 구성하게 한다. 주체 내 지니고 있는 결핍은 촛불중이 떠돌던 무의식에서 자신의 몸으로 돌아오면서 불꽃처럼 생긴 실재계적 양태인, 양극을 가진 타원형, '빛 돌'인 은유적 기표인 새를 낳으면서 회복되고 해탈을 이루는 것이다.

그러나 '양극을 가진 타원형의 새'를 배태하는 것은 '혼'이 '몸'이라는 통합적 이미지와 결합을 통해서만 가능하다. 떠도는 '혼'이 '몸'과 나뉘어 지는 것을 본다는 것은 주체의 분열을 의미한다. 따라서 '몸'으로의 귀환은 '혼'과 '몸'의 분리와 같은 분극 점에서, '양극을 가진 타원형의 새'라는 새로운 주체 구성을 이루어냄으로써 자아, 타자와의 경계 허물기가 가능해진다. 이러한 의식은 자기 정체성을 확인하려는 욕구로 개성적인 삶의 자기 회복, 혹은 구원의 욕구에 닿아있다. 또한 그 보이지 않는 실체에 대한 인식은 익명성으로부터의 탈출을 의미한다는 뜻에서 타인에 의해 이미 규정되어 있는 의미의 거부와 연결된다.[194]

---

194) 진형준, <연금술사의 꿈>, 《박상륭 깊이 읽기》, 106쪽.

3) 성적 환상의 구현과정

실재계는 그 분출 속에서 '현실 원칙'이 구성한 것들을 파괴시켜 버린다. 라깡의 상상계, 상징계, 실재계는 서로에게 끊임없이 압박을 가하며, 통합되지 않는다. 실재계가 주체를 침입해 오는 사실은 미리 예상하거나 예방할 수도 없다. 주체에게 실재계는 이 세상의 그 어떤 것보다도 강력한 힘이면서 동시에 환상적이고 천박스럽고 또 우연한 것이다.[195]

상징계의 빛 속에서 드러나지 않는 것은 실재계 속에서 나타난다. 즉 상징화로부터 도피하거나 축출된 것은 무엇이든지 잠복기를 거쳐 표면으로 드러난다. 인간이 주체로서 구성하는 상징적 현실이란 그 중심에 실재계를 배태하고 있다. 실재계는 인간의 존재 근거나 정체성을 보장하는 상징적 현실의 완전성에 대한 인간의 믿음을 지속적으로 위협하고 무화시키는 또 다른 현실이다.

라깡은 이 실재계를 상징계 한 복판에 뚫려 있는 구멍(a hole)으로 규정하고, 상징계의 논리를 교란시키고 위협하는 실재계의 위협을 정신분석학적 용어로 외상적 사건(trauma)이라 일컫는다. 트로마는 특정한 경험이나 정서적인 충격에 뒤이어 나타나는 신경증의 한 형태로 당시의 충격이 무의식에 깊이 각인되어 있다. 여기서 정서적인 충격은 일반적으로 주체가 자신의 삶에서 위험을 느꼈던 상황과 연관된다. 실재계는 '형용할 수 없는 것'이고 정의 내리기 '불가능한 것'이지만 존재하는 것으로, 트로마의 현상은 감정의 예민함에서 환상에 이르기까지 그 종류가 다양하다.

프로이트는 "성 본능 그 자체 속에는 이미 완벽한 충족의 실현을 싫어하는 어떤 것이 들어 있다"고 말한다. 이것은 후에 삶 본능과

---

195) 맬컴 보위 지음, ≪라캉≫, 시공사, 164-165쪽.

대립되는 죽음 본능으로 발전되어 반복 충동을 낳는다. 완벽한 충족이란 죽음뿐이다. 이 죽음 본능에 맞서 싸우는 에로스는 반복을 통해 삶을 길게 연장하는 삶 본능이다. 라깡은 바로 이 삶 본능과 죽음 본능, 그리고 반복 충동을 사랑했다. 그러나 쥬이쌍스(Jouissance)를 경험한다는 것은 죽음의 방법밖에 없다. 쥬이쌍스란 욕망이 충족되는 지점으로, 죽음만이 그것을 경험하게 해줄 수 있기 때문이다. 라깡에 의하면 대타자는 '바로 그것', 구멍, 왜곡된 상을 뜻한다.

라깡의 욕망 이론은 실재계에 숨은 이기심과 허구성을 드러내지만 끝없는 반복이요 환유이기에 불평등 구조를 바꾸는 데는 한계가 있다. 박상륭의 작품에 지속적으로 등장하는 '성욕' 즉, 에로스적 욕망은 '살욕'인 타나토스적 욕망으로 발전되며 욕망의 쥬이쌍스(Jouissance)를 경험케 한다. 이와 같이 박상륭 소설에는 성적 이미지와 함께 죽음의식이 반복적으로 나타난다. 죽음의식은 작가의 소설 구조의 핵심적 추동력으로 작용한다.[196] 죽음의식은 소설 주체의 삶의 중심에 하나의 실재계로서 배태되어 있다. 죽음의식은 주체의 존재 근거나 정체성을 보장하는 상징적 현실의 완전성에 대한 믿음을 지속적으로 위협하고 무화시키는 또 다른 현실로서 작용한다.

트로마는 단순히 감정상의 차원을 넘어 행동으로 표출되기도 하는데, 박상륭 소설 인물이 지니고 있는 트로마는 대상에 대한 끊임없

---

196) 김명신, <말씀의 우주에서 마음의 우주로의 편력-박상륭 문학적 연대기>, ≪박상륭 깊이 읽기≫, 문학과 지성사, 41-43쪽.
박상륭이 태어났을 때 모친의 나이가 45세인데, 이 사실, 즉 '늙은 어머니로부터 태임받았다'는 사실은 그에게 '산 삶에 대한 수치 콤플렉스'를 갖게 한다. 그것은 어머니 콤플렉스의 한 변용으로서, 박상륭의 소설, 저 깊이를 알 수 없는 그곳에 똬리를 틀고 앉아 소설 구조화의 핵심적 추동력으로 작용하게 한다. 작가에게 '문학'은 저 콤플렉스를 극복하기 위한, 몸서리쳐지는 한 몸부림의 표현이었을 것을 분석해내기는 어렵지 않다. 그는 모친이 죽으면 어쩌나 하는 죽음에 대한 두려움과 늘 맞대어 살았다고 술회하고 있다.

는 적의와 살의에서 시작된, 반복되는 살인과 죽음을 맞이하는 방식으로 표출된다. 죽음의식은 상상계에서 자아가 모체와의 분리를 처음으로 경험한 외상으로서, 죽음의식은 존재 내에 지니고 있는 모든 분리와 소외의식에서 벗어나고 싶은 욕망의 다른 표현이다. 따라서 죽음의식은 불안과 분리, 소외의식의 극단적인 표현으로 죽음을 극복하고자 하는 열망의 한 극점을 나타낸다고 할 수 있다.

(1) 트로마로 부여된 죽음의식

아버지의 이름은 상징화에 내재되어 있는 '아버지의 은유'이면서 은유적 과정 전반을 가동시킨다. 따라서 아버지의 이름은 주체에게는 필수 불가결한 고정점이 된다. 그러나 아버지의 이름이 없으면 '목소리', '시각적 환각' 같은 형태를 띤 은유가 외부로부터 직접 주체에게 충격을 가하게 되며, 이들 '실재계'에서 오는 목소리와 환각은 완전히 망상적이면서도 동시에 그 충격에서는 냉엄할 정도로 구체적으로 나타난다. 이처럼 실종된 '아버지의 이름'은 상징적 우주에 커다란 구멍을 내고, 그 구멍을 메우려는 노력은 더욱 심각한 일련의 불운한 사건들을 야기한다. 상상계는 상징계의 압박과 왜곡을 거치지 않고 곧바로 상징계를 통과하게 되면 그대로 실자계가 되어버린다.[197]

≪죽음의 한 연구≫에서 아버지의 부재와 스승 살인의 모티브는 상징계를 뜻하는 아버지의 이름의 부재를 뜻한다. 자아는 태어날 때 모체와의 분리로 분열을 경험한다. 또한 육조는 성장하면서 아버지의 부재로 인해, 어머니가 다른 남자들과 잠자리를 할 때마다 자리를 비켜주며 모체와의 분리와 소외를 극단적으로 경험하게 된다. 따라서 상상적 자아는 아버지의 부재로 인해, 오히려 모체와의 분리를

---

197) 맬컴 보위 지음, ≪라캉≫, 시공사, 163-164쪽.

극단적으로 경험하게 된다. 그리고 아버지의 이름과 동일시를 이루어내지 못하면서 상징계를 그대로 통과하게 되면서 남근의식과 죽음의식을 동시에 보여준다.

자아는 상상계에서 어머니의 통합적 이미지를 봄으로서 자신의 모습을 모체와 동일한 모습으로 인식하는 동일시 현상을 갖게 된다. 따라서 자신의 모습을 통합적으로 인식하는 주체는 자신이 투사한 고정된 상이나 인간을 지배하는 환상들과 결합되어진다.

박상륭 소설에서 어머니는 자애스러운 어머니였다가 갓난 딸아이였다가 성숙한 아내가 되어준다. 즉, 박상륭에게서 어머니의 모습은 곧 여성의 모습으로 변모되어 나타나는데, 이것은 거세 콤플렉스를 정상적으로 치루지 못한 결과로 볼 수 있다. 즉, 아버지라는 이름과 법이 정상적으로 상징계에 개입하지 못하였을 때, 주체는 어머니의 남근이 되고 싶은 욕망을 표출하며 어머니를 욕망하게 되는 것이다.

육조는 이렇게 어머니의 욕망의 대상이었다가 마을에서 가장 아름다운 수도부 여인의 사랑하는 대상으로 변모하고 이상적인 여인인 장로 손녀딸이 욕망하는 대상으로 환유하면서 결핍된 유리를 회복시키는 남근적 기표로 작용한다.

그러나 아버지의 상징에 의해 주체가 내몰리는 특별한 고뇌는 실재계와 끊임없이 만나는 그것인데, 이때 주체는 그 만남을 이해하지 못한다. 그것은 기표의 그물망 저 너머에 있고, 그 그물망 안에서 억제할 수 없는 동요를 일으키지만 실재계가 주체를 침입해 오는 사실은 미리 예상하거나 예방할 수 도 없으면서도 일순간에 자아를 지배하고 억압하기 때문이다.[198]

---

198) 프로이트, 《창조적인 작가와 몽상》, 열린 책들, 235-236쪽.
    <억압된 것>은 정신적인 힘의 작용을 표현하는 역동적인 용어이다. 억압된 것에는 의식적인 것이 되려는 움직임이 표출되려는 것과 함께, 표출되려는 힘과 반대되는 힘이 있다는 뜻도 들어있다. 이것은 정신적

아버지가 부재를 경험한 육조에게, 실재계는 아버지의 목소리와 형식으로 등장하게 된다. 실재계로 나타나는 아버지의 형식은 ≪죽음의 한 연구≫에서 스승의 모습으로 드러난다.

> 그제야 그 마을의 현실이 내게 확실해졌다. 그것은, 사막 가운데 깃친 한 마리의 불새인 것뿐만이 아니라, 또한 눈빛의 장옷을 얼굴까지 덮어쓰고 있는, 그 음성이며 등뼈 휘어진 듯한 것으로 보아, 아마도 내 스승 나이 또래는 되었음직한, 어떤 중 나으리였다. 사막이 텅 비어 있는 것만은 아니었다. 경악은 그로부터 시작되었다. 글쎄 그의 말하는 투며 무엇으로인지 내 머리통을 세게 갈겨대던 품이, 어쩐지 스승의 것과 너무도 흡사했던 때문이다. ─늙은네들이란, 자기들의 늙은 것만 믿고 젊은 사람들께 아무렇게나 괴팍을 부리는 것이라고도 했다. ─어쨌든 그러고 있자니, 픽픽 웃음이 나와 픽픽 웃으며, 대체 그가 무엇으로 내 머리통을 쳤는가를 살피다가, 조금 몸서리를 쳐야 했다. "뭘 우물쭈물하고 있어?" 그는 꽥꽥거리듯 그렇게 말하고 있었다. "해골에 담긴 음식은 음식이 아니더냐? 다는 말고 조금만 집으라는데두."[199]

육조에게 스승은 아버지처럼 생각되는 존재이다. 육조는 스승과 닮은 노인의 말과 행동을 들으며 반가워한다. 자신의 곁을 떠나간 스승이 돌아온 것 같기 때문이다. 스승은 어렸을 때, 과부가 된 어머니와 자신이 살던 집에 가끔씩 들르며, 어머니와 눈을 마주쳤다. 어머니가 병에 걸려 죽으면서 화자를 데리고 가 키우다가, 화자가 크면서 유리로 가서 집착을 버리고 사소한 것을 두고라도 그 의미를 깊이깊이 살펴보라고 말하고 죽었었는데, 이렇게 유리로 가는 길목

인 움직임의 한 부분을 금지할 수 있는 <저항>이 존재한다는 의미로, 의식적인 것이 되려는 움직임도 이 저항을 받아 금지되어야 하는 것들 중의 하나가 된다.

[199] ≪죽음의 한 연구≫(상), 91-92쪽.

에서 화자는 스승과 비슷한 도보승을 만난 것이다. 화자는 스승이 죽었을 당시 그의 죽은 대가리를 미친 듯 후려 패었는데, 그것은 스승에 대한 화자의 경애의 깊이였었다. 그러나 다시 살아 돌아와 유리 읍에서 만난 스승은 자신의 얼굴을 가린 채, 육조가 집착을 버리는 첫 관문으로 자신을 죽여야 한다는 사실을 종용한다.

"아 그래서 떠나는가? 거 좋지. 그러나 자네는 삼백 걸음도 떼지 않아서 되달려 올 게야. 내 얼굴이 보고 싶을 게거든. 글쎄 자네 같은 이상스런 짐승이, 얼굴도 모르는 어떤 타인의 귀에다 자기의 왼갖 비밀을 다 고해바쳤다는 것을 반 식경인들 참아낼 재간은 없을 것이거든. 자네는 의심하게 될 거라구. 저것이 나무였더라도 바람이 불면 소리를 내게 될 터인데, 저것은 백년 묵은 요괴는 아닌가, 또는 저것은 관에서 파견된 암행(暗行)꾼 그 당자는 아닌가, 대체로 이런 투겠지?

스승을 만나기 전에 이미 존자 승과 도보승을 죽인 후였기 때문에, 살인한 후 갖게 되는 불안과 두려움에서 벗어나기 위해 자신을 죽이라고 종용한다. 스님은 자신을 죽이는 것이 육조의 불안과 두려움에서 벗어나게 하는 방편이라는 것을 알고 있다. 또한 육조가 자신을 죽인 것에 대한 죄의식으로 인해 사막인 유리에서 수도생활을 하게 될 것이라는 것을 미리 알고 자신을 죽일 것을 설득한다. 스승은 인간이 갖게 되는 불안과 두려움에서 육조도 벗어날 재간이 없을 것이라며 죽음의 사실을 고해 받은 자신을 죽임으로서 불안에서 놓일 것을 종용한다.

그러나 자네는 직접적으로, 저 바위 위로 올라가서는, 색(色)이 즉 공(空)이니, 공으로 공을 덮쳐누른다고 해서, 그것이 어째서 살육일 것인가, 하고 생각할 것이야. 그리고 아마 오줌 한번 갈기겠지. 허웃 허웃, 허나 나로서는 이런 이상스런 인연으로 해서 어쩔 수 없이 내가 죽어야 된다면, 나의 죽음이 너에게 쑥과 마늘이 되기를 바라는 바이지.―그리고 우리 만났었으니, 그 인연을랑, 내가 이 두개골쯤 선물로 주어도 좋겠는데, 그렇지, 깨어지지 않을 저 안전한 구석에 놓아둘 터이니, 나중에 가지라구.[200]

그러나 스승이 진실로 원하는 것은 육조가 유리에 남아 수도생활을 하며 온갖 집착과 번뇌에서 도를 깨닫고 새로운 주체를 탄생시키는 일이다. 스승의 죽음과 스승의 생각은 육조의 무의식에 각인되어져, 육조가 유리의 고통스러운 생활을 고통스러워하면서도 떠나지 못하게 하는 실재계적 의미로 작용한다. 스승의 죽음은 화자가 유리에서 하는 수도 생활을 해야 하는 이유로 작용하면서, 육조가 새로운 주체 탄생을 이룰 때까지 육조를 가둬두는 무의식적인 억압으로 작용한다.

실재계는 육조가 살인 충동에서 스승을 살인하는 행위를 저지름으로 해서 육조의 가슴속에 커다란 외상(트로마)으로 남으면서 주체가 수도 생활에 전념하는 명령처럼 육조의 의식을 조종한다.

내가 내 손으로 내 스승을, 아버지를, 살해했다는 그 얘기를 누구에겐가 하고 싶다는 것만을 빼놓으면, 저 존자며 그의 문하생 따위는 벌써 잊고 있었다. 그것을 말해버렸음으로 해서, 통회해 버렸음으로 해서, 시달렸음으로 해서, 그리고 은유의 살인이라고 쳐버렸음으로 해서, 그것은 내게서 뻔뻔스럽게도 끝나버린 것이다. 어쩌면 내 스승이, 그 모든 것을 한 몸에 뭉뚱그려, 내게서 걸어가버렸는지도 모른다. 그 둘의 죽음이 공모해서 주려고 하는 두려움이나 불안, 또는 견딜 수 없는 죄책감 따위는, 표표히 죽어간 한 죽음이 그저 조금 남긴 슬픔에 비할 때, 그저 한두 포기의 소비름의 고사(枯死)같은 것에 불과해져버린 것이다. 그리고 스승의 압살 또한 누구에겐가 말해버리고 싶

---

200) 앞의 책, 102－103쪽

은 곳이 있다면, 나로서는 그것이 누구인지를 물론 알고 있다. 결국
그것은 나 자신이었다. 나 자신에게만 그 범행을 계속 자백하고 싶은
것이었다.[201]

아버지의 부재는 주체를 자유롭게 하기 보단 보이지 않는 형벌과
금지의 형태로 오히려 억압한다.

이러한 관계를 기호화하면 다음과 같다.

〈표 8〉

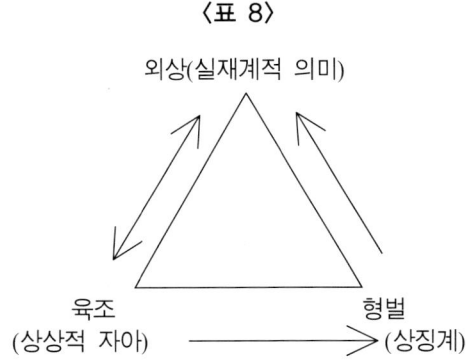

그러나 육조는 자신을 위협하고 두려움을 주었던 존자승과 도보승
을 죽인 것에 대한 죄책감보다 스승이 죽은 사실에 더 큰 슬픔을
느낀다. 주체는 스승을 죽인 뒤에 그 스스로가 스승의 자리인 아버
지의 자리로 기표이동을 한다. 하지만 자신이 스승을 죽인 사실을
누군가에게 말하고 싶은 대상이 또한 그 자신이 됨으로써, 육조는
상징계에 진입하여 형벌을 주는 아버지의 의미를 획득한다.

이렇게 상상계에 속한 상상적 자아는 그 자신이 상징계의 아버지
자리를 획득함으로써 상징계에 진입하고 새로운 주체구성을 이루게

---

201) 박상륭, 《죽음의 한 연구》(상), 문학과 지성사, 107쪽

된다. 즉, 주체는 아버지로 은유되는 스승을 죽이면서 아버지의 부재와 아버지의 죽음으로 인해, 그 자신이 아버지의 자리로 치환되면서 주체구성을 이루는 것이다.

육조는 살인을 저지른 후에 죄책감보다는 스승이 죽은 슬픔에 집착한다. 육조가 스승을 죽인 것은 존자승과 도보승을 죽인 것을 스승에게 말하였기 때문에, 스승이 그 사실을 누설할지 모른다는 두려움에서 저지른 것이다. 근본적으로는 실재계적 의미로 나타나는 아버지의 법과 형벌에 대한 두려움으로 인해 스승을 죽인 것이다. 주체가 경험하게 되는 실재계는 그 자신이 형벌에 처해지고 죽음을 당할 수도 있다는 불안과 두려움의 근원인 상징적인 법과 금지의 이미지로 나타난다. 그러나 스승이 죽은 것에 대한 큰 슬픔을 느끼는 주체는 스승에 대한 존경심과 애착을 느끼며, 스승을 죽인 형벌로서 사막에서 고기를 낚는 수행202)을 하고, 나무에 매달려 죽는 형벌을 받아들임으로서 상징계적 질서에 편승함으로서 새로운 주체 탄생을 가능케 한다.

그러나 스승을 죽인 후에 갖게 되는 슬픔은 두려움과 불안 속에 거하는 주체에게, 전제자(專制者)의 기능을 선택하도록 작용한다. 즉, 주체는 스승을 죽인 것에 대한, 상징적인 아버지를 죽인 것에 대한 슬픔과 그리움으로 인해 그 스스로에게 벌을 가하는 것을 선택하는 것이다.

법과 아버지의 관계는 그 관계 속에서 역설의 근거를 지니고 있다. 이 역설에 의해 아버지의 은유가 갖는 파괴적인 효과는 법을 만드는 사람으로서, 신뢰의 기둥으로서, 성실성과 헌신의 모범으로서, 미덕자와 거장의 모습으로서, 구원사업의 종복으로서, 나타나는 이상

---

202) 사막인 유리에서 고기를 낚는 데에는 여러 가지 뜻이 담겨있다. 그러나 여기에서는 스승을 죽인 것에 대한 형벌로서 이해한다.

적인 모습으로서,203) 형벌을 부과하는 것 그 자체로 포상이 될 수 있다. 때문에, 육조의 스스로에게 부과한 마른 늪에서 고기를 낚는 형벌과 촛불중으로부터 사형을 언도받고 실명당한 채 나무 위에서 관곽에서 죽는 형벌 등은 그 행위 속에 오히려 주체에게 새로운 의식을 탄생시킬 수 있는 가능성으로 작용한다. 이러한 과정 중에 주체의 구원이 나타나고 도약이 이루어질 수 있기 때문이다.204)

아버지의 부재는 '상상적 자아'에서 주체 자신이 어머니의 남근이 작용하게 한다. 하지만 스승에 대한 슬픔과 그리움, 죄책감은 그 스스로에게 형벌을 가하게 함으로써 자아는 상징계적 의미를 체득하게 된다. 이러한 과정은, 그 자신이 되려는 것, 자신의 이미지 속에서 자신의 너머에 있는 것을 재창조하는 것을 가능하게 한다.205)

주체가 겪게 되는 불안과 두려움은 하나의 죽음의식으로서, 존재 내에 지니고 있는 모든 분리와 소외의식에서 벗어나고 싶은 욕망의 다른 표현이다. 그러나 불안과 두려움보다는 스승의 죽음에 대한 슬픔과 고통이 강하게 나타남으로써 스스로를 형벌함으로서 주체는 진정한 아버지의 자리를 획득한다. 주체의 죽음의식은 모체를 욕망한 것에 대한 형벌의 이미지이고, 분리와 소외의식에서 벗어나고 싶은 욕망의 표현이다.

---

203) 맬컴 보위, ≪라깡≫,시공사, 174 − 175쪽.
204) 위의 책, "우리는 과거를 선천적으로 타고난 것과 태생적인 것이 자연, 자연적인 것, 자연주의, 심지어 자연에 대한 순응으로 확대되는 한계로 파악할 수 있을 것이다. 자연에 대한 순응에 이르면 미덕이 현기증이 되고, 유산이 연맹이 되고, 구원이 도약이 된다.
205) 위의 책, 141쪽.
상징계는 공적인 것으로서 상호 주체적이고도 사회적이다. 따라서 그 구성원으로 하여금 그 자신이 되려는 것, 그 자신에게만 집착하는 것, 자신의 이미지 속에서 자신의 너머에 있는 것을 재창조하려는 것을 금지시킨다.

(2) 대타자의 분리와 죽음을 통한 새로운 주체 구성

모든 주체는 죽음에 대한 두려움과 함께 죽음에 대한 충동을 잠재적으로 지니고 있다. 육조에게 죽음의 이미지는 장소, 습속, 계집, 세상으로부터 도피되는 여러 가지 죽음으로 찾아든다. 죽음에 대한 두려움은 인간의 한계의식 속에서 갖게 되는 어쩔 수 없는 존재에의 두려움이자 미래에 대한 불안의 결과이다. 그러므로 육조는 반복적으로 살인을 저지르는 가운데 상징계로 다가오는 법의 형벌로부터 피하려는 자아와 죽음을 체험하려는 자아로 분열되는 가운데 무의식적으로 표출되는 죽음에의 의식을 드러낸다.

죽음에의 욕망은 죽음의식으로 표출되는 실재계적 의미와 죽음의식을 통하여 이루어내는 주체의 세계의식이 논의의 중심이 된다. 이때 주체는 실재계와의 관계에서, 주체 분열 의미를 자세히 드러낼 수 있게 된다.

육조에게 죽음의 이미지는 주체에게서부터 혼이 떠났다가 어쩔 수 없이 되돌아오는 회귀 구조에 대한 반항이며, 완전한 자기 소멸의 의미를 지니고 있다.

장소로부터 도망치며 어쩔 없이 장소로 드는 죽음, 습속으로부터 계속하여 떠나가며 그 습속 속에서 죽는 죽음, 스승의 어휘로는, 계집으로부터 도피해 가며 계집의 자궁으로 드는 죽음, 세상으로부터 떠나며 세상으로 돌아오는 죽음, 이런 병인은 진맥키 어려운 듯하다. 이런 불모에의 집념은, 어쩌면 산다는 일을 고통으로 여기는 데서부터 비롯하는 것일지도 모르긴 하다. 그래서는 삶은 완전히 소멸시켜버리기를 바라는 것일지도 모른다. 윤회며 재생은, 그 가장 두려운 그러나 타도해버려야 할 적으로 생각되어진다. 그래서 그 고리로부터 영구히 벗어나는 일은, 자기 소멸을 완전히 성취해버리는 일처럼 여겨지는

것일지도 모른다.206)

주체에게 삶은 고통으로 여기는 데서부터 비롯되는 것일지도 모른다. 그래서 그 반복되는 고리로부터 완전히 벗어나는 일은 완전한 자기 소멸인 죽음의 성취를 통해서이다. 이러한 극단적인 죽음의식은 장소, 습속, 계집, 세계로 돌아오는 죽음을 불모에의 집념으로 윤회며, 재생의 방식을 통하여 영구히 벗어나는 '자기 소멸'을 이룰 때 가능하다. 즉, 주체는 죽음의 회귀적인 구조를 통하여 주체가 어쩔 수 없이 파고드는, 장소, 습속, 계집, 세계로의 죽음의식에서 벗어나 완전한 소멸을 이룸으로 삶의 고리로부터 자유로워질 수 있다고 생각한다. 이러한 삶의 고리로부터 벗어나지 못한다는 것은, 주체가 계속적으로 대타자에게 매여 있는 상태로 남아있는 것이고 독립적인 주체성을 갖지 못하는 것을 의미한다.

주체는 완전한 자기 소멸을 통하여 타자의 반영인 상상계적 세계 인식으로 세상을 마감함으로 주체적인 자아로 남지 못하는 것을 두려워함으로 완전한 자기 소멸을 이루어 완전한 주체의식을 이루고자 하는 죽음에의 의식을 갖고자 한다. 육조는 대타자에게 매이는 상상계적 세계의식에서 벗어나기를 소원한다. 따라서 어머니의 이미지인 대타자는 16세의 한 나이어린 소녀로 치환된다. 이때, 그 소녀에 의해 주체가 지니고 있는 대타자에 대한 그리움과 욕망들이 깨뜨려지며, 상상적 대타자에게서 벗어날 수 있는 환상을 만들어 낸다.

그러는 중에 내가 보니, 저 계집의 휘두르는 낫이 내 목을 자르며, 그러는 중에 내가 보니 물론, 저 계집의 휘두르는 낫이 내 사지를 토막치며, 그러는 중에 내가 보니 물론, 저 계집의 휘두르는 낫이 내 창

---

206) ≪죽음의 한 연구≫(상), 33쪽.

자를 터뜨려 처참히 흩뜨리는데,―저 계집이 천년이나 굶은 듯이 내
골을 핥고, 그러는 중에 내가 보니, 저 계집이 천년이나 굶은 듯이 내
뼛속에다 혀를 넣어 휘저으며 이빨로 갉아대고, 그러는 중에 내가 보
니, 저 계집이 피에 미쳤는지, 광무스러기 돌아가며 붉은 젖가슴을 흩
뜨리듯이 흔들고 엉덩이를 치까부는데, 그러는 중에 내가 보니 닫혀
있었던 저 붉은 요니가 두 닢짜리 붉은 연꽃처럼 트이더니, 그러는
중에 내가 보니, 복숭아밭 무릉 삼월 뱃길이 뜨였던지, 기슭에 누웠던
천 마리의 양떼가 노을을 털해 입고 한꺼번에 계곡으로 내려오는 듯
이 보이는, 그런 하혈이 흥그렁한데, 그것은 하늘 복숭아 향기로 휩싸
고 있었고, 그러는 중에 내가 보니, 그녀의 요니도 깊디깊은 속으로부
터, 한 송이, 아마도 천의 꽃잎짜리 흰 연(蓮)이 돋아 올라와, 저 깊고
도 깊은 피의 붉은 못에 몸 잠그고 청청히 피었는데, 그것은 흩어졌
던 내가 돌아온 것이었고, 아름다웠고, 나는 아름다웠다.[207]

주체는 환상 속에서 어린 계집의 낫에 의해 목과 사지가 잘리고,
죽임을 당한다. 그러나 그렇게 온 몸이 잘리고 피가 먹히는 가운데
에서도, 그 여성 속에 붉은 요니가 트이고, 그 속에 하늘나라를 연
상하게 하는 무릉 뱃길이 열린다. 이때 육조는 자신의 죽음 후에
모습인, 또는 주체가 나아가야 할 길인 해탈을 상징하는 '흰 연'을
봄으로 인해, 상상계의 분열된 자아의식을 보여준다.

주체가 새로운 세계의식을 획득하는 과정에는 어머니로 상징되는
대타자에 대한 환상을 깨뜨림으로서 가능해질 수 있다. 이러한 과정
은 어머니로 상징되는 대타자인 16살 소녀가 주체의 몸을 잘라 먹
는 죽음의 환상을 통해서 가능해진다. 대타자에 의해 잘려나간 팔,
다리 등의 파편적인 이미지는 주체가 지니고 있는 대타자의 환상에
서 벗어나는 모습을 드러낸다. 즉, 대타자는 주체가 그리도 욕망하고

207) 《죽음의 한 연구》(상), 181-182쪽.

그리워하던 대상으로 주체를 포용해주고 사랑해줄 수 없는 존재이다. 그러나 파편화된 자아가 다시 대타자인 여성에게서 몸을 먹히는 과정 속에서 파편화된 자아가 여성의 몸속에서 통합을 이룬다. 이러한 과정에서 자아는 타자에게서 완전히 벗어나지 못한다는 것을 보여준다. 육조는 여성의 열려진 요니 속에서 자신이 도달하고자 하는 새로운 자아가 배태되어지는 것을 바라본다. 죽음의 환상을 통해서 벗어나고자 하였지만, 결국 상상계를 깨뜨린다 할지라도, 깨어졌다고 생각되는 대타자의 실체에서 자아는 새로운 자아로 발견된다. 이것은 죽음을 통해서도 상상계에서 완전히 벗어날 수 없는 회귀의 구조에 놓여있음을 경험하게 한다.

주체가 상상계를 벗어나고자 하지만 벗어나지 못하는 것은 죽음이 완전한 소멸을 의미하지 않는다는 것을 의미한다. 환상적으로나마 주체는 상상계의 완전히 벗어나기를 원하지만 벗어나지 못함으로써 도달하고자 하는 세계에 도달하지 못하는 결여를 경험하게 된다. 이러한 주체의 욕망은 결여에서 결여로 이어지며 욕망의 결핍을 드러내어 죽음에의 또 다른 시도를 가능케 한다.

주체는 상상계에서 벗어나지 못한다. 죽음의 환상을 통해서 자신의 몸이 잘리고 죽어나가는 가운데에서도, 주체는 대타자의 이미지에서 벗어나지 못한다. 죽음의 환상을 통해 주체가 이루려고 하는 것은 상상계와 상징계를 벗어난 완전한 죽음으로, 죽음 후 나아갈 세계는 흰 연으로 은유되어 나타난다. 그러므로 주체의 죽음을 통하여 도달하게 될 흰 연은 주체가 나아가야할 세계를 의미하며, 새로운 주체의 모색 의미를 갖는다.

주체는 죽음의 이미지에서 완전한 소멸이란 이상적 상태를 얻지 못함에 따라 더 큰 결여를 갖게 된다. 왜냐하면 주체가 원하는 것은 '계집으로부터 도피해 가며 계집의 자궁으로 드는 죽음'과 같은 회귀적인 구도로 돌아오는 것이 아니기 때문이다. 이러한 결여는 더욱 근본적으로 파편화와 분리를 시도하게 하면서 주체의 몸과 영혼이 분리되는 구도로 변형되어 나타난다. 이로써 상상계에서 벗어나지 못한 자아는 몸과 영혼의 분리라는 파편화된 분열적 이미지로 남아 완전한 죽음을 모색한다.

어미년-(아직도 설움에 찌든 얼굴로 잿더미를 망연히 내려다보고 있더니, 불은 검은 유방에서, 흰 젖 한 방울을 아주 탐스럽게 짜, 저 한숨의 흙 위에 떨어뜨리며) 나으리, ᄋᆞ으 새벽별 나으리, 당신이 디 딜 곳을 비추일, 이 등의 기름이 다하ᄀ 전에 오소서, 제발 오소서.- 그러자 잿속에 마늘 냄새 같은 것이, 쑥 냄새 같은 것이, 하나의 갈증 으로 있던 것이, 젖을 받고, 재를 헤치고, 꾸무럭꾸무럭 움직이기 시 작하는데, 그것은 홍옥빛도 같고, 마늘도 같고, 굼벵이도 같은 살.-안 쪽은 자꾸 바깥쪽이 되고, 바깥쪽은 자꾸 안쪽이 되며, 시작이 끝이 되고, 끝은 시작이 되며, 운동이라고 해야 할 그 연한 붉은 살이 기름 기있게 번쩍이는데, 보니 그것은 고통의 바다로구나. -그러나 배엔 빈 태(胎)를 해골로 안은 계집이로구나 -기다림이로구나,-때에, 저 포착키 어려운 튀기는 듯이 빛나는, 현란하고 장엄한 그리고 무섭도 록 찬란한 섬광이,-눈보다도 더 흰 후광을 거느린 사내 하나가, 아무 의 보좌도 받지 않고, 또 몸에 걸친 것 하나도 없이, 순수한, 자연 그 대로의 모습으로 걸어 내려오는 것이 보였는데, 그런데 그의 전신을 새벽별 같았고, 박달나무 같았고, 구리범 같았는데, 그런데 그의 얼굴 은 어쩐지 바위로 그의 아비를 압살했던 사내의 또는 압살당했던 늙 은이의 동안(童顔)을 달고도 있는 듯이 보였다.[208]

---

208) ≪죽음의 한 연구≫(하), 373쪽.
   <이삭줍기>장은, 요사한 마녀 두룩년이 유리의 육조의 몽정을 통해, 그의 불알을 훑어 까먹는 얘기이다. 성 스라오샤께서, 몽둥이를 처들 어올려 내려 칠 듯이 하며, 요사한 마녀 두룩에게 물었다. "오, 너 철 면피의 사악한 계집년이여, 물질로 이뤄진 이 세상에서, 다만 너 홀로,

육조 촌장은 나무위에 매달아 놓은 관곽에서 죽어간다. 육조의 죽음 후, 새로운 주체로 태어나는 장면은 '이삭줍기' 노래로 재현된다.

위의 노래에는 어미의 젖 한 방울에 의해 배에 빈 태(胎)를 안은 계집인 요니가 나타난다. 그리고 해골의 요니와는 반대로 포착키 어려운 빛과 찬란한 섬광과, 눈보다도 흰 후광을 거느린 사내하나가 자연 그대로의 모습으로 걸어 내려옴으로써 요니와 대조를 이룬다.

육조는 죽음을 경험하면서도 자신을 요니 속에 존재하는 흰 연으로 환상한다. 이러한 흰 뼈는 육조가 환상으로 보았던 16살의 어린 소녀에게 몸이 잘리고 먹힌 뒤에 그 소녀의 요니 속에서 발견한 '흰 연'에 대한 은유로서 남근적 기표가 상상적 기표에 의해 감싸진다는 의미한다.

'흰 연'은 ≪칠조어론≫에서 다시 장로 손녀딸이 무덤에서 발견한 촛불중의 연좌해있는 '흰 뼈'로 환유되어 나타난다. 이때 요니는 상상계를 뜻하고 뼈의 은유인 '흰 연'은 주체의 몸을 뜻한다. 그러나 요니가 안고 있는 것은 빈 태(胎)를 상징하는 해골이다. 이것은 육조가 사막에서 형벌을 받을 때 낚으려던 타원형의 물고기(남근)가 요니(상상적 기표)로 나아가려던 기표가 은유된 것이다. 그러나 요니가 안고 있는 남근적 기표가 텅 비어있으므로 인해서 그것을 감싼 요니 또한 텅 비어있게 됨으로써 주체는 완전한 소멸과 죽음을 경험하게 된다.

그러나 육조가 경험한 완전한 소멸 뒤에 눈보다도 더 흰 후광을

사내와의 동침함이 없이 새끼를 배는다?" 그러자, 저 요귀년 드룩, 이렇게 대답한다. "오, 훤출하신 성 스라오샤 나으리님, 어찌 이년이라고, 물질로 이뤄진 이 세상에서, 남정과의 접촉이 없이, 혼자서 애를 밸 수 있겠나니까? 요래뵈두 요년께두요, 서방님은 넷씩이나 있는뎁지요.……사내가 밤의 몸정중에 유실한 그 정액을 받아서두 애를 배는뎁지유, 이이는 소첩의 셋째 서방님이다누요." ≪죽음의 한 연구≫(하), 380쪽. (주석 47번)

걸친 사내가 하늘에서 내려오는 모습을 통해 소멸된 주체가 새로운
주체로 구성되었음을 알 수 있다. 즉, 상상적 환상을 깨뜨린 주체는
다시, 완전한 죽음과 소멸로써 분열을 극복하고 새로운 주체로 구성
된다. 따라서 죽음에의 환상은 주체가 상상계의 대타자에게서 귀속
되는 과정을 통해 새로운 주체로 재생되는 것을 예표이다. 이것은
죽음으로써 분리와 분열과 불안에서 벗어나고자 하는 실재계적 기표
를 구체화시킨 것이라고 볼 수 있다.

　육조의 죽음에서 이루어진 몸과 영혼의 분리는 ≪칠조어론≫에서
촛불중의 죽음의 과정에서 다시 환유되견서 그 의미가 더욱 구체화
된다.

　촛불중의 죽음은 무의식속에서 몸과 영혼의 분리를 이루며 재생을
이루어내는 방식으로 진행된다.

　촛불중은 자신의 손에 죽은 서낭鬼을 만나면서 몸과 죽음의 의미
를 고찰하게 된다. 완전한 죽음, 소멸의 의미는 몸과 혼의 관계와
밀접한 관련이 있기 때문에, 친구의 혼은 죽을 몸을 찾지 못해 여전
히 떠돌아다니는 것이다.

　서낭鬼는 마을에 사는 산 아래 마을에서 죽어가는 청년의 몸을 차
지하기 위해 다른 귀신인 蛙公과 싸운다. 수세에 몰린 서낭 鬼가
'불'의 검은 '알'로 변한 것을 와공이 먹어버려 재빨리 죽어가는 청
년의 몸에 들어가면서 청년의 몸을 빼앗았다고 생각한다. 하지만 청
년은 급기야 '불'의 알의 병균과 같은 독의 효력에 의해 鬼神을 토
해내기에 이른다. 이때 죽은 청년의 몸에선 헤아릴 수도 없는 많은
벌레들이 나오는데, 그 벌레 중에 유독히 더 크고 검고, 번쩍이는
엄지손가락 크기는 되는 친구의 넋이 담겨 있는 벌레를 발견한다.
서낭 鬼는 벌레이긴 하지만 자신의 죽을 몸을 차지하게 된 것이다.

　촛불중에게 죽음은 새로 살기위해 펼요한 과정으로 이해된다. 따

라서 죽은 친구의 넋과 약속했던 대로 벌레를 죽임으로써 그 혼이
죽음을 맞이하도록 도와준다. 벌레의 몸을 입고 있었던 넋은 곧 그
몸을 벗어버리면서, 흰 語身에로 轉身하여 나비가 되어 천공을 높이
올라가고, 몸이 사라져 버린다. 그러나 촛불중은 벌레의 몸이 금방
사라지는 것을 받아들이지 못하고 언제 죽을 지도 모르는 자신의 몸
에 집착하게 된다. 무의식 세계에서 떠돌던 촛불중의 혼은 그 죽은
벌레의 몸에서 몸을 넋의 관곽으로, 죽음을 태어나게 하는 자궁으로
생각했는데, 그 몸이 없어짐으로 해서 허무함을 느끼게 된다. 자신이
벌레로 몸을 입게 되었을 때 죽여 달라던 서낭 鬼의 부탁을 들어줬
음에도 촛불중은 벌레가 한순간에 사라지는 것을 보면서 자신의 몸
에 대한 집착을 보이게 된다.

즉, 몸을 통하여 죽음이 이루어지고 새 탄생이 약속되지만 몸과
혼의 분리는 수도생활을 하면서도 촛불중에게 이 세상의 마지막 집
착으로 나타난다. 촛불중은 몸에 대한 집착과 몸을 버려야 하는 것
에 갈등과 분열을 경험한다.

하지만 촛불중이 벌레의 몸이 사라진 후 자신의 몸에 대한 집착
을 보이는 것은, 넋이 빠져나가자마자 없어져 버린 시간 탓에 있다
고 했다. '햇볕에 달궈진 조약돌이, 밀려드는 저녁 조수에 덮여 식기
에도 얼마 즘의 시간은 걸리고 어느 일정한 시간을 넘기고 난다며,
그 몸을 그저 비어있기만 한, 껍질이거늘'209) 단숨에 없어져 버리는
몸의 '실종'은, 촛불 중을 급하고 초조하게 했다. 얼마간의 시간을
두지 않고 사라진다는 것을 바로 수긍할 수 없기 때문이었다. 촛불
중은 色을 버리고 空을 추구한다 할지라도, 벌레의 죽음, 즉 색은
환상(幻)이어서 알맹이가 없고 실다움이 아니지만, 이렇게 작은 시간
의 격차도 주지 않고 사라져 버리는 것에 반발을 느낀다. 이 대목은

209) 위의 책, 333쪽 인용.

촛불중이 몸을 벗어나고, 상상계와 상징계를 벗어나는, 空을 추구하는 수도생활을 하지만, 그 스스로 色, 몸에 대한 애정을 지니고 있고 그 세계에 대한 집착이 실재계적 의미로 작용하면서 촛불중의 주체를 끌고 가고 있음을 뜻한다. 촛불중은 벌레의 몸이 사라짐을 통해 낙담을 하다 새로 蓮座를 꾸며 앉고 하는 호흡법으로 마음과 몸을 안정케 한다.

> ─흰 空簡, 沈默, 무량겁의 沈默, 비어 있음, 희게 비어있음. 고치는 구멍이 나고, 나비는 날아 나가버린 것이었다. 허(虛), 허통해져 촛불중이, 조금 눈물을 괴어놓고, 그 눈으로 내어다본 그때 세상은, 譬喩와 原典사이에, 聖과 俗의 구분은 물론, 되(胡)와 왜(倭)의 구별도 없어, 촛불중께 구역질이 일어나고 그랬다. 그리하여 촛불중은, 알겠는 것이다.─그렇게 그 바위 무덤을 거부해버린 저 넋도, 본리 그 '벌레의 몸'을 입어 있었던 어떤 넋이, 그 '몸'을 벗어버리자, 흰 '아' 語身에로 轉身하여, 하나의 빛으로, 천공을 높이 올라간 것을 보았음에 분명했다.210)

촛불중은 명상을 통해 세상은, 譬喩와 原典사이에, 聖과 俗의 구분은 물론, 되(胡)와 왜(倭)의 구별도 없다는 것을 깨닫는다. 즉 색과 공의 구별이 없고, 벌레의 죽음과 사라짐, 육체와 정신의 경계가 모두 사라지는 것을 깨닫는다. 그러나 촛불중은, '有情의 有情이라는 조건, 즉 존재 조건은 '몸'이지, '마음'은 아닌 것이다. 그리고 그것 속에 담겨 있어야 할 '마음'이 없다고 해서 '自然'이 취해야 할 자기의 것을 취하지 않고 '마음'이 돌아올 때까지 기다려 주는 것은 아니라고 생각하며 다시 한번 몸으로 귀의하는 생각을 보여준다.

촛불중은 현재 몸을 떠나 무의식세계에서 죽음의 의미를 생각하는

---

210) 위의 책, 334-336쪽.

와중에 있다. 그러나 친구의 혼을 통해 죽음을 경험하려 했던 촛불
중은 친구의 혼이 몸을 통해 사라지는 것을 보며, 몸으로부터 떠나
려 했던 의식을 다시 몸으로 귀의한다. 몸으로부터 떠남을 통해 이
룰 수 있을 것으로 보였던 완전한 소멸은, 결국 有情의 조건에서 몸
이 조건적으로 전제될 때만 죽음과 재생이 이루어진다는 깨달음 준
다. 그러나 주시할 것은 몸의 조건은 또한 시간 속에서만 가능한 개
념이다. 시간이 없으면, 색이 공이 되고, 공이 색이 되어지기 때문에
몸으로서의 의미를 상실하기 때문이다. 따라서 촛불중이 이루려고
하는 면벽 구도는 시간적 제한을 받는 몸의 환(幻)에 애착하며 다시
귀의하게 된다.

육조가 상상계의 대타자에게서 벗어나는 과정과 요니(상상계적 요
체)를 추구하는 남근적 기표의미를 통해 새로운 주체로 재생하는 의
미를 구체화시켰다면, 촛불중은 시간을 전제로 한 세계에서, 무의식
을 떠돌던 혼이 몸으로 돌아오며 하나가 됨으로써 새로운 주체를 구
성케 한다.

촛불중은 죽은 후에 다시 무의식을 떠돌다가 죽지도 못하는 죽음
을 맞이하지 않도록 '꿈과 말'이 드나드는 부분을 봉쇄한다. 그 때
가야금 소리를 들으면서, 촛불중은 항문으로 날개도 없이 붕 떠오른
'양극을 갖는 타원형'의 불꽃을 낳으며 새로운 주체 가능성을 모색
하며 해탈을 이루어낸다.

타원형의 양극을 갖는 불꽃은 엄지손가락 크기의 새로, 항문을 통
해 나옴으로 語片도 아니고 夢片도 아닌 '몸의 우주'로 타고 내린
의지이다. 語片과 夢片도 아닌 불꽃은 자아의 완전한 소멸이자 새로
운 주체구성을 의미한다. 완전한 소멸에 대한 욕구는 완전한 주체의
탄생에 대한 욕망의 기표일 수 있기 때문이다. 날개도 없이 붕 떠오
른 불꽃은 촛불중이 죽은 후에 탄생된 실체로서 새로운 주체를 뜻한다.

새로운 주체인 '불꽃'의 새는 다시 시체의 항문으로 달려가 그 열림(肛門)속에 狍空을 하나 일으켜 屍蜴(비척)을 하나 일으켜 세워놓고 저 無防備인 항문을 찌르고 막아 폐쇄를 시킨 후 몸에서 虛虛이 완벽한 虛를 이루어낸다. 날개도 없이 붕 떠오른 불꽃은 새(벌새)의 형태로 앞에서 벌레가 죽었을 때 일어나던 현상과 같은 것으로 죽음을 설명해준다.

촛불중이 죽으면서 형성된 '타원형의 새'는 공간을 하나 만들어놓고 屍蜴(비척)을 세운 후 찌른다. '타원형의 새'는 실존에서 떠나면서 열여섯 살 먹은 처자로 상징되는 상상계적 타자를 누이고 밀폐시킨다. 완전한 폐쇄는 자아와 타자의 완전한 소멸을 의미한다. 자아의 소멸은 타자의 소멸에서 비롯되고, 자아와 타자의 완전한 소멸을 통해 비인 虛가 가능해지기 때문이다. 새로운 '불꽃'의 의미를 지닌 '타원형의 새'는 '體'를 벗어난 '用'인 멍충(夢蟲)을 殺害하려는 일념으로 무덤을 빠져나간다. 양극을 가진 '타원형의 불꽃'은 빛으로 새로운 생명을 가진 주체를 뜻한다.

타원형의 불꽃은 육체와 혼의 결합을 통해서만 생성될 수 있다. 또한, 새로운 주체의 구성은 촛불중이 몸에 대한 마지막 집착을 버림을 통해서 가능해졌다. 몸에 대한 집착에서 벗어난다는 것은, 타자의 반영인 상상계에서 자유로워진다는 것을 뜻하기 때문이다. 이렇게 촛불중은 자신이 구속되어 있는 대타자의식에서 벗어나 죽음을 맞이한 후 상상계에서 늘 욕망한 실재계를 이루어낸다. 이러한 새로운 생명체가 생겨지기 위해서는 인간의 조건인 몸이 요구된다. 따라서 육조가 상상계를 지향하며 시도하던 새토운 주체구성은 촛불중에 와서 자아와 타자라는 경계 허물기를, 몸과 혼의 경계허물기의 형식으로 가능해짐을 알 수 있다. 촛불중은 '몸'이 인간의 조건을 충족시키고 새로운 주체구성을 가능케 하는 주 요인으로 작용한다. 따라서 촛불중의 구도는 '몸'이라는 타자의 반영인 자아상에서 벗어나기 위한 '자아 찾기'의 한 과정이었음이 밝혀진다.

새로운 주체 구성은 상상계적 현상인 몸과 무의식 세계를 구성하는 상징계적 질서 속에서 가능해진다. 상상계적 대타자의 세계에서 벗어나고자 하던 자아는 자아와 타자의 분리라는 파편화를 경험하면서도 대타자에 귀속되는 의식에서 벗어나지 못한다. 그러므로 주체는 더 근원적인 인간의 조건인 몸과 혼의 분리라는 분열을 시도하며 완전한 죽음을 시도한다. 하지만, 완전한 소멸은 몸에 대한 집착을 버리면서부터 시작된다. 죽음을 경험한 주체는 곧 몸과 혼이 만들어 낸 새로운 주체를 탄생시킨다. 새로운 주체 구성은 완전한 소멸이라는 '죽음의식'을 통해 이루어진다.

Ⅲ
결 론

본 연구는 박상륭 소설이 존재의 본질적 의미에 역점을 두고 있음을 토대로, 박상륭 소설 인물의 특성을 잘 표출하고 있는 주요 작품을 라깡의 상상계와 상징계, 실재계의 방식으로 재편성하여 논의하였다. 라깡의 정신 분석학적 접근은 박상륭 소설에 나오는 인물들의 자아 구성과정을 이해하고 인물로 드러나는 작가의 세계의식을 관철할 수 있게 한다.

작품 해석의 기본 틀은, 박상륭 소설에서 하나의 주체로 바로 서지 못하거나 땅에 뿌리를 내리지 못해 떠도는 인물들을 선택하여, 이들의 행로를 추적하는 방식으로 이루어졌다. 땅에 뿌리를 내리지 못하는 결핍된 인물들의 떠돎은 자아 찾기와 구원의식으로 해석될 수 있기 때문이다.

먼저 본 연구는 상상계에서 자아의식에 미치는 주위세계와의 관계를 해석했다. 상상계에서 자아는 어머니를 통해 타자와 주위세계를 이해한다. 타자를 반영하는 과정은 주체 의식에 전반적인 영향을 미친다. 박상륭 소설에서 어머니 이미지는 부정적인 이미지이다. 어머니는 매춘을 하는 결핍된 존재이기 때문이다. 또한 아버지의 부재는 자아를 아버지의 자리에 위치시킨다. 아버지의 부재는 자아를 억압시키지 않고 어머니를 욕망하게 한다. 이때, 자아는 근친상간적 성의식을 갖는다. 또한 자아는 상상계와 상징계의 기로에서 고착화된 의식을 형성한다.

박상륭 소설에서 구원자의 이미지는 곳곳에 드러난다. 구원자적 이미지는 이상적 자아가 현현된 모습으로 생각할 수 있다. 이상적 자아는 객관화되기 이전의 나르시스적 관계에서 나타나는 전능적 이상형이기 때문이다. 결핍된 주체에게 구원자적 이미지는 결핍이 충만하게 채워진 전능적 이상형의 모습이다.

자아는 구원자적 이미지와 이상적 이미지를 동일시한다. 구원자적 이미지는 주체 회복과 새로운 주체 구성이 가능하다는 사실을 예표해준다.

이러한 주체 회복은 ≪죽음의 한 연구≫의 육조가 수도부의 사랑으로 긍정적인 자아상을 갖게 됨으로써 가능해진다. 장로 손녀딸과의 성적 결합에서 상징계로 진입하여 주체 구성을 가능케 한다. 또한 촛불중과의 비역 후에 낳는 '빛 돌'은 새로운 주체구성의 가능성을 보여준다.

이러한 과정에서 일어나는 결핍을 경험한 자아는 자아의 의식이 고착화된 지점으로 나아가 주체 구성을 시도한다.

자아의 고착화는 주체 구성으로 나아가지 못하게 한다. 육조가 자아 분열을 극복하는 과정은 여성(상상적적 의미의 회복)의 성과 통합되는 형식의 구도를 통해 나타난다. 어머니의 결핍된 이미지는 육조가 남근적 기표가 됨으로써 회복되어지기 때문이다.

이 과정에서 육조는 결핍된 땅, 유리를 회복시키고 자아의 결핍을 회복하고 새로운 주체 구성을 이루게 된다. 육조는 남근적 기표로 작용하면서 대타자에게로 나아가고자 한다.

육조가 여성과의 결합으로 남근적 의미작용을 하고 주체를 회복시킨다면 ≪칠조어론≫에서 촛불중은 의식의 고착화를 형성한 지점으로 떠나 '혼'과 '몸'을 통합하며 결핍을 극복한다. 촛불중의 의식은 '훔쳐보기'라는 쾌감에 빠져 있는, 상상계적 동일시의 세계에서 벗어나지 못했다. 따라서 '응시'를 통해 경험하게 되는 분열을 촛불중은 육조와의 비역을 통해 해결한다. 즉, 자신이 욕망의 대상이 되고, 자신 또한 대상을 욕망하는 과정으로 극복한다. 육조와의 비역에서 촛불중은 남근적 기표를 지닌 육조와 동일시를 경험한다. 남근적 기표를 지닌 육조는 아버지 이미지를 지닌다. 육조와 동일시는 아버지 이미지와 동일시되는 것을 의미한다. 아버지 이미지를 획득한 육조는 상징계에 진입한다.

그러나 상징계는 주체에게 억압과 불안함을 심어준다. 이러한 아버지 이미지와 주체의 관계는 <퇴약볕>시리즈에서 모색된다. <말>의 본래적 의미는 상상계의 본원적인 생명력에 의해서만 의미를 갖는다. 상상계를 떠난 상징적 이미지는 억압과 심판의 이미지로 나타난다.

<말>의 심판 이미지는 자아를 억압한다. 자아는 아버지 이미지에 대해 '살해 욕망'을 갖는다. '살해 욕망'은 스승을 죽이는 모티브로 구체화된다. 하지만 육조는 아버지를 죽인 것에 대한 죄책감보다 스승을 그리워하는 마음이 더욱 크다. 이러한 그리움은 진정한 의미에서 아버지와 동일시를 이루는 것을 뜻한다. 아버지에 대한 그리움은 자아로 하여금 형벌을 수용하게 한다. 형벌의 수용은 아버지의 법과 금지의 의미를 내면화함으로써 주체 구성이 가능해질 수 있음을 의미한다.

육조와 촛불중은 형벌을 받으면서 면벽수도를 한다. 면벽수도의 의미는 결핍극복과 새로운 주체 구성의 시도를 의미한다. 성적 환상과 죽음의식은 주체를 남근적 기표로 위치시키고 분열과 결핍을 극복하는 구도의식으로 작용한다.

성적 환상과 죽음의식은 욕망과 관련되어 욕망의 결여와 주체 분열, 욕망의 환유 등으로 집약되어 나타난다.

욕망 충족은 왜곡된 방식으로 나타나 희생양을 필요로 한다. 이때, 희생양은 결국 대상을 욕망하는 결핍된 주체가 됨으로써 욕망이 충족될 수 없게 된다. 그러나 이러한 죽음의식은 새로운 주체 구성이 죽음을 통하여서 이루어질 수 있음을 예표한다.

주체가 겪게 되는 불안과 두려움은 하나의 죽음의식으로서 존재 내에 지니고 있는 모든 분리와 소외의식에서 벗어나고 싶은 욕망의 다른 표현이다. 따라서 주체는 완전한 자기 소멸을 통하여 타자의 반영인 상상계적 세계인식인 허상적 자아에서 벗어나려 한다. 이러한 관념은 대타자인 어머니의 이미지에서 벗어나고자 하는 것으로 은유된다. 어머니의 이미지인 대타자는 16세의 한 나이어린 소녀로 치환되는데, 그녀에게 몸이 잘려나가는 환상은 대타자에 대한 그리움과 욕망들을 벗어나게 하는 환상을 형성한다.

그러나 주체는 상상계를 벗어나지 못한다. 상상계를 벗어나지 못하는 것은 죽음이 완전한 소멸을 의미하지 않는다는 것을 의미한다.

촛불중에게 죽음의식은 자아와 타자의 경계를 무너뜨려 거리두기의 욕망을 극복하고자 과정에서 드러난다. 즉, 자아가 혼과 몸의 분리를 경험하면서 또 다른 주체 분열 방식인 죽음을 경험하게 되는 것이다. 이때 주체의 죽음, 즉 완전한 소멸은 有情의 조건에서 몸이 조건적으로 전제될 때 가능해진다. 자아와 타자의 경계 무너뜨리기는 촛불중에게는 자기 부정, 혹은 스스로 고자 되기라는 자기와의 사랑을 통해서 이루어진다. 사랑은 본질적으로 타자를 대상으로 삼아야 하는데, 타자에 대한 욕망은 곧, 자아와 타자라는 분리를 갖게한다. 그러므로 자아와 타자의 분리라는 경계 자체를 촛불중은 자기 사랑을 통해 이루어낸다. 이러한 자아와 타자의 경계를 자기 사랑으로 극복하는 방식은, 촛불중의 몸의 분리를 경험한 혼이 몸에 대한 집착과 사랑으로 몸에 돌아오고 하나가 되는 방식 반복되어 나타난다. 이처럼 촛불중이 절시라는 응시의 과정에서 형성하게 된 의식 고착은 자아와 타자의 경계 지우기로, 혼과 몸의 분리 극복으로 나타난다. 이렇게 응시가 자아와 타자, 혼과 몸의 기표로 환유되어 나타나는 것은, 촛불중이 과거 의식이 고착화된 상상계로 돌아갈 수

없기 때문이다. 따라서 의식의 고착화를 은유적으로 나타내는 기표
들 속에서 촛불중의 고착화된 의식을 풀어나가고 자아 회복을 시도
하게 되는 것이다. 이렇게 촛불중의 결핍과 욕망충족 과정은 주체
구성을 가능케 하도록 작용한다.

육조가 상상계를 지향하며 시도하던 새로운 주체구성은 촛불중에
와서 자아와 타자라는 경계 허물기로, 몸과 혼의 경계허물기의 형식
으로 가능해진다.

육조가 상상계의 대타자에게서 벗어나는 과정과 몸과 영혼의 분리
를 통해 새로운 주체로 재생하는 실재계의 의미를 구체화시켰다면,
칠조로 등극하는 촛불중은 시간을 전제로 한 세계에서, 무의식을 떠
돌던 혼이 몸으로 돌아오면서 해탈을 시도하는 것으로 구체화된다.
해탈은 어떤 의미에서 자기(자아)소멸인 것이기에 죽음 후에 영혼과
육체로 분리되면서 가능해질 수 있게 된다.

혼이 몸으로 돌아오게 되면서 '양극을 가진 타원형의 새'를 배태
하는 것은 몸이라는 통합적 이미지와의 결합을 통해서 가능해진다.
떠도는 주체의 의식이 몸과 나뉘어 지는 것을 본다는 것은 곧 주체
의 분열을 의미한다. 따라서 몸으로의 귀환은 혼과 몸의 분리와 같
은 분극 점에서 '양극을 가진 타원형의 새' 라는 새로운 주체 구성
을 이루어냄으로 자아, 타자와의 경계 허물기라는 통합된 의식을 통
해서 이루어진다는 것을 알 수 있다. 여기서 촛불중이 죽으면서 낳
는 날개도 없이 붕 떠오른 불꽃은 촛불중이 죽은 후에 탄생된 새로
운 주체를 의미한다.

이때 새로운 주체 구성은 몸에 대한 마지막 집착을 버림을 통해
가능해진다. 몸에 대한 집착에서 벗어난다는 것은, 타자의 반영인 상
상계에서 자유로워진다는 것을 뜻한다. 이렇게 촛불중은 자신이 구
속되어 있는 대타자의식에서 벗어나 죽음을 맞이할 때 새로운 주체

구성을 이루어낼 수 있게 되는 것이다. 즉, 상상계적 대타자의 세계에서 벗어나고자 하던 주체는 타자와의 분리라는 파편화를 경험하면서도 대타자에 귀속되는 의식에서 벗어나지 못하였는데, 더 근원적인 인간의 조건인 몸과 혼의 분리라는 분열을 시도하며 완전한 죽음을 시도함으로써 대타자의 반영에서 벗어날 수 있게 되는 것이다. 대타자와의 분리와 자기소멸은 주체가 타자의 허상에서 자유로울 때 새로운 주체 구성을 할 수 있다는 새로운 주체 모색 과정을 제시한다.

이상으로 박상륭 인물의 특성을 잘 표출하고 있는 주요 작품을 대상으로 라깡의 상상계와 상징계, 실재계의 방식으로 재편성하여 논의하였다.

본 연구는 여러 작품을 대상으로 상상계와 상징계, 실재계로 나누어 논의하다보니 다소 일관성이 부족한 점이 없지 않다. 그러나 본 논문은 박상륭 소설 인물들의 주체 구성과정을 정신분석학적으로 읽으려는 의도는 어느 정도 충족되었다고 생각한다.

또한, 기존의 종교와 사상 등 주제 일변도의 분석 방식에서 벗어나 정신분석학적 연구로 소설을 읽음으로써, 박상륭 소설에 대한 다양한 접근이 가능하다는 것을 보여주었다. 이는 앞으로 박상륭 소설 연구에 발판이 될 수 있다고 생각한다. 그러나 박상륭 소설을 읽어나가는 과정에서 모든 소설적 현상을 라깡의 세 가지 범주로 적용하고 분석하려 한 것에는 어느 정도 작위적인 면이 있었고, 해석하는 데도 한계가 있었다. 또한 박상륭 소설의 특성상 여러 종교적인 관철이 전제될 때 더욱 깊이 읽을 수 있는 필연성이 있지만, 이러한 논의는 또 다른 해석의 가능성을 제한한다고 생각하며 형이상학적인 주제에 대해 깊이 다루지 않았다. 이론을 적용하는 과정에서 있을 수 있는 문제에 대해서는 차후에 다른 연구로 보완되어져야할 것이라고 생각한다. 무엇보다 박상륭 소설을 주체 구성과정이라는 일관

된 주제로 읽어나감에 따라, 인물의 주체구성과정을 전체적으로 조
명할 수 있었던 것에 큰 의미를 두고 싶다.

[참고문헌]

1. 기본 자료

박상륭. ≪죽음의 한 연구≫(상)(하): 문학과 지성사. 1975. 1986.
박상륭. ≪열명길≫: 문학과 지성사. 1986.
박상륭. ≪칠조어론≫3부 4권: 문학과 지성사. 1990. 1991. 1992. 1994.
박상륭. ≪아겔다마≫: 문학과 지성사. 1997.
박상륭. ≪평심≫: 문학동네. 1999.

2. 국내 연구 논문

강선주. <자크 라깡의 판타지 $◇a연구>. 홍익대 석사논문. 2000. 6.
강영안. <주체는 죽었는가>. ≪현대시사상≫. 96. 겨울호.
김명신. <박상륭 소설 연구>. 연세대 박사논문. 2000. 6.
김명신. <말씀의 우주에서 마음의 우주로의 편력>. ≪박상륭 깊이 읽기≫.
　　　　김사인 엮음. 문학과 지성사. 2001.
김명신. <말씀의 우주에서 마음의 우주로의 편력>. ≪작가세계≫. 1997.
　　　　가을호.
김명신. <식물적 순환과 회귀의 역사>. ≪국제어문 제 20집≫. 국제어문
　　　　학회. 1999. 7월.
김병익. <60년대 문학의 가능성>. ≪현대한국문학의 이론≫. 민음사.

김윤식. <앓는 世代의 文學>. ≪현대문학≫. 1969.10.

김인호. <최인훈 소설에 나타난 주체성 연구>. 동국대 박사논문. 1999.

김창윤. <박상륭 소설 연구>. 강원대 석사 논문. 2002.

김 현. <관심의 외야지대>. 김현 전집 15 ≪행복한 책읽기 / 문학단평모음≫ 중 문학단평모음.

백경혜. <죽음의 한 연구의 시공간 연구>. 한국교원대 석사논문. 2002.

변지연. <박상륭 소설 연구-근대 근복의 양상을 중심으로>. 동국대 박사논문. 2002.

변지연. <박상륭 소설에 나타난 '몸'의 의미>. ≪한국문학평론≫. 국학자료원. 2003. 봄호. 3부.

성민엽. <존재론적 한계와의 싸움>. ≪문학의 빈곤≫. 문학과 지성사. 1988.

신성환. <박상륭 소설 연구 -초기 중·단편을 중심으로>. 한양대 석사논문. 1998.

신영지. <박상륭 초기 소설 연구>. ≪반교어문학회≫. 1999. 12.

오채운. <한국 현대시의 신체 훼손 이미지 연구>. 한양대 박사 논문. 2004.

우남득. <박상륭 소설의 物質 想像力의 體系>. ≪이화어문논집≫11호. -한국어문학연구소. 90. 12.

우남득. <현대소설의 기호론적 공간 연구>. ≪이화어문논집≫ 12호. -한국어문학연구소. 1992. 3.

이대영. <박상륭 단편소설의 존재론적 사고 연구>. ≪국언어문학≫제45집. 2000. 12.

이대영. <박상륭의 칠조어론 연구>. ≪한국문학이론과 비평≫. 한국 문학이론과 비평학회. 2003. 6.

이도흠. <현대 기호학의 흐름과 새로운 전망>. ≪한국학연구≫19집. 고려대 한국학 연구소. 2003. 하반기.

이호준. <거세와 공백 메우기를 통해 본 자끄 라깡의 정신분석비평에 관한 연구>. 연세대 석사논문. 1998.

임우기. <죽음의 현실과 생명성에의 희원>. ≪살림의 문학≫. 문학과 지성사. 1990.

임우기. <죽음의 현실과 생명성에의 희원>. ≪문예중앙≫. 1987. 겨울.

임금복. <여자 살해와 부조리한 페미니즘>. ≪작가연구≫. 7·8호. 새미. 1999. 10.

천이두. <불모의 신화-박상륭>. ≪종합에의 의지≫. 일지사. 1974.

황경순. <박상륭 소설의 생명관 연구>. 동국대 석사논문. 2000.

3. 단행본

기호학 연대. ≪기호학으로 세상 읽기≫. 소명출판. 2002.

김병욱 편저. ≪현대 소설의 이론≫. 최상규 옮김. 예림기획. 1997.

김사인 엮음. ≪박상륭 깊이 읽기≫. 문학과 지성사. 2001.

김종회·최혜실 엮음. ≪문학으로 보는 성≫. 김영사. 2001.

금동철. ≪구원의 시학≫. 새미. 2000.

이승훈. ≪문학상징사전≫. 고려원. 1995.

이승훈. ≪과정으로서의 나≫.푸른 사상. 2003.

서동욱. ≪차이와 타자≫. 문학과 지성사. 2000.

신항식. ≪롤랑 바르트의 기호학≫. 문학과 경계사. 2003.

이종영. ≪욕망에서 연대성으로≫. 백의신서. 1998.

이종영. ≪사랑에서 악으로≫. 새물결. 2004.

계간 ≪현대시사상≫. 고려원. 1994. 여름호.

4. 번역서

맬컴 보위. ≪라깡≫.시공사. 1999.

자크 라캉. ≪욕망이론≫. 권택영 엮음. 문예출판사. 1994년.

아니카 르메르 지음. ≪자크 라캉≫. 이미선 옮김. 문예출판사. 1994.

캘빈 S. 홀. ≪프로이트 입문≫. 황문수 옮김. 1999.

프로이트 전집 12. <매맞는 아이>. ≪억압. 증후 그리고 불안≫. 열린책
　　들. 1997.

프로이트. ≪창조적인 작가와 몽상≫. 열린 책들.

스테판 밋첼·마가렛 블랙 지음. ≪프로이트 이후≫. 이재훈·이해리 옮
　　김. 한국 심리치료연구소. 2002.

그레마스. ≪의미에 관하여≫. 김성도 엮음. 인간사랑. 1997.

아지트 무케르지. ≪탄트라≫. 김구산 옮김. 동문선. 1990.

게오르그 루카치. ≪'소설의 내적 형식'－루카치 소설의 이론≫. 심성당.
　　1985.

게오르그 루카치. ≪미학≫. 이주영 옮김. 미술문화. 2000.

에드먼드 리치. ≪성서의 구조인류학≫. 신인철 옮김. 한길사. 1996.

움베르트 에코. ≪기호개념과 역사≫. 김광현 옮김. 열린 책들. 2000.

레비－스트로스. ≪야생의 사고≫. 안정남 옮김. 1999.

제임스 조지 프레이저. ≪황금가지≫. 이용대 옮김. 한겨레 신문사.
　　2003.

나지오. ≪자크 라캉의 이론에 대한 다섯 편의 강의≫. 임진수 옮김. 교
　　문사. 1999.

미셸 푸코. <광기의 여러 형태들>. ≪광기의 역사≫.인간사랑. 1991.

미르치아 엘리아데. ≪이미지와 상징≫. 이재실 옮김. 까치글방. 1998.

슬라브 지젝. ≪향락의 전이≫. 현대 프랑스 철학 총서 33. 인간사랑.
　　2001.

슬라브 지젝. ≪항상 라캉에 대해 알고 싶었지만 감히 히치콕에게 물어
　　보지 못한 모든 것≫. 새물결. 2001.

길경숙

1971년 3월 1일생

2002년 문학세계 단편소설 신인상 등단

한양대학교 석사, 박사학위

- 저 서-

『소설 거꾸로 읽기』
『이호철 소설에 나타난 세계의식』
『기존 사회 질서에서 새로운 세계의식』

— '분열'과 '결핍 지향'의식을 중심으로 —

박상륭 소설 정신분석학적 읽기

• 초판 인쇄   2007년 12월 30일
• 초판 발행   2007년 12월 30일

• 지 은 이   길경숙
• 펴 낸 이   채종준
• 펴 낸 곳   한국학술정보㈜
           경기도 파주시 교하읍 문발리 513-5
           파주출판문화정보산업단지
           전화   031) 908-3181(대표) · 팩스   031) 908-3189
           홈페이지 http://www.kstudy.com
           e-mail(출판사업팀사업부) publish@kstudy.com
• 등   록   제일산-115호(2000. 6. 19)
• 가   격   17,000원

ISBN   978-89-534-7903-6 93810 (Paper Book)
         978-89-534-7904-3 98810 (e-Book)